ullstein

Das Buch

In einem Wald sinkt eine alte Frau neben der entstellten Leiche eines Mädchens nieder. Ihre Augen füllen sich mit Tränen, als sie den Leichnam liebevoll mit Moos und Tannenzweigen schmückt. Sie spricht noch ein letztes Gebet für das tote Mädchen, ehe sie sich voller Angst und Scham abwendet und davonschleicht. Doch sie wird wiederkommen und bittere Tränen über einen weiteren grausamen Tod vergießen. Im Dorf wird sie die böse Hexe genannt, da niemand ihr Geheimnis kennt.

Vor drei Jahren ermittelte Alex Lindner als Polizist in einer Serie unheimlicher Morde, begangen von der Bestie, wie die Zeitungen den Täter nannten. Alex quittierte seinen Dienst, als im Zuge der Ermittlungen eine junge Kollegin ums Leben kam. Nun lebt er in einem kleinen Dorf im Spreewald. Als auch hier ein Mädchen verschwindet, ist er davon überzeugt, dass die Bestie zurückgekehrt ist. Er ermittelt auf eigene Faust, besessen davon, den Täter diesmal zur Strecke zu bringen …

Der Autor

Martin Krist ist das Pseudonym eines erfolgreichen Schriftstellers. Geboren 1971, arbeitete er als leitender Redakteur bei verschiedenen Zeitschriften. Seit 1998 lebt er als Schriftsteller in Berlin.
Der Autor im Internet: www.Martin-Krist.de

Martin Krist

Die Mädchenwiese

Thriller

Ullstein

Besuchen Sie uns im Internet:
www.ullstein-taschenbuch.de

Originalausgabe im Ullstein Taschenbuch
1. Auflage August 2012

Umschlaggestaltung: ZERO Werbeagentur, München
Titelabbildung: © plainpicture/Bäcker, Anja
Satz: LVD GmbH, Berlin
Gesetzt aus der Garamond
Papier: Holmen Book Cream von
Holmen Paper Central Europe Hamburg GmbH
Druck und Bindearbeiten: GGP Media, Pößneck
Printed in Germany
ISBN 978-3-548-28353-1

Prolog

Als hätte er nur auf sie gewartet.

Als Berta die düstere Waldlichtung betrat, zerriss der Wind die Wolkendecke, und der Mond blitzte hervor. Wie ein Scheinwerfer traf sein Licht auf das Moos und auf die junge Frau.

Während Berta neben dem nackten Körper zu Boden sank, höhnte eine Stimme in ihrem Kopf: *Erzähl mir nicht, du bist überrascht, denn du hast gewusst, dass es wieder passieren wird.*

»Ja«, sagte sie, »ja, ja ...« Zugleich schüttelte sie den Kopf. Sie wollte aufstehen, weglaufen, so schnell, wie es ihre alten Knochen zuließen. Doch ihr Körper versagte ihr den Dienst, und sie kauerte wie ein Häufchen Elend auf der Lichtung, als wäre sie mit dem Moos verwachsen, während ihr Blick an der Leiche klebte.

Du kannst mir nicht entkommen, du nicht, das weißt du, so wie du auch begriffen hast, warum es geschehen ist.

Berta spürte, wie sich Galle ihren Hals hinaufdrängte, als ihr Blick auf die entstellten Brüste und den Unterleib der jungen Frau fiel; als hätte ein Tier seine Krallen an dem Fleisch gewetzt. Die Bauchhöhle der Frau klaffte wie ein Krater auf, gab den Blick frei auf ein Loch ohne Eingeweide.

Tränen strömten Bertas Wangen herab, während ihre Augen das Gesicht der Toten suchten. Doch der Leiche fehlte der Kopf. Ohne hinzuschauen, wusste Berta, dass der Frau auch die Hände abgetrennt worden waren.

Angst drohte Berta zu überwältigen. Sie kämpfte dagegen an. Es war nicht ihre Schuld. War es nie gewesen.

»Nein«, presste sie hervor, »nein, nie, niemals.«

Und dennoch geschah es.

Weil du böse bist, weil ihr alle böse seid, ist das denn so schwer zu begreifen?

»Nein«, heulte Berta. »Nein, ich kann nicht, ich will nicht …«

Doch sie wusste, was sie zu tun hatte.

Selbstverständlich weißt du das, es ist ja nicht das erste Mal, dass es geschehen ist, und …

Widerstrebend rappelte Berta sich hoch, nahm die Arme der Toten und faltete sie ihr auf der Brust. Damit sie nicht wieder verrutschten, stützte Berta sie mit zwei dicken Ästen ab. Mit einem Stöhnen schaufelte sie Erde zusammen und füllte damit die Bauchhöhle. Mühsam schaffte sie Moos herbei, das sie über dem verstümmelten Leib ausbreitete. Anschließend sammelte sie Tannenzweige und bedeckte damit den Leichnam wie mit einer Decke.

… und es wird nicht das letzte Mal sein, dass es passiert! Das ist dir doch klar, oder?

Erschöpft fiel sie neben der Toten auf die Knie. Leise sprach sie ein Gebet. Erst dann schleppte sie sich zurück nach Finkenwerda. Ihr Haus lag am Ende des kleinen Ortes. Berta hatte gerade den Dorfplatz erreicht, da rief jemand ihren Namen.

»Lisa?«, hörte sie plötzlich eine Stimme hinter sich.

Lisa wirbelte herum. »Scheiße, Sam, hast du sie noch alle?«

Ihr kleiner Bruder tat einen Schritt zurück.

»Und was hast du hier überhaupt zu suchen?«

Verängstigt zog er den Kopf zwischen die Schultern.

»Also?«

»Ich, äh …« Er knetete seine Finger. »Ich bin dir gefolgt.«

»Ach, ehrlich?«

Er vermied es, sie anzusehen.

Lisa klemmte den Hörer zurück auf die Gabel, hob ihren Rucksack vom Boden auf und trat aus der Telefonzelle. Es war eines dieser gelben Häuschen, die eigentlich nur noch in alten Fernsehfilmen zu sehen waren. *Oder in Finkenwerda.* In dem kleinen Dorf tickten die Uhren anders, zumindest kam es Lisa mit ihren sechzehn Jahren so vor.

»Und?«, fragte Sam. »Du kommst doch zurück, oder?«

»Was soll die blöde Frage?«

Er blickte zu Boden.

»Sam, was?«

Seine Lippen bewegten sich lautlos.

»Erde an Sam: Red mit mir!«

Er holte Luft, schaute zu ihr auf, dennoch war seine zitternde Stimme kaum zu verstehen. »Du hast gerade am Telefon gesagt, du möchtest am liebsten abhauen …«

»Hast du mich etwa belauscht?«

»… und du wirst das Wochenende in …«

»Gar nichts werde ich!«, unterbrach sie ihn schroff. »Und halt jetzt bloß deine Klappe.«

Sofort ließ Sam den Kopf wieder hängen. Dunkle Punkte sprenkelten sein rotes T-Shirt. Er weinte.

Am liebsten hätte Lisa ihn gepackt, kräftig durchgerüttelt und ihm dabei in sein verheultes Gesicht geschrien: *Musst du immer wie eine beschissene Schwuchtel herumflennen?* Aber wahrscheinlich würde er sich dabei nur das Bein verstauchen, den Knöchel umknicken – oder wieder den großen Zeh brechen, wie er es in seiner unfassbaren Tollpatschigkeit vor zwei Monaten schon einmal getan hatte, noch dazu an der Badezimmertür.

Sie drehte sich um und marschierte zur Bushaltestelle, wie sie es von Anfang an vorgehabt hatte. Als sie die Dorfstraße überquerte, stolperte sie über einen Pflasterstein.

Das Straßenpflaster in Finkenwerda war sicherlich doppelt so alt wie die Telefonzelle. Darauf mit hochhackigen Schuhen zu gehen, wie Lisa sie an diesem Abend trug, glich fast einem Abenteuer, so groß war die Gefahr, im nächsten Moment umzuknicken. Das war aber auch das einzige Abenteuer, das Finkenwerda zu bieten hatte. Bis vor einigen Monaten war der alte Jugendclub am Dorfplatz noch akzeptabel gewesen, aber mittlerweile war er irgendwie nur noch etwas für Kinder. Für Kinder wie Sam.

»Aber«, hörte sie ihn hinter sich flüstern, »Mama wird sauer sein.«

»Hey, nur zur Erinnerung!« Lisa blieb stehen und betonte jedes einzelne Wort: »Das ist sie schon – scheißsauer!«

Sie lachte, aber es klang wie ein verärgertes Schnauben. Allerdings war ihr nicht klar, auf wen sie wütender war: auf sich selbst, weil sie vorhin die Zimmertür offengelassen hatte, während sie sich zunächst ihre Finger- und Fußnägel schwarz lackiert hatte und anschließend in ihr Lieblingskleid und in ihre Lieblingsabsatzsandaletten geschlüpft war, oder auf ihre Mutter, die ohne anzuklopfen hereingeschneit war und Lisas drei Tage altes Bauchnabelpiercing entdeckt hatte? Ihr Gezeter klang Lisa immer noch in den Ohren.

Andererseits – hätte Lisas Mutter nichts von dem Piercing erfahren, hätte das vermutlich auch nichts an ihrer schlechten Laune geändert. In letzter Zeit war sie immer gestresst und sauer. *Nimm nicht solche Wörter in den Mund*, motzte sie dann. *Warum trägst du so knappe Sachen?* Oder: *Räum endlich dein Zimmer auf!* Eigentlich konnte man ihr gar nichts recht machen. Als wäre Lisa schuld an der ganzen Misere.

»Aber«, stammelte Sam, »wenn Mama rauskriegt …«

»Wenn du dich nicht verplapperst, dann …« Lisa hielt inne, als sie auf der gegenüberliegenden Straßenseite eine Bewegung wahrnahm. Ein Lächeln glitt über ihr Gesicht. »Guck mal, Sam.«

Die Augen ihres kleinen Bruders weiteten sich, als auch er die verwahrloste Gestalt entdeckte, die wirres Zeug vor sich hin murmelte.

»Soll ich sie mal rufen?«, fragte Lisa.

Ihr Bruder schüttelte entsetzt den Kopf.

Lisa grinste und rief: »Berta, hey, warte doch mal!«

Hast du nicht gehört, du sollst warten, blaffte die Stimme in Bertas Kopf, *also bleib verdammt noch mal stehen!*

»Nein«, flüsterte Berta verschreckt und beschleunigte ihre Schritte. »Ich bleib' nicht stehen, auf keinen Fall, das mach' ich nicht.«

Ihr alter Körper sträubte sich gegen die Bewegung, aber Berta kümmerte sich nicht um den Schmerz. Viel schlimmer war die Angst, die tief in ihrem Innern lauerte; die wie eine Bestie nur auf den richtigen Augenblick wartete, um wieder über sie herzufallen.

Berta zwang sich, schneller zu gehen. Der Schmerz trieb ihr Tränen in die Augen.

Das wird dir eine Lehre sein, dich meinen Entscheidungen zu widersetzen. Glaubst du denn, du kannst tatsächlich vor mir weglaufen?

»Nein«, flüsterte Berta, »nein, natürlich nicht, das habe ich nie geglaubt, nie, niemals.«

Ihr Blick fiel auf das Mädchen, das von der gegenüberliegenden Straßenseite ihren Namen schrie, und sie blieb stehen.

»Hey, Berta«, rief die junge Frau lachend, »ich glaube, mein kleiner Bruder möchte mit dir reden.«

Berta konnte sich nicht an den Namen des Mädchens erinnern. Es gab so vieles, das sie sich nicht mehr merken konnte. Ihr Gedächtnis hatte Lücken bekommen.

Aber mich hast du nicht vergessen, und du wirst mich auch niemals vergessen. Dafür habe ich gesorgt.

»Ja«, sagte Berta keuchend, »ja, ich habe dich nicht vergessen, niemals …«

Und das lag auch an dem Mädchen, das noch immer lachte, mit einer glockenhellen Stimme, die wie geschaffen war für einen Abend wie diesen. Entsetzt über ihren letzten Gedanken, schüttelte Berta ihren schmerzenden Kopf, doch die Wahrheit stand ihr jetzt klar vor Augen. Das Mädchen auf der gegenüberliegenden Straßenseite hatte lange, schwarze Haare, sie trug ein adrettes Kleid, dazu Schminke und schwarzen Nagellack. Sie hatte sich hübsch gemacht. Sie sah fast aus wie –

Ja, sieh sie dir an, schau genau hin, in ihr süßes Gesicht, und du weißt, an wen sie dich erinnert!

»Nein«, wisperte Berta. »Nein, das ist nicht wahr, das ist nicht richtig, nein, nein …«

Panik trieb sie vorwärts, sie stolperte über das Straßenpflaster, ihrem Hof entgegen. In einem der Häuser kläffte ein Hund.

»Sam, weißt du, was sie ist?«, rief das Mädchen und lachte laut auf.

Der kleine Junge japste.

»Sie ist eine Hexe. Eine böse Hexe.« Das Mädchen kicherte. »Und wenn du Mama was verrätst, dann …«

Die restlichen Worte wurden vom Laub erstickt, das knirschte und knisterte, als Berta den verwilderten Vorgarten ihres Hauses betrat. Als hätte er dort auf sie gewartet, fiel ihr plötzlich der Name des Mädchens ein.

Sie heißt Lisa. Süße, böse Lisa, und jetzt kannst du nicht länger leugnen, an wen sie dich erinnert.

Bertas Kehle entrang sich ein hemmungsloses Schluchzen, das der Wind wie das Heulen eines Wolfes durch den Ort trieb.

»Hey, hast du mich verstanden?«

Obwohl seine Schwester neben ihm stand, drangen die Worte

wie aus weiter Entfernung an Sams Ohr. Mit der Hand wedelte sie ungeduldig vor seinem Gesicht herum.

»Träumst du oder was?«

Sam holte Luft. Noch einmal schaute er der alten Kirchberger nach, die auf ihrem verwilderten Hof verschwand. Tagsüber wagte sich die bucklige Gestalt fast nie vor die Tür. Nur spätabends geisterte sie durchs Dorf und jagte den Leuten einen Heidenschrecken ein, wenn sie vor ihnen wie ein Gespenst auf der Straße erschien. Dass sie dabei ständig wirres Zeug vor sich hin murmelte, nährte nur die Gerüchte, die die anderen Kinder sich im Dorf über sie erzählten.

Bei dem Gedanken an diese Geschichten, mehr aber noch an den düsteren Blick, den sie Lisa und ihm zugeworfen hatte, bekam es Sam gleich wieder mit der Angst zu tun.

»Sie ist eine Hexe. Eine böse Hexe«, sagte Lisa grinsend und zeigte auf die greise Frau. »Und wenn du Mama was verrätst, dann passiert etwas Schlimmes. Hast du verstanden?«

Sam wurde wütend, allerdings hauptsächlich auf sich selbst. Er wusste, dass es nur dumme Schauermärchen waren, die die anderen Kinder erzählten. *Es gibt keine Hexen!* Seine Schwester hatte sich nur einen Scherz mit ihm erlaubt. Ständig piesackte sie ihn, so wie ihn die anderen Jungen in der Schule immer ärgerten. *Weichbemme*, nannten sie ihn, *Gartenzwerg* oder auch *Schwuchtel.* Sam hatte zwar keine Ahnung, was das bedeutete, aber er war sich sicher, dass es nichts Schönes war. Deswegen ging er den Jugendlichen lieber aus dem Weg Und auch der alten Kirchberger.

»Also was jetzt?«, blaffte Lisa.

Weil Sam nicht genau wusste, was sie meinte, nickte er nur.

»Scheiße, was soll das heißen?«

Er nickte noch einmal.

Lisa stöhnte. »Also hältst du die Klappe?«

Erneutes Kopfnicken.

»Schön«, sagte Lisa lächelnd.

Ich möchte nicht, dass du über mich lachst wie die anderen Kinder im Dorf, hätte Sam ihr gerne gesagt, aber er wollte nicht, dass sie sich wieder aufregte. Also hielt er lieber den Mund.

Zufrieden schulterte seine Schwester ihren Rucksack. Aus einer der Seitentaschen brachte sie einen funkelnden Armreif zum Vorschein, den Sam noch nie an ihr gesehen hatte. Sie schob ihn über ihr Handgelenk, dann setzte sie sich in Bewegung. Ihr schwarzes Kleid flatterte im Wind, und das helle Klackern ihrer Absatzschuhe vermischte sich mit dem Rascheln von Laub.

»Lisa«, rief Sam.

Obwohl seine Schwester ihm den Rücken zuwandte, wusste er ganz genau, dass sie die Augen verdrehte. »Was denn?«

Verlegen blickte er zu Boden.

»Kommt da noch was?«

Er knibbelte nervös an seinen Fingernägeln.

»Sam, ehrlich«, seufzte sie, »manchmal bist du …«

»Du kommst doch zurück, oder?«, platzte es aus ihm heraus.

Lisa stieß einen Seufzer aus. »So ein Blödsinn, ehrlich!«

Sams Augen füllten sich mit Tränen. Er konnte nichts dagegen tun.

»Natürlich komme ich zurück«, sagte seine Schwester lächelnd. »Am Montag.«

Diesmal fand Sam es nicht schlimm, dass sie lachte.

»Aber denk dran …« Mit den Fingern machte Lisa vor dem Mund eine Bewegung, als würde sie einen Reißverschluss zuziehen. *Wenn du Mama was verrätst, passiert etwas Schlimmes.* Dann drehte sie sich um und machte sich auf den Weg zur Bushaltestelle. *I want you to make me feel*, begann sie dabei eines ihrer Lieblingslieder zu summen, *like I'm the only girl in the world.*

Ihr fröhliches Summen wurde leiser, ebenso wie das Klackern ihrer Absätze. Wenig später wurde beides vom Rattern eines vorbeifahrenden Pkw verschluckt. Das helle Scheinwerferlicht glitt über Sam hinweg, bevor der Wagen wieder in der Dunkelheit verschwand. Stille kehrte ein.

Langsam trottete Sam heim. Sein großer Zeh schmerzte wieder. Obwohl er seit kurzem keinen Gips mehr tragen musste, spürte er gelegentlich noch ein Ziehen.

Ein jähes Heulen ließ Sam erstarren. Eine Gänsehaut lief ihm über den Rücken. *Nur ein Fuchs*, beruhigte er sich. *Oder ein Wildschwein.*

Trotzdem beeilte er sich, nach Hause zu kommen.

Kapitel 1

Ich habe gewusst, dass Sie kommen. Nein, nicht Sie. Aber irgendjemand, der die Wahrheit herausgefunden hat. Früher oder später musste es doch passieren.

Bitte, kommen Sie herein. Gehen Sie ins Wohnzimmer. Setzen Sie sich.

Ich erzähle Ihnen gerne die Wahrheit: Dinge passieren einfach, ob Sie wollen oder nicht, und sie setzen Ereignisse in Gang, gegen die Sie noch viel weniger ausrichten können. Es ist wie bei diesem Spiel mit den Dominosteinen.

Den Kindern heutzutage ist es kaum noch ein Begriff. Viel lieber spielen sie mit ihren Telefonen herum, diesen kleinen Computern und den anderen Geräten, deren Namen ich nicht kenne. Ich bin zu alt für so etwas. Doch jeden Tag sehe ich auf dem Dorfplatz die Mädchen und Jungen damit spielen. Was sind schon ein paar Holzsteine, deren einziger Sinn darin besteht, der Reihe nach umzufallen, im Vergleich zu dem bunten Geflacker auf diesen winzigen Bildschirmen?

Aber ich schweife ab. Es fällt mir schwer, mich zu konzentrieren. Es gibt so vieles, das mir durch den Kopf geht.

Als kleines Kind spielte ich oft Domino mit meinem Vater, im Sommer abends hinter dem Haus. Mit einer Engelsgeduld, wie ich sie später nie wieder bei jemandem erlebt habe, reihte er die Dominoklötzchen auf der Terrasse aneinander. Einige der Holzsteinchen, die ich ihm aus einem Säckchen reichte, platzierte er sogar im Blumenbeet meiner Mutter.

»Eduard«, rief sie, als sie mit einem Tablett voller Teller, Messer und Gabeln zu uns auf die Terrasse kam, »seid ihr da etwa zwischen meinen Geranien?«

»Geranien? Welche Geranien?« Mein Vater machte einen Satz, der angesichts seiner mächtigen Statur überraschte. Schon stand er zwischen seinen Tomatenstauden. »Ich seh' nur Tomaten. Frische Tomaten. Brauchst du nicht welche für den Salat?«

Er zupfte eine Frucht vom Strauch und biss hinein. Dabei grinste er hinter seinem dichten Bart hervor wie ein vorlauter Schuljunge. Nicht nur ich musste kichern.

»Macht nicht mehr allzu lange.« Lachend verteilte meine Mutter die Teller auf dem Gartentisch. »Das Abendessen ist gleich fertig.«

»Mit oder ohne Tomaten?«

Mit den Gabeln in der Hand drehte meine Mutter sich um, eine ebenso neckische Antwort auf den Lippen. Ich mochte die Art, wie meine Eltern miteinander umgingen. Ihre Beziehung war von Respekt und Zuneigung geprägt.

So glücklich, dachte ich in solchen Momenten, *möchte ich später auch mal sein.*

Diesmal schüttelte meine Mutter nur kurz den Kopf. Während sie zurück ins Haus ging, schnürte sie ihre lilafarbene Küchenschürze enger um die schmale Hüfte. Anders als mein Vater war sie von zarter Statur.

Als alle Dominosteine standen, ohne dass Geranien oder Tomatenstangen einen Schaden erlitten hatten, setzten wir uns auf die alte Gartenbank. Wir warteten, bis Mutter die dampfenden Töpfe auf dem Tisch abstellte und sich zu uns gesellte. Erst dann zupfte mein Vater eine *Karo*-Schachtel aus der Brusttasche seiner Latzhose, die er bei der Arbeit am liebsten trug. Uns umgab Zigarettenqualm, den ich tief durch die Nase einsog. Ich mochte den würzigen Duft, der sich unter den Geruch von Schmorbraten, Kartoffeln und Kraut mischte, der Mutters Schürze anhaftete.

»Was meinst du, Kleines, sollen wir sie laufen lassen?« Mein Vater zerzauste mir die Haare.

Ich sprang auf.

»Ah, ah, ah«, sagte er.

Auf Zehenspitzen, das flatternde Blümchenkleid, das mir meine Mutter genäht hatte, fest an meine Beine gedrückt, tapste ich zu den Dominosteinen hinüber. Ich bückte mich und gab dem ersten Klötzchen einen Stoß. Sofort sauste der Dominozug mit einem Rattern über unsere Terrasse und durch das Gartenbeet.

Jedes andere Kind hätte das Spektakel wahrscheinlich mit Jubelrufen begleitet. Ich dagegen ließ mich wieder zwischen meinen Eltern nieder. Mein Vater hielt die Augen geschlossen, lauschte dem Surren der fallenden Steine. Für ihn, glaube ich, bedeutete das Spiel – das geduldige Aufbauen und das hypnotische Säuseln der Klötzchen – vor allem Entspannung nach einem anstrengenden Tag. Für mich war es Zeit, die ich mit meinen Eltern verbringen durfte, von denen ich viel zu selten etwas hatte. In ihrer Nähe, an die kräftige Schulter meines Vaters gelehnt, das Kitzeln von Mutters Haaren auf der Wange, den Geruch der Zigaretten und des Abendessens in der Nase, war ich so glücklich, wie ein Kind es nur sein konnte. Und später, als ich älter wurde, begriff ich, was es war, das ihre Beziehung so einzigartig machte: die Fähigkeit, in den wenigen Augenblicken des Innehaltens, die ihnen die tägliche Mühsal ließ, das gemeinsame Glück zu genießen.

Sie wollen wissen, was das mit den jetzigen entsetzlichen Ereignissen zu tun hat? Das erzähle ich Ihnen gerne. Aber um die Gründe zu verstehen, müssen Sie die Geschichte von Anfang an hören. Und alles begann mit meinen Eltern. Oder vielleicht sollte ich besser sagen: Alles Gute endete mit meinem Vater.

Kapitel 2

»Wie bitte?« Laura Theis blieb stehen und sah ihren Sohn entgeistert an. »Was hat dein Vater gesagt?«

»Dass ... dass ...«, Sams Stimme war nicht mehr als ein Flüstern, »... dass wir bald wegziehen und dass wir ...«

»So ein Blödsinn!« Unwirsch fegte sie die Haarsträhnen beiseite, die ihr ins Gesicht hingen. Dabei bemerkte sie ein paar Rentner und Hausfrauen, die sie über die Supermarktregale hinweg anstarrten. Es würde sicherlich wieder Gerede geben: *Hast du schon von der Theis gehört? Jetzt zieht sie also weg. Das musste ja so kommen.*

»So ein Blödsinn!«, wiederholte Laura, diesmal deutlich leiser. Sie ergriff Sams Hand. »Und jetzt komm, du brauchst noch deine Pausenbrote.«

»Aua, mein Fuß.«

»Ach Sam, bitte, du trägst seit zwei Wochen keinen Gips mehr.« Sie zwängten sich an den Regalen vorbei, die in dem Dorfladen zu derart schmalen Gängen aufgereiht standen, dass man mit einem Einkaufswagen nur mühsam hindurchgelangte. Erst recht nicht mit einem tollpatschigen Jungen. In diesem Moment stieß Sam mit seinem Rucksack gegen Raviolibüchsen. »Sam, pass doch auf!«

Er gab einen wehleidigen Ton von sich. In einiger Entfernung bog eine alte Dame mit ihrem Rollator in den engen Gang. Sam wurde langsamer.

»Wenn du weiter so trödelst, verpasst du den Schulbus.« An ihren eigenen Bus, den sie für die Fahrt zur Arbeit in einem Berliner Callcenter erwischen musste, mochte Laura gar nicht denken. In diesem Moment klingelte ihr Handy.

»Ja, Rolf, was ist?«

»Du hattest angerufen.«

Die ruhige Stimme ihres Mannes machte sie wütend. »Ja, schon am Freitag.«

»Tut mir leid, aber ich war mit …«

»Nein, ich will's gar nicht hören. Es interessiert mich nicht, was du mit ihr getrieben hast, okay?«

Die alte Frau hatte sich inzwischen einen Weg durch die Regale gebahnt und stand mit einem Mal unmittelbar vor Laura. Diese zwängte sich an der Gehhilfe vorbei und streifte dabei ein Regal mit Colaflaschen, die wankten, aber nicht umfielen. »Sag mir lieber, warum du Sam so einen Blödsinn erzählst. Von wegen wir ziehen weg. Einen Teufel werden wir tun.«

»Aber es wäre besser für uns, wenn wir das Haus verkaufen.«

»Du meinst, es wäre besser für *dich*!« Lauras Handy piepte. Sie hatte eine SMS erhalten. Dann vernahm sie ein Knistern. »Sam, leg die Chipstüte zurück. Und komm endlich. Sonst verpasst du tatsächlich den Bus.«

Schwerfällig trabte er los.

»Sam, verdammt noch mal, beweg deinen Hintern!«

»Wie redest du denn mit dem Jungen?«, rief Rolf.

Sie packte Sam am Pulloverärmel und zerrte ihn hinter sich her. »Rolf, ich möchte nicht ständig …« Ihre Worte gingen in einem ohrenbetäubenden Krachen unter.

»Was war denn das?«, erkundigte sich ihr Mann erschrocken.

Zu Sams Füßen rollten Suppendosen, die er mit seinem Rucksack umgeworfen hatte. Die Blicke aller Leute waren auf sie gerichtet. *Die Theis und ihr komischer Junge. Mal wieder typisch.*

»Rolf, pass mal auf«, sagte Laura erbost, »kümmer' du dich einfach um das verflixte Dach, okay? Letzte Woche hat es schon wieder ins Haus geregnet.« Sie kappte die Verbindung. »Und du, Sam, kannst du dich nicht einfach mal am Riemen reißen? Ist das denn wirklich zu viel verlangt?«

Verängstigt zog Sam seinen struppigen Kopf zwischen die Schultern. Seine Lippen bebten, und seine Augen füllten sich mit Tränen.

Laura atmete tief ein und wieder aus, bezwang ihre Verärgerung. Sie las die eingegangene SMS: *Laura, Liebes, hast du gut geschlafen? Hoffe doch … Freue mich, dich gleich zu sehen. HDL, dein Patrick.*

Patrick war ihr Arbeitskollege, mit dem sie sich seit ein paar Monaten auch privat traf. Sie warf ihr Telefon in die Handtasche und bückte sich nach den Konserven. *Fielmeister's Beste. Das Beste für den Tag.* Sie seufzte. Erneut fielen ihr die Haare ins Gesicht.

»Warten Sie«, sagte ein Mann neben ihr, »ich helfe Ihnen.«

Laura schob die Strähnen beiseite. Durch das Schaufenster sah sie, wie sich der Schulbus der Haltestelle näherte. Die Kinder und Jugendlichen drängten sich an den Straßenrand. Erschrocken sprang sie auf. »Würde es Ihnen etwas …?«

»Ach was!« Er hob zwei Blechbüchsen auf. »Ich erledige das.«

»Danke, das ist nett von Ihnen, Herr …«

»Lindner. Alex Lindner. Wir sind uns schon ein paarmal im Ort begegnet.«

»Ja, bestimmt.«

»Mir gehört die *Elster*.«

»Ach so, ja.« Sie hatte ihre Tochter einige Male spätabends mit anderen Jugendlichen vor der alten Kneipe am Dorfplatz erwischt. Laura machte einen Schritt auf ihren Sohn zu.

»Also«, sagte Lindner, »bestimmt haben Sie schon …«

»Entschuldigung«, unterbrach sie ihn, »aber der Schulbus.«

»O ja.« Er errötete. »Natürlich.«

»Nochmals vielen Dank.« Sie nahm Sam an die Hand und schnappte zwei belegte Sandwiches aus der Kühltheke. Auf dem

Weg zur Kasse begegnete sie noch einmal Lindners Blick. Er lächelte verlegen.

Alex Lindner blieb in dem schmalen Gang zurück. Er war eingepfercht zwischen Regalen mit Ravioli und Waschpulver und stand in einem Meer zerbeulter *Fielmeister's Beste.* Sein Blick fiel auf die beiden Suppendosen in seinen Händen. *Das Beste vom Tag.* Er wurde das Gefühl nicht los, sich wie ein Teenager benommen zu haben.

»Junger Mann?«

Hinter ihm klapperte eine alte Dame ungeduldig mit ihrem Rollator. Alex trat beiseite. Während die Frau ihre Gehhilfe an dem Blechteppich vorbeibugsierte, versuchte er sich an ihren Namen zu erinnern. Vergeblich. Es war zu früh, und er war zu müde. Mit einem Gähnen stellte er die Konserven auf das Regal und bückte sich nach den anderen. Er hatte die Hälfte zu einer Pyramide gehäuft, als ein unrasiertes Gesicht über dem Einkaufsregal auftauchte.

»Na, sieh mal einer an!«, sagte Ben grinsend.

Neben ihm erschien Paul. »Er hat sich einen neuen Job gesucht.«

»Er hat auf uns gehört.«

»Klar hat er das. Wir sind schließlich seine Freunde.«

»Freunde? Ihr?« Alex klaubte weitere Suppendosen vom Boden auf. »Da brauch' ich keine Feinde mehr.«

»Oho«, riefen Ben und Paul im Chor.

»Der Herr ist gereizt.« Ben schritt um das Regal herum und half Alex, die Dosen zu stapeln. »War wohl wieder spät letzte Nacht.«

»Oder«, sagte Paul glucksend, »er ist sauer, weil er sich eine Abfuhr eingefangen hat.«

Alex hob die letzte Büchse auf. »Erzähl keinen Scheiß!«

»Hey, Mann, wir haben's mit eigenen Augen gesehen.«

»Gar nichts habt ihr gesehen.«

»Siehste«, Paul stieß Ben mit dem Ellbogen an, »hab ich dir doch gleich gesagt, die alte Krause mit ihrem Gehbänkchen will nichts von ihm wissen.«

Alex blickte in die feixenden Gesichter seiner Freunde. Er konnte nicht anders, er lachte, während er zur Kühltheke ging und daraus Kochschinken, Käse und Butter entnahm. Er gähnte.

»Also doch«, sagte Paul, der sich Brot und Erdbeerkonfitüre auf die Arme geladen hatte. »Gestern ist es spät geworden.«

»Kann sein.«

Alex sah, wie die alte Dame ihren Rollator in einen anderen Gang schob. In diesem Moment fiel ihm auch ihr Name wieder ein: Krause. Ihr Mann, Anton Krause, gehörte zu den Stammgästen der *Elster*. Zu denjenigen, die Alex insgeheim »Barhocker« nannte, die morgens um drei oder vier Uhr gerne noch ein Helles und einen Korn bestellten.

»Da bist du selber schuld«, wetterte Paul, »wir haben dich gewarnt.«

Alex winkte ab.

»Aber du musstest dir ja die Kneipe aufhalsen. Glaubst du wirklich, dass du …«

Alex ließ ihn nörgeln. Er sah Laura Theis an der Kasse stehen. Sie war zierlich und hatte lange schwarze Haare, die in wirren Strähnen ein apartes Gesicht mit hoher Stirn und dunkel umrandeten Augen rahmten. Darunter befanden sich eine schmale Nase und ein Mund mit vollen Lippen. Alex vermutete, dass sie ein hübsches Lachen hatte, das sie aber selten zeigte.

Es gab einige Gerüchte, die unter den Barhockern über sie kursierten. Demnach war ihr Mann mit ihrer besten Freundin durchgebrannt und hatte sie mit den Kindern alleingelassen. Außerdem hatte er die Hypothek für das Haus nicht beglichen und ihre Erbschaft verspekuliert.

»Hey, Mann, hörst du mir überhaupt zu?«, rief Paul empört.

Alex löste seinen Blick von Laura Theis, deren Handy in diesem Moment zu klingeln begann.

Genervt presste Laura ihr Handy ans Ohr. »Rolf, ich dachte, ich hätte mich klar ausgedrückt.«

Ein oder zwei Sekunden drang nur ein Knistern aus dem Hörer.

»Verflixt, Rolf!«

»Frau Theis?«, fragte eine weibliche Stimme.

»Oh, Entschuldigung.« Laura warf der Kassiererin einen Fünf-Euro-Schein auf das Kassenband. Ohne auf das Wechselgeld zu warten, drückte sie Sam die beiden Sandwiches in die Hand und zog ihn zum Ausgang. »Also, ich dachte, Sie wären ... jemand anderes.«

»Nein, hier ist Bertrams.«

»Ah ja, Frau Bertrams, hallo.«

Die Anruferin schwieg erneut, als würde sie darauf warten, dass Laura sich an sie erinnerte.

»Also, äh ...«, sagte Laura. »Sie waren noch mal?«

»Die Klassenlehrerin Ihrer Tochter.«

»Ach so, ja, natürlich.« Laura hüstelte verlegen. Sie trat nach draußen. Die Luft war kühl, aber die Sonne schien und ließ einen angenehmen Herbsttag erwarten. Ihr Sohn blieb auf dem Bürgersteig stehen. »Frau Bertrams, bitte warten Sie einen Augenblick.« Sie ordnete notdürftig ihre Frisur. »Sam, was ist denn jetzt schon wieder?«

Sein Blick war furchtsam auf einen Hund gerichtet, der neben den Fahrradständern in der Sonne döste.

»Der schläft doch nur, der tut dir nichts.« Doch Sam rührte sich keinen Zentimeter von der Stelle. Laura stellte sich vor den Vierbeiner. »Jetzt besser?«

Ohne den Hund aus den Augen zu lassen, tapste Sam an ihm

vorüber. Laura nahm ihren Sohn wieder an die Hand und schleifte ihn über die Straße zum Dorfplatz. Der Bus hatte mittlerweile die Haltestelle erreicht. Zischend öffneten sich die Türen, die Kinder drängten hinein.

»So, Frau Bertrams«, sprach Laura in ihr Handy, »jetzt bin ich wieder dran. Worum geht es?«

»Um den Ausflug ins Museum, der für heute geplant ist.«

»Ach ja, Lisa hat davon erzählt.« Beinahe hätte Laura den Postboten auf dem Fahrrad übersehen, der ihren Weg kreuzte. Ungeduldig ließ sie ihn vorbei. »Ich habe das Geld für die Busfahrt schon vor Wochen überwiesen. Es ist doch auf dem Schulkonto eingegangen, oder?«

»Ja, natürlich.« Die Lehrerin zögerte. »Aber wir warten auf Ihre Tochter. Ist sie wieder krank?«

»Nein, Lisa ist …« Sam prallte gegen Lauras Rücken, als sie unvermittelt stehen blieb. »Ist sie nicht in der Schule?«

Alex drehte sich zu seinem Freund um. »Was hast du gesagt?«

»Ich sagte, lass die Finger von ihr.«

»Von wem?«

»Ach komm.« Paul verdrehte die Augen. »Ich hab' doch deinen Blick gesehen.«

»Wer hat welchen Blick gesehen?« Ben gesellte sich mit Kaffee und Kondensmilch zu ihnen ans Kassenband.

»Ich den von Alex, gerade eben«, erklärte Paul, »wie er der Theis auf den Arsch gestarrt hat.«

»Erzähl keinen Scheiß!«, widersprach Alex. Durch das Schaufenster sah er Laura Theis am Dorfplatz stehen, nicht weit von der alten Telefonzelle entfernt. Mit der einen Hand hielt sie den Arm ihres Sohnes umklammert, mit der anderen presste sie ihr Handy ans Ohr.

Ben folgte seinem Blick. »Na ja, hübsch ist sie ja.«

»Schaut lieber mich an!« Paul verstellte ihnen die Sicht.

Alex und Ben wandten sich gleichzeitig ab. »O Gott!«

»… und dann wisst ihr, was zählt.«

»Was? Graue Haare? Eine dicke Wampe?«

»Ein guter Kumpel, *das* zählt«, verkündete Paul. »Keine Frau, die euch irgendwann …«

»… das letzte Hemd kostet?«, fragte Alex lächelnd.

»Ganz genau, ich kann es …«

»… nicht oft genug wiederholen, sag bloß?«, fügte Ben grinsend hinzu.

Paul runzelte die Stirn. »Macht ihr euch lustig über mich?«

»Nie im Leben«, erwiderte Ben.

Alex hustete in seine Faust, um ein Lachen zu unterdrücken. Er bezahlte Butter, Aufschnitt und Käse und stopfte alles in einen Rucksack. »Und was wolltest du mir eigentlich sagen?«

»Wisst ihr was?«, knurrte Paul. »Ihr könnt mich mal!«

Achselzuckend trat Alex nach draußen in die Sonne. Gizmo sprang auf, kam tänzelnd auf ihn zu und leckte sich die Lefzen.

»Vergiss es!«, wies ihn Alex zurecht.

Doch der Retriever hatte den Kochschinken in der Einkaufstüte bereits gewittert. Kläffend folgte er seinem Herrchen über den verwahrlosten Dorfplatz.

Finkenwerda mochte von idyllischen Flussläufen umgeben sein, aber zugleich wirkte es verloren im Spreewald, beinahe von der Zeit vergessen. Die Altbauten im Ortskern wiesen überwiegend Zeichen des Verfalls auf. Abgeblätterter Putz ließ erkennen, dass die meisten von ihren Besitzern aufgegeben waren.

Die *Elster* machte da keine Ausnahme. An der Kneipe angekommen, öffnete Alex den Briefkasten. Sieben Briefe und ein Päckchen kamen ihm entgegen. Das Päckchen riss er zuerst auf. Als hätte er seit Tagen nichts mehr zu fressen bekommen, schnappte Gizmo nach den herabflatternden Pappfetzen.

»Ich an deiner Stelle«, sagte Ben amüsiert, »würde mal ein ernstes Wort mit dem Hund reden.«

»Ich rede ständig mit ihm, aber er hört mir einfach nicht zu.«

Der Retriever spitzte die Ohren und neigte den Kopf.

»Es sei denn, es geht ums Essen.«

Gizmo bellte zustimmend.

»Siehst du«, sagte Alex an Ben gerichtet, »*das* meinte ich.« Er zog eine CD aus dem Päckchen. Nirvana. *Nevermind.* Original Master Recording.

»Hast du nicht gesagt, die gibt's nicht mehr?«, fragte Ben.

»Hab' sie bei eBay entdeckt.«

»Und? Teuer?«

»Frag besser nicht.« Alex blätterte durch die Briefe. Drei waren von Brauereien, vermutlich Rechnungen, zwei vom Gaststättenverband, einer vom Finanzamt. Der Absender des letzten Briefes war die Stadt Berlin. *Senatsverwaltung für Bildung, Wissenschaft und Forschung.* Als Alex das Kuvert öffnen wollte, ließ ihn das Geräusch einer Hupe innehalten. Ein BMW rollte am Schulbus vorbei, der an der Haltestelle wartete, bis vor die Kneipe.

Die Tür öffnete sich und gab den Blick frei auf Bundfaltenhose, Hemd und Sakko mit Manschettenknöpfen. Norman strahlte über das ganze Gesicht und strich sich durch die blondierten Haare. »Herrgott, Jungs, was trödelt ihr denn so? Können wir endlich?«

Paul zeigte ihm den Mittelfinger.

Norman lachte. »Als dein Anwalt rate ich dir ...«

»Du bist nicht mein Anwalt«, widersprach Paul, »schon seit fünf Jahren nicht mehr.«

»Echt? Fünf Jahre?« Ben kratzte sich an seinem unrasierten Kinn. »Wenn man dich manchmal reden hört, könnte man meinen, deine Scheidung ist erst fünf Tage ...«

»Und du ... kannst mich auch mal kreuzweise.«

Auf der gegenüberliegenden Straßenseite mühte sich Frau Krause mit ihrer Gehhilfe über den holprigen Bürgersteig und verzog ihr Gesicht vor Missfallen.

»Also manchmal muss ich mich wirklich für meine Freunde schämen.« Ben lachte leise.

»Sag' ich doch.« Alex warf die Briefe in den Rucksack und öffnete die Kofferraumtür des BMW. Kläffend sprang Gizmo zwischen die Angeln, Kescher und Köderkisten. »Also, was jetzt? Soll die *Endeavour* ohne uns ablegen?«

Laura musste einige Sekunden warten, bevor die Lehrerin auf ihre Frage reagierte.

»Tut mir leid, Frau Theis«, tönte es schließlich aus dem Hörer, »aber Ihre Tochter ist schon wieder nicht zur Schule gekommen. Deshalb, und weil der Bus zum Museum jeden Moment losfährt, wollte ich mich kurz bei Ihnen melden.«

»Deshalb?« Nervös spielte Laura mit ihren Haaren. »Frau Bertrams, was soll das heißen? *Schon wieder?* Und ob Lisa *wieder* krank ist? Das war sie die letzten Wochen nicht und …«

»Aber sie hat in jüngster Zeit wiederholt im Unterricht gefehlt. Angeblich war sie krank.«

»Nein, ich sagte doch, das war sie nicht.«

»Sie hatte Entschuldigungsschreiben. Von Ihnen unterzeichnet.«

»Aber … Warten Sie einen Augenblick!« Laura hielt Ausschau nach ihrem Sohn. Mit den beiden Sandwiches in der Hand schlenderte er den Bürgersteig entlang und betrachtete die abgetretenen Pflastersteine. »Sam, der Bus!«

In diesem Moment schlossen sich zischend die Fahrzeugtüren. Das Dröhnen des Motors scheuchte die Spatzen aus den Baumwipfeln. Kurz darauf war der Bus zum Ortsausgang hinaus verschwunden. Als ginge ihn das alles nichts an, kickte Sam Kieselsteine in einen der wilden Sträucher am Dorfplatz. Es gab Tage, da trieb er Laura zur Weißglut.

»Frau Bertrams, es tut mir leid«, sprach sie in ihr Handy, »aber ich habe keine Entschuldigungsbriefe für Lisa unterschrieben.«

»So etwas habe ich mir fast gedacht. Deshalb rufe ich Sie ja an. Damit Sie Bescheid wissen. Und über alles Weitere müssten wir später reden, denn, wie gesagt, unser Ausflug startet in wenigen Minuten. Würde es Ihnen morgen früh passen?«

Nein, das passt mir gar nicht, hätte Laura beinahe geantwortet, doch stattdessen sagte sie: »Vormittags muss ich arbeiten, am Nachmittag wäre mir daher lieber.«

»Ist Ihnen 16 Uhr recht?«

Laura willigte ein, beendete das Gespräch und ging in Gedanken den Ablauf des folgenden Tages durch. Sie würde noch ein paar Minuten früher aufstehen müssen, damit sie sich wenigstens die Haare frisieren konnte und Sam nicht erneut den Bus verpasste. Sie hoffte, ihre Schicht im Callcenter etwas früher beginnen zu können, um anschließend rechtzeitig im Gymnasium in Königs Wusterhausen zu sein. Sie stellte sich auf einen Tag ein, der noch stressiger werden würde, als er ohnehin schon gewesen wäre.

Laura wählte die Handynummer ihrer Tochter, wurde jedoch zur Mailbox durchgestellt. Es erklang laute Techno-Musik, bei der Lisas Ansage kaum zu verstehen war. Nur mit Mühe bändigte Laura ihren Zorn. »Fräulein, kannst du mir bitte erklären, warum du – schon wieder – nicht in der Schule bist? Und wo steckst du überhaupt? Ruf mich an! Nein, du kommst heim. Sofort!« Sie legte auf. »Sam!«

Sam zuckte zusammen, als hätte sie ihn aus dem Schlaf gerissen. Er senkte den Kopf, so dass seine struppigen Haare sein Gesicht verdeckten, und knetete seine Finger.

Nicht zum ersten Mal fragte Laura sich, was in ihm vorging.

Dabei kannte sie die Antwort und auch die Gründe, warum er sich trotz seiner acht Jahre immerzu wie ein kleines Kind benahm.

Sie kämpfte gegen die Verbitterung an, die ihr mittlerweile vertrauter war als das Lachen ihrer Kinder. Beklommen sah sie auf die digitale Uhr ihres Handys. »Sam, der nächste Bus kommt gleich.«

Er ließ nicht erkennen, ob er sie verstanden hatte.

»Den verpasst du aber nicht, ja?«

Endlich hob er den Blick.

»Willst du solange an der Haltestelle warten oder daheim?«

Er zog die Riemen seines Rucksacks straffer und humpelte ihr hinterher. Sie glaubte nicht, dass sein Zeh ihm nach wie vor Schmerzen bereitete. Aber darum konnte sie sich jetzt nicht kümmern. Ihr blieb nur wenig Zeit, bis ihr eigener Bus kam. Nur ein paar Minuten, in denen sie sich vergewissern konnte, dass Lisa tatsächlich erkrankt und deshalb wieder heimgekehrt war. In den Blumenbeeten im Vorgarten ihres Hauses wuchs das Unkraut so hoch, dass sogar der Rosenstrauch vor dem Küchenfenster nur noch einem wilden Gestrüpp glich. Früher hatte Laura die Gartenarbeit geliebt, stundenlang in der Sonne und an der frischen Luft verbracht. Früher war vieles anders gewesen. Sie schob ihre Haarsträhnen aus dem Gesicht und entriegelte die Haustür.

Jetzt klärt sich alles auf, flüsterte sie vor sich hin, *ganz sicher.* Bestimmt war ihre Tochter zu Hause, weil sie einen Schnupfen hatte, Migräne, Unterleibsschmerzen oder ihre Tage.

Laura trat in die Diele. »Lisa?«

Kapitel 3

Habe ich schon erwähnt, dass die Zeit, die ich als Kind mit meinen Eltern verbrachte, nur knapp bemessen war?

Meine Eltern besaßen ein großes Grundstück und hielten sich aus Nostalgie – die Bodenreform lag ein halbes Jahr zurück – noch ein paar Katzen, Kühe, Schweine, Hühner und Gänse. Die Tiere sorgten zwar nicht für unser Einkommen, aber natürlich bereiteten sie viel Arbeit.

Ich war frischgebackene Pionierin, und mein Vater trug mir auf, mich um die Tiere zu kümmern. Fortan fütterte ich mittags nach der Schule die Schweine, melkte die Kühe und trieb abends die Hühner zusammen. Wenn im Herbst die Zeit dafür gekommen war, half ich meiner Mutter, eine Gans zu schlachten. Dass meine Eltern mich mit diesen Aufgaben betrauten, erfüllte mich mit Stolz, fast noch mehr als die weiße Bluse und das blaue Halstuch, die ich seit kurzem trug.

Natürlich unterliefen mir anfangs Fehler, aber meine Eltern waren mir niemals böse. Als eines Abends eine wildgewordene Kuh auf mich losging, war es mein Vater, der sich ihr in den Weg stellte und mich vor den stampfenden Hufen rettete. Er kam mit einem blauen Auge, einigen geprellten Rippen und einem gebrochenen Arm davon. Seitdem war er mein Held.

Für den täglichen Unterhalt betrieben meine Eltern in Finkenwerda die Bäckerei, die früher meinem Urgroßvater gehört hatte. Er hatte sie seinem Sohn vererbt, die dieser kurz vor seinem Tod an meinen Vater weiterreichte. Bäckereien waren in der DDR einer der wenigen privaten Handwerksbetriebe. Das machte unseren Laden zu etwas Besonderem, und nicht zuletzt deshalb war er der ganze Stolz meines Vaters.

Die Kunden merkten das vor allem daran, wie mein Vater sich

täglich um ihr Wohlergehen sorgte. Weil schon morgens um fünf die ersten Leute im Dorf auf den Beinen waren, schleppte sich mein Vater bereits um vier Uhr in die Backstube. Davon hielten ihn nicht einmal die dicken Verbände und der Gipsarm ab, die er der Kuh zu verdanken hatte. Auch Mutter ließ sich von seiner Begeisterung anstecken. Eimerweise pflückten wir Beeren im Wald, die sie anschließend einmachte und als Marmelade verkaufte. Ihr Pflaumen-Prasselkuchen war im Dorf fast beliebter als die Brötchen meines Vaters.

Mir wurde erst bewusst, wie viel ihm das Geschäft bedeutete, als ich eines Nachmittags von der Schule nach Hause kam und mein Vater mich zu sich auf die Terrasse rief. Er trug seinen abgewetzten Latzanzug, den er zum Missfallen meiner Mutter noch immer am liebsten hatte. Zwischen seinen Fingern glomm eine *Karo*.

»Bist du glücklich, Kleines?«, fragte er mich.

Unschlüssig blieb ich stehen. Einerseits wollte ich erfahren, weswegen mir mein Vater diese sonderbare Frage stellte. Andererseits war ich bereits etwas spät, da ich beim Pioniernachmittag gewesen war. Die hungrigen Schweine grunzten, und im Stall muhten die Kühe.

»Also, was nun?« Er klopfte mit der flachen Hand auf den Platz neben sich. »Bist du …?«

»Eduard!« Meine Mutter trat mit einer Schüssel frischgebackener Kekse zu uns auf die Terrasse. »Bedräng sie doch nicht.«

»Wer bedrängt hier wen?« Mit einem Blick auf das Gebäck leckte Vater sich über die Lippen.

»Keiner verlangt von dir, dass du sie isst«, sagte meine Mutter schmunzelnd.

»Stimmt, aber zum Glück verlangt auch niemand, dass ich darauf verzichte«, entgegnete er und griff in die Schüssel.

»Eduard!«

Schnell drückte Vater mir die Kekse in die Hand. Sein Mund verzog sich zu einem breiten Grinsen. »Also ich hab' nichts gemacht.«

»Undischauchnischt«, brachte ich mit vollen Backen hervor.

Meine Eltern wechselten einen Blick und brachen gleichzeitig in Gelächter aus. Noch heute bezweifle ich, wenn ich an Vater und Mutter denke, dass es je ein Paar gegeben hat, das besser zueinander passte. Ich ließ die Schweine grunzen und die Kühe muhen und setzte mich zu meinen Eltern auf die Bank, wo wir die noch warmen Plätzchen verdrückten.

»Und was nun, bist du glücklich?«, fragte mich mein Vater schließlich erneut.

Ich stopfte mir noch einen Keks in den Mund. »Jaklardaschbinisch!«

»Gut, ich auch.« Er nahm einen tiefen Zug von der Zigarette und strahlte über das ganze Gesicht.

Ein Jahr war vergangen, seit wir das letzte Mal Dominosteine durch den Garten hatten klickern lassen. Ich glaube, mein Vater hatte damit aufgehört, weil er dachte, ich sei inzwischen zu alt dafür. Vermutlich war ich es tatsächlich. Doch solange wir gemeinsam Zeit auf der Terrasse verbrachten, uns unterhielten oder einfach nur Gebäck verzehrten und mich dabei hin und wieder der Dunst einer *Karo* umhüllte, war die Welt für mich in Ordnung.

»Trotzdem habe ich einen Wunsch«, sagte Vater unvermittelt.

Ich sah ihn überrascht an. Weil er nichts weiter sagte, glitt mein Blick zu meiner Mutter. Sie zuckte mit den Schultern. Ich schaute zurück zu meinem Vater.

»Ich wünsche mir, dass du irgendwann einen netten Mann heiratest, der dich glücklich macht und mit dem du unsere Bäckerei fortführen wirst.«

Fast hätte ich mich an meinem Keks verschluckt. Damals

mochte ich vieles im Kopf gehabt haben, zum Beispiel Erste beim Sero-Schülerexpress zu werden. Die Vorbereitungen für das Ferienlager, das meine beste Freundin Regina und ich besuchen sollten. Oder unsere Picknicks, zu denen wir beide uns auf abgelegene, mit Moos bewachsene Uferlichtungen zurückzogen. Im Spreewald gab es unzählige davon – unsere Mädchenwiesen, wie wir sie nannten –, auf denen wir heimlich über all jene Dinge kicherten, über die junge Mädchen in dem Alter so kichern – Schule, Kleidung, Jungen, solche Dinge eben. Aber an Hochzeit dachte ich ganz bestimmt nicht. Der Gedanke lag mir so fern, er klang erwachsen und unglaublich alt.

Erstaunlicherweise verhielt es sich mit der Bäckerei meines Vaters ganz anders. So jung ich damals auch war, diesbezüglich hatte ich durchaus schon konkrete Pläne.

Ich ging meinen Eltern nicht nur bei den Tieren zur Hand, sondern jeden Morgen, bevor ich mit dem Fahrrad in die Schule fuhr, auch in der Backstube. So anstrengend es am heißen Ofen war, ich empfand die Arbeit nicht als Pflicht oder gar als Zwang. Natürlich sehnte ich mir einen Bruder oder eine Schwester herbei, mit dem oder der ich mir die vielen Aufgaben hätte teilen können. Aber dazu kam es leider nicht. Ich weiß nicht, warum, meine Eltern haben nie ein Wort darüber verloren. Über solche Dinge sprach man nun mal nicht zu jener Zeit, und erst recht nicht mit den Kindern.

Stattdessen half mir Onkel Rudolf, wenn er mittags kurz bei uns vorbeischaute. Der Bruder meiner Mutter war wie sie schmächtig. Jedes Mal, wenn er die schwerbeladene Schubkarre zum Misthaufen schob und mir dabei zuzwinkerte, als würde die schwere Last ihm nichts anhaben können, fürchtete ich, er käme am Abend nicht mehr heil zurück zu seiner Frau Hilde. Aber selbst wenn mein Onkel nicht gewesen wäre, hätte dies nichts daran geändert, dass ich glücklich war.

Auch als Regina und ich mit zwölf Jahren in den Gruppenrat der Klasse gewählt wurden und ich kurz darauf bei einem Pionierausflug meinen ersten Freund Harald kennenlernte, war es immer noch mein festes Ziel, die Tradition meiner Familie fortzuführen.

Harald war es auch, der mich wenige Wochen nach meinem dreizehnten Geburtstag vom Herbstfest nach Hause begleitete. Die Stern-Combo Meißen hatte an jenem Abend auf dem Dorfplatz gespielt. Damals war sie noch weit entfernt von ihrer späteren Berühmtheit.

Es war ein schöner Abend in Finkenwerda gewesen, und während Harald auf dem Heimweg meine Finger mit seiner Hand umschlossen hielt, entschied ich im Stillen, ihn in naher Zukunft meinem Vater vorzustellen. Ich war überzeugt, dass Harald – groß und stämmig wie mein Vater – ihm gefallen würde. Deswegen erlaubte ich Harald auch, kaum dass wir die Hofeinfahrt erreichten, mir zum Abschied einen ersten Kuss zu geben.

Als er sich mit spitzen Lippen zu mir hinabbeugte, neigte ich mich verwundert zur Seite. »Warum brennt im Stall noch Licht?«

Ehe Harald antworten konnte, flog die Haustür auf. Meine Mutter erschien im Rahmen. Ihr Gesicht war tränenüberströmt.

»Mama«, rief ich schockiert.

Ein Schluchzen erstickte ihre Stimme. Mein Onkel tauchte hinter ihr auf. Er stützte sie.

Ich verstand nur ein Wort. »Papa.«

Erst in diesem Moment bemerkte ich den Krankenwagen vor dem Stall.

Kapitel 4

Laura stand im Flur und wartete vergeblich auf eine Antwort ihrer Tochter. Sie legte ihre Handtasche auf das Sideboard, ging zum Treppenabsatz und rief: »Lisa? Bist du in deinem Zimmer?«

Sie stieg die Stufen empor. *Bestimmt liegt Lisa im Bett*, flüsterte sie.

Doch das Zimmer ihrer Tochter war leer. Dort herrschte nur das übliche Durcheinander. Kleidung war auf dem Boden und auf dem ungemachten Bett verstreut. Die Bettdecke war zerknüllt, und unter dem Kopfkissen lugte ein Glätteisen für die Haare hervor. Unter dem Bettgestell lagen Sneakers neben Sandaletten, dazwischen ein Haufen CDs, zerlesene Taschenbücher von Stephen King und Stephenie Meyer.

Unzählige Male hatte Laura schon mit ihrer Tochter über das Chaos in deren Zimmer gestritten. Trotzdem schaffte Lisa es nicht, auch nur halbwegs Ordnung zu halten. In letzter Zeit glich alles, was sie tat, einer stummen Rebellion.

Auch im Badezimmer befand sich Lisa nicht. Laura sah im Spiegel lediglich ihr eigenes Gesicht, die Sorgenfalten und die dunkel umrandeten Augen, die ungemachten Haare, in deren Schwarz sich erste graue Spuren schlichen. Sie nahm ein Haargummi und band ihre wilden Strähnen zu einem Pferdeschwanz.

Ohne große Hoffnung begab sie sich hinunter in das Wohnzimmer, einen kleinen gemütlichen Raum mit Möbeln im Landhausstil. Auch die Fotos an der Wand waren in rustikale Holzbilderrahmen eingefasst. Ein Bild zeigte Sam grinsend mit einer Zahnlücke, ein anderes eine fröhliche Lisa. *Ja*, dachte Laura und verspürte einen Stich im Herzen, *früher war alles anders*. Auf einem dritten Foto war Lisa neben ihrer besten Freundin Carmen abgebildet.

Laura nahm ihr Handy und wählte deren Nummer.

Das Mädchen meldete sich sofort. »Hallo, Frau Theis.« Sie war kaum zu verstehen, weil im Hintergrund laut geschrien und gelacht wurde.

»Carmen, wo bist du?«

»In der Schule, also, ich meine, im Bus. Sie wissen doch, heute ist der Ausflug.«

»Und Lisa ist nicht bei dir?«

»Hat Frau Bertrams Sie nicht …«

»Doch, hat sie. Aber Lisa wollte doch heute gemeinsam mit dir zur Schule.«

»Nein, wir wollten uns heute Morgen auf dem Schulhof treffen.«

»Moment mal.« Als Laura die Küche betrat, rutschte Sam vom Stuhl und ging zum Gäste-WC im Flur. Auf dem Tisch ließ er seine beiden Sandwiches zurück, ein halb geleertes Glas mit Orangensaft, daneben den offenen Tetra Pak. Der Schraubverschluss lag auf den Fliesen. Laura bückte sich und hob ihn auf. »Lisa hat mir am Freitag gesagt, sie würde das Wochenende bei dir und deinen Eltern verbringen und am Montag, also heute, mit dir zur Schule fahren.«

Carmens Antwort kam zögernd: »Äh, na ja …«

»Also war sie nicht bei dir?«

»Äh, nein, Frau Theis.«

Laura schraubte den Verschluss auf den Tetra Pak und räumte diesen in den Kühlschrank, ehe sie fragte: »Lisa hat dir gar nichts davon erzählt, richtig?«

Das Mädchen reagierte nicht. Laura hörte, wie Sam die Klospülung betätigte, und verspürte plötzlich den Drang, ebenfalls auf die Toilette zu gehen. »Carmen?«

»Es tut mir leid, Frau Theis, aber Lisa war am Wochenende nicht bei mir.«

»Ja, das hab' ich verstanden. Aber wo war sie denn dann?«

»Das weiß ich nicht. Sie hat mir ja nicht einmal gesagt, dass sie Ihnen gesagt hat, dass sie am Wochenende bei mir schläft und …«

Als die Haustür krachend zufiel, fuhr Laura herum. Sam hatte das Haus verlassen. Die Sandwiches, die noch auf dem Tisch lagen, hatte er vergessen.

»Danke, Carmen.« Laura warf das Telefon auf die Anrichte, schnappte die Brote und rannte ihrem Sohn hinterher. »Sam!«

Er blieb im Vorgarten stehen. Durch das Gestrüpp sah Laura den Bus, der sie zur Arbeit hätte bringen sollen, an der Haltestelle vorfahren. »Hier, die hast du vergessen.« Rasch drückte sie ihrem Sohn die Sandwiches in die Hand. »Ach, und Sam, hast du eine Ahnung, wo Lisa am Wochenende war?«

Er senkte den Kopf.

»Sam, hast du?«

Er presste die Lippen aufeinander.

»Mensch, Sam!«, rief sie ungeduldig aus.

Er zuckte zusammen.

Augenblicklich bereute Laura ihre heftige Reaktion. Aus den Augenwinkeln sah sie, wie der Bus anfuhr. »Sam, es tut mir leid.«

Er hielt den Blick gesenkt.

»Aber hat Lisa was zu dir gesagt?«

Er gab keinen Ton von sich.

Sie unterdrückte ein Seufzen. »Also weißt du nicht, wo sie ist?«

Sam schüttelte den Kopf. Laura zupfte ihrem Sohn den Pullover zurecht und strich ihm durch die Haare. »Dann mach dich auf den Weg, der nächste Bus fährt gleich.«

Wortlos schulterte er seinen Rucksack und schlurfte zur Haltestelle.

»Und denk dran«, rief sie ihm hinterher, »ich hab' dich lieb.«

Er drehte sich nicht um. Laura verspürte ein Gefühl der Hilflosigkeit. Aus der offenen Haustür drang ein Handyläuten. Sie rannte in die Diele.

Alex tat es seinem Hund gleich, der auf den Planken am Bug lag. Er sank tief in seinen Klappstuhl und streckte die Beine von sich. Mit geschlossenen Augen lauschte er den Wellen, die gegen die Außenhaut der *Endeavour* schwappten.

Der Name täuschte. Der Kutter war im Gegensatz zu seinem berühmten Namenspatron nicht sehr groß und nicht einmal gut in Schuss. Er hatte einen Außenbordmotor und eine kleine Kajüte und bot gerade genug Platz für vier Männer und einen Hund, die einmal pro Woche zum Angeln in das Wasserlabyrinth der Spree schipperten.

Das idyllische Keckern und Zirpen, das von der Uferböschung an Alex' Ohr drang, wurde vom Quietschen der Kajütentür gestört.

Norman setzte sich neben Alex und fragte: »Wie sieht's aus?«

»Noch hat keiner angebissen.«

»Das meinte ich nicht.«

Alex blickte fragend in das gebräunte Gesicht seines Freundes. Norman hatte seinen Anzug abgelegt und trug nur Shorts. Sein Oberkörper war muskulös und ebenfalls von tiefbrauner Farbe.

»Wie ich gehört habe, hat sich *Fielmeister's Beste* bei dir gemeldet«, sagte Norman.

»Ja, morgen ist Verköstigung.«

»Ehrlich? Glückwunsch!«

»Gratulier mir, sobald der Vertrag unterzeichnet ist.«

»Hast du Zweifel? Ich nicht, nicht bei deinen ...«

»Nicht meine«, korrigierte Alex. »Die Gurken meiner Mutter.«

Alex hatte ein Rezept für Spreewaldgurken im Nachlass seiner Mutter gefunden. Seither zog er selbst Gurken im Garten, legte sie dem Rezept entsprechend ein und bot sie als Zwischenmahlzeit in der *Elster* an. Seine Stammgäste waren angetan von der eigenwilligen Kreation, die sich schließlich sogar bis nach Berlin herumgesprochen hatte. Mit *Fielmeister's Beste* hatte ein großer Essensfabrikant, der seine Produktreihe um regionale Spezialitäten erweitern wollte, sein Interesse an dem Rezept bekundet.

»Wenn du dich morgen mit denen triffst, bleibt dann noch Zeit fürs Abendessen?«, fragte Norman.

»Klar, wenn Paul …«

»Was ist mit mir?«, tönte prompt dessen Stimme von achtern.

Alex bückte sich nach der Cola light, die zu seinen Füßen stand. »Du springst morgen Abend in der *Elster* ein, wie abgemacht, oder?«

»Klar, wie immer. Aber ich hab' noch 'ne bessere Idee: Da du jetzt unter die Hersteller gehst, mach doch die Kneipe einfach dicht. Für immer.«

Alex seufzte.

»Hey, Mann«, rief Paul, »erzähl mir nicht, dass dir das gefällt, jeden Abend in der Gesellschaft deiner Barhocker, die nicht wissen, wann sie ihr Limit erreicht haben, gerade du mit deinen …«

»Mit meinen was?«

»Du weißt genau, was ich meine«, murrte Paul.

»Also *ich* meine, dass wir zur Abwechslung mal über *deine* Probleme reden sollten.« Alex nahm einen Schluck von der Cola.

»Ich hab' keine Probleme.«

»Ha!«, rief Ben aus, der ebenfalls am Heck saß. »Ich sag' nur – fünf Jahre!«

»Hey, Jungs, das versteht ihr falsch, die Scheidung ist kein Problem mehr für mich …«

»Ha!«

»… sondern nur ein Beweis … Norman, sag' du auch mal was.«

»Mich darfst du nicht fragen«, antwortete Norman.

»Wen, wenn nicht dich? Du bist doch Scheidungsanwalt.«

»Ich bin glücklich verheiratet«, erwiderte Norman lächelnd.

Paul grummelte, weil es nicht die Antwort war, die er hatte hören wollen. »Trotzdem, ich bin überzeugt, ohne Frauen …«

»… ginge es uns Männern besser«, sagten Alex und Ben im Chor und verdrehten die Augen. »Weshalb wir, wenn es nach dir ginge, fortan alle in Keuschheit leben würden, ja, das haben wir mittlerweile begriffen.«

»Gut, denn das bewahrt euch vor Fehlern, wie ich sie gemacht habe.«

»Glaubst du nicht, dass man einige Erfahrungen selber machen muss?« Ben stand auf, weil seine Angelrute verdächtig zuckte.

Paul rümpfte die Nase. »Das ist jetzt der Sozialarbeiter, der aus dir spricht!«

»Aber habe ich recht oder nicht?« Ben sah über das Kajütendach hinweg erwartungsvoll Alex und Norman an.

»Na ja.« Alex führte die Cola light an den Mund, seine Stimme klang hohl. »Auf manche Erfahrungen hätte ich gut und gerne verzichten können.«

»Siehste«, sagte Paul, »das ist es, was ich vorhin meinte, Alex. Diesen ganzen Scheiß vor drei Jahren hast du noch gar nicht …«

»Doch«, unterbrach ihn Alex schroff, »doch, das ist endgültig vorbei.«

Laura warf einen hoffnungsvollen Blick auf ihr Handy. Aber der Anrufer war nicht Lisa.

»Rolf, was willst du schon wieder?«

»Hören, ob du dich beruhigt hast«, antwortete ihr Mann. »Klingt nicht danach.«

»Na und?«

»Ich möchte das Gespräch fortführen, das du vorhin unterbrochen hast.«

»Ich hab' alles gesagt, was ich zu sagen habe.«

»Nein, Laura, so einfach kannst du dir ...«

»Einfach?« Fast hätte sie gelacht. Ihr fielen ein Dutzend Antworten ein, die sie ihm gerne ins Ohr geschrien hätte. Zum Beispiel, wie wenig sie noch immer damit klarkam, dass er sie hintergangen und verlassen hatte. Oder wie sie um das Haus kämpfte und gegen die Schulden, wie sie sich täglich zur Arbeit nach Berlin quälen musste, weil er keinen Unterhalt zahlte. Dass die Einkünfte aus dem Callcenter-Job trotzdem nur knapp für den täglichen Bedarf reichten. Oder dass die Kinder ihr immer mehr Sorgen bereiteten, nicht nur Sam, sondern seit neuestem auch Lisa.

Doch stattdessen fragte sie ihn: »Rolf, war Lisa am Wochenende bei dir?«

»Ob Lisa bei uns war?«, echote ihr Mann überrascht.

»War sie oder nicht?«

»Nein, wie ich dir vorhin bereits sagen wollte, waren wir ...«

»Ja, und ich hab' dir gesagt, dass mich das nicht interessiert.«

»Dann frag doch nicht danach.«

»Ich hab' nicht danach gefragt, was du am Wochenende unternommen hast, sondern ob Lisa bei dir war.«

»Nein, war sie nicht.«

»Hat sie sich bei dir gemeldet?«

»Was soll die Fragerei?«

»Ja oder nein?«

»Nein, hat sie nicht. Was soll das alles?«

»Nichts.«

»Wenn nichts wäre, würdest du nicht fragen.«

Laura schwieg.

»Hey, Laura, ich bin immer noch ihr Vater, der ...«

»Ja, der sie hat sitzenlassen, oder sehe ich das falsch?«

Rolf knurrte. »Ich habe die Kinder nicht sitzenlassen.«

»Richtig, du hast *mich* sitzenlassen, wie konnte ich das nur verwechseln?«

»Sorry, aber das bringt uns jetzt nicht weiter.« Einen Moment lang war nur sein schweres Atmen zu hören, mit dem er seine Verärgerung zu zähmen versuchte. »Also, was ist mit Lisa?«

»Nichts, das sagte ich doch schon.«

»Laura, verdammt!«

Laura schwieg einige Sekunden, ehe sie sagte: »Ihre Lehrerin hat mich vorhin angerufen. Lisa ist nicht in der Schule. Und sie fehlt nicht zum ersten Mal.«

»Was sollte die Frage nach dem Wochenende?«

Nach kurzem Zögern erwiderte sie: »Lisa hat mir am Freitagabend erklärt, dass sie das Wochenende bei ihrer Freundin verbringen will. Doch die weiß von nichts.«

»Das heißt, Lisa ist schon das ganze Wochenende verschwunden? Verdammt, wie oft soll ich dir noch sagen, dass du besser auf sie ...«

»Rolf«, unterbrach sie ihn. »Wie war das noch? *Das* bringt uns nicht weiter.«

»Na ja«, entgegnete er leise, »wahrscheinlich machst du dich völlig umsonst verrückt. Lisa ist sechzehn, da hat man nun mal Flausen im Kopf. Damals haben wir beide doch auch unsere Eltern belogen und manchmal den Unterricht geschwänzt. Kannst du dich noch erinnern? Bestimmt hat sie das Wochenende bei ihrem Freund verbracht, diesem ... diesem ... Wie heißt er noch gleich? Thorsten oder ...«

»Thomas. Mit dem ist seit Monaten Schluss.«

»Ach, ehrlich?«

»Ich dachte, du bist ihr Vater, der ...«

»Laura, verdammt«, rief Rolf verärgert aus, »Lisa lebt unter *deinem* Dach ...«

»Das immer noch undicht ist!«

»… und *du* trägst die Verantwortung …«

Ehe er den Satz beenden konnte, schmiss Laura das Handy aufs Sofa. Sie wollte keine Vorwürfe mehr hören, doch vor allem wollte sie sich nicht verrückt machen. Aber sie war auf dem besten Wege.

Alex betrachtete die Cola-Flasche in seiner Hand. Er spürte den Blick, mit dem Norman ihn musterte. Plötzlich befielen ihn Zweifel. War es das wirklich? Vorbei? Hatte er mit den drei Jahre zurückliegenden Ereignissen tatsächlich abgeschlossen? Wenn er nicht einmal mit einer Frau plaudern konnte, ohne in das erstbeste Fettnäpfchen zu treten.

Am Ufer stieß ein Kormoran ein kehliges Krächzen aus. Es klang wie Hohn. Bens Angel pendelte wild auf und ab. Rasch hob er sie aus der Halterung und rang mit dem Fisch, offenbar ein kapitaler Fang.

Alex griff nach der Post in seinem Rucksack. Im nächsten Moment stand Gizmo wieder neben ihm.

»Hast du vorhin nicht verstanden?«, fragte Alex.

Der Retriever leckte sich die Lefzen.

»Nein, natürlich nicht.«

Mit Hilfe seines Haustürschlüssels öffnete Alex die drei Kuverts der Brauereien. Wie erwartet enthielten sie Rechnungen. Augenblicklich verlor er das Interesse an den übrigen Briefen und holte stattdessen die Nirvana-CD hervor. Er klappte die Hülle auf und blätterte durch das Booklet. Es fiel ihm schwer, sich auf das Gedruckte zu konzentrieren.

Seine Gedanken schweiften ab. Vor drei Jahren hätte er sich gar nicht erst in die Nähe einer Frau gewagt. Selbst seine Freunde hatten ihm kein Wort entlocken können. Seine einzige Gesellschaft war eine Flasche Wodka, die ihm Trost spendete.

Hätte ihn vor einem Jahr nicht die Nachricht vom Tod seines

Vaters erreicht, wäre er sicherlich nie von seiner Alkoholsucht losgekommen. Alex war nach Finkenwerda gefahren, um den Nachlass seiner Eltern zu regeln, ihr Haus am Dorfplatz, die Kneipe im Erdgeschoss.

Damals hatte er beschlossen, die *Elster* nicht zu veräußern. Seine Freunde hatten Bedenken angemeldet und ihn gar für verrückt erklärt. Rational betrachtet, war es sicherlich keine kluge Entscheidung, dass ein Säufer eine abgewirtschaftete Kneipe in einem abgelegenen Kaff übernehmen wollte.

Vielleicht hatte er damals tatsächlich gehofft, sich in der *Elster* endgültig den Rest zu geben. Es war alles anders gekommen. Er hatte sein Alkoholproblem in den Griff gekriegt. Im Haus seiner Eltern, in deren Kneipe, an der Seite von Gizmo, mit seinen Freunden und den Erinnerungen an eine andere, an eine bessere Zeit.

Bens Jubelruf riss ihn aus seinen Gedanken. Auf den Bootsplanken zappelte ein gewaltiger Karpfen. Paul applaudierte. Gizmo bellte. Alex strich ihm durchs Fell und ließ seinen Blick über das im Sonnenlicht glitzernde Wasser, das Schilf und die Bäume schweifen *Deshalb*, dachte Alex, *bin ich hiergeblieben.* Und deshalb hatte er sein Leben in den Griff bekommen. Seine Rückkehr nach Finkenwerda war zugleich eine Reise zurück an den Anfang gewesen. Die Chance auf einen Neubeginn.

»Gut«, sagte Norman, als wüsste er um Alex' Gedanken.

Vielleicht tat er das tatsächlich. Er war sehr viel einfühlsamer, als es sein Aussehen vermuten ließ. Vor Gericht begingen viele seiner Gegner den Fehler, ihn falsch einzuschätzen. Tatsächlich aber war er als Anwalt klug, gewissenhaft und integer. Und von ihnen allen zweifellos der Besonnenste. Der Kauf der abgetakelten *Endeavour* ein Jahr zuvor war wahrscheinlich die zweifelhafteste Unternehmung, in die Norman je eingewilligt hatte. Ansonsten zeichnete er sich vor allem durch seine Beständigkeit aus. Seit seiner Geburt lebte er im nahe gelegenen Brudow und hatte den Ort nur fürs Studium verlassen. Anschließend war er zurückgekehrt, hatte die Kanzlei eröffnet und seine Jugendliebe geheiratet, die ihm zwei zauberhafte Kinder gebar, eine Tochter und einen Sohn, dessen Patenonkel Alex war. Jeden zweiten Dienstag besuchte Alex den Jungen.

»Ja«, sagte Alex, »um deine Frage zu beantworten.«

»Äh«, entgegnete Norman. »Welche Frage?«

»Es bleibt bei morgen. Ich komme zum Abendessen.«

Norman lachte. Alex legte die CD beiseite und öffnete die restlichen Briefe. Der Gaststättenverband lud zur Hauptversammlung. Das Finanzamt kündigte eine Rückerstattung an. Das Kuvert der Stadt Berlin enthielt einen weiteren verschlossenen Brief, den die Senatsverwaltung für Bildung, Wissenschaft und Forschung an ihn weitergeleitet hatte. Dessen Absender lautete *Arthur Steinmann, Harnackstraße 18, Berlin*. Dieser Brief war handgeschrieben.

Während Alex von der Cola trank, überflog er die ersten Zeilen. Vor lauter Schreck spuckte er alles wieder aus.

»Alex?«, fragte Norman mit einem sorgenvollen Unterton. »Alles in Ordnung?«

Alex reichte ihm den Brief.

Laura hob das Telefon vom Sofa auf und wählte Lisas Nummer. Erneut erreichte sie nur die Mailbox. Diesmal verzichtete sie auf eine Nachricht, stattdessen rief sie noch einmal Lisas Freundin an. »Carmen, ist Lisa bei Tommy?«

Wegen der Hintergrundgeräusche drangen nur Wortfetzen an Lisas Ohr: »... glaube ... halte ... dort ... Warten Sie ... *Könnt ihr verdammt noch mal die Schnauze halten!*« Schlagartig kehrte Ruhe ein. »Frau Theis? Wenn Lisa wieder was mit ihm gehabt hätte, dann hätte sie mir ganz sicher davon erzählt.«

»Tatsächlich?«, fragte Laura. »Ich meine, Lisa hat dir noch

ganz andere Dinge nicht erzählt, zum Beispiel, wo sie das Wochenende verbringt. Und das, obwohl du ihr Alibi warst.«

»Na ja …« Carmen klang mit einem Mal verunsichert. Offenbar war ihr dieser Gedanke noch gar nicht gekommen.

»Könnte Lisa also bei Tommy sein?«

»Ich weiß nicht, aber …«

»Aber was?«

»Tommy hat erzählt, er hätte am Wochenende, also, na ja, sturmfreie Bude.«

Gizmo spürte die plötzliche Anspannung an Bord. Wie zur Besänftigung bettete er seine haarige Schnauze auf Alex' Oberschenkel und blickte ihn aus großen, braunen Retrieveraugen an. Alex strich ihm durchs Fell, während er Norman bei der Lektüre des Briefes beobachtete.

»Offen gestanden, weiß ich nicht, was ich dazu sagen soll.« Norman fuhr sich mit der Hand durch die blonden Haare.

»Nicht?«, entgegnete Alex skeptisch.

»Na gut, okay«, Norman lächelte gequält und verschränkte die Arme vor der nackten Brust. »Mir geht da was durch den Kopf und … Herrgott!«

Unversehens kippte die *Endeavour* zur Seite. Ben hangelte sich entlang der schmalen Reling zum Bug.

»Na, Jungs, was haltet ihr davon? Das ist doch mal ein Prachtkerl!« Wie einen Pokal reckte Ben den Fisch in die Höhe. Als er die betretenen Gesichter seiner beiden Freunde bemerkte, ließ er seine Arme sinken. »Was ist los mit euch? Seid ihr unter die Tierschützer gegangen?«

Norman suchte Alex' Blick. Dieser nickte nur, nahm das Schreiben wieder an sich und studierte es erneut. Die Zeilen verschwammen vor seinen Augen. Er hörte, wie Norman den Briefinhalt für Ben in wenigen Sätzen wiedergab.

Noch ehe Norman seine Zusammenfassung beendet hatte, gesellte sich Paul zu ihnen und fragte: »Der Absender, dieser … Arthur Steinmann, ist er … Ich meine … Alex, kann es sein, dass er …?«

»Woher soll ich das wissen?«, entgegnete Alex lauter als beabsichtigt.

Ben gab den Karpfen in einen Wassereimer. »Glaubst du ihm?«

Alex betrachtete den Brief. Die Schrift war ungelenk, als hätte jemand in heller Aufregung das Schreiben verfasst.

Lieber Alex,
ich weiß nicht, wie ich es Dir sagen soll. Ich habe diesen Brief schon viele Male geschrieben, ihn immer wieder zerrissen und noch einmal von vorne begonnen. Es ist so schwierig, die richtigen Worte zu finden. Vielleicht ist es besser, ich falle mit der Tür ins Haus, auch auf die Gefahr hin, Dich zu verstören. Ich hoffe, Du siehst es mir nach.

Ich bin Dein Vater. Dein leiblicher Vater. Deine Mutter, die leider schon verstorben ist, und ich haben Dich wenige Monate nach Deiner Geburt in Berlin zur Adoption freigegeben und …

»Vielleicht ist das nur ein Scherz«, sagte Ben unvermittelt.

»Und was, wenn nicht?«, entgegnete Paul. »Immerhin wurde dieser Brief über die Senatsverwaltung zugestellt, ist also hochoffiziell. Alex, haben deine Eltern, also, ich meine, die Eltern, bei denen du aufgewachsen bist …«

»*Meine* Eltern!«, unterbrach Alex ihn. »Und nein, sie haben nichts dergleichen angedeutet.«

»Bist du dir sicher?«

»Verdammt, ja!«, brüllte Alex, und Gizmo sprang knurrend auf. »Glaubst du etwa, so etwas vergisst man?«

»Nein, wahrscheinlich nicht.« Paul zögerte. »Aber warum meldet er sich ausgerechnet jetzt?«

Laura durchsuchte das Adressbuch ihres Handys nach Tommys Nummer, bis ihr einfiel, dass sie sie bereits gelöscht hatte.

Sie lief in die Küche und suchte an einer Pinnwand, an der neben etlichen Postkarten und Einkaufslisten auch ein Blatt mit diversen alten Telefonnummern haftete, nach Tommys Nummer. Als sie sie endlich fand, war sie froh um Lisas Nachlässigkeit, die trotz mehrmaliger Bitten keinen einzigen der Zettel entsorgt hatte.

Laura wählte Tommys Nummer und lauschte dem Freizeichen. Niemand nahm ab. Eine Mailbox sprang ebenso wenig an. Unschlüssig irrte Lauras Blick durch die Küche, wanderte über einen feuchten Fleck an der Decke zu der grellgelben Küchenuhr in Sonnenblumenform, deren grüner Sekundenzeiger laut tickte.

Als sie in den Flur ging, rief sie im Callcenter an. Während sich die Verbindung aufbaute, überlegte Laura sich eine Entschuldigung für ihren Chef. Da ihr keine passende Erklärung einfiel, war sie beinahe erleichtert, als das Besetzt-Zeichen erklang.

Sie nahm ihre Handtasche vom Sideboard, verriegelte die Haustür und ging zu einem kleinen Fertigbau, der nur wenige Meter entfernt lag. Nach dem ersten Klingeln öffnete ihr Schwager die Tür. »Laura, das ist aber …«

Sie ließ ihn nicht ausreden. »Frank, ich hab' eine Bitte. Ich brauche kurz euren Wagen.«

»Klar, nimm den Golf von Renate.« Frank drehte sich zu seiner Frau um, die hinter ihm im Flur erschien. »Schatz, den brauchst du doch gerade nicht, oder?«

»Hallo, Laura«, grüßte Renate. »Musst du heute nicht arbeiten?«

»Doch, doch, aber … erst später. Vorher muss ich noch etwas erledigen. Einkäufe, ihr wisst schon.«

Renate nahm einen Schlüssel von einem Brett, das an der

Wand hing, und gab ihn Laura. »Ich brauche den Wagen erst gegen Mittag.«

»Bis dahin hast du ihn zurück«, versprach Laura und eilte mit dem Autoschlüssel zur Garageneinfahrt.

»Laura?«, rief Renate.

»Ja?«

»Ist alles in Ordnung? Du siehst … beunruhigt aus.«

»Ach was.« Laura zwang sich zu einem Lächeln. »Alles okay.«

Alex überflog den Brief ein weiteres Mal. »Dieser Steinmann schreibt, es gehe ihm nicht gut. Er sei unheilbar krank und werde sterben. Vorher möchte er seinen Sohn kennenlernen. Ihm einiges erklären. Sich entschuldigen.«

»Wirst du dich mit ihm treffen?«, erkundigte sich Paul.

»Was weiß denn ich? Ich hab' den Brief vor wenigen Minuten zum ersten Mal gelesen.«

Alex sank in den Klappstuhl zurück. Die Sonne brannte jetzt, und Schweiß perlte auf seiner Stirn. Er wischte ihn weg. Als Gizmos raue Zunge über die salzige Hand schleckte, scheuchte Alex den Retriever fort.

»Aber dieser Steinmann, er hat eine Telefonnummer angegeben, oder?« Paul sah Alex fragend an.

»Ja.«

»Du hast doch dein Handy dabei. Ruf ihn an, red mit ihm, lass dir erklären …«

»Klar doch, kein Problem, ich lasse mir mal eben kurz erklären, warum ich fünfunddreißig Jahre lang …«

»Moment«, warf Ben ein, »noch ist gar nicht sicher, ob was dran ist an diesem Brief. Das sollten wir zuerst überprüfen.«

»Wir?« Alex hob erstaunt den Kopf.

Ben zuckte mit den Achseln. »Ich dachte, du könntest vielleicht Hilfe gebrauchen. Ich kenn' mich mit solchen Fällen aus.«

Ben war in einem Berliner Vorort aufgewachsen und hatte nach seinem Studium als Streetworker in den Problembezirken der Stadt gejobbt. Als der Senat im Zuge seiner Haushaltskonsolidierungen Sozialstellen gestrichen hatte, war ihm gekündigt worden. Seitdem fuhr er Taxi, um sich die Miete für den folgenden Monat zu verdienen. Zudem nahm er an Seminaren und Fortbildungen teil und kam mehrmals pro Woche nach Finkenwerda, wo er im ehemaligen Jugendclub für ein paar Stunden ehrenamtlich Hausaufgabenhilfe anbot und einen PC mit Internetanschluss sowie eine wackelige Billardplatte zur Verfügung stellte. *Besser als nichts*, pflegte er zu sagen und ließ dabei im Unklaren, ob er damit das Angebot für die Jugendlichen oder seine eigene Beschäftigung meinte.

»Früher hatte ich häufig mit Adoptivkindern zu tun, die herausfinden wollten, wer ihre leiblichen Eltern waren«, fügte er erklärend hinzu. »In Berlin müssen sie dafür zur Adoptionsvermittlungsstelle, die der Senatsverwaltung für Bildung, Wissenschaft und Forschung unterstellt ist.«

»Und die rücken die Infos dann einfach so raus?«, fragte Paul.

Norman lächelte milde. »Jedes Adoptivkind, das seine Volljährigkeit erreicht hat, darf Einsicht in seine Akten nehmen.«

»Das mag sein«, erwiderte Alex, »nur dass ich gar nicht herausfinden muss, wer meine leiblichen Eltern sind.« Er wedelte mit dem Brief. »Ich weiß es jetzt.«

»Vorausgesetzt, es stimmt«, warf Ben ein.

Paul schnaubte. »Warum sollte jemand so einen Brief schreiben, wenn es nicht wahr ist? Was für einen Sinn hätte das?«

»Vielleicht handelt es sich dabei nur um einen Irrtum«, entgegnete Ben. »Ein Behördenfehler. So etwas darf natürlich nicht passieren, aber in Zeiten knapper Kassen und in Anbetracht der zahlreichen Entlassungen und Personalüberlastung ...« Er seufzte theatralisch. »Jeder weiß, dass so etwas sehr wohl passiert.«

Ja, dachte Alex erleichtert, *das ist es!* Dieser Brief würde sich bei genauerer Prüfung als Fehler herausstellen. Er faltete den Brief zusammen, schob ihn in seine Gesäßtasche, legte den Kopf wieder in den Nacken und schloss die Augen. Aber das zufriedene Gefühl, das er noch vor kurzem empfunden hatte, wollte sich nicht mehr einstellen.

»Nein«, sagte er und öffnete die Augen, »das alles ist kein Irrtum. Obwohl speziell dieser Brief sehr wohl ein Irrtum sein könnte.«

»Hä?« Ben und Paul sahen ihn irritiert an. »Was redest du da?«

»Versteht ihr nicht? Selbst wenn dieser Brief ein Irrtum ist, bleibt trotzdem eine entscheidende Frage.« Alex wandte sich zu Norman.

Dieser nickte, als beschäftigte ihn diese Frage schon eine ganze Weile. »Warum befindet sich dein Name überhaupt in einer Adoptionsakte?«

»Na, du Gartenzwerg!«

Sam erschrak, als einer der älteren Jungen aus dem Dorf auf einem Mountainbike an ihm vorbeifuhr und mit Zeige- und Mittelfinger ein V formte. Sam hielt die Sandwiches umklammert, während er vorgab, die Tafel an der Bushaltestelle zu studieren. Er war den Tränen nahe. Erst als der Typ sein Fahrrad vor dem Supermarkt abstellte und das Geschäft betrat, wagte Sam wieder einen Blick hinüber zu seiner Mutter.

Viel zu schnell setzte sie das Auto vom Grundstück seines Onkels zurück. Sie war wieder einmal zu spät und gab Sam die Schuld, weil er zu langsam war. Doch er konnte nichts dafür, dass sein Fuß noch immer schmerzte. Zudem war es ihre eigene Schuld, dass sie den Bus zur Arbeit verpasst hatte. Hätte sie nicht so einen Wirbel um Lisa gemacht, wäre das nie geschehen.

Sams Schwester war schließlich nur übers Wochenende weggefahren. Sie hatte Sam versprochen, wieder nach Hause zu kommen. Plötzlich fiel ihm ein, dass ihre Mutter nichts von Lisas Ausflug wusste, und er bekam ein schlechtes Gewissen. Allerdings wurde dieser Gedanke dadurch verdrängt, dass er sich fragte, was er die folgenden sechzig Minuten tun sollte. Denn der nächste Bus fuhr nicht *gleich*, wie Sams Mutter behauptet hatte, sondern erst in einer Stunde. Sam bedauerte, dass seine Mutter häufig Dinge durcheinanderbrachte oder sie schlichtweg vergaß. Meist war sie in solchen Fällen wütend auf ihn. Er hätte sich gefreut, wenn sie ihn wenigstens im Wagen mitgenommen und auf dem Weg nach Berlin vor der Schule abgesetzt hätte. Doch auch daran hatte sie vermutlich nicht gedacht.

Sam wünschte sich in diesem Moment, seine Schwester wäre bei ihm. Sie hätte gewusst, wie sie die Wartezeit verkürzen könnten. Sam sah, wie der Typ mit zwei Cola-Flaschen wieder aus dem Supermarkt kam und sich auf sein Mountainbike schwang. Er fuhr auf Sam zu, zeigte ihm den Mittelfinger und rief: »Na, du Schwuchtel!«

Sam verspürte wenig Lust, eine Stunde alleine an der Bushaltestelle herumzustehen. Wer wusste schon, welche Jugendlichen gleich noch vorbeikämen und Gemeinheiten ausheckten.

Unschlüssig stand er auf dem Bürgersteig, bis er einen Comic entdeckte, der aus einem Mülleimer am Straßenrand herausragte. Es war ein Simpsons-Heftchen, ziemlich abgegriffen, aber noch lesbar.

Er rollte den Comic zusammen und begab sich von der Dorfstraße auf einen schmalen Pfad, der in den Wald führte. Nach wenigen Metern verließ er den Waldweg, sprang über einen umgestürzten Baum und stapfte durch knisterndes Unterholz zu einer Uferlichtung. Er suchte sich einen sonnigen Platz, der nicht zu sehr von Käfern und Ameisen bevölkert war, machte es sich im Schneidersitz bequem und schlug das Comic-Heft auf.

Daheim durfte er die Simpsons nur selten im Fernsehen gucken, weil es um sechs Uhr, wenn die Serie ausgestrahlt wurde, Abendessen gab. Aber er mochte die gelbe Familie, weil sie allen Streitigkeiten zum Trotz immer wieder zueinanderfand. Und tat sie es einmal nicht, vergoss Bart Simpson keine Träne. Er wurde von niemandem gehänselt, hatte Freunde, mit denen er selber Streiche ausheckte. Er hatte nicht einmal Angst vor Hunden. Sam wäre gerne so cool wie Bart Simpson gewesen.

Während er den Comic las, konnte er wenigstens davon träumen, es zu sein.

Kapitel 5

Fünf Tage nachdem meine Mutter weinend an der Haustür erschienen war, stand ich wie versteinert auf dem Friedhof und sah zu, wie sechs unserer Nachbarn den Sarg, in dem sich mein Vater befand, in ein Erdloch hievten.

Es kommt mir so vor, als wäre das Begräbnis erst gestern gewesen. Ich erinnere mich noch gut an das quälende Gefühl, nicht mehr weinen zu können.

Meine Mutter kauerte mit fahlem Gesicht auf einem Stuhl neben mir, aufrecht gehalten nur von Tante Hilde und Onkel Rudolf, die seit dem Tod meines Vaters nicht von ihrer Seite gewichen waren. Als der Moment des Abschieds kam, goss es in Strömen. Der Regen prasselte auf die Schirme der trauernden Dorfgemeinde. Ein Klackern wie das der Dominosteine, die ihre Bahnen über unsere Terrasse gezogen hatten.

Die Erinnerungen, die dieses Geräusch in mir auslöste, erschienen mir in diesem Moment so unerträglich, dass ich nur noch fort vom Friedhof wollte. Doch ich konnte mich nicht bewegen. Ich spürte eine unbändige Wut, die das Gefühl der Trauer verdrängte.

Nur einen morschen Dachbalken hatte mein Vater an jenem Nachmittag austauschen wollen. Der Balken war nicht einmal eine tragende Stütze gewesen, weshalb mein Vater auch meine Hilfe ausschlug und mich stattdessen aus dem Stall und zum Dorfplatz schickte. Zum Abschied winkte er mir mit der *Karo* zwischen den Fingern, während er meiner Mutter versprach, sie anlässlich des Herbstfestes gewaschen und geschniegelt auszuführen.

Als er abends doch im Stall blieb, machte sich niemand Sorgen. Nur zu gut wussten wir, dass mein Vater bei der Handarbeit meist die Zeit vergaß. Zudem bekam meine Mutter im Verlauf des Abends Kopfschmerzen und wollte für einige Minuten die Augen schließen.

Nach drei Stunden erwachte sie, weil meine Tante und mein Onkel an die Tür klopften. Mutter bat ihren Bruder, nach meinem Vater zu sehen. Wahrscheinlich sei er, so scherzte sie noch, in seinem Eifer erschöpft von der Leiter gefallen.

Dr. Föhringer, unser Dorfarzt, erklärte später, mein Vater hätte sich, nachdem ein morscher Balken seinem Gewicht nicht standgehalten hatte, noch eine ganze Weile auf dem Steinboden gewälzt. Direkt vor dem gusseisernen Schweinetrog, der sein Rückgrat wie einen trockenen Ast zerbrochen hatte. Doch als mein Onkel ihn im Stall fand, war mein Vater längst seinen inneren Verletzungen erlegen, langsam und qualvoll – während ich mit Harald zu der Musik der Stern-Combo Meißen ausgelassen auf dem Dorfplatz getanzt hatte.

»Kleines!«, flüsterte eine Stimme neben mir.

Ich zuckte zusammen. *Kleines*, so hatte mein Vater mich immer genannt.

Eine Hand berührte meine Schulter. Ich blinzelte und sah direkt vor mir Blumen und Erde in die Tiefe fallen. Ich stand dicht am Grabrand.

»Sei bitte vorsichtig«, mahnte mein Onkel, der noch immer meinen Arm umfasst hielt, damit ich nicht kopfüber in das Erdloch stürzte. Mir erschien der Gedanke in dieser Sekunde verlockend.

Der Regen gewann noch einmal an Heftigkeit. Ich blickte auf die Trauergäste, die der Reihe nach zum Grab gingen. Es dauerte noch eine Weile, bis ich begreifen sollte, dass an jenem Tag auch mein eigenes Leben begraben wurde.

Kapitel 6

Für einen kurzen Moment schaute Laura auf ihr Handy, um Lisas Nummer zu wählen. Als sie ihren Blick zurück auf die Straße richtete, fuhr der Golf jenseits der Mittellinie. Und frontal auf einen Lkw zu.

Entsetzt ließ Laura das Telefon fallen und riss mit beiden Händen das Steuer herum. Der Transporter donnerte an ihr vorbei, seine Hupe dröhnte in ihren Ohren. Sie fuhr den Wagen an den Straßenrand und hörte nur noch ihr eigenes Herzklopfen, unter das sich Techno-Lärm, die Stimme ihrer Tochter und gleich darauf ein Piepton mischten. Schlagartig entlud sich Lauras Anspannung.

»Scheiße, Lisa!« Zornig nahm sie das Handy zur Hand. »Glaubst du etwa, ich hätte keine anderen Sorgen? Ich weiß wirklich nicht, was du dir dabei denkst, aber … Darüber müssen wir reden. Das geht so nicht weiter. Ich hoffe, das ist dir klar.«

Sie legte das Telefon auf den Beifahrersitz und sah in den Rückspiegel. Der Lkw war nur noch ein Punkt am Ende der Landstraße.

»Das hätte mir gerade noch gefehlt«, murmelte sie. Mit zitternden Fingern legte sie den Gang ein und gab wieder Gas. Sie versuchte, sich zu beruhigen; schließlich war niemandem geholfen, wenn sie verunglückte. Weder Lisa noch ihr selbst. Sie mochte gar nicht daran denken, wie ihre Schwägerin reagiert hätte, wenn sie deren Wagen zu Schrott gefahren hätte.

Sie konnte froh sein, dass sie Renates Golf gelegentlich benutzen durfte. Das war nicht selbstverständlich, nicht nach allem, was passiert war. Doch obwohl Lauras Ehe mit Rolf zerrüttet war, verstand sie sich mit seinem Bruder und dessen Frau noch immer sehr gut. Denn auch Frank und Renate missbilligten Rolfs Verhalten – seine Affäre, die Trennung.

An der Dorfstraße in Neu-Heilsdorf standen, anders als in Finkenwerda, in langer Reihe gepflegte Einfamilienhäuser. Kleine Vorgärten, Palisadenzäune, Blumenrabatten, Briefkästen. Laura musste sich kurz orientieren, bis ihr der Weg zum Haus von Tommys Eltern wieder einfiel. Keine fünf Minuten später stand sie vor der Tür und klingelte mehrmals. Doch niemand öffnete.

Entmutigt kehrte sie zum Wagen zurück. Als sie einsteigen wollte, sah sie, wie sich hinter einem der Fenster im oberen Stockwerk das Rollo bewegte. Sofort rannte sie zurück zur Tür, klingelte und klopfte zugleich. »Tommy!« Sie hämmerte noch stärker gegen die Tür. »Lisa!«

Die Tür öffnete sich wenige Zentimeter und gab den Blick auf Tommy frei, der nur Boxershorts trug. »Ist Lisa bei dir?«

»Was?«, fragte er, während er ein Gähnen unterdrückte und sich unter den Achseln kratzte.

»Tommy, war sie dieses Wochenende bei dir?«

»Nee, bin alleine.«

In diesem Moment rauschte im Haus die Klospülung und strafte Tommys Aussage Lügen. Tommy errötete und wollte die Tür zudrücken. Laura kam ihm zuvor und drängte sich an ihm vorbei. »Wo ist sie?«

»Hey!«, rief er überrascht aus, doch Laura lief bereits auf eine Wendeltreppe zu, die ins Obergeschoss führte.

»Frau Theis!«, jammerte Tommy.

Laura eilte die Stufen hinauf.

»Warten Sie!«

Oben angekommen, rannte Laura in das erstbeste Zimmer, dessen Tür nur angelehnt war. Süßer Rauch hing in der Luft. Auf dem Bett lag eine Decke, unter der schwarzen Haare hervorquollen. Mit einem wütenden Ruck riss Laura die Decke herab. »Verflixt, Lisa!«

Eine nackte Frau stieß einen spitzen Schrei aus. Mit ihren Händen bedeckte sie ihre Blöße. Aber sie war nicht Lisa.

Alex entstieg dem BMW, den sein Freund bis vor die *Elster* gefahren hatte.

»Wir können das Abendessen morgen verschieben«, bot Norman an, »also falls du lieber …«

»Blödsinn!« Alex schulterte seinen Rucksack, befreite Gizmo aus dem Kofferraum und schlug die Klappe zu. »Bis morgen.«

Norman gab Gas, hupte und düste Richtung Brudow davon. Ben und Paul marschierten mit dem Fischeimer und Gizmo im Schlepptau auf eines der verfallenen Gebäude am anderen Ende des Dorfplatzes zu. Ursprünglich hatten sie vorgehabt, im Jugendclub den Fisch zuzubereiten. Doch Alex war der Appetit vergangen. Zudem brannte seine Kopfhaut, er hatte sich auf der *Endeavour* wohl einen leichten Sonnenbrand geholt. Er rief nach seinem Hund, der ihm nur widerstrebend zur Kneipe folgte. In das Klirren der Haustürschlüssel mischte sich Bens Stimme. »Alex!«

Alex drehte sich um und schirmte die Augen mit der Hand ab. Ben eilte auf ihn zu. »Also, falls wir die Sache mit dem Brief überprüfen wollen ...«

»Wozu?«, unterbrach Alex ihn. »Ich denke, wir sind uns einig, dass es kein Irrtum ist.«

»Ja, natürlich!« Ben kratzte sich die unrasierte Wange. »Aber falls du trotzdem meine Hilfe brauchst ... Du weißt, wo du mich findest.«

»Ja, danke.« Alex entriegelte die Tür zur *Elster*. Gizmo drängte sich an seinen Beinen vorbei in das kühle Gebäude, rannte hinter den Tresen und trank aus einem Wassernapf.

Alex hingegen verharrte einige Sekunden im Durchgang, ließ den vertrauten Anblick des Schankraums auf sich wirken. Die Gaststätte hatte die beste Zeit sicherlich längst hinter sich, und *traditionell* war nur noch eine höfliche Umschreibung für ihr Interieur: blasse Milchglasfenster, Strukturtapete, vergilbte Fotos an der Wand, zwei Spielautomaten, ein Stammtisch in der Ecke, ein Telefonapparat mit einer Wählscheibe unterm Tresen und Holzleuchter, die von der Decke baumelten und mit goldgelbem Licht – und mit sehr viel Entgegenkommen – einen Hauch von Gemütlichkeit verbreiteten. Dennoch war all dies ein wichtiger Teil seiner Vergangenheit und erinnerte ihn an eine andere Zeit. Plötzlich hatte Alex einen Kloß im Hals.

Gizmo kam hinter der Theke hervor und wedelte mit dem Schwanz. Er sah Alex an, als würde er fragen: *Was machen wir jetzt?*

»Wenn ich das bloß wüsste«, sagte Alex.

»Äh, was?«

Alex fuhr herum. »Mensch, Paul, wolltest du nicht mit Ben zu Mittag essen?«

»Ja, doch, gleich.« Paul folgte ihm in die Kneipe. Die alten Dielenbretter knarzten unter ihren Schuhen. »Aber vorher wollte ich mit dir reden.«

Alex erreichte die Theke, auf der ein Einmachglas mit drei Gewürzgurken stand, eingelegt nach dem Rezept der Frau, von der er nicht mehr sicher sagen konnte, ob sie seine Mutter war. Wie von selbst glitten Alex' Finger über den Brief in seiner Hosentasche. Das Papier fühlte sich heiß an, als brenne es sich durch den Jeansstoff in seine Haut.

»Weißt du«, sagte Paul, »ich wollte dich fragen, was du nun vorhast.«

»Dasselbe wie jeden Tag: die Kneipe aufmachen und …«

»Nein, nein, das meinte ich nicht.« Paul hielt die Hände vor dem Bauch gefaltet. Er war einen halben Kopf kleiner als Alex, leicht untersetzt und bereits teilweise ergraut. »Ich meinte, falls du … oder Ben … oder ihr beide was wegen deiner … Also, falls ihr was unternehmt.«

»Das weiß ich noch nicht.«

»Ja, natürlich, aber … falls doch, weißt du, dann … fände ich es toll, wenn ich dabei wäre. Es wäre eine interessante …«

»Stopp!«, befahl Alex. »Willst du mir gerade sagen, dass …«

»… ich darüber schreiben möchte, ja. Ich glaube, es wäre eine interessante Geschichte, mit der ich …«

Alex stöhnte. »Du willst doch nicht ernsthaft behaupten, dieser Brief …«

»Nein, nein, nicht nur der Brief. Alles zusammen, überleg doch mal, du und diese hässliche Sache vor drei Jahren in Berlin. Dein Absturz danach. Dann hast du dich mühsam gefangen. Und jetzt, nach fast fünfunddreißig Jahren, meldet sich dein leiblicher Vater. Diese Geschichte hat alles. Tod, Verzweiflung, Dramatik, ein Happy End, alles, was man sich nur wünschen kann.«

»Ich wünschte mir, du würdest den Mund halten!«

»Hey, Mann, versteh doch …«

»Nein, Paul, entschuldige.« Alex nahm die Nirvana-CD aus dem Rucksack und schob sie in die Stereoanlage hinter dem Tresen. »Es ist nicht einmal eine Stunde vergangen, seit du mir, wohlgemerkt nicht zum ersten Mal, vorgehalten hast, ich hätte diesen Scheiß noch nicht richtig verdaut.«

»Du weißt, ich bin nur besorgt um dich.«

»Ja, aber deine Sorge in allen Ehren – wie, bitte, soll ich darüber hinwegkommen, wenn du ständig wieder davon anfängst?«

Paul öffnete den Mund und setzte zu einer Antwort an, doch Alex tippte die Play-Taste der Hi-Fi-Anlage. Nirvanas *Smells Like Teen Spirit* erklang laut aus den Boxen. Alex fühlte sich gleich viel besser.

Laura starrte bestürzt das Mädchen an, das seine Brüste zu bedecken versuchte.

»Ich hab' doch gesagt, Lisa ist nicht hier«, murrte Tommy.

Laura fragte sich, ob sie nicht erleichtert sein sollte, weil sie ihre Tochter nicht nackt und zugedröhnt in Tommys Bett vorgefunden hatte. Doch sie spürte nur, wie sich ihr Magen zusammenzog. »Wo ist sie denn dann?«

»Woher soll ich das wissen?«

Lauras Handy klingelte. Hastig nahm sie den Anruf entgegen. »Lisa?«

»Frau Theis?«, meldete sich ihr Chef. »Beim besten Willen, aber das geht so nicht weiter.«

Laura starrte das Mädchen in Tommys Bett an und wünschte sich, dass es Lisa wäre. Sicherlich wäre es ein Schock gewesen, Lisa nackt und kiffend vorzufinden. Doch das wäre immer noch besser gewesen als diese Ungewissheit. Sie hätten sich gemeinsam auf den Heimweg gemacht, sich unterwegs gestritten, und danach hätte Laura zur Arbeit fahren können.

»Frau Theis.« Die Stimme ihres Chefs riss sie aus ihren Gedanken. »Warum antworten Sie nicht?«

Laura stieg die Wendeltreppe hinab und trat hinaus auf die Straße. Hinter ihr warf Tommy die Haustür mit einem Knall ins Schloss.

»Ich habe vorhin versucht, Sie zu erreichen«, sagte Laura, »aber es war besetzt.«

»Ja, gut möglich, denn wie Sie wissen, haben wir viel zu tun. Und wenn mal wieder jemand ausfällt, umso mehr.«

»Es tut mir leid, aber …«

»Nein«, unterbrach er sie schroff, »nein, nein, Ihre Entschuldigungen ziehen nicht mehr. Und um ganz ehrlich zu sein, das Beste wäre, Sie nehmen Ihren Resturlaub und dann …«

»Herr Arnold, bitte, ich brauche den Job.« Laura verabscheute den flehentlichen Tonfall, der sich in ihre Stimme schlich, aber sie war auf das Geld angewiesen. »Bitte.«

»Nein, beim besten Willen, Sie wissen, ich bin nur Abteilungsleiter, und wenn ich nicht dafür sorge, dass jeder Call-Agent fünfundachtzig Anrufe pro Tag schafft, kriege ich Druck von oben. Ich muss auch an mich selbst denken. Das verstehen Sie doch, oder?«

Laura hatte durchaus Verständnis. Doch er musste auch ihre Situation verstehen. »Meine Tochter ist verschwunden.«

»Ach, Frau Theis«, seufzte er, »mal ist es Ihr Haus, dann Ihr Sohn, mal Ihre Migräne, mal Ihr Mann. Was denn noch?«

Sie stieg in den Golf, schaltete die Freisprechanlage ein und startete den Motor. Sie hasste sich für ihre kommenden Worte, aber etwas anderes fiel ihr nicht ein. »Und wie war das damals bei Ihrer Tochter?«

»Also bitte!« Ihr Chef klang entrüstet. »Fangen Sie jetzt nicht damit an.«

»Sie ist zu den Großeltern gefahren. Mit dem Bus. Ohne dass sie

Ihnen oder Ihrer Frau Bescheid gegeben hat. Sie war den ganzen Nachmittag unterwegs. Haben Sie sich keine Sorgen gemacht?«

»Natürlich, sie war ja erst sechs. Aber Ihre Tochter ist siebzehn.«

»Sechzehn!« Laura drückte das Gaspedal durch. »Und Sie wissen, was einem Mädchen in diesem Alter …« Sie brach ab. Nein, das wollte sie nicht aussprechen. Daran wollte sie nicht einmal denken!

Auch ihr Chef schwieg.

»Also gut«, räumte er schließlich ein, »heute drücke ich noch mal ein Auge zu. Aber es ist das letzte Mal. Morgen sitzen Sie wieder an Ihrem Platz, und zwar pünktlich. Haben Sie verstanden?«

»Danke!«, antwortete Laura erleichtert. Während sie zurück nach Finkenwerda fuhr, beschloss sie, das Entgegenkommen ihres Chefs als gutes Zeichen zu werten. Ja, bestimmt war Lisa mittlerweile heimgekehrt, verkatert nach einer Party, wartete reumütig auf ihre Mutter und –

Wem machst du eigentlich was vor?, schalt Laura sich in Gedanken.

Als sie den Wagen in der Einfahrt ihres Schwagers parkte, trat Frank aus dem Haus. Laura lief zu ihrem Grundstück und steckte den Schlüssel ins Türschloss.

»Laura, alles in Ordnung?«

Sie drehte sich zu ihrem Schwager um. Frank war von stämmiger Statur und überragte sie um einen ganzen Kopf. Er trug einen blauen Jogginganzug, der ihm zu kurz war. Doch am auffälligsten waren sein dichtes, schwarzes Haar und die Augenbrauen, die seinem Gesicht einen düsteren Ausdruck verliehen.

»Ich …« Laura schluckte schwer. »… ich kann Lisa nicht finden.«

»Wie? Nicht finden?«

Laura floh in die Küche, als könnte sie auf diese Weise der Antwort entkommen. Sie sank auf einen der Stühle, stand wieder auf und ging unruhig auf und ab, während sie ihrem Schwager berichtete, was geschehen war.

Frank nahm am Küchentisch Platz und zupfte an seinen Augenbrauen herum. Er sprach erst, nachdem sie ihre Ausführungen beendet hatte. »Nun, Lisa ist jetzt sechzehn und …«

»Ja, und? Glaubst du, das habe ich vergessen?« Laura bereute ihren harschen Tonfall. »Entschuldige, Frank, aber …«

Ihr Handy klingelte erneut. Sie stürzte auf den Apparat zu. »Lisa?«

Während Nirvana aus den Boxen dröhnte, ging Alex den Korridor entlang in den hinteren Teil des Gebäudes. Am Flurende befanden sich vier Türen, die zu den Toiletten, zum Vorratskeller und in die Wohnung führten. Alex stieß die Tür auf, die in den Garten führte.

Gizmo sprang kläffend hinaus. Im Schatten hoher Fichten wälzte er sich im Gras. Alex sah ihm eine Weile amüsiert zu. Dann begab er sich in den Keller und wuchtete ein Bierfass die Stufen hoch in die Kneipe. Einige Sekunden herrschte Ruhe, weil die CD zum nächsten Song übersprang.

»Alex!«, rief Paul aus dem Garten. Gizmo bellte.

Alex reagierte nicht, sondern ging erneut in den Keller und trug ein zweites Fass in den Schankraum. Die körperliche Anstrengung trieb ihm den Schweiß ins Gesicht, aber zusammen mit den Gitarrenriffs von *In Bloom* vertrieb sie den letzten Groll. Er konnte nicht mehr wütend auf Paul sein.

Sein Freund, der in Köpenick aufgewachsen war, hatte viele Jahre als Redakteur für die *Rundschau*, eine Stadtteilzeitung, geschrieben, bis ihm deren Herausgeberin gekündigt hatte, vorgeblich aus wirtschaftlichen Gründen. Es hatte sich jedoch herausgestellt, dass Pauls Posten nur wenige Wochen danach mit der Schwägerin der Herausgeberin besetzt worden war. Ein Dreivierteljahr darauf hatte Pauls Frau ihn mit den gemeinsamen drei Kindern verlassen. Norman war sein Anwalt gewesen, hatte aber nicht verhindern können, dass bei der Scheidung schmutzige Wäsche gewaschen wurde. Viel war Paul danach nicht mehr geblieben, nur eine Mietwohnung in Köpenick, ein rostroter Peugeot und das verbissene Bemühen, zumindest noch einmal etwas Anständiges auf die Beine zu stellen: eine exklusive Story, einen Bestseller – oder seinen Freunden zu helfen, ihr Leben in den Griff zu bekommen.

»Alex!«, rief Paul erneut.

Alex schloss die vollen Fässer an die Zapfanlage an, anschließend schleppte er die leeren Fässer hinunter in den Keller. Nach vollbrachter Arbeit verspürte er sogar wieder Hunger. Er entnahm dem Einmachglas eine Gurke. Ihr Geschmack war würzig, mit einem Hauch von Pfeffer, Salz, Senf, Majoran, einer Prise Curry und zwei geheimen Zutaten, die bis heute nur drei Menschen kannten – er und ... die beiden Menschen, die er bis vor kurzem für seine Eltern gehalten hatte.

Alex griff nach dem Hörer des alten Telefonapparats. Mit der anderen Hand entfaltete er den Brief. *Arthur Steinmann, Harnackstraße 18, Berlin.* Er war im Begriff, die angegebene Nummer zu wählen, doch er hielt in der Bewegung inne.

Er hatte eine glückliche Kindheit verlebt, und auch eine unbeschwerte Jugend. Was spielte es für eine Rolle, dass die beiden Personen, die er als seinen Vater und seine Mutter kannte, nicht seine leiblichen Eltern waren?

»Alex!«, rief Paul. »Jetzt komm endlich raus!«

Alex legte den Hörer zurück auf die Gabel und schob das Schreiben wieder in die Gesäßtasche. Der nachdrückliche Tonfall seines Freundes trieb ihn hinaus in den Garten. Paul stand inmitten der Reste des Gemüsebeets.

Eine Welle der Enttäuschung überrollte Laura, als eine männliche Stimme aus dem Handy tönte.

»Laura, Liebes, ich bin's, Patrick.«

Sie ließ sich auf einen Küchenstuhl fallen. »Hallo, Patrick.«

»Laura, Liebes, was ist los? Der Chef hat gesagt, du kommst heute nicht. Er meinte, irgendwas ist mit deiner Tochter. Geht es ihr gut?«

»Patrick, sei mir nicht böse, aber ...«

»Nein, ich bin dir nicht böse. Ich wollte nur hören, ob alles in Ordnung ist. Und ob es trotzdem bei heute Abend bleibt?«

»Heute Abend?«

»Na, unser gemütlicher Abend. Seit dem letzten sind fast zwei Wochen vergangen.«

»Ach so, ja, nein, also ...« Ein trauter Abend zu zweit war momentan das Letzte, wonach Laura sich sehnte. »Ich meld' mich später bei dir, okay?«

»Klar, Laura, Liebes, kein Problem.« Falls ihre Antwort ihn enttäuscht hatte, ließ er es sich nicht anmerken. »Ruf einfach an, sobald du den Kopf wieder frei hast. Hab' dich lieb.«

Laura legte auf.

»Dein Freund?«, fragte ihr Schwager. Er lächelte, wohl um sie zu beruhigen.

Laura nickte kurz. »Tut mir leid wegen gerade eben.«

»Halb so wild.«

»Aber ... so langsam mache ich mir wirklich Sorgen.«

»Das verstehe ich, aber ...« Frank fuhr sich über die Augenbrauen. »Du weißt, wie Lisa ist. Sie hat ihren eigenen Kopf. Ganz wie die Mutter.« Er lächelte erneut.

»Nein, das würde Lisa nicht machen. Eine kleine Notlüge, ja, aber das ganze Wochenende? Und dann auch noch die Schule schwänzen?«

»Du hast gerade selbst gesagt, dass sie nicht zum ersten Mal dem Unterricht ferngeblieben ist.« Ihr Schwager beugte sich vor und legte seine Hand auf ihren Arm. »Überleg doch mal, heute ist Montag. Wahrscheinlich hat sie das Wochenende durchgemacht, irgendeine Party, du weißt schon, laute Musik, Alkohol, das, worauf Kids in ihrem Alter eben stehen. Völlig normal. Und heute quält sie ein Kater, und nachher steht sie wie ein Häufchen Elend in der Tür.«

Laura nickte. Daran hatte sie auch schon gedacht. Und sie wollte es nur zu gerne glauben. »Aber was, wenn nicht?«

Ihr Schwager zog die Hand zurück.

»Was, wenn …« Sie stockte. »Wenn ihr etwas passiert ist?« Sie hielt ihren Blick auf Frank gerichtet. Ihr fiel das kreisförmige Emblem auf, das in Brusthöhe auf seiner Joggingjacke saß. Das Signet der Polizeigewerkschaft. Ihr Schwager war Kripobeamter. *Gerade er sollte doch wissen …*

»Na komm!« Er stand auf und ging in die Diele. »Lass uns mal schauen.«

»Musst du nicht zur Arbeit?«

Frank winkte ab. Er rief im Polizeipräsidium an und gab Bescheid, dass er später kommen würde. Anschließend informierte er seine Frau Renate. Auf ihre Frage, ob sie vorbeikommen solle, entgegnete er: »Fahr du erst einmal zur Arbeit. Ich bin überzeugt, wir finden einen Partyflyer oder etwas Ähnliches. Dann wissen wir, wo Lisa ihr Wochenende verbracht hat und warum sie noch nicht zu Hause ist. Da bin ich mir sicher.«

Mit neuem Mut folgte Laura ihm die Treppe hinauf in Lisas Zimmer.

Sam schlug den Simpsons-Comic zu. Er hatte die Geschichte bereits vor ein paar Wochen im Jugendclub gelesen, fand sie aber immer noch spannend. Sie handelte davon, dass Bart Simpson sich nachts von zu Hause fortschlich und mit seinen Freunden einen Radiosender betrieb, der die Geheimnisse der erwachsenen Stadtbewohner preisgab.

Die Vorstellung, auch die Leute in Finkenwerda mit einer solchen Aktion zu schockieren, faszinierte Sam. Allerdings hatte er nicht einmal einen richtigen Freund, der ihm dabei helfen könnte. Und eine gehörige Portion Mut gehörte auch dazu.

Sam beobachtete, wie ein Fisch an die Oberfläche sprang und zurück in den Kanal tauchte. Irgendwo schrie ein Vogel. Vielleicht war es ein Kormoran. Neuerdings, so hatte Sams Biologielehrer erzählt und Bilder eines großen Vogels mit schwarzem Gefieder und großem Schnabel gezeigt, gäbe es Kormorane auch wieder im Spreewald.

Sam selbst hatte noch keinen erblickt, obwohl er viel Zeit im Wald verbrachte. Er genoss das Alleinsein auf seiner Wiese. Wenn er die Tiere schreien hörte, stellte er sich vor, wie er durch den Wald streifte und spannende Abenteuer erlebte, so wie Harry Potter, über den er alle Bücher gelesen hatte.

Die anderen Jungen in seiner Klasse hatten nicht viel übrig für Bücher oder Abenteuer im Wald. Sie spielten irgendwelche Handy- oder Computerspiele. *Battlefield* oder *Rift*. Einige von Sams Klassenkameraden brachten sogar ihre PlayStation Portable mit in die Schule, um dort in den Unterrichtspausen gegeneinander anzutreten. Sams Mutter hatte kein Geld für derlei Geräte. Als Lisa sich beschwert hatte, weil sie zum Geburtstag kein iPhone bekommen hatte, sondern nur ein schlichtes Nokia mit Tasten, hatte Sam erklärt, er fände das nicht schlimm.

»Glaub' ich nicht«, hatte seine Schwester geantwortet.

»Doch«, hatte Sam beharrt. Er spielte tatsächlich lieber Mensch-ärgere-Dich-nicht und Mikado oder mit den alten Holzfiguren seiner Mutter, die in staubigen Kisten im Keller lagerten. Auf diese Weise musste er nicht tun, was die Programme auf den Handys oder iPhones ihm vorgaben, sondern konnte stattdessen eigene Abenteuer erleben.

»Das redest du dir nur ein«, hatte Lisa geantwortet.

»Tu ich nicht.«

»So was nennt man eine Alibiausrede.«

Er hatte nicht verstanden, was sie damit meinte, aber er wusste, dass sie unrecht hatte. Er hörte wieder die Stimme seiner Mutter, als sie ihn gefragt hatte: *Sam, hast du eine Ahnung, wo Lisa am Wochenende war?*

Natürlich hatte er das. Zwar wusste er nichts Genaues, aber ... Er hatte seiner Schwester versprochen, niemandem etwas zu erzählen. Daran wollte er sich halten. Er wollte, dass Lisa stolz auf ihn war, wenigstens einmal. Dass sie nicht mehr über ihn lachte. Und dass sie wieder mehr Zeit mit ihm verbrachte.

Er schnippte einen Käfer weg, der über seine Hose krabbelte. Sein Magen knurrte, deswegen packte er eines der beiden Sandwiches aus. Es war trocken und schmeckte nach nichts. Die Butterbrote seiner Mutter waren ihm lieber – aber sie hatte nur selten Zeit, ihm welche zu schmieren. Er sah auf die Armbanduhr und stieß einen Seufzer aus. Eineinhalb Stunden waren vergangen. Erneut hatte er den Bus verpasst. Der Unterricht wäre schon fast vorbei, wenn er mit dem nächsten Bus in der Schule einträfe. Er beschloss, nach Hause zu gehen.

Er hoffte, dort auf Lisa zu treffen. Sie könnten gemeinsam eine DVD gucken oder sich etwas zu essen machen. Sam aß für sein Leben gerne Pfannkuchen. Allein bei dem Gedanken daran begann sein Magen noch lauter zu knurren. Und wenn er seiner Schwester sagte, dass er ihr kleines Geheimnis für sich behalten hatte, vielleicht machte sie ihm dann sogar Pfannkuchen.

Kapitel 7

»Das Leben geht weiter«, erklärte Onkel Rudolf noch am Abend der Beerdigung.

Meine Mutter schwieg.

»Eduard …«, sagte er.

Sie zuckte zusammen.

»… er hätte es so gewollt!«

Tränen verschleierten ihre Augen.

»Ingrid, hast du verstanden, was ich gesagt habe?«

»Ja«, sagte meine Mutter, aber es klang, als antwortete eine Fremde. Seit unserer Rückkehr vom Friedhof kauerte sie in der Küche und bewegte sich nicht von ihrem Platz. Selbst das Trauerkleid klebte ihr noch auf der Haut. Auf den Dielen unter ihrem Schemel hatte das Regenwasser eine Pfütze gebildet.

Gerne hätte ich ihr geholfen, sie in den Arm genommen, ihr etwas Tröstliches ins Ohr geflüstert. Aber mir fehlten die Worte. Mir fehlte die Kraft. Vor allem fehlte mir mein Vater.

In der Nacht fand ich keinen Schlaf und wälzte mich unruhig in meinem Bett herum, bis ich hörte, wie die Haustür ins Schloss fiel. Es war kurz vor fünf. Als ich mich aufraffte, um meiner Mutter in der Bäckerei zu helfen, saß sie bereits wieder am Küchentisch, das Kinn auf die Hände gestützt, den Blick auf die Kratzer im Holz gerichtet. So vergingen Wochen.

Anfangs kamen die Nachbarn regelmäßig vorbei und boten ihre Hilfe an.

Die Leute aus dem Dorf beknieten sie, die Bäckerei wieder zu öffnen, und lobten ihren Pflaumen-Prasselkuchen. Aber es war, als erreichten die Worte sie nicht. Vielleicht wollte sie sie auch gar nicht hören. Schon bald ließen die Besuche nach, da Mutter ohnehin nur schweigend in der Küche hockte oder den Gästen die

Tür nicht mehr öffnete. Sie verbrachte den Großteil des Tages im Bett, mit verriegelten Fenstern, geschlossenen Vorhängen, in stickiger Luft, in Einsamkeit. An manchen Tagen klagte sie über Migräne, an anderen über Schmerzen in den Gelenken. Und abends weinte sie sich in den Schlaf.

»Ingrid«, mahnte mein Onkel jeden Mittag, wenn er nach ihr sah, »du darfst dich nicht hängen lassen! Hast du gehört?«

Jedes Mal blieb sie ihm die Antwort schuldig, vergrub sich nur noch tiefer unter ihre Decke.

Eines Abends riss Rudolf der Geduldsfaden. »Jetzt komm aus dem Bett!«

Als sie sich von ihm wegdrehte, griff er nach ihrem Arm. »Und kümmere dich um den Haushalt.«

»Lass mich«, zischte sie. Es waren ihre ersten Worte seit Tagen.

Er zog sie von der Matratze. »Einen Teufel werde ich.«

»Verschwinde!«, schrie sie und wand sich aus seiner Umklammerung. Ihre Hand traf seine Nase. Es knackte.

Fassungslos betrachtete mein Onkel das Blut, das auf sein Hemd tropfte. Langsam hob er den Blick und sah meine Mutter an.

»Also gut«, sagte er mit erstickter Stimme, »wenn ich hier nicht erwünscht bin ...« Wütend stapfte er zur Tür hinaus. Im Flur blieb er vor mir stehen und sah mich traurig an. Ich bat ihn darum, es sich noch einmal zu überlegen. Doch er eilte aus dem Haus.

Meine Mutter zog die Decke wieder bis ans Kinn und starrte an die Wand.

Mit Mühe und Not brachte ich unsere Tiere über den Winter. *Vater hätte es so gewollt*, sagte ich mir jeden Tag aufs Neue, während ich mich in aller Herrgottsfrühe aus dem Bett quälte, verschlafen hinüber in den Stall ging und die Tiere versorgte. Danach bereitete ich das Frühstück für mich und meine Mutter zu und fuhr mit dem Fahrrad durch die Eiseskälte in die Schule. Mittags hastete ich heim, um alles andere zu erledigen: Einkäufe, Wäsche, die Arbeit in Garten und Stall.

Mein Freund Harald war mir eine große Hilfe. Immer wenn er neben seiner Malerlehre Zeit fand, half er mir am Nachmittag mit den Tieren. Sicherlich war er bisweilen betrübt darüber, dass ich ihm nicht das geben konnte, was er sich von einer Freundin erhoffte. In den seltenen Momenten, in denen ich meine Trauer einmal vergaß, sank ich vor Erschöpfung aufs Sofa und schlief sofort in Haralds Armen ein. Doch er war geduldig wie mein Vater. Niemals machte Harald mir einen Vorwurf. Gerade das lernte ich an ihm schätzen.

Kurz vor Neujahr versagte uns der Wasserboiler seinen Dienst. Im Wohnzimmer fiel die Heizung aus, und Schimmel wucherte in den Ecken. Weil die beiden morschen Balken im Stall nicht ausgebessert worden waren, brach im Februar das Dach unter der Schneelast zusammen. Und im Gänseverschlag klaffte ein großes Loch, verursacht durch einen Fuchs, der eine Gans gerissen hatte.

Ich glaube nicht, dass meine Mutter registrierte, wie unser Haus und Vaters Bäckerei verfielen. Sie registrierte nicht einmal, was aus ihr selbst wurde. Das Frühstück, das ich ihr ans Bett brachte, rührte sie kaum an. Ebenso verhielt es sich mit dem Abendessen, das ich herrichtete. Nicht einmal vom Schmorbraten, den sie früher so gerne gekocht hatte, wollte sie mehr als ein paar Bissen zu sich nehmen. Früher war sie klein und schmächtig, aber trotzdem hübsch gewesen. Seit dem Tod meines Vaters glich sie immer mehr einem Gespenst.

Mir kamen die Tränen, wenn ich sie in ihrem Elend dahinsiechen sah. Mir wurde bewusst, dass ich kurz davor war, all das zu verlieren, was mir wichtig gewesen war: meine Familie, das Haus und die Bäckerei. Und ich konnte nichts dagegen tun.

Es schnürte mir die Kehle zu, als an einem der ersten Frühlingsnachmittage – ich kehrte gerade von der Schule heim – eine Stimme aus dem oberen Stockwerk unseres Hauses drang. Ich warf achtlos meinen Tornister in den Flur und stürzte die Stufen hinauf. In Gedanken ging ich sämtliche Möglichkeiten durch: War der Arzt bei meiner Mutter? Die Polizei? Oder, daran wollte ich nicht denken, der Bestatter? Mit zitternden Händen öffnete ich die Tür.

Kapitel 8

Alex' Garten glich einem Trümmerfeld. Die Stauden waren aus der Erde gerissen und die Gurken zertreten.

Alex fluchte. »Verdammte Wildschweine!«

Immer öfter wagten sich die Tiere in die Ortsmitte vor. Vor kurzem hatte er nachts bei einer seiner späten Runden mit Gizmo sogar mitten auf dem Dorfplatz eine Rotte gesichtet.

»Schweine knacken aber keine Tür.« Paul wies zur Gartenhütte. Deren Holztür war aus den Angeln gehoben. »Wohl eher deine Kids.«

»Meine Kids?«

»Die du am Wochenende aus der *Elster* schmeißen musstest. Du hast erzählt, dass sie angetrunken waren und Alkohol wollten. Du hast ihnen keinen gegeben, die haben gepöbelt und … siehste!«

Alex grummelte verstimmt.

»Also ich würde mir das mit dem Geld für den Jugendclub an deiner Stelle überlegen«, fügte Paul hinzu.

Einen Teil der Einnahmen, die er durch den Verkauf des Gurkenrezepts an *Fielmeister's Beste* erzielen würde, wollte Alex für die Renovierung der *Elster* verwenden und mit dem restlichen Geld Ben und den Jugendclub unterstützen. *Vorausgesetzt, es kommt überhaupt zu der Verköstigung.*

Eine böse Ahnung stieg in ihm auf. »Scheiße!«

Im Schuppen bot sich der gleiche Anblick wie im Garten. Zertretene Gurken lagen in zersplitterten Einmachgläsern. »Das war fast mein kompletter Vorrat für die Verköstigung.«

Paul räusperte sich. »Ein seltsamer Zufall, findest du nicht?«

Alex stieß geräuschvoll die Luft aus.

»Oder Bauer Schulze?«

Ohne Rücksicht auf Scherben und Gurkenbrei stapfte Alex ins Freie. Obwohl die Sonne noch schien, lag der Garten bereits im Schatten. Gizmo schleppte einen Ast heran, legte ihn vor Alex' Füßen ab und bellte.

Alex schleuderte den Stock über die Wiese. Wie der Blitz schoss der Retriever hinterher.

»Und?«, fragte Paul. »Glaubst du, er war's, Bauer Schulze?«

Ruprecht Schulze war schon in der DDR ein wohlhabender Landwirt gewesen. Nach der Wende konnte er seine Ländereien noch um ein Vielfaches erweitern und sich außerdem zum Ortsvorstand aufschwingen. Inzwischen erzielte er einen Großteil seines Umsatzes mit dem Vertrieb von Spreewaldgurken. Auch er war mit *Fielmeister's Beste* im Gespräch.

»Es würde kein gutes Licht auf ihn werfen«, sagte Alex.

Paul lachte. »Schulze wird schon dafür gesorgt haben, dass keinerlei Licht auf ihn fällt. Was anderes ist man von Leuten wie ihm ja nicht gewohnt.«

Gizmo ließ den Ast vor Alex fallen und bellte. Alex warf den Stock, und der Retriever stürmte in Richtung der verwüsteten Gemüsefelder. In diesem Zustand sah der Garten fast so aus wie vor zwanzig Jahren, als Alex mit seinen Eltern –

Meinen Eltern? Ach, verdammt!

Für einen kurzen Moment hatte er den Brief ganz vergessen. Und jetzt, da dessen verstörender Inhalt wieder in sein Bewusstsein drang, war er sich nicht im Klaren darüber, ob es nicht die bessere Lösung war, den Brief einfach aus dem Gedächtnis zu streichen. Er hatte andere Probleme. *Welche Probleme denn? Etwa ein ruiniertes Gurkenbeet?*

»Alex, alles klar?«, fragte Paul.

»Mir geht's gut«, versicherte Alex, auch wenn sich ihm der Magen zusammenkrampfte.

Wie um alles in der Welt sollen wir in diesem Chaos etwas finden?, dachte Laura mit wachsender Verzweiflung, während sie das Durcheinander in Lisas Zimmer betrachtete.

Ihren Schwager schien die Unordnung nicht zu stören. Er ging zum Schreibtisch und wühlte sich durch Bücher und Hefter, die sich vor dem PC-Monitor stapelten. Besondere Aufmerksamkeit widmete er den Flyern, Einladungen zu Geburtstagspartys, Schul- oder Abi-Feiern. Auf einigen wurden auch Berliner Diskotheken mit ausgefallenen Namen beworben, von denen Laura noch nie etwas gehört hatte: *Binh(s) anderer Laden, Das Narkosestübchen* oder *Ernie & Bert.*

Ein Räuspern ließ Laura herumfahren. Ihr Mann stand im Türrahmen. »Wie kommst du hier rein?«, fragte sie.

»Die Haustür stand offen.« Rolf zuckte mit den Schultern. Er war von der gleichen Statur wie sein Bruder und hatte ebenso dichtes Haar und buschige Augenbrauen. »Ist Lisa immer noch nicht aufgetaucht?«

Was interessiert dich das? Laura schluckte die Bemerkung hinunter und versuchte sich zu beruhigen, indem sie die Habseligkeiten in Lisas Kleiderschrank beäugte.

»Ihr Rucksack ist nicht da«, stellte sie fest und hastete ins Bad.

»Ihr Kulturbeutel auch nicht.« Laura durchwühlte die Wäschetruhe, danach kehrte sie zurück in Lisas Zimmer. »Ihre Lieblingsjeans fehlt, außerdem, glaube ich, zwei T-Shirts, ein Pullover, den sie besonders mag …«

»Bist du sicher?«, fragte Rolf.

»Ja, mir gefiel der Pullover nämlich nicht!« *Es war ein Geschenk von dir!*, setzte sie in Gedanken hinzu. Laura spähte unters Bett. »Ihre Lieblingssneakers fehlen auch und … Warte, was ist denn das da?«

Auch zwanzig Jahre zuvor, als er mit seinen Eltern nach Finkenwerda in das Haus am Dorfplatz gezogen war, hatte Alex zornig den wüsten Garten betrachtet, wenngleich aus anderen Gründen. Nachdem er die ersten vierzehn Jahre seines Lebens in Berlin aufgewachsen war, konnte er partout nicht verstehen, was er hier in diesem Dorf verloren hatte. Seine Eltern hatten ihm erklärt, sie erfüllten sich einen Traum. *Und Träume muss man leben*, hatte sein Vater immer wieder betont. Für Alex war Finkenwerda nur ein Alptraum gewesen.

Erst als er mit Paul, Ben und Norman Freunde in seiner neuen Schule gefunden hatte, dem Gymnasium in der nächstgrößeren Gemeinde Königs Wusterhausen, hatte sich seine Verbitterung gelegt.

Mit seinen neuen Freunden hatte sich alles zum Guten gewendet. Gelegentlich hatten die drei ihn in Finkenwerda besucht und die Vorzüge der Umgebung schätzen gelernt, die Stille und die Abgeschiedenheit im Spreewald.

Wenige Monate nach dem Tod seines Vaters hatte Alex die Einsamkeit und den Frieden, die Finkenwerda zu bieten hatte, neu entdeckt. Seine Mutter war bereits neun Jahre zuvor gestorben. Beide waren auf dem Dorffriedhof begraben.

Ein Leben lang hatten sie ihm von ihrem Traum erzählt, aber

niemals auch nur ein Wort über die Wahrheit verloren. Wenn es stimmte, was in dem Brief stand, dann hatten sie ihn belogen, ebenfalls ein Leben lang. Auch wenn er eine glückliche Kindheit und Jugend gehabt hatte, ließ diese Lüge seine Vergangenheit in einem anderen Licht erscheinen.

Er verstand nicht, warum ihn seine Eltern belogen hatten, und er fragte sich, weshalb ihn seine leiblichen Eltern weggegeben hatten. Ihm wurde bewusst, dass er erst Ruhe finden würde, wenn er sich dem Absender des Briefes stellte. Arthur Steinmann.

Laura kniete sich hin und holte unter dem Bett eine Packung Marlboro hervor.

»Seit wann raucht Lisa?«, fragte ihr Mann.

Laura warf die Zigaretten auf den Schreibtisch und reckte ihren Arm noch tiefer unters Bett. Sie schob Schuhe, Bücher und CDs beiseite und brachte eine Schachtel zum Vorschein, die unter einer alten Pferdedecke verborgen gewesen war. Laura hob den Deckel und entdeckte ein Paar Lederstiefel.

»Gucci«, sagte Frank.

Fassungslos legte Laura die Schuhe beiseite und öffnete eine kleine Holzschatulle, die sich ebenfalls in der Schachtel befand. Im Nachmittagslicht, das durchs Fenster fiel, funkelten ein Armreif und drei massive Silberringe, deren Glanz noch von einer Kette übertroffen wurde, an der ein Brillant schimmerte.

»Ist der echt?«, fragte Frank.

»Ich … ich …« Lauras Puls beschleunigte sich. »Ich weiß nicht.« Sie sah ihren Mann an. »Hast du ihr das gekauft?«

»Quatsch!«

»Aber woher …?« Laura betrachtete den edlen Schmuck in der Holzschatulle. »Das hätte sie sich niemals leisten können.«

»Vielleicht hatte sie einen Nebenjob«, sagte Frank.

»Das wüsste ich.«

»Na ja«, murmelte Rolf. »Anscheinend weißt du ja so einiges nicht über deine Tochter.«

Laura warf ihm einen giftigen Blick zu. »Spiel du dich nicht als perfekter Vater auf. Diese Rolle steht dir …« Sie verstummte, als sie hörte, wie die Haustür geöffnet wurde. Ihr Herz schlug Laura bis zum Hals. Sie rannte zur Treppe. »Lisa?«

Kapitel 9

Noch ehe mir die stickige Luft im Schlafzimmer meiner Mutter entgegenschlug, wurde mir bewusst, dass ich kein Auto vor unserem Haus hatte parken sehen. Mir stockte der Atem. Nur langsam wagte ich mich über die Türschwelle in den dunklen Raum. Das Dielenlicht glitt über das Krankenbett und über meinen Onkel. Erleichtert schnappte ich nach Luft.

Onkel Rudolf sah mich kurz an, bevor er sich wieder über meine Mutter beugte.

»Ingrid«, sagte er, »das geht so nicht weiter.«

Sie reagierte nicht.

»Was soll aus dem Grundstück werden? Und aus der Bäckerei?«

Sie schwieg.

»Denkst du nicht an deine Tochter?«

Endlich wandte sie ihm ihr Gesicht zu und sah ihn an, bevor sie wieder zurückfiel in ihren Dämmerzustand.

Ich war so dankbar, dass er da war, dass ich mich gar nicht fragte, was ihn dazu bewogen hatte, meine Mutter aufzusuchen.

Noch am selben Abend besprach er sich mit seiner Frau, Tante

Hilde, und schon am darauffolgenden Tag begann er, unser Haus zu renovieren. Als Erstes reparierte er den Badezimmerboiler. Ich war außer mir vor Freude, als ich endlich wieder in den Genuss einer warmen Dusche kam.

Anfangs kam mein Onkel nur zwei- oder dreimal die Woche bei uns vorbei. Er tauschte den Heizkörper im Wohnzimmer aus, verputzte und tapezierte die Wände neu. Er flickte den Gänsezaun und setzte das Stalldach instand. Während er dort zimmerte, strich meine Mutter die Vorhänge im Schlafzimmer beiseite. Argwöhnisch beäugte sie den Trubel auf unserem Grundstück.

Einen halben Monat darauf gab mein Onkel seine Arbeit auf. Er brachte unsere Bäckerei auf Vordermann und lud schon bald die Leute im Dorf zu einer Neueröffnung ein. Zu Beginn ging vieles schief, und auch die Brötchen schmeckten anders als zu Vaters Zeiten. Doch Onkel Rudolf gab nicht auf. Manche Nächte schlief er in unserem Gästezimmer, nur damit er am folgenden Tag keine Zeit durch die Herfahrt verlor. Und jeden Morgen, bevor er die Tür zur Backstube aufschloss, redete er auf meine Mutter ein, damit sie ihm das Rezept für ihre Torten und Kuchen verriet.

Eines Abends trat mein Onkel aus Mutters Schlafzimmer und schwenkte einen beschriebenen Zettel. Sie hatte mit ihm geredet, und zwar mehr als nur ein oder zwei grimmige Worte.

Das Herz zersprang mir beinahe vor Freude.

»Ist alles in Ordnung mit dir?«, erkundigte sich mein Onkel an einem der ersten sonnigen Tage im Mai.

»Ja, ja«, entgegnete ich und trieb die Kühe in den Stall. Ich war wieder einmal zu spät, weil Harald mir mittags noch seine neueste Errungenschaft vorgeführt hatte – eine Kassette mit Aufnahmen aus dem Westradio. *Radio Luxemburg*.

»Also.« Mein Onkel räusperte sich. »Du kannst es mir ruhig sagen …«

»Doch, doch …«

»… denn dafür bin ich schließlich da.«

»… alles ist in Ordnung«, versicherte ich, und das war nicht gelogen.

So schmerzlich der Verlust meines Vaters auch gewesen war, inzwischen hatte ich begriffen: Indem es uns gelang, sein Vermächtnis, die Bäckerei, unser Haus und die Familie, zu bewahren, würde er für uns immer lebendig bleiben. Dieses Wissen gab mir Mut und Kraft für den Alltag und mein Leben. Ich plante, mit meiner Freundin Regina ins Pionierlager zu fahren, und ab und zu ließ ich mich von Harald auch wieder zum Tanz ausführen.

»Und Ingrid?«, fragte mein Onkel. »Deine Mutter?«

Mittlerweile waren mein Onkel und Tante Hilde zu uns ins Haus gezogen. Ich hatte den Eindruck, ihre Gesellschaft tat meiner Mutter gut. Zwar klagte sie nach wie vor über Schmerzen im Kopf und in den Gliedern, aber sie begann wieder zu essen und half gemeinsam mit meiner Tante in der Backstube aus.

»Es geht ihr besser«, erklärte ich.

»Ja.« Mein Onkel lächelte zufrieden. »Das glaube ich auch.«

Mit einem Mal überrollte mich eine Welle der Dankbarkeit. Es war das Verdienst meines Onkels, dass ein Jahr nach dem Tod meines Vaters so etwas wie Normalität in unser Leben eingekehrt war.

Einige Tage nach meiner Jugendweihe saß ich mit Harald auf der Bank am Dorfplatz. Dort trafen wir uns manchmal abends, fütterten die Enten und lauschten händchenhaltend dem Brunnenplätschern. Als wir an jenem Abend zaghafte Küsse tauschten, spürte ich ein angenehmes Kribbeln in der Magengrube. Mir wurde klar, wie viel mir mein Freund inzwischen bedeutete, und ich fragte mich: Was wäre, wenn wir beide heirateten? Wenn wir Vaters Bäckerei übernähmen? In unserem Haus lebten? Kinder bekämen?

Im selben Moment schnürte es mir das Herz zusammen, denn mein Vater würde niemals erleben, wie sein innigster Wunsch in Erfüllung ging.

In jener Nacht lag ich in meinem Bett und hatte keine Angst vor der Zukunft. Ich glaube, ich schlief zum ersten Mal seit langem wieder glücklich ein.

Mitten in der Nacht erwachte ich, weil ich eine Hand zwischen meinen Beinen spürte.

Kapitel 10

Lauras Fingernägel gruben sich in die Schmuckschatulle, als sie in der Eingangsdiele anstelle von Lisa auf den lockigen Schopf ihres Sohnes blickte. »Sam, was machst du denn hier?«

»Der Bus«, antwortete er.

»Was ist mit dem Bus?«

Er war kaum zu verstehen, als er sagte: »Er war weg.«

»Aber du bist doch ...« Seine Jeans war an den Knien grün verfärbt. »Bist du wieder im Wald gewesen?«

Schuldbewusst neigte Sam den Kopf und knetete seine Finger.

»Hab' ich dir nicht gesagt, du sollst dich nicht im Wald herumtreiben?«

»Meine Güte, Laura!« Rolf trat kopfschüttelnd an ihre Seite. »Hast du überhaupt eine Ahnung, was die Kinder den ganzen Tag über treiben? Du als ihre Mutter solltest ...«

»Sag du mir nicht, was ich zu tun und zu lassen habe, okay?«

Am liebsten wäre sie ihrem Mann an die Gurgel gesprungen. »Du bist es doch gewesen ...«

»Das hat hiermit gar nichts zu tun!«

»... der einen Scheiß auf die Kinder gegeben hat.« Sie schleuderte ihm die Schatulle vor die Füße. Das Holz zerbrach. Der Armreif und die Ringe rollten über den Boden. »Das alles wäre nicht passiert, wenn du ...«

»Ruhe! Sofort! Alle beide!« Franks laute Stimme scholl durch das Haus. Er stand neben Sam in der Diele. Lauras Sohn hatte die Augen geschlossen und hielt sich die Ohren zu.

»Sam«, sagte Frank behutsam und ging vor ihm in die Hocke. »Alles ist in Ordnung. Mama und Papa machen sich nur Sorgen. Um Lisa.«

Sam ließ die Arme sinken. Er öffnete die Augen, blinzelte kurz, dann starrte er an die Wand.

»Lisa ist nämlich nicht in der Schule.« Frank lächelte. »So wie du.«

Sam wich dem Blick seines Onkels aus.

»Sam, hast du eine Ahnung, wo deine Schwester ist?«

»Das habe ich ihn bereits gefragt«, sagte Laura. »Er weiß es nicht.«

Ihr Schwager hob beschwichtigend die Hand. »Sam, es ist wirklich wichtig. Deine Eltern machen sich große Sorgen.«

Sam knibbelte nervös an seinen Fingernägeln und schüttelte den Kopf.

»Sie müssen sich keine Sorgen machen?«

Zu Lauras Überraschung nickte ihr Sohn.

»Warum nicht?«, fragte sie.

Sams Fingerkneten wurde stärker. Er murmelte etwas.

»Wie bitte?«

»Sie ... Sie ...«, stotterte er, ohne Laura anzusehen, »Lisa hat ...«

»Was hat Lisa?«, rief Laura.

»… einen neuen Freund.«

»Und das sagst du mir erst jetzt? Sam, das ist …«

»Laura!«, fuhr ihr Schwager dazwischen. »Laura, ruhig.«

Aber Laura hatte Mühe, sich zu beruhigen. Sie ging die Treppe hinunter. »War Lisa am Wochenende bei ihrem Freund?«

Sam nickte. »Sie ist … am … am Freitag gefahren.«

»Und wohin? Sam, sag schon, wohin?«

»Nach Berlin. Aber …«

»Aber was, Sam?«

Sam senkte den Kopf. Laura hielt den Atem an. Sie fürchtete, dass er jeden Moment in Tränen ausbrechen würde.

»Ich darf nichts erzählen«, wisperte er, »ich hab's Lisa versprochen.«

»Okay, gut«, sagte Frank, noch ehe Laura reagieren konnte, und schenkte Sam ein Lächeln. »Ein Versprechen muss man natürlich einhalten. Aber … du darfst deine Eltern auch nicht belügen.«

»Tu ich … tu ich … ja nicht«, stammelte Sam.

»Kennst du Lisas Freund?«

»Nein, ich weiß nur … er hat ein Auto. Und … er ist älter.«

»Wie alt?«

»Ich glaub' … so wie Mama.«

Rolf ächzte. Laura stöhnte laut auf. Frank hingegen lächelte und tätschelte Sams Schulter. »Danke, du hast uns sehr geholfen. Hast du Hunger? Was isst du am liebsten?«

Sam schwieg.

»Reibekuchen«, sagte Laura.

»Möchtest du Reibekuchen?«, fragte ihr Schwager. »Deine Mama wird dir gerne welche zubereiten. Möchtest du?«

Sam schüttelte den Kopf.

»Wenn du es dir anders überlegst, sag einfach Bescheid, ja?«

Sam zog seine Schuhe aus, schulterte den Rucksack und stapfte an seinem Vater vorbei die Stufen hinauf. Als Rolf ihm durch die Haare streichen wollte, wich er zurück. Laura warf ihrem Mann einen giftigen Blick zu. Sie war dankbar für die Wut, die Rolf in ihr hervorrief, denn das lenkte sie von ihren Sorgen ab – allerdings nur für wenige Sekunden.

»Okay«, sagte Frank.

»Was?«, rief Laura. »Was ist *daran* okay?«

»Jetzt wissen wir wenigstens, wonach wir suchen müssen.«

Sam unterdrückte ein Schluchzen, warf sich aufs Bett und verbarg sein Gesicht in der Armbeuge. *Möchtest du Reibekuchen?* Nein, er mochte keinen Reibekuchen. Noch viel weniger mochte er die ständige Streiterei seiner Eltern. Am meisten hasste er es, wenn sie sich wegen ihm in die Haare bekamen. So wie gerade eben, als sie sich mal wieder gegenseitig angeschrien hatten, weil er nicht zur Schule gefahren war, den Bus verpasst hatte … Inzwischen war Sam davon überzeugt, dass es seine Schuld war, dass sich seine Eltern getrennt hatten.

Dies führte dazu, dass er kaum noch einen Ton sagte, wenn seine Eltern mit ihm redeten. Er brachte nicht einmal mehr den Mut auf, seiner Mutter zu erklären, dass er keine Reibekuchen mochte, sondern Pfannkuchen.

Er hörte sie die Stufen hinaufsteigen. *Jetzt kommt sie, um sich wieder zu entschuldigen.* So wie jedes Mal, nachdem sie sich mit seinem Vater gestritten hatte. *Alles wird gut*, würde sie sagen. Aber irgendwie wurde es das nie!

Schnell ließ er sich von seiner Matratze gleiten und nahm seine Spielfiguren zur Hand. Er wollte nicht, dass seine Mutter ihn schluchzend wie ein Baby auf dem Bett vorfand.

Doch niemand kam zur Tür herein. Stattdessen vernahm er die Stimmen seiner Eltern aus dem Nachbarzimmer. Lisas Zimmer.

Hast du eine Ahnung, wo deine Schwester ist?

Lisa würde sauer auf ihn sein, denn Sam hatte sein Versprechen gebrochen. Wütend holte er mit der Hand aus und schmiss die Spielfiguren durch das Zimmer. Er wünschte sich, er hätte einfach nur den Mund gehalten.

Deine Eltern machen sich große Sorgen.

Sam hatte seinen Eltern lediglich zu verstehen geben wollen, dass es keinen Grund zur Sorge gab, und noch viel weniger für einen Streit. *Lisa kommt wieder zurück, das hat sie versprochen!* Allerdings hätte er seiner Schwester jetzt ebenso gerne erklärt, dass sie gut daran täte, endlich nach Hause zu kommen, bevor ihrer Mutter endgültig der Geduldsfaden riss. Denn dann würde sie erst recht unerträglich werden. Wenn er nur wüsste, wo genau Lisa das Wochenende verbracht hatte.

Er rief sich das Gespräch vom Freitagabend in Erinnerung, aber er konnte sich nur an das spöttische Lachen seiner Schwester erinnern. An seine Wut, die er verspürt hatte, weil sie ihn geärgert hatte. Und noch etwas anderes war gewesen. Doch er konnte sich nicht entsinnen.

Kurzerhand ging er auf Zehenspitzen in den Flur. Seine Eltern waren mit Onkel Frank noch in Lisas Zimmer. Sam schlich die Treppe hinunter, ohne dass sie ihn bemerkten, schlüpfte in seine Schuhe und trat hinaus auf die Straße.

Laura sah dabei zu, wie ihr Schwager den Stapel Flyer und die Marlboro-Schachtel auf Lisas Schreibtisch beiseiteräumte, bis er auf die PC-Tastatur stieß.

»Hat Lisa ein Passwort für ihren Rechner?«, fragte er.

»Warum?«

»Weil sie sich ganz sicher E-Mails mit ihrem Freund geschrieben hat. Oder sich in einem Chatroom fürs Wochenende verabredet hat.«

Laura bekam ein mulmiges Gefühl. Lisas Zimmer zu durchsuchen war eine Sache, ihren Rechner zu durchstöbern etwas ganz anderes. Dann allerdings fiel ihr Blick auf die Stiefel in der großen Schachtel vor dem Bett, und sie musste an den älteren Mann denken, der ihrer sechzehnjährigen Tochter kostspielige Geschenke machte. Mit einem Mal wurde ihr schlecht.

Sie schwieg, während Frank den Rechner startete.

»Problematisch wird es nur, wenn sie ein Passwort hat«, sagte er.

Laura kämpfte noch immer gegen die Übelkeit an. »Ich hab' keine Ahnung.«

»Die meisten Jugendlichen nehmen ihre Lieblingsband. Oder einen Sänger.«

Laura holte wahllos zwei CDs unter dem Bett hervor. Eine war von Rihanna, die andere von Faithless. »Ich weiß es nicht.«

Auf dem Computermonitor wurde der Desktop sichtbar. Ein Passwortschutz war nicht eingerichtet. Bildschirmhintergrund war ein Foto von Lisa und Carmen. Sie drehte sich zu ihrem Mann um, der wie sie den PC-Monitor anstarrte. »Wenn du dich nützlich machen möchtest, ruf Carmen an. Und Lisas andere Freundinnen. Vielleicht wissen die etwas über ihren Freund.«

»Ja, das mach' ich.«

»Die Telefonnummern hängen unten am Kühlschrank.«

»Das weiß ich doch«, erklärte Rolf, was Laura unvermittelt einen Stich versetzte, und fügte hinzu: »Ich werde mich außerdem mal im Ort umhören. Vielleicht war Lisa mit ihrem Freund drüben im Jugendclub. Da geht sie doch gerne hin, oder?«

»Gute Idee«, sagte Frank, der Lisas E-Mail-Programm öffnete. Er ging in die Hocke, während sich Laura auf den Schreibtischstuhl fallen ließ. Gemeinsam überflogen sie Lisas E-Mails der letzten vier Wochen. Einige waren von ihren Freundinnen oder anderen Bekannten, deren Namen Laura zumindest schon einmal gehört hatte. Ein älterer Freund wurde nicht erwähnt.

Sie schauten sich auch Lisas Facebook-Seite an, besonders die Foto-Alben. Es gab Aufnahmen von Lisas letztem Ausflug mit der Schule. Von der Geburtstagsparty ihrer Freundin Carmen. Von einem Aufenthalt in Schweden – dem letzten glücklichen Urlaub mit ihren Eltern. Manche der Bilder ließen Laura lächeln, beim Anblick anderer krampfte sich ihr Herz zusammen.

Fast war sie erleichtert, als ihr Handy klingelte, weil es sie ein wenig von ihren betrüblichen Gedanken ablenkte. Als sie jedoch sah, wer sie anrief, zögerte sie.

»Willst du nicht rangehen?«, fragte ihr Schwager.

Laura führte ihr Handy ans Ohr. »Hallo, Patrick.«

»Laura, Liebes, ist alles in Ordnung? Du hast nichts von dir hören lassen.«

»Ja, es tut mir leid, es ist …« Sie geriet ins Stocken, während sie Frank dabei beobachtete, wie er die Chronik von Lisas Webbrowser anklickte. Die meisten der Seiten, auf denen ihre Tochter gewesen war, kannte Laura. YouTube. Twitter. Aber nirgends fand sich etwas, das Aufschluss über ihren Freund oder ihren Verbleib gab.

»Laura?«, fragte Patrick.

»Ja, ich weiß.« Sie konzentrierte sich wieder auf das Telefonat. »Es ist alles so … schwierig.«

»Wegen deiner Tochter? Was ist mit ihr?«

Lauras Schwager öffnete Skype. Lisa hatte sich dort ein Profil eingerichtet.

»Nun sag schon«, rief Patrick. »Was ist los?«

Es waren einige Chats gespeichert, die Lisa mit Carmen geführt hatte. Kurze Protokolle verschiedener Nachrichten, bei deren Anblick Lauras Herz blutete.

Vor dem Jugendclub standen ein paar ältere Jungen. Auch der Typ, der Sam am Morgen Schwuchtel genannt hatte.

Sam machte kehrt. Er blieb im Schatten der Bäume am Dorfplatz stehen, als er seinen Vater sah. Dieser hastete an ihm vorüber auf die Jugendlichen zu. Der Wind trieb einige Wortfetzen ihrer Unterhaltung zu Sam hinüber. Keiner der Jugendlichen konnte etwas über Lisas Verbleib sagen.

Während Sams Vater in das Gebäude eilte, schlurften die Jugendlichen zum Brunnen. Instinktiv wich Sam hinter einen Strauch zurück. Dort wartete er, bis sie außer Sichtweite waren. Kurz darauf trat sein Vater wieder ins Freie, rannte über die Straße zu seinem Auto und fuhr davon.

Sam verließ sein Versteck und betrat den Club. Im Flur erschwerten Möbelstücke und gestapelte Pappkartons den Zugang zum Aufenthaltsraum, in dem er auf den Betreuer traf. Dieser stand vor einem Billardtisch und hielt zwei Kugeln in der Hand.

»Oh, hallo Sam«, grüßte Ben. »Dein Vater war gerade da.«

»Ich weiß. Hat er nach Lisa gefragt?«

»Ja, hat er.« Der Betreuer warf die Kugeln in einen Plastikbeutel und verstaute sie mitsamt der Queues auf einem Regal. »Aber ich weiß nicht, wo deine Schwester ist. Ich hab' sie seit Wochen, nein, schon seit Monaten nicht mehr gesehen. Früher war sie oft im Club, das weißt du ja, aber in letzter Zeit ... Nein.«

Sam presste die Händflächen gegeneinander. »Und du weißt nicht, wo sie ist?«

»Dein Vater hat was von einem Freund in Berlin gesagt, bei dem Lisa am Wochenende war. Aber wenn ich ihn richtig verstanden habe, hast du ihm davon erzählt.«

Sam nickte und dachte bedrückt: *Ich hab' mein Versprechen gebrochen.*

»Siehst du.« Ben stemmte einen Pappkarton hoch. »Dann weißt du, wo deine Schwester ist. Bei ihrem Freund. Sie hatte einfach keine Lust, nach Hause zu kommen.«

»Meinst du?«

»Na ja ... Du weißt ja, ich habe viel mit jungen Menschen zu tun, ich kenne mich ein bisschen aus. Viele haben Probleme zu Hause und ...« Er hielt inne und beobachtete Sams Reaktion.

Dieser senkte betrübt den Kopf.

Ben stellte den Pappkarton ab. »Manche Mädchen oder Jungs bleiben etwas länger von zu Hause weg. Einen Tag oder ein Wochenende. Dann kehren sie wieder heim. So ist es immer.«

Sam nickte, denn solche Gedanken waren ihm nicht fremd. Auch er verspürte manchmal keinerlei Lust, nach Hause zu gehen. Deshalb ging er so gerne in den Wald. Dort hatte er seine Ruhe, und niemand verspottete ihn oder wies ihn zurecht.

»Sie kommt bestimmt bald wieder heim«, sagte der Betreuer.

»Ja«, pflichtete Sam ihm bei, »sie hat es mir versprochen.«

»Na, da hast du's.« Ben hob die Kiste wieder an. »Kein Grund zur Sorge.« Er schleppte das Paket hinaus in den Flur und stellte es dort ab. Als er zurückkehrte, reichte er Sam einen Besen. »Willst du mir helfen?«

Sam fegte Staub und Dreck in dem großen Raum zusammen. Obwohl es keine besondere Arbeit war, bereitete sie ihm Freude. Vor allem gefiel ihm, dass Ben ihm diese Aufgabe zutraute. Seine Mutter erteilte ihm nur selten Aufträge, weil er sie in ihren Augen zu langsam erledigte.

»Schon fertig?«, fragte der Betreuer. »Cool, das ist toll.«

Sam nickte stolz.

»So, aber jetzt solltest du ab nach Hause.« Ben gab ihm einen freundschaftlichen Klaps auf die Schulter. »Sonst muss dich deine Mutter auch noch suchen. Und das willst du doch nicht, oder?«

Sam schüttelte den Kopf, verabschiedete sich und machte sich auf den Heimweg. Er hatte die Hälfte des Weges zurückgelegt, als ihm ein schrecklicher Gedanke kam.

Natürlich komme ich zurück, hatte Lisa ihm versprochen. Aber zugleich hatte er ihr geschworen, niemandem von ihrem Freund in Berlin zu erzählen.

Wenn er sein Versprechen brach, wieso sollte sie ihres halten?

Wie aus weiter Entfernung drang eine Stimme an Lauras Ohr.

»Laura, Liebes?«

Sie blinzelte irritiert, ohne den Text auf dem PC-Monitor aus den Augen zu lassen.

»Laura«, hörte sie Patrick aus ihrem Handy, »geht es dir gut?«

»Ich ruf' dich noch mal an«, sagte sie und legte auf.

Auf dem Computerbildschirm stand:

5. Juni, 19.21 Uhr: *Hi Carmen, geht's gut? Mir nicht. Mama und Papa haben heute wieder gestritten. Ich hasse das. Und Sam jammert auch nur rum. Wie der mich nervt.*

21. Juni, 21.58 Uhr: *Du weißt ja, hab heute meine Mathe-Note gekriegt. Glatte 4. Fand Mama gar nicht toll. Hätte mich auch gewundert. Egal was ich mache, alles ist falsch.*

Laura unterbrach ihre Lektüre, als sie hörte, wie die Haustür ins Schloss fiel. Sie sprang auf und rannte zur Treppe. Sam kam ihr entgegen. Sie hatte nicht mitbekommen, dass er das Haus verlassen hatte. *Hast du überhaupt eine Ahnung, was die Kinder den ganzen Tag über treiben?*

»Wo warst du?«, fragte sie.

»Im Club.«

»Denkst du an deine Hausaufgaben?«

»Ist ... Lisa wieder da?«

Laura schluckte. »Noch nicht.« Rasch fügte sie hinzu: »Sie kommt bestimmt bald.«

Aber die Worte klangen selbst in ihren Ohren falsch, und Sam schien das zu spüren. Er ließ den Kopf hängen und trottete in sein Zimmer.

Laura kehrte zurück an den Computer ihrer Tochter.

8. Juli, 17.19 Uhr: *Tu dies, tu das. Ständig mault Mama nur rum. Ich kann's nicht mehr hören. Ist deine Mutter auch so?*

11. Juli, 8.22 Uhr: *Hi Carmen, hab ich's nicht gesagt? Mama ist genervt, weil ich mich nicht um Sam kümmere. Der ist wie ein kleines Baby. Ich halte das hier echt nicht mehr lange aus. Bin froh, wenn wir uns gleich in der Schule sehen.*

Laura empfand Scham; sie hatte nicht bemerkt, wie unglücklich Lisa gewesen war. Sie versuchte, sich wieder auf die Skype-Botschaften zu konzentrieren.

4. August, 18.11 Uhr: *Hi Carmen, kaum bin ich daheim, meckert Mama. Sie meckert immer nur. Nie hört Mama mir mal zu. Ich will mich NICHT um Sam kümmern. Der ist doch alt genug! Sei froh, dass du keinen kleinen Bruder hast!*

17. August, 14.45 Uhr: *Mama ist wieder sauer. Aber was heißt hier wieder? IMMER! Als könnte ich was dafür! Weißt du was? Am liebsten würde ich abhauen.*

Die letzte Nachricht hatte Lisa erst drei Tage zuvor geschrieben.

2. September, 21.14 Uhr: *Weißt du was, Carmen? Vielleicht sollte ich es tun. Einfach nur abhauen. Ganz weit weg. Vorher noch einen Zettel schreiben. Ich bin dann mal weg. Mama würde sich wundern!*

Kapitel 11

»Hab keine Angst«, flüsterte eine Stimme an meinem Ohr. Ein Schaudern ergriff mich.

Ich neigte den Kopf zur Seite. Im Dämmerlicht erkannte ich meinen Onkel. Ein Lächeln huschte über sein Gesicht, während seine Hand meinen Oberschenkel hinauf bis zum Schlüpfer kroch.

»Das macht man, wenn man sich mag«, sagte mein Onkel.

Nein, schrie eine Stimme in mir, *das macht man nicht, nicht mit dem Onkel.*

»Nein«, flüsterte ich.

»Aber du magst mich doch.«

»Nein ...«

»Du magst mich nicht?«

»Doch, aber ...« Ich schluckte und hielt den Atem an. Ich wollte nicht, dass mich jemand hörte.

Mein Onkel sagte: »Du freust dich doch, dass es deiner Mutter wieder bessergeht.«

Ich glaubte zu ersticken.

»Ihr könnt in eurem Haus wohnen bleiben.«

Ich schnappte nach Luft.

»Du musst dir auch keine Sorgen mehr um die Bäckerei machen. Die Bäckerei deines Vaters.«

Ich zitterte am ganzen Leib.

»Aber die Hauptsache ist, dass es deiner Mutter wieder bessergeht, oder? Ich kümmere mich um sie. Versprochen.«

Seine dürren Finger glitten unter mein Nachthemd. Ich versteifte mich.

»Nein!«, wisperte ich und kämpfte gegen die lähmende Starre an.

Mit einer Hand hielt er meine Handgelenke fest. »Bleib.«

»Ich will das nicht.«

Seine Umklammerung wurde stärker. Ich war wie gefesselt. Seine Finger krochen über meinen Bauch hoch zu meinen Brüsten. Ich dachte daran, wie es sich angefühlt hatte, als Harald sie berührt hatte. Es war ein angenehmes Gefühl gewesen. Die Finger meines Onkels waren rau und kalt, und sie kniffen in meine Brustwarze.

Mir stiegen Tränen in die Augen. »Ich habe so etwas noch nie gemacht.«

Seine Hand ließ von meinen Brüsten ab, strich mir stattdessen übers Gesicht. »Es wird nicht weh tun.«

Doch das war eine Lüge. Auch wenn er nicht mit mir schlief, denn die Schande eines inzestuösen Balgs wollte er sich nicht machen. Er fand andere Mittel und Wege. Sie schmerzten. Sie waren abscheulich.

Als er seine Lust befriedigt hatte, stahl er sich aus meinem Zimmer und ließ mich in der Dunkelheit zurück. Zitternd zog ich das besudelte Bettlaken ab und stopfte es in den Müll. Den Rest der Nacht tat ich kein Auge mehr zu.

Am darauffolgenden Morgen traf ich in der Küche auf meine Mutter, als sie das Frühstück für uns zubereitete. Alles in mir drängte danach, das Unaussprechliche herauszuschreien. Doch als meine Mutter sich umdrehte, lächelte sie mich an. Ein warmherziges Lächeln, auf das ich so lange gehofft hatte.

Ich schwieg.

Meine Tante gesellte sich zu uns an den Frühstückstisch, kurz darauf mein Onkel. Er grüßte und zwinkerte wie immer. Als wäre nichts passiert. Ich starrte auf meinen Teller.

»Geht es dir nicht gut?«, fragte meine Mutter besorgt.

Mein Onkel kam mir mit einer Antwort zuvor. »Ach, bestimmt ist es nur ein Infekt. So einer macht schnell die Runde im Dorf.«

»Hast du Fieber?«, fragte meine Mutter und befühlte meine Stirn.

»Es ist nichts«, flüsterte ich und mied ihren Blick.

»Da hörst du's, Ingrid«, sagte mein Onkel, »es ist alles in Ordnung mit deiner Tochter.«

Als ich mich auf den Weg zur Schule machte, strich er mir durch die Haare, wie früher mein Vater. Mir wurde schlecht. Unterwegs stieg ich zweimal vom Rad und übergab mich.

An jenem Tag sagte ich meiner Mutter nicht die Wahrheit über ihren Bruder. Und auch nicht in den darauffolgenden Monaten, in denen er sich nachts in mein Zimmer schlich.

Ich bewahrte Stillschweigen über die Dinge, die er mit mir tat. Ich lernte sein Stöhnen zu verdrängen, indem ich an meine Kindheit dachte, an die glücklichen Abende mit meinem Vater und das gleichmäßige Klackern der Dominosteine. Wenn ich danach das Bettlaken reinigte, empfand ich Scham.

Es fiel mir immer schwerer, meinen Mitmenschen ins Gesicht zu blicken. Schließlich sprach ich mit fast niemandem mehr.

Kapitel 12

Vielleicht sollte ich es tun. Einfach nur abhauen. Ganz weit weg. Laura wandte den Blick von der letzten Skype-Nachricht ihrer Tochter ab. Sie wusste nicht, wohin sie sehen sollte. Das Chaos in Lisas Zimmer verstärkte nur ihren inneren Aufruhr.

Am liebsten hätte sie auf den PC-Monitor eingeschlagen.

Nicht weil sie zornig auf ihre Tochter war, sondern weil sie ihr eigenes Verhalten verabscheute. *Mama ist wieder sauer! Aber was heißt hier* wieder?

Laura zog die Marlboro-Packung unter dem Flyer-Stapel hervor, floh in ihr Schlafzimmer und durchwühlte die Schublade ihres Nachttischchens. »Ach, Scheiße!«

Frank stand schweigend im Türrahmen.

»Ich find die beschissenen Streichhölzer nicht! Die müssen doch irgendwo … Da sind sie!« Sie brauchte zwei Anläufe, bis sie sich eine Zigarette angezündet hatte.

»Wolltest du nicht aufhören?«, fragte Frank.

»Ich wollte so vieles«, sagte sie und stieß den Rauch aus.

Dann trat sie in den Flur und blieb vor Sams Tür stehen. Gerne wäre sie zu ihm gegangen, war sich aber nicht sicher, ob sie die nötige Geduld für ihn aufbrächte. Deswegen lief sie hinunter ins Wohnzimmer. Lisas Lachen auf dem Foto an der Wand kam ihr keineswegs mehr so unbeschwert vor wie nur wenige Stunden zuvor.

Die Sonne war bereits untergegangen. Laura war erstaunt, wie spät es war. Frank eilte die Treppe hinunter und hielt ihr ihr klingelndes Handy hin.

»Habt ihr was gefunden?«, erkundigte sich Rolf.

Laura berichtete ihm von Lisas letzter Chatnachricht.

»Du glaubst, Lisa ist abgehauen?«, fragte er. »Mit ihrem Freund?«

Ich weiß nicht, was ich glauben soll, hätte sie am liebsten geantwortet, doch stattdessen sagte sie: »Nein, über ihren Freund hat sie nichts geschrieben. Was ist mit dir? Hast du mit jemandem gesprochen …«

»Von ihren Freundinnen weiß keine etwas von einem neuen Freund. Außerdem habe ich im Dorf rumgefragt, aber niemand hat Lisa am Wochenende gesehen. Auch nicht in den Tagen zuvor.« Rolf machte eine kurze Pause. »Ich fahr jetzt erst einmal heim zu …«

Laura beendete das Gespräch. *Fahr du nur heim zu deiner neuen Flamme!* Sie bemerkte, dass sie eine SMS erhalten hatte: *Falls ich dir helfen kann, gib Bescheid. Ich bin für dich da. Hab dich lieb. Patrick.*

Sie hätte Patrick gerne geantwortet, aber ihr fehlten nicht nur die Worte, sondern auch die Kraft. Erschöpft sank sie auf die Couch und hielt das Telefon fest umklammert.

Ihr kamen wieder Lisas Worte in den Sinn: *Ich halte das hier echt nicht mehr lange aus.* Das traf auch auf Laura zu. Sie war erschöpft vom ständigen Kampf – gegen ihren Mann, um das Haus, gegen die Schulden, für die Arbeit, gegen die Kinder. Viel zu oft glaubte auch sie: *Ich kann nicht mehr!*

Sie drückte die Zigarette im Aschenbecher aus, rieb sich die Augen. »Frank, du musst was unternehmen!«

»Ich verstehe, dass du dir Sorgen machst, aber …«

»Ihr habt doch Leute, die dafür ausgebildet sind. Um Menschen zu suchen. Eine Hundertschaft, oder wie nennt ihr das?«

»Ja, aber sie kommt erst zum Einsatz, wenn …« Er hielt inne und zupfte an seiner Augenbraue. »Weißt du, Laura, es gibt keinen Hinweis darauf, dass Lisa entführt wurde oder dass ihr …« Abermals stockte er. »Also dass ihr Gewalt angetan wurde. Alles deutet nur auf eines hin: Sie ist von zu Hause ausgerissen.«

Laura ließ sich seine Worte durch den Kopf gehen. Sie streckte die Hand nach der Zigarettenschachtel aus und steckte sich noch eine Marlboro an. Dann schüttelte sie den Kopf. »Nein, sie ist nicht ausgerissen!«

Frank sah sie zweifelnd an. »Sondern?«

»Machst du uns noch ein Helles und einen Kurzen?«

Alex rieb sich die Augen. Aus den Kneipenlautsprechern erklang Nirvanas *Come As You Are.*

»Sag mal, was tust'n da eigentlich?«, fragte einer der Kneipengäste.

Alex hielt in der einen Hand den Brief von Arthur Steinmann, in der anderen den Telefonhörer. Schnell schob er das Schreiben in seine Gesäßtasche und tauschte den Telefonhörer gegen den Zapfhahn.

»Jetzt hattest du zum fünften Mal das Telefon in der Hand, ohne dass du jemanden anrufst.«

Alex beschloss, seinen Anruf zu verschieben. Auch wenn die *Elster* an diesem Abend kaum Gäste hatte – auf den Barhockern saßen zwei ältere Männer, und am Stammtisch spielten drei beleibte Herren Skat –, war sie nicht der richtige Ort für ein Telefonat wie dieses.

Alex füllte die Schnapspins.

»Else hat dich heute Morgen gesehen«, sagte Anton Krause und beugte sich über den Tresen.

»Ja, ich weiß, im Supermarkt. Wie geht es ihr?«

Krause brummte missfällig. »Du weißt schon, ihr Bein.«

»Dann soll sie sich halt 'nen neuen Arzt suchen«, entgegnete sein Sitznachbar, Friedel Hartmann.

Krause fiel fast vom Barhocker. »Etwa den alten Föhringer, der den linken Daumen nicht mehr vom rechten unterscheiden kann?«

»Besser als der Kurpfuscher, der ihr den Gehwagen verpasst hat.«

»Wenigstens kann sie damit laufen!«

»Föhringer hätt' ihr 'nen Rollstuhl verschrieben.«

»Und wer hätt' sie dann schieben müssen? Ich!« Krause schnaubte wie ein Pferd, bevor er sich wieder an Alex wandte. »Wird das jetzt noch was mit unserem Bier, oder ist gleich Feierabend?«

Alex stellte die vollen Gläser vor den beiden Männern ab.

»Machste mir noch 'ne Gurke dazu?«, bat Hartmann.

»Und mir zwei.« Krause rülpste.

Mit einer Küchenzange holte Alex die letzten beiden Gewürzgurken aus dem Glas. Die Lauge tropfte auf den Tresen, während er die Gurken auf einen Teller legte und ihn mitsamt Servietten vor die Barhocker schob. »Für jeden nur noch eine.«

»Wie?«, brummte Krause.

»Was?«, murrte Hartmann.

»Nur noch begrenzter Vorrat«, erwiderte Alex, »und den benötige ich morgen. Ihr wisst schon, da hab' ich die Verköstigung, die …«

Ein Lachen aus der Ecke übertönte seine Worte. Im nächsten Moment endete die Musik, und Stille erfüllte die Kneipe. Auch die drei Männer am Stammtisch waren verstummt. Einer von ihnen schaute zur Theke, Ruprecht Schulze.

Alex wich seinem Blick aus, griff zum Spüllappen und wischte den Tresen. Aus den Lautsprechern erklangen die ersten Takte von *In A Plain*. Gizmo trottete herbei und trank aus seinem Wassernapf.

»… und dann ist sie gegangen«, sagte Krause.

»Das überrascht mich nicht«, erwiderte Hartmann.

»Else meinte schon immer, das wird kein gutes Ende nehmen.«

»Traurig, ja, aber was willste machen?«

»Nichts kannste machen.«

»Sie sollte tatsächlich den Arzt wechseln«, schlug Alex vor.

Die beiden Rentner sahen ihn aus trüben Augen an.

»Wer redet denn von Else?«, fragte Krause.

Hartmann leerte seinen Schnaps in einem Zug. »Hast du das etwa nicht mitgekriegt?«

»Das musste ja mal passieren«, murmelte Krause.

»Man hat so einiges gehört.«

»Alkohol. Und Drogen. So was!«

»Na ja, und jetzt ist sie weg …«

»Wer ist weg?«, fragte Alex. »Von wem redet ihr?«

»Na, von der kleinen Theis!«

»Fortgelaufen soll sie sein.«

»Die Theis mal wieder. Die mit ihrem komischen Sohn. Und …«

Alex ließ die beiden alten Männer reden. Er dachte an seine Begegnung mit Laura Theis im Supermarkt. Wahrscheinlich war sie deswegen so aufgeregt gewesen – weil ihre Tochter davongelaufen war.

Alex wischte wieder mit dem Lappen über die Anrichte und wrang ihn über dem Spülbecken aus. Als er aufschaute, stand Ruprecht Schulze vorm Tresen.

Laura inhalierte den Zigarettenrauch. Mit zitternder Stimme sagte sie: »Ich glaube, Lisa ist etwas passiert.«

»Wie kommst du darauf?«, fragte ihr Schwager.

»Sie hat geschrieben: *Ich möchte einfach nur abhauen. Ganz weit weg. Vielleicht sollte ich es tun …* Das hat sie erst am vergangenen Mittwoch geschrieben. Aber sie hat nicht geschrieben: *Ich haue jetzt ab.* Verstehst du?«

»So schreiben Teenager manchmal.«

»Nicht Lisa. Sie wäre nicht einfach abgehauen. In ihrer Skype-Nachricht stand schließlich auch: *Einen Zettel schreiben.* Ich bin dann mal weg. *Mama würde sich wundern!*«

»Ja, aber wenn Teenager tatsächlich abhauen, dann geschieht das in den meisten Fällen aus einem Impuls heraus. Die wenigsten denken dann noch an so etwas wie einen Abschiedsbrief oder dergleichen. Sie wollen ihre Eltern schockieren, verletzen, es ihnen … heimzahlen.«

»Nein, Lisa nicht. Das passt nicht zu ihr.«

»Wenn du wüsstest, wie oft Eltern sagen: *Das passt nicht zu meiner Tochter, meinem Sohn!* Leider ist genau das der Fall. Immer! Es gibt Gründe, warum sie von zu Hause abhauen. Häufig sind sie den Eltern gar nicht bewusst.«

Laura setzte zu einer Antwort an, doch sie schwieg. *Anscheinend weißt du ja so einiges nicht über deine Tochter*, schoss es ihr durch den Kopf.

»Lisa hatte genug Gründe«, fuhr Frank fort. »Du hast es gerade gelesen. Und wenn sie dann noch einen neuen Freund hat, einen älteren Mann, na ja …« Er fuhr sich mit dem Finger über eine Augenbraue. »Ich bin mir sicher, sie meldet sich schon bald. Oder kehrt zurück. Das ist fast immer so.«

»Fast?«

Ihr Schwager schwieg.

»Nein«, sagte Laura, »das alles kann nicht sein. Überleg doch mal: ein älterer Mann …«

»Laura, deine Tochter ist sechzehn. Sie kann selbst bestimmen, mit wem sie verkehrt.«

»Mag ja sein, aber die teuren Geschenke beunruhigen mich. Frank, ich bitte dich, das ist doch nicht normal, nicht für ein Mädchen in ihrem Alter. Das macht so ein Typ doch nicht ohne Grund. Dafür will er … will er etwas haben. *Verflixt, sie ist erst sechzehn!* Ich will, dass du nach ihr suchst.«

Es dauerte einige Sekunden, bis Frank antwortete. »Wir könnten maximal eine Vermisstenmeldung aufnehmen, selbst das wäre in einem Fall wie diesem ungewöhnlich. Aber dann wäre Lisa immerhin zur internen Fahndung ausgeschrieben. Das bedeutet, die Kollegen in Stadtbereich und Umgebung wären darüber informiert, dass ein Mädchen verschwunden, eventuell mit einem älteren Freund abgehauen ist.«

»Das reicht nicht! Gebt eine richtige Suchmeldung raus. Im Fernsehen. Und im Radio.«

»Laura, das ist in der Regel erst vierundzwanzig Stunden nach …«

»Lisa ist seit Freitag nicht mehr da!«

»Hast du eine Ahnung, was du damit lostrittst?«, fragte Frank.

»Ich will nur, dass Lisa zurückkommt.«

»Keine Chance, dich davon abzubringen?«

»Wenn du es nicht tust, ruf' ich bei den Sendern an.«

Frank reagierte nicht. Laura sah ihn flehend an.

»Na gut«, willigte er ein. »Ich könnte mit meinem Dienststellenleiter über eine Öffentlichkeitsfahndung reden.«

»Du sollst nicht reden.«

»Ich kenne ein paar Leute.« Er ging zur Tür. »Ich werde sehen, was ich machen kann.«

Laura zerdrückte den Zigarettenstummel im Aschenbecher. Ihr Blick fiel auf das Foto ihrer Tochter an der Wand. *Lisa, wo bist du?*

»Ich weiß, was du denkst«, sagte der dicke Mann, dem Haare aus Ohren und aus Nasenlöchern wuchsen. »Du glaubst, ich war das in deinem Garten.«

»Das hat sich ja schnell rumgesprochen«, entgegnete Alex.

»Hier spricht sich alles schnell herum, vor allem, wenn man eine Plaudertasche zum Freund hat.« Schulze bleckte die Zähne und beugte sich über die Theke. »Du weißt, ich heiße dein Bestreben mit *Fielmeister's* nicht gut, denn du kannst nicht einfach daherkommen, als würdest du seit Jahren hier im Dorf leben …«

»Ich habe meine Jugend hier verbracht!«

»Trotzdem seid ihr Zugezogene! Ich aber lebe seit meiner Geburt hier. Und meine Eltern seit ihrer Geburt. Und deren …«

Alex verlor die Geduld. »Meine Güte, Schulze! Es geht doch nur um ein läppisches Rezept für ein paar Gurken.«

»Eben nicht.« Der Bauer stöhnte, als hätte er es mit einem

begriffsstutzigen Jungen zu tun. »Falls du den Zuschlag von *Fielmeister's* kriegst, was glaubst du, was das für meinen Betrieb bedeutet?«

»Soweit man hört, läuft er gut, dein Betrieb.«

»Die Leute haben keine Ahnung. Die Zeiten sind schwierig.«

Alex hätte ihm gerne erklärt, dass auch er auf das Geld angewiesen war, weil die Kneipe und das Haus dringend einer Renovierung bedurften.

Doch Schulze redete bereits weiter: »Eigentlich wollte ich dir nur sagen, so was wie mit deinem Garten mach' ich nicht.«

Nein, dachte Alex, *wahrscheinlich lässt du das machen*, doch er antwortete: »Okay, danke, ich habe es zur Kenntnis genommen.«

Der Bauer knurrte. Offenbar war es nicht die Antwort, die er sich erhofft hatte.

»Noch eine Runde für den Stammtisch?« Alex schob drei Gläser unter den Zapfhahn.

Schulze ging zurück zum Stammtisch, blieb jedoch auf halbem Wege stehen. »Was ich gerade gesagt habe, das mit den Zugezogenen …«

Alex hob den Blick, und Schaum lief über den Rand des Glases und Alex' Hand.

»Dein Vater hatte meinen Respekt. Damals, nach der Wende, war's auch nicht einfach. Er hat die Kneipe gerettet. Dein Vater war ein feiner Kerl, ehrlich.«

Plötzlich schoss das Bier über den Glasrand, tropfte auf die Anrichte und spritzte auf Alex' Hemd und Hose. Rasch stellte Alex den Hahn ab und wischte mit dem Geschirrtuch seine Kleidung trocken. Dann zapfte er drei Gläser voll und brachte sie hinüber zum Stammtisch. Auf dem Weg zurück zur Theke hallten Schulzes Worte durch seinen Verstand: *Dein Vater war ein feiner Kerl.* Alex griff zum Telefon.

Wo bin ich?, war ihr erster Gedanke, nachdem laute Musik sie aus dem Schlaf gerissen hatte. Als hätte jemand seine Stereoanlage ohne Vorwarnung direkt neben ihrem Ohr bis zum Anschlag aufgedreht, erklangen Geige, Klavier und eine übersteuerte Frauenstimme. Ihr Trommelfell drohte zu platzen, und sie hatte starke Kopfschmerzen.

Scheiße, was ist hier los?, fragte sich Lisa. Sie spürte, dass sie auf einem kalten Steinboden lag.

Nur vage konnte sie sich an die Nacht erinnern, die sie im *Weekend* verbracht hatte, einer Diskothek im sechzehnten Stockwerk eines Berliner Hochhauses. Berthold hatte ihr wiederholt *Smirnoff Ice* und *Bacardi Breezer* spendiert. Aber sie hatte sicherlich nicht genug getrunken, um auf dem Boden einzunicken. Oder vielleicht doch?

Sie konnte sich nicht erinnern. Sie hatte keine Ahnung, wo sie sich befand. Vor ihren Augen war es stockfinster, und die schrecklich laute Musik nahm kein Ende.

»Verdammte Scheiße«, schrie sie, was ihre Kopfschmerzen noch schlimmer machte. »Geht diese Scheißmucke nicht leiser? Und mach verdammt noch mal das Licht an.«

Sie hob den Kopf. Erschrocken zuckte sie zurück. Ihre Nase war auf einen spröden Widerstand gestoßen.

»Scheiße, Mann, das ist nicht witzig«, rief sie. »Hast du gehört?«

Vorsichtig neigte sie ihren Kopf zur Seite. Sie spürte einen rauen Stoff an Nase und Kinn und wollte sich davon befreien. Doch ihre Arme folgten dem Befehl nicht. Sie begann zu strampeln. Ihr Atem ging stoßweise, und sie begriff, dass ihr ein Sack über den Kopf gestülpt worden war.

Erneut wollte sie danach greifen, aber ihre Arme reagierten nicht. Als sie sich aufsetzte, bemerkte sie, dass ihre Hände zusammengebunden waren. Sie zerrte an den Fesseln, doch die Seile schnitten sich nur tiefer in ihre Haut.

Kapitel 13

Meine Freundin Regina war die Erste, die meinen Wandel bemerkte.

»Du bist in letzter Zeit so still«, stellte sie fest.

Mir war, als schrumpfte ich unter ihrem forschenden Blick. Ich klammerte mich an meinen Brotkorb, schlug den Deckel auf und nahm eine Stulle. Sofort ging ein Schwarm Fliegen auf mich los.

Es war ein warmer Sommertag, kurz vor meinem fünfzehnten Geburtstag, und obwohl ich nur wenig Begeisterung empfand, hatte Regina mich zu einem Picknick auf unserer Waldwiese überredet. Ich biss in die Stulle, scheuchte die Fliegen fort und war froh, dass ich dabei dem Blick meiner Freundin ausweichen konnte.

»Du erzählst kaum noch was«, fügte sie hinzu.

Obwohl ich keinen Hunger hatte, nahm ich einen zweiten Bissen.

»Geht's dir nicht gut?«

»Blödsinn!«, sagte ich, als hätte ich noch nie etwas Absurderes gehört. Woher hätte Regina auch wissen sollen, dass mit jedem Tag, den unser Schulabschluss näher rückte, mein Grauen davor wuchs, noch mehr Zeit daheim und in der Bäckerei zu verbringen, mit meinem Onkel? Allein bei dem Gedanken daran brach mir der Schweiß aus.

»Was ist bloß los mit dir?«, erkundigte sich Harald, als wir ein paar Wochen später auf der Bank am Dorfplatz beisammensaßen. »Du bist so seltsam geworden.«

»Seltsam? Was soll denn das heißen?«

»Ständig braust du so auf.«

»Tu ich doch gar nicht«, sagte ich aufgebracht.

»Da, genau das meine ich. Du bist so …« Er gestikulierte wild mit den Armen. »Ach, ich weiß auch nicht. Immer wenn ich dir nahekommen möchte, versteifst du dich.«

Was hätte ich ihm antworten sollen? Dass ich schon seit Monaten zu viel Nähe erfuhr?

»Irgendwas ist mit dir«, bemerkte schließlich sogar meine Mutter. Sie hantierte in der Küche. Im Radio erklang die *Schlagerrevue.* »Du bist so gereizt in letzter Zeit.«

»Lass mich doch.«

»Den Kunden im Laden ist das auch schon aufgefallen.«

»Was wissen die schon!«

»Aber Kleines …«

»Nenn mich nicht Kleines!«

Mutter sah mich mit großen Augen an. Ich wurde wütend, auf meine Mutter, auf meinen Onkel, auf meine Freunde, Regina, Harald, auf die ganze Welt. Sogar auf meinen Vater.

»Komm, iss erst einmal was.« Mutter drückte mir ein Stück Pflaumen-Prasselkuchen in die Hand. »Ich hol' dir was zu trinken.«

Der Kuchen schmeckte süß und trocken. Staubtrocken. Ich zwang mich, die Krümel in meinem Mund zu schlucken. Ich hatte das Gefühl, die Schlagermusik würde immer lauter. Sie wurde unerträglich.

»Nein!«

Noch ehe ich begriff, was ich tat, nahm ich das Radio und warf es in hohem Bogen gegen die Wand. Das Gerät zerbarst.

»Was ist passiert?« Meine Mutter starrte auf die Reste des Radios. »Warum hast du das gemacht?«

Ich konnte es nicht erklären. Ich hatte einfach nur den Drang verspürt, es zu zerstören. Aber besser fühlte ich mich trotzdem nicht. Ohne ein weiteres Wort stürmte ich nach draußen. Da es unerträglich heiß war, flüchtete in den kalten Stall und hockte mich zu den kauenden Kühen. Ich hielt meine Knie umklammert und weinte, Schuldgefühle überwältigten mich. Meine Mutter konnte doch nichts dafür.

Ich kehrte zurück ins Haus. Ich wollte mich bei meiner Mutter entschuldigen und mit ihr reden – über alles. Doch ich blieb in der Diele stehen, als Mutters Stimme an mein Ohr drang.

»Ich weiß einfach nicht, was ich mit ihr machen soll«, sagte sie zu meinem Onkel.

»Hab Geduld«, antwortete er, »das ist nur der Tod ihres Vaters.«

»Aber es sah doch schon so aus, als hätte sie ihn überwunden.«

»Sie ist noch jung, Ingrid, und hat die Trauer nie richtig verarbeiten können. Erinnere dich nur, was das Kind alles leisten musste, als du krank warst.«

»Das arme Kind!« Meine Mutter schluchzte.

»Aber ich kümmere mich um sie«, erklärte mein Onkel. »Versprochen.«

Ich hielt die Luft an. Die gleichen Worte hatte er in jener Nacht zu mir gesagt, als er sich das erste Mal in mein Zimmer geschlichen hatte. Mit einem Mal verstand ich, warum mein Onkel tatsächlich zu uns zurückgekehrt war. Weshalb er mir in all den Jahren mittags mit den Tieren geholfen hatte. Ich durchschaute sogar seine Blicke, mit denen er mich bei der Arbeit beobachtet hatte, und sein Zwinkern.

»Kleines.« Meine Mutter trat zu mir in den Flur. »Geht es dir gut?«

Als ich nickte, lächelte sie.

Es war dieses Lächeln, das mich zum Schweigen verdammte – und mir zugleich Hoffnung verlieh. Das klingt paradox, aber das ist es keineswegs. Denn mit dem Lächeln meiner Mutter, das mit jedem Tag, an dem ihre Gesundung fortschritt, ein bisschen mehr erblühte, wuchs meine Zuversicht, dass mein Leid irgendwann ein Ende haben würde.

Irgendwann, so redete ich mir ein, *wird Mama wieder auf eigenen Beinen stehen.* Dann würden wir die Hilfe meines Onkels nicht mehr benötigen, und er würde unser Haus verlassen.

Als mich meine Tante eines Mittags mit verweinten Augen an der Tür empfing, dachte ich für einen kurzen Moment, ich wäre von meiner Qual erlöst.

»Es ist so schlimm«, sagte sie.

Mein Onkel, schoss es mir durch den Kopf, *ihn hat der Schlag getroffen. Ich bin ihn endlich los.*

Doch das, was meine Tante dann sagte, holte mich in die Realität zurück. »Deine Mutter, sie ist in der Backstube zusammengebrochen. Die Ärzte sagen, sie ist schwer krank.«

Kapitel 14

Laura hatte Abendessen zubereitet. Backofenpommes, ein Schnitzel und dazu einen Blattsalat. Zu mehr hatte ihre Kraft nicht mehr gereicht. Ihr Sohn hockte am Küchentisch und stocherte in dem inzwischen kalten Essen herum.

»Wenn du keinen Hunger mehr hast, mach dich davon.«

Er rutschte vom Stuhl, als hätte er nur auf ihre Erlaubnis gewartet.

»Sam!« Sie seufzte. »Vergiss deine Hände nicht.«

Folgsam hielt er seine Finger unter den Wasserstrahl und trocknete sie dann am Handtuch ab.

»Ich komm' gleich nach. Dann machen wir deine Hausaufgaben, okay?«

Sie lauschte seinen Schritten auf der Treppe und wünschte sich, er würde sich normal benehmen und mit ihr reden. Sie sah zur grellgelben Küchenuhr. 20.34 Uhr.

Es waren nur eineinhalb Stunden vergangen, aber ihr kam es vor wie eine Ewigkeit, seit ihr Schwager nach Berlin aufgebrochen war, um auf dem Polizeipräsidium mit seinem Dienststellenleiter über eine Öffentlichkeitsfahndung zu sprechen. Seitdem hatte sie nichts mehr von ihm gehört. Diese Ungewissheit machte sie fast verrückt. Sie konnte nicht herumsitzen und warten, aber so zu tun, als ginge das Leben einfach weiter, fiel ihr ebenso schwer. Doch ihr blieb keine andere Wahl.

Sie warf die kalten Pommes in den Mülleimer und räumte das Geschirr in die Spülmaschine. Sie zwang sich zu einem Lächeln, als sie hinauf in das Zimmer ihres Sohnes ging. Sam saß auf dem Teppichboden und war mit seinen Spielfiguren beschäftigt. Das Lächeln auf ihren Lippen erstarb. »Sam, ich dachte, du machst deine Hausaufgaben.«

Er setzte sich an seinen Schreibtisch und schlug ein Mathebuch auf. Laura überprüfte die Anzeige ihres Handys. Kein Anruf. Es war kurz vor neun, und Frank hatte sich noch nicht gemeldet.

»Sam!« Ihre Stimme war schärfer als gewollt, als sie ihren Sohn dabei ertappte, wie er in einem Comic-Heft blätterte. »Du sollst deine Hausaufgaben machen.«

Er beugte sich über sein Schulheft.

»Komm, ich helf' dir.«

Sie hatte Mühe, sich auf die Übungen zu konzentrieren, und war froh, als sie die Aufgaben endlich geschafft hatten. Sam zog seinen Simpsons-Schlafanzug an, putzte sich die Zähne und ging zu Bett. Sie gab ihm einen Kuss auf die Stirn. »Schlaf schön.«

»Mama?«

Laura blieb im Türrahmen stehen.

»Lisa kommt doch wieder, oder?«

Ihr Magen zog sich zusammen. »Ja, ganz bestimmt.«

Sie löschte das Licht und ging zur Treppe. Bevor sie ihren Fuß auf die Stufe setzte, blieb sie stehen.

Lisa kommt doch wieder, oder?

Sie kehrte um, ging schnurstracks in das Zimmer ihrer Tochter und wühlte sich durch das Chaos. Sie wollte nicht glauben, dass es keinen einzigen Hinweis auf den Verbleib oder den Freund ihrer Tochter gab.

Aber wonach sie vor allem suchte, war etwas anderes: nach einem Beweis, dass ihre Tochter tatsächlich nur von zu Hause weggelaufen war. So, wie Frank es gesagt hatte. Verbissen suchte sie Lisas Jacken- und Hosentaschen nach einem Einkaufszettel ab, nach einer Notiz mit einer Telefonnummer, einem Bierdeckel mit einer Adresse, irgendetwas, und wenn es nur eine Kleinigkeit war, die sie bisher übersehen hatte. Sie fand Kleider und Blusen, die sie nicht kannte.

Es klingelte an der Tür. Laura rannte hinunter und öffnete die Tür. Vor ihr stand ihre Schwägerin. »Laura, Mensch, was ist mit deinem Handy? Frank versucht dich die ganze Zeit zu erreichen.«

Lauras Herz schlug schneller. Sie zog ihr Telefon aus der Hosentasche. Der Akku war leer. »Wieso?«

Renate ging an ihr vorbei ins Wohnzimmer. Dort schaltete sie den Fernseher ein.

Nachdem die letzten beiden Barhocker ins Freie gewankt waren, wollte Alex die *Elster* schließen. Doch Ben erschien in der Tür.

»Eigentlich«, erklärte Alex, »wollte ich nur noch eine Kleinigkeit essen, duschen …«

»Stimmt, du müffelst wie ein Brauereipferd.«

»… und ins Bett.«

»Ich kann dir eine Gutenachtgeschichte vorlesen.«

Alex und Ben erklommen die Stufen, die zur Wohnung führten. Alex ging als Erstes in die Küche und bereitete Gizmo seine abendliche Mahlzeit. Sofort fiel der Retriever über seinen Napf her. Mit zwei Stullen, einer Cola light und einem Radeberger gesellte sich Alex zu Ben, der bereits im Wohnzimmer auf der Couch saß. Der Raum war klein und behaglich, trotz einer alten Tapete.

Ben hatte den Fernseher eingeschaltet. Alex sank aufs Sofa und knabberte an seinem Brot, während er dabei zusah, wie ein Superheld in Strumpfhosen gegen Bösewichter kämpfte.

»Bist du nur gekommen, um dir diesen Schrott reinzuziehen?«

Ben nahm einen Schluck Bier. »Ich dachte, wir plaudern ein wenig, zum Ausklang des Tages.«

»Plaudern?«

Gizmo trottete in den Raum und rollte sich in seinem Korb zusammen.

Ben leerte sein Radeberger in einem Zug. »Na gut, du hast mich ertappt. Eigentlich wollte ich hören, ob du …«

Er verstummte, als er die Türklingel hörte. Gizmo sprang wild kläffend aus seinem Korb. Alex folgte ihm die Stufen hinunter.

»Ich hab' noch Licht brennen sehen«, begrüßte ihn Paul.

»Was machst du um diese Zeit noch hier?«

»Ich war bei meiner Exfrau, musste was mit ihr klären wegen des Schulgelds unserer Kinder. Auf der Rückfahrt dachte ich mir, ich schau' mal bei dir vorbei.«

»Noch einer, der neugierig ist«, sagte Ben amüsiert.

Paul runzelte die Stirn.

»Vergiss es!« Alex erklomm ein zweites Mal die Treppe und brachte aus der Küche noch ein weiteres Radeberger ins Wohnzimmer. Gizmo hatte es sich bereits wieder in seinem Korb bequem gemacht. Paul saß auf dem Sofa neben Ben, der den Fernseher wieder lauter gestellt hatte und durch die Kanäle zappte. Die nächsten Minuten vergingen in einträchtigem Schweigen.

»Also wenn ihr sonst nichts zu sagen habt, würde ich vorschlagen, ihr ...«, begann Alex schließlich.

»Ben, warte!«, fiel ihm Paul ins Wort.

»Was? Das?« Ben lachte. Eine halbnackte Domina schwang eine Peitsche, während grellrote Buchstabenblitze dem Zuschauer befahlen: *Ruf! Mich! An!* »Ich wusste gar nicht, dass du auf so was ...«

»Schalt zurück!«

Auf *3sat* schmetterte eine stark geschminkte Diva eine Arie.

»Weiter!«

Beim *RBB* erschien eine pausbäckige Moderatorin auf dem Bildschirm. Die Spätwiederholung der *Abendschau*.

Laura starrte auf den Fernseher, auf dem in dieser Sekunde ein Foto eingeblendet wurde. Darunter flimmerte ein Schriftzug. Gesucht: *Lisa T. (16) aus Finkenwerda!*

Plötzlich kam ihr die ganze Situation unwirklich vor. Es konnte sich nur um einen Irrtum handeln oder um einen Streich, den Lisa ihr spielte. Mit einem Mal war Laura sich nicht mehr sicher, ob es eine gute Idee gewesen war, in dieser Form an die Öffentlichkeit zu gehen.

»Bereust du es?«, fragte Renate, als wüsste sie um Lauras Gedanken.

»Nein«, antwortete sie und nickte zugleich. Dann kramte sie aus einer Schublade das Ladekabel hervor und ließ ihr Handy aufladen. Sie brauchte eine Weile, um ihre Gedanken zu ordnen. »Es ist wohl nur ... Ich hab' schon zu viele Beiträge über vermisste Kinder und Jugendliche gesehen, und ich weiß, wie deren Verschwinden endete.«

»Aber genau deshalb hast du doch den Fernsehaufruf gewollt. Damit Lisas Verschwinden kein solches Ende findet.«

»Ja«, sagte Laura tonlos. Doch diesen TV-Beitrag zu sehen,

verlieh dem Verschwinden ihrer Tochter eine beängstigende … *Endgültigkeit.*

Mit zitternden Fingern holte sie die Marlboro-Schachtel aus ihrer Hosentasche. Sie war fast leer. Laura konnte sich nicht erinnern, so viele Zigaretten geraucht zu haben. Doch das war ihr gleichgültig, solange es ihr half, die Nerven zu behalten. Sie musste fest daran glauben, dass Lisa wirklich nur weggelaufen war und dass sie bald wieder zurückkehrte. *Das ist fast immer so.*

Im Fernsehen lief inzwischen ein Bericht über eine Fitnesstrainerin. Laura betrachtete die gertenschlanke Frau, die sich auf irgendwelchen Geräten abmühte und dabei ein strahlendes Lächeln zeigte. In diesem Moment nahm Laura sich vor: *Wenn Lisa zurück ist, gönne ich mir etwas Ruhe.* Vielleicht würde sie dann auch ein Fitnessstudio aufsuchen und etwas für ihren Körper tun, den sie schon viel zu lange vernachlässigte. Oder sie würde einfach in den Garten gehen, Unkraut jäten und Blumenbeete umgraben.

Das Handyklingeln riss sie aus ihren Gedanken.

Alex hielt den Blick auf den Fernseher gerichtet. Inzwischen war dort eine spindeldürre Fitnesstrainerin zu sehen.

»Schlimme Sache«, bemerkte Paul.

»Stimmt«, pflichtete Ben ihm bei, »sie ist nur Haut und Knochen.«

»Nein«, Paul zeigte ihm den Mittelfinger, »ich meinte die Theis.«

Ben nickte. »Ihr Vater war heute Mittag im Club und hat nach ihr gefragt.«

»Die Barhocker meinten, sie wäre von zu Hause ausgerissen«, sagte Alex.

Ben musterte ihn. »Höre ich da einen Unterton …«

»Ich glaube, die Sache ist ernster.«

»Wieso?«

Alex überlegte kurz. »Wenn sie nur abgehauen wäre, würde die Polizei keine Suchmeldung über Radio und Fernsehen veranlassen.«

Für einige Sekunden galt ihre Aufmerksamkeit wieder dem TV-Gerät. Die Fitnesstrainerin demonstrierte Übungseinheiten an einer Sit-up-Bank, währenddessen keuchte sie ihr Rezept für körperliches Wohlbefinden.

»Und was glaubst du, was los ist?«, erkundigte sich Paul.

»Was weiß ich.«

»Du denkst doch an was Bestimmtes, oder?«, fragte Ben.

Alex richtete sich auf. »Soll ich dir sagen, woran ich denke? An das Treffen mit *Fielmeister's* morgen. Und daran, wie ich die Unternehmer verköstigen kann, nachdem letzte Nacht mein Gartenhaus verwüstet wurde.« Er griff in seine Gesäßtasche und zog den Brief hervor. »Von diesem blöden Schreiben ganz zu schweigen!«

Die Blicke seiner beiden Freunde waren erwartungsvoll auf ihn gerichtet. Sogar Gizmo spitzte die Ohren.

»Ich hab' versucht anzurufen, okay? Sieben- oder achtmal sogar, aber dann … Ich konnte die Nummer nicht wählen. Ich schaff's einfach nicht. Noch nicht.«

Gizmo gähnte. Sein Kopf verschwand zwischen den Kissen in seinem Korb.

»Ich kann es immer noch nicht fassen, dass meine Eltern nicht das waren, was sie ihr Leben lang vorgegeben haben. Es ist einfach … *verrückt.* Ich glaube, erst wenn ich es richtig verinnerlicht habe, begriffen *und* akzeptiert, kann ich mich dem Rest stellen. Seid ihr jetzt zufrieden?«

Er nahm den Brief, ging damit zu dem alten Sekretär und legte ihn in die oberste Schublade. Dann schloss er diese mit einem Ruck.

Laura ließ enttäuscht das Handy sinken. Ihre Schwägerin sah sie fragend an. »Wer ist es?«

»Rolf.«

»Soll ich mit ihm reden?«

»Ist schon okay.« Laura nahm das Gespräch entgegen.

»Ich dachte, Lisa ist abgehauen«, meldete sich ihr Mann.

»Ja.« *Nur abgehauen. Sonst nichts!*, setzte sie in Gedanken hinzu.

»Warum dann die Sache mit der Polizei und dem Fernsehen?«

»Weil ich mir Sorgen mache.«

»Hat sich denn schon jemand gemeldet?«

»Frank informiert mich, sobald es Hinweise gibt.«

»Also wissen wir rein gar nichts.« Rolfs Stimme klang brüchig.

»Frank wird jeden Augenblick aus Berlin zurückkehren.«

»Sollen wir auch vorbeikommen?«

»Nein!«

»Aber wenn du Hilfe brauchst ...«

»Ich melde mich, sobald ich etwas weiß«, unterbrach ihn Laura und beendete das Gespräch. Ihr wurde bewusst, dass sie sich zum ersten Mal seit langer Zeit halbwegs normal mit ihrem Mann unterhalten hatte. Ohne gegenseitige Vorwürfe. Ohne Streit. *Und dafür musste erst unsere Tochter verschwinden!*, schoss es ihr durch den Kopf.

Der Bewegungsmelder ließ das Außenlicht anspringen. Kurz darauf kam Frank zur Hintertür herein, jetzt in Jeans und dunkelbraunem Sakko, das an den Schultern spannte. Er nahm Laura in den Arm. Sie schmiegte sich an seine Schulter. Es tat ihr gut, sich fallen zu lassen und durchzuatmen.

Sofort hatte sie ein schlechtes Gewissen. *Du darfst dich nicht hängenlassen!* Sie eilte zur Couch, entzündete die letzte Zigarette und sah ihren Schwager an. »Und?«

»Die Suchmeldung ist gerade erst ausgestrahlt worden«, erwiderte ihr Schwager. »Du musst Geduld haben.«

Geduld? Laura lächelte gequält. »Hast du versucht, ihr Handy zu orten?«

»Ja, es ist ausgeschaltet.«

»Und die Anruferliste?«

»Hab' ich von ihrem Telefonanbieter erhalten. Aber da sind nur die Nummern ihrer Freunde, dein Anschluss und der von Rolf. Sie scheint mit ihrem Freund wirklich auf Nummer Sicher gegangen zu sein.«

Die Türklingel ließ Laura hochschrecken.

»Ich mach' schon«, sagte Frank.

»Nein!« Laura sprang auf. »Ich gehe!«

Alex schaltete den Fernseher aus. Er legte die Nirvana-CD in die Stereoanlage. Als die ersten Takte von *Something In The Way* erklangen, ging er zurück zur Couch.

»Glaubst du, bei dem Treffen mit *Fielmeister's* geht morgen trotzdem alles in Ordnung?«, fragte Ben.

Dankbar für den Themenwechsel, sank Alex aufs Sofa. »Ich denke schon.«

»Wenn's nicht klappt, wär's schade drum«, sagte sein Freund. »Auch um den Jugendclub. Eine Renovierung wäre dringend nötig, außerdem bräuchte ich einen zweiten PC für die Kids. Auch eine Playstation wäre schön.«

»Als wenn die Welt ohne diesen Mist unterginge«, murrte Paul. »Wir haben das früher auch nicht gebraucht.«

»Zeiten ändern sich«, sagte Ben. »Heute gehören Facebook, Twitter und …«

»Nicht die Zeiten, die Leute! Schaut euch doch nur meine Frau an, die …«

»Ach nee, Paul, nicht schon wieder!«

»Hey, Mann, um sie geht es doch gar nicht.« Paul wackelte mit dem Kopf. »Na ja, ein bisschen schon. Denn wenn sie meinem Sohn nicht ständig diesen Mist …«

»Paul!«

»Ist ja schon gut. Worauf ich hinauswill: Früher hätte es so was nicht gegeben. Unsere Eltern haben uns gelehrt, wie wir uns mit uns selbst beschäftigen.«

»Klar!« Ben lachte. »Wir haben uns in den Wald verdrückt, mit den Mädels geknutscht, geraucht, gesoffen …«

»… gekifft«, sagte Alex lächelnd. »Also nicht anders als die Kids heute.«

»Selbstverständlich ist das bei den Kids heute anders!« Paul schlug mit der Hand auf den Tisch. Als Gizmo leise knurrte, dämpfte Paul seine Stimme. »Wann habt ihr die Kids denn zum letzten Mal im Wald erlebt? So wie wir damals in unserer Butze …«

»Erinner mich nicht an die Räucherhöhle«, murrte Ben.

»… Abenteurer spielen«, fuhr Paul fort, »oder auf dem Bolzplatz kicken?«

»Es gibt keinen Bolzplatz in Finkenwerda«, wandte Alex ein.

»Weil die Kids lieber vor der Glotze, dem PC oder der Playstation hängen, deswegen! Und deshalb wissen sie nichts mit sich selber anzufangen. Oder kommen auf dumme Gedanken. So wie bei deinem Garten.«

»Deshalb gibt es den Jugendclub«, sagte Ben.

Jetzt lachte Paul. »Tja, der muss der kleinen Theis ja einen Heidenspaß bereitet haben, oder warum hat sie das Weite gesucht?«

»Weißt du was?« Ben erhob sich vom Sofa. »Manchmal bist du einfach unausstehlich.« Ohne sich noch einmal umzusehen, stieg er die Treppe hinunter. »Mir reicht's. Gute Nacht.«

Alex begleitete seine Freunde zur Tür. Er hörte, wie sie sich auf der Straße noch gegenseitig beschimpften, bevor jeder in sein

Auto stieg und den Motor anließ. Reifen holperten über das Straßenpflaster davon. Dann erfasste Stille das Dorf. Irgendwo miaute eine Katze. Gizmo spitzte die Ohren. Das Plätschern des Brunnens auf dem Dorfplatz vermischte sich mit dem fernen Klang einer Polizeisirene.

Alex ging noch einmal mit dem Hund vor die Tür. Die Temperatur war gefallen. Der Mond hing als Scheibe in einem dunklen Meer weißer Punkte. Gizmo knurrte.

»Was ist?«

Der Retriever bellte alarmiert. Aber Alex sah nur ein paar Jugendliche, die auf der Parkbank am Brunnen mit ihren Handys spielten.

Alex ging weiter. In den meisten Häusern brannte Licht. Hinter den Fenstern war der bläuliche Widerschein eingeschalteter Fernseher zu erkennen. Gizmo schloss zu Alex auf und sah ihn mit großen Augen an.

»Wenn noch Licht brennt, klingel' ich«, erklärte Alex. »Und wenn nicht ...«

Es waren nur noch wenige Meter bis zu dem Haus. Die Zimmer waren erleuchtet.

»Frau Theis.« Der Mann vor Lauras Tür räusperte sich verlegen. »Entschuldigen Sie die späte Störung.«

Laura brauchte einen Moment, bis ihr sein Name wieder einfiel. *Lindner. Alex Lindner.* Ihr wurde bewusst, dass sie ihm heute Morgen über den Weg gelaufen war, wenige Minuten bevor der Anruf von Lisas Lehrerin sie erreicht hatte.

»Das mit Ihrer Tochter, das tut mir leid«, sagte er, »bitte, verstehen Sie mich nicht falsch ...« Er brach ab, schien nach den richtigen Worten zu suchen.

Eine Windböe trug Alkoholdunst in den Hausflur. Laura fragte: »Was wollen Sie?«

»Ich wollte fragen, ob Sie …«

»Wer sind Sie?« Frank zwängte sich an Laura vorbei.

»Ich heiße Lindner. Ich wohne drüben.« Er wies hinüber zur alten Kneipe. »Über der *Elster.*«

»Ach so, ja.« Frank rümpfte die Nase. »Bin kein großer Kneipengänger. Was führt Sie zu uns?«

»Ihm gehört die Gaststätte«, sagte Laura. Sie spürte einen Anflug von Hoffnung, denn erst kürzlich hatte sie Lisa und einige ihrer Freunde vor der Gaststätte erwischt. »War meine Tochter in Ihrer Kneipe?«

»Nein, nein, ich …«

»Aber Sie glauben zu wissen, wo Lisa ist?«, unterbrach Frank ihn.

»Nein, das auch nicht. Wie ich Ihrer Frau gerade …«

»Meiner Schwägerin!«

»Entschuldigung, ja, wie ich schon sagte, verstehen Sie mich bitte nicht falsch, ich …«

»Hören Sie«, fiel ihm Frank erneut ins Wort. »Wenn Sie irgendwas über das Verschwinden meiner Nichte wissen, rücken Sie bitte raus damit.«

»Nein, ich kann Ihnen da wahrscheinlich nicht weiterhelfen.«

»Was wollen Sie denn dann?«

»Ich möchte niemanden beunruhigen …«

»Sie sind gerade dabei!«, blaffte Lauras Schwager.

»Eigentlich wollte ich mich nur erkundigen, also, wie gesagt …« Alex Lindner räusperte sich abermals. Er war etwas kleiner als Lauras Schwager, weshalb er zu ihm aufschauen musste. »Aus welchen Gründen Ihre Nichte …«

»Ich glaube nicht, dass Sie das etwas angeht.«

»Ich mache mir nur Sorgen.«

»Vielen Dank.« Frank schnaubte. »Das geht uns nicht anders.«

»Ich habe ...«

»Haben Sie getrunken?« Lauras Schwager wedelte mit seiner Hand.

Lindner straffte sich. »Nein, ich bin nicht betrunken. Es tut mir wirklich leid, aber ...«

»Hören Sie, es ist schon spät.«

»Ja, ich weiß, aber ich wollte nur sagen, die Polizei ...«

»Die Polizei kümmert sich bereits darum!« Verärgert zog Frank seinen Dienstausweis aus der Hosentasche. »So, sind Sie jetzt zufrieden? Wenn Sie also nichts über das Verschwinden von Frau Theis' Tochter wissen, dann gehen Sie nach Hause. Aber belästigen Sie gefälligst nicht die Mutter.« Frank schlug die Tür zu. »Idiot!«

Durchs Küchenfenster sah Laura, wie Lindner mit seinem Hund über den Dorfplatz zurück zur *Elster* ging. »Glaubst du, er wusste wirklich nichts?«, fragte sie ihren Schwager.

»Das hat er doch selbst gesagt. Aber daran wirst du dich gewöhnen müssen.«

»Woran?«

»An solche Spinner, die dich mit ihrer vermeintlichen Sorge und Hilfe behelligen.« Frank stiefelte ins Wohnzimmer.

Laura sah ihm hinterher. »Und jetzt?«

»Jetzt solltest du ins Bett gehen ...«

»Aber ...«

»... und versuchen, etwas Schlaf zu finden.«

Doch sie wusste, dass sie in dieser Nacht keinen Schlaf finden würde.

Lisa versuchte, sich zu beruhigen und sich das zurückliegende Wochenende in Erinnerung zu rufen – den Streit mit ihrer Mutter und wie sie danach aus dem Haus gestürmt war. Sie dachte daran, wie Sam ihr vor der Telefonzelle auf die Nerven gegangen war. Wie sie sich mit ihren hochhackigen Schuhen bemüht hatte, auf dem holprigen Pflaster der Dorfstraße nicht das Gleichgewicht zu verlieren. Sie konnte sich sogar an das Lied erinnern, das sie auf dem Weg zur Bushaltestelle vor sich hin gesummt hatte. *I want you to make me feel like I'm the only girl in the world.*

Als sie Berthold gesehen hatte, war der Ärger daheim schnell vergessen gewesen. *Ich will nicht mehr zurück*, hatte sie nicht zum ersten Mal gedacht, später in der Diskothek, hoch oben über den Dächern der Stadt, die der volle Mond in ein milchiges Licht tauchte. *Was für ein Anblick!* Als würde er nur für sie scheinen. Da saß sie, entkräftet vom Tanzen, glücklich in den Armen ihres Freundes. Sie kannte ihn seit eineinhalb Monaten, und jeder Tag mit ihm war schön. Mit ihm war alles so anders. So einfach. *The only girl in the world.*

Und doch hatte sie am Sonntag in seiner Wohnung ihre Tasche gepackt. Sie hatte weiteren Ärger mit ihrer Mutter vermeiden wollen. *Du kriegst das hin*, hatte Berthold ihr zum Abschied ins Ohr geflüstert. *Du schaffst das. Du bist stark.*

Noch einmal hatte er sie geküsst, dann hatte sie den Heimweg angetreten. *Was ist dann passiert?* Lisa konnte sich nicht erinnern. *Warum nicht? Was ist geschehen?*

Die Musik setzte aus. Stille. Kurz darauf durchbrochen vom Klirren eines Schlüsselbunds. Eine Tür wurde entriegelt. Lisa hielt die Luft an, als sich Schritte näherten. Sie hörte ein befremdliches Schnaufen. Eine Gänsehaut überzog ihren Körper. Sekunden vergingen, vielleicht auch Minuten. Als sie schließlich glaubte, ersticken zu müssen, fasste sie sich ein Herz.

Sie holte Luft. »Warum bin ich …?«

Eine Faust traf ihre Wange, und ihr Kopf krachte auf den steinigen Boden.

Stöhnend stemmte sie sich hoch. »Ich wollte doch nur …«

Ein weiterer Schlag erwischte sie mit voller Wucht. Ihre

Schläfe knallte auf den harten Untergrund. Durch das schmerzhafte Dröhnen in ihrem Schädel drang der Hall sich entfernender Schritte. Die Tür fiel ins Schloss. Danach herrschte wieder Stille.

Kapitel 15

»Die Ärzte sagen, es ist ...« Meiner Mutter versagte die Stimme.

»Muskelschwund«, wisperte Tante Hilde beinahe ehrfürchtig, als handelte es sich nicht um eine Krankheit, von der ihre Schwägerin heimgesucht wurde, sondern um den Staatsratsvorsitzenden höchstpersönlich.

Mein Onkel räusperte sich. »Die Ärzte haben erklärt, dass die Krankheit der Grund für die wiederkehrende Migräne und die Gelenkschmerzen deiner Mutter ist.«

»Aber ...«, sagte ich und sah hilfesuchend meine Mutter an, die neben mir auf dem Sofa saß und nur noch ein Häufchen Elend war. Auf der Couch gegenüber saßen meine Tante und mein Onkel. Vor wenigen Stunden hatten sie meine Mutter aus dem Krankenhaus abgeholt.

»Aber ...«, sagte ich mit bebender Stimme. »Es lässt sich heilen, oder?«

»So genau ... wissen die Ärzte das noch nicht.« Ihr Atem ging röchelnd und strafte ihre Worte Lügen.

Das war das Schlimmste von allem: dass sie, so schlecht es ihr ging, alles daransetzte, mich vor der Wahrheit zu schützen.

Mein Onkel straffte sich und erklärte: »Gemeinsam schaffen wir das.« Er hielt die Hand meiner Tante, aber sein Blick galt mir. »Das tun wir doch, oder?«

Mir krampfte sich der Magen zusammen.

Als mein Onkel das nächste Mal in mein Zimmer geschlichen kam, dachte ich: *Vielleicht trage ich ja selbst die Schuld daran.* Vielleicht war es die gerechte Strafe dafür, dass ich getanzt hatte, damals, als mein Vater vom Balken gestürzt war und sich vor Schmerzen auf dem Stallboden gewälzt hatte.

Auch die Erkrankung meiner Mutter – ihr ständiges Stolpern und Fallen, weil ihre Knochen und Gelenke sie kaum noch trugen, ihre Wirbelsäule, die sich zu einem schauderhaften Hexenbuckel verkrümmte, ihr Husten und Röcheln, weil ihre Lunge immer schwächer wurde – betrachtete ich als Teil meiner eigenen Strafe. Ich hatte es versäumt, nach meinem Vater zu sehen, und jetzt war er nicht mehr da, um sich um meine Mutter zu kümmern.

Mein Onkel sprach es niemals aus, aber er gab mir mit seinen Blicken und Gesten immer wieder zu verstehen, dass er mich verdiente, dass ich der Lohn dafür war, dass er bei uns blieb. Was würde ohne ihn aus unserem Haus werden? Aus Vaters Bäckerei? Was würde aus meiner schwerkranken Mutter werden? Ohne Hilfe wäre ich hoffnungslos überfordert gewesen mit ihr.

Die Tage, an denen sie sich eigenständig fortbewegen konnte, wurden immer seltener. Es war entsetzlich anzusehen, wie schnell der Verfall ihres Körpers fortschritt. Nicht einmal ein Jahr war vergangen, seit mein Onkel sie aus dem Krankenhaus abgeholt hatte – nun war sie ein Pflegefall, der rund um die Uhr unserer Hilfe bedurfte.

In den Monaten vor meinem achtzehnten Geburtstag fand ich kaum mehr Zeit, mich mit meiner Freundin Regina zu treffen. Irgendwann kam mir zu Ohren, sie sei inzwischen nach Berlin gezogen. Ich hatte keine Ahnung, ob das stimmte. Und ob Harald und ich noch ein Paar waren, wusste ich ebenso wenig. Unser letztes Treffen lag schon eine Weile zurück.

Die seltenen Momente, in denen ich etwas Abstand von meiner Mühsal fand, beschränkten sich auf den späten Abend.

Bevor ich erschöpft ins Bett fiel und ängstlich auf meinen Onkel wartete, begab ich mich meist noch einmal in den Garten. Maunzend strichen die Katzen um meine Waden. Ab und zu sprach ich mit ihnen wie mit Freunden. Bei ihnen verspürte ich keine Scham. Manchmal machte ich auch einen kurzen Spaziergang durch den Ort. Meist um Mitternacht, wenn ich mir sicher sein konnte, niemandem mehr über den Weg zu laufen. Niemandem, der Fragen stellte oder der mir meine beschämenden Antworten ansah.

Gelegentlich ließ ich mich auf der Bank am Brunnen nieder. Ich redete mir ein, dass ich nichts weiter wollte als die Enten füttern. In Wahrheit wartete ich auf Harald. Doch ich blieb alleine.

Bis eines Nachts eine fremde Stimme hinter mir sagte: »Aber junge Frau … Warum immer so traurig?«

Kapitel 16

Minutenlang klingelte es Sturm, bis Alex hochschreckte. Plötzlich herrschte Stille. Alex fragte sich, ob der Lärm nur Teil seines Traums gewesen war, und öffnete die Vorhänge. Ein Streifen Sonnenlicht fiel auf das Bett und den Hocker daneben, auf dem Alex' schmutzverschmierte Jeans und das Hemd lagen. *Sind Sie betrunken?*

Beschämt dachte er an den Abend zuvor. Er überlegte, ob er dem Polizisten schon mal über den Weg gelaufen war, aber er konnte sich weder an den Namen noch an das Gesicht erinnern.

Die Türklingel schrillte erneut, und Alex hörte Gizmo aufgeregt auf den Dielenbrettern trippeln. Alex schlüpfte in eine frischgewaschene Jeans und ein neues T-Shirt und begab sich zur Haustür.

Auf der Schwelle stand Paul und schwenkte eine knisternde Papiertüte. »Ich hab' Brötchen mitgebracht.«

Alex sah blinzelnd zur Uhr. Kurz vor neun.

»Jetzt schau nicht so entsetzt drein«, murrte sein Freund, »es war deine Idee, dass ich dir im Garten beim Aufräumen helfe, bevor die von *Fielmeister's* kommen.«

Alex winkte ihn gähnend in den Flur.

»Hast du schlecht geschlafen?«

Alex erklomm die Stufen, dann setzte er in der Küche Kaffee auf. *Nein, nicht schlecht geschlafen. Nur dämlich benommen.* Wer, wenn nicht er selbst, wusste, wie viele Spinner, Hellseher und Trittbrettfahrer mit vermeintlich wichtigen Hinweisen die Eltern eines verschwundenen Mädchens erschreckten. Lisa Theis war von zu Hause abgehauen. Es gab keinen Grund, sich Sorgen zu machen.

Paul verteilte Teller und Besteck auf dem Küchentisch. »Okay, ich gebe zu, das war dumm von mir, gestern Abend. Ich hätte wissen sollen, was die Arbeit Ben bedeutet, im Jugendclub, mit den Kids.«

Alex schwieg.

»Und ja, gestern Mittag sind die Pferde ebenso mit mir durchgegangen.« Paul stellte Marmelade, Schinkenaufschnitt und Butter auf die Tischplatte. »Du hast ja recht, wenn ich ständig wieder davon anfange, dann ... dann ... Na ja, du weißt, was ich sagen möchte.«

Alex entnahm dem Küchenschrank zwei Kaffeetassen.

»Ich werde dich auch nicht mehr damit behelligen, versprochen. Ich werde ... Hey, Mann, wohin willst du?«

Alex blieb stehen. »Runter in den Garten.«

»Und warum decke ich hier den Tisch?«

Alex grinste. »Das frage ich mich schon die ganze Zeit.«

Laura trommelte mit ihren Fingern auf die Anrichte. »Sam, beeil dich bitte!«

Aus dem Badezimmer ertönte ein dumpfer Schlag, gefolgt von einem Platschen. Mit klitschnassem Pullover erschien Lauras Sohn am Treppenabsatz.

»Verflixt, Sam, was soll …« Sie biss sich auf die Lippe. »Ach, vergiss es, ist nur Wasser. Das kriegen wir wieder hin.« In seinem Zimmer suchte sie Sam einen neuen Pullover aus dem Kleiderschrank. »Jetzt aber rasch, oder willst du kein Frühstück?«

Als sie sah, wie er ungeschickt den Pullover anzuziehen versuchte, fügte sie hinzu: »Pass auf, dass du nicht die Treppe runterfällst!«

Sam verschwand in die Küche. Laura hängte seine nasse Kleidung über die Badewanne. Im Waschbecken blockierte die Handseife den Abfluss, und Lauras kleiner Handspiegel lag zerbrochen im Wasser.

Sie ermahnte sich zur Nachsicht, auch wenn es ihr schwerfiel nach der zurückliegenden Nacht, in der sie kaum Schlaf gefunden hatte.

Gegen sechs Uhr hatte sie sich mit einem Tee in die Küche gesetzt, abwechselnd den feuchten Fleck an der Zimmerdecke, die fürchterlich langsam tickende Sonnenblumenuhr und die Zigaretten auf dem Tisch angestarrt und darauf gewartet, dass es endlich an der Zeit war, ihrem Sohn das Frühstück zuzubereiten und ihn zum Schulbus zu bringen.

Durchs Fenster sah sie ihre Schwägerin und deren Mann den Vorgarten durchqueren. Laura eilte hinunter zur Tür. »Und? Hast du …? Gibt es …?«

»Nur die üblichen Verdächtigen, Wichtigtuer, sogar ein Wahrsager, solche Spinner eben.« Frank machte eine kurze Pause. »Und, na ja, möglicherweise ein Zeuge, der sich heute Morgen gemeldet hat. Er glaubt, Lisa wiedererkannt zu haben.«

»Ehrlich?« Ihr Herz schlug Laura bis zum Hals. »Wo? Wann?«

»Offenbar war sie am Samstag im *Weekend*.«

»*Weekend?*«

»Eine Disco in Berlin.«

Laura rief sich die Flyer auf Lisas Schreibtisch ins Gedächtnis, von den Clubs mit den seltsamen Namen. An ein *Weekend* konnte sie sich nicht erinnern.

»Ich fahre jetzt nach Berlin, um diesem Zeugen einen Besuch abzustatten«, erklärte ihr Schwager.

Laura hielt ihn zurück. »Und was ist mit dem Fernsehen? Mit dem Radio?«

»Die Öffentlichkeitsfahndung wird weitergeführt, das wolltest du doch hören, oder?« Frank ging zur Tür. »Wenn ich etwas Neues erfahre, sag' ich dir Bescheid, okay?«

»Ja«, antwortete Laura. Sie nahm das Brot entgegen, das Renate vom Supermarkt mitgebracht hatte. In der Küche zeichnete Sam mit der Gabel Linien auf die Tischdecke. Sie legte eine Stulle auf seinen Teller, die sie mit Nutella beschmierte. Die Sonne strahlte durchs Fenster und erhellte die Küche mit einem warmen Glanz. Das Frühstück verlief wie jeden Morgen hastig. Und doch war nichts wie immer. Laura setzte sich Sam gegenüber an den Tisch und belegte eine Brotscheibe mit Salami.

»Wo ist Lisa?«, fragte ihr Sohn.

Laura starrte ihre Stulle an. »Sie ist noch nicht zu Hause.«

Sams Hände krampften sich unter dem Tisch zusammen.

Laura drehte sich zu ihrer Schwägerin um. »Würde es dir etwas ausmachen, wenn du ihn zum Bus bringst?«

»Nein, kein Problem.« Renate holte Sams Rucksack aus der

Diele. »Und du bist sicher, dass du alleine klarkommst? Wenn du willst, nehm' ich mir heute frei.«

»Nein, geh du nur zur Arbeit. Warum sollten wir beide den ganzen Tag hier herumsitzen?«

»Vielleicht wäre es besser, wenn du auch …«

»Nein, das kann ich nicht«, widersprach Laura. »Ich hab' meinem Chef bereits mitgeteilt, dass ich vorerst nicht mehr ins Callcenter komme. Ich kann hier nicht weg. Was, wenn Lisa nach Hause kommt? Oder anruft? Wenn sie meine Hilfe braucht? Außerdem …«

»Außerdem?«

»Ich hab' noch so vieles zu erledigen.«

Alex ging hinunter in den Garten, nahm in einem der Stühle Platz und goss Kaffee ein. Eine Tasse reichte er seinem Freund, der den Gartentisch mit den Frühstückszutaten deckte. Gizmo verschwand zwischen den Sträuchern.

Eine Weile verzehrten sie schweigend die Brötchen. Dann sagte Paul: »Aber meine Story … die schreibe ich irgendwann trotzdem.«

Alex konnte nicht anders, er lachte.

»Irgendwann werde ich das richtige Thema finden. Und dann zeige ich es ihnen. Denen bei der *Rundschau*. Meiner Exfrau. Allen!«

»Weißt du was?« Noch immer lächelnd erhob sich Alex. »Du bist unverbesserlich.«

Paul folgte ihm über die Wiese zum Schuppen. »Irgendein schlauer Kopf hat mal gesagt, der Mensch ist nicht nur gut, er ist unverbesserlich.«

»Ja, das war Ben, gestern Abend.«

»Nee«, jetzt grinste Paul, »der hat gesagt, ich bin unausstehlich.«

»Ist fast dasselbe.«

Paul zeigte ihm den Mittelfinger. Alex kramte Gartenhandschuhe aus einer Schublade und warf sie seinem Freund zu. Er selbst streifte sich das zweite Paar über.

Unter Gizmos wachsamen Blicken entsorgten sie die Scherben im Gartenhäuschen. Anschließend schaufelten sie die zertretenen Gurken auf den Bioabfallhaufen. Schon bald lief ihnen der Schweiß über Stirn und Nacken. Paul zog sein T-Shirt aus. Alex folgte seinem Beispiel und begann, das Gemüsebeet umzupflügen, während Paul das Beet harkte.

»Es stimmt!«, keuchte er. »Wir haben früher auch allerhand Dummheiten ausgeheckt.«

»Wie kommst du darauf?«

»Das Thema hatten wir doch gestern Abend.«

»Und nun hast du ein schlechtes Gewissen?«

»Ich?« Paul wischte sich über die Stirn. »Wohl kaum. Die größten Dummheiten habt doch ihr gemacht.«

»Als wenn du ...«

»*Ich* hab' damals nicht den Joint angeschleppt, zusammen mit den Bierflaschen aus der Kneipe deines ...« Paul hielt inne. »Entschuldige.«

»Ist schon okay.« Alex holte zwei Flaschen Mineralwasser aus der Kneipe. Am Himmel zogen vereinzelt Quellwolken auf. Sie erinnerten Alex in ihrer Form an den Rauch eines Joints.

Paul lachte, als hätte er die gleiche Assoziation. »Mann, was war mir damals schlecht von dem Zeug. Dir war auch übel, weißt du noch, du hast dir auf die Hose gekotzt. Ben hat es am schlimmsten erwischt. Sein Trip war so mies. Ich glaube, das ist ihm heute noch peinlich. Hast du gesehen, wie er geguckt hat, als ich gestern die Waldbutze erwähnt habe?« Paul leerte die Wasserflasche in einem Zug, rülpste und kicherte zugleich. »Norman war der Einzige, der das Zeug vertragen hat. Ausgerechnet Norman, unser Musterknabe.«

»Und du … du hast damals das Pornoheft angeschleppt.«

»Ich? Ein Pornoheft?«

»Keine Ahnung, wo du das herhattest. Bestimmt von deinem Vater geklaut.«

»Ganz sicher nicht.«

»Und dann hast du dich damit für eine halbe Stunde raus an den Bach verzogen.«

»Also ehrlich …«

»Nur zu deiner Ehrenrettung …« Alex grinste. »Später hast du jedem von uns erlaubt, sich mit dem verklebten Heft …«

»Jetzt hör aber mal auf!«

»… für zehn Minuten hinterm Busch zu verkriechen. Zehn Minuten. Nicht länger. Dann wolltest du es wiederhaben.«

»Ihr seid doch damals genauso notgeil gewesen. Wie hieß sie noch, diese … Petra … Petra Soundso.«

»Ja, Petra.« Alex lachte.

»Du hast mit ihr geknutscht, draußen am Grillplatz, durftest sogar in ihr Höschen greifen. Danach hat sie mit Norman rumgemacht. Dann warst du wieder dran. Und zwischendurch durfte Ben auch mal ran.«

»Und du nicht?«

»Doch, aber ich wollte meiner Freundin in Berlin treu bleiben. Ein paar Wochen später hab' ich ihr den Laufpass gegeben – ausgerechnet für meine Frau, also, meine Exfrau. So viel zu den Dummheiten unserer … Warte, was ist denn das da?«

Paul ging in die Knie und zog kurz darauf einen elastischen Faden aus der Erde. Sofort stand Gizmo neben ihm und beschnupperte den mit Lehm verschmierten Gegenstand, den Paul auf der Innenfläche seines Handschuhs ausbreitete.

»Sieht nach einer Kette aus«, sagte Paul. »Von dir?«

»Hast du mich je mit Schmuck gesehen?«

»Dann hat sie jemand verloren.«

Alex beäugte die Kette. Sie war aus Gummi, der Anhänger ein kleiner Zylinder aus Edelstahl. *Typischer Jugendschmuck*, dachte Alex und zog einen Handschuh aus, um die Kette zwischen die Finger zu nehmen. Ihr Gewicht war kaum spürbar.

Alex schloss die Faust um den Schmuck, dann zog er sich sein T-Shirt über. »Also los, Gizmo.«

Der Retriever kläffte aufgeregt.

»Hey, Mann, wohin wollt ihr?«, rief Paul.

»Was glaubst du wohl?«

Sam zupfte an den Ärmeln seines Pullovers, aber sie wurden nicht länger. Sie reichten ihm nicht einmal bis zu den Handgelenken, und der viel zu enge Kragen schnürte ihm fast die Luft ab.

Er hatte sich nicht getraut, seine Mutter darauf hinzuweisen, dass sie ihm einen Pullover rausgesucht hatte, der ihm inzwischen mindestens eine Nummer zu klein war. Nicht nachdem sie ihn beinahe wieder angeschrien hatte. Dabei war sie selbst verantwortlich für das Malheur im Bad. Sie hatte ihren Handspiegel nicht richtig aufs Regal gelegt.

»Hey, junger Mann.«

Sam schreckte auf. Der Bus parkte vor der Schule, einem weißen Kasten, dessen Pausenhof von einer halbhohen Mauer und einem Eisenzaun umschlossen wurde.

»Keine Lust auf Pauken heute?« Der Busfahrer zwängte sich hinter dem Lenkrad hervor. »Willst wohl lieber weiterschlafen, wa?«

Sam warf sich den Rucksack über und stieg aus dem Bus. Als er den Schulhof passierte, hielt er den Blick gesenkt. Wenige Meter vor dem Gebäudeeingang, einer schweren Glastür, hörte er einen der älteren Jungen fragen: »Na, du Zwerg, haste's eilig?«

Sam ging schneller.

»Hab' das gestern mit deiner Schwester geseh'n.«

»Was haste geseh'n?«, fragte ein anderer Typ.

»Seine Schwester, Alter, war voll in der Glotze.«

»Wieso?«, erkundigte sich ein dritter Jugendlicher.

»Weil sie weg ist.«

»Wie, weg?«

»Ey, Alter, verschwunden.«

»Echt?«

»Ach, was, Scheiße, Mann, bestimmt ist die nur bei Zack.«

Sam hatte bereits die Hand nach der Türklinke ausgestreckt, doch bei diesen Worten zuckte er zurück und fragte leise: »Wer ist Zack?«

»Ey, die Schwuchtel kann ja reden.«

Schon bereute Sam seine Frage und rechnete mit weiteren Hänseleien. Doch die Jungen schienen das Interesse an ihm verloren zu haben und plauderten wieder miteinander: »Glaubste, die ist bei Zack?«

»Klar, Alter.«

»Wie kommste darauf?«

»Hat Zack dir nicht den Clip gezeigt?«

»Ey, welchen Clip?«

»Kann mir denken, was für 'n Clip.«

Jemand kicherte. »Zack-Bums!«

Der Rest stimmte in das Lachen ein. Feixend bohrte einer der Typen den Zeigefinger in die Faust. Ein anderer beulte die Wange von innen mit der Zunge aus. Sam begriff nicht, was an diesen Gesten witzig sein sollte. Er wusste allerdings auch nicht, wer dieser Zack war, seine Schwester hatte den Namen nie erwähnt. Sam nahm all seinen Mut zusammen und fragte: »Wer ist Zack?«

Doch seine Stimme ging im Schulgong unter. Grölend drängten die Jungen an ihm vorbei zum Eingang. Sam war überzeugt, Harry Potter und Bart Simpson hätten sich ihnen in den Weg gestellt. Aber Sam war keiner von beiden, nur ein Zwerg, *eine*

Schwuchtel, die hilflos auf dem Pausenhof stand, der sich nach und nach leerte.

Sam lief zurück zur Bushaltestelle und stellte sich die Frage: *Wer ist Zack?*

Lisa wälzte sich auf den Rücken. *Das alles ist nicht wahr!*, dachte sie.

Zwar hatte der Kopfschmerz nachgelassen, aber jetzt pochte die Wunde an ihrer Schläfe. Fast noch schlimmer fühlten sich allerdings ihre Muskeln und Gelenke an, in denen es kribbelte, als marschierten Ameisenkolonnen durch sie hindurch.

Lisa legte sich auf die Seite, gleich danach auf den Bauch. Doch wie sie sich auch drehte, auf den kalten Fliesen war es unmöglich, eine halbwegs erträgliche Lage zu finden. An Schlaf war nicht zu denken. Schließlich setzte sie sich auf. Mit den Händen, die ihr auf den Rücken gefesselt waren, war auch diese Position nicht gerade bequem. Obendrein musste sie dringend auf die Toilette.

Sie hatte keine Ahnung, wann sie das letzte Mal auf dem Klo gewesen war. Sie wusste nicht einmal, welcher Tag war.

»Scheiße, scheiße, verdammt!«, rief sie und rüttelte an den Fesseln. Zu ihrer Überraschung gaben die Knoten nach.

Statt Erleichterung überkam sie Entsetzen. Als sie das erste Mal an den Stricken gezerrt hatte, hatten die Seile sich enger um ihre Handgelenke geschlungen. Wenn sie sich nun bei der gleichen Bewegung lösten, konnte dies nur eines bedeuten: Jemand hatte sie entknotet.

Jemand ist bei mir gewesen!, durchzuckte sie die Erkenntnis. *Und ich habe es nicht bemerkt! War ich ohnmächtig? Habe ich geschlafen?* Sie wagte nicht, sich zu bewegen. *Vielleicht lauert er noch im Halbdunkel. Oder er sitzt neben mir.*

Doch sie hörte keine fremden Atemgeräusche oder Schritte,

nur das Pochen ihrer wunden Schläfe und ihr Herz, das raste. Sie bewegte ihre Finger. Nach einer Weile verschwand das taube Gefühl aus den Händen, und sie konnte die Stricke ertasten.

Verdammt, hör nicht auf!, spornte sie sich an.

Du kriegst das hin!, hatte Berthold gesagt. *Du schaffst das! Du bist stark!*

Endlich lösten sich die Seile. Lisa lachte und weinte zugleich. *Ja, verdammt, ich* bin *so stark!* Vor lauter Erleichterung verlor sie fast die Kontrolle über ihre Blase.

Sie konnte nicht aufhören, ihre Arme zu massieren. Als ihre Hände sich kräftig genug anfühlten, betastete sie den Sack auf ihrem Kopf. Er war mit einer Kordel um ihren Hals befestigt. Sie fand den Knoten auf Anhieb, doch es dauerte mehrere Minuten, bis sie ihn gelöst hatte.

Sie schob den Stoffbeutel nach oben. Fast erwartete sie, dass ihr jemand ins Gesicht grinste, sie ansprang oder sie schlug. Womit sie nicht rechnete, war das Licht. Es war nur eine nackte Glühbirne, die an der Decke hing. Aber nach der langen Zeit, die Lisa im Halbdunkel verbracht hatte, bohrte sich das schwache Licht wie ein Scheinwerfer in ihre Pupillen.

Lisa kniff die Augen zusammen. In der Kammer roch es muffig wie in einem Keller. Sie öffnete die Augen einen Spalt weit und sah, dass sie sich in einem winzigen Verschlag ohne Fenster und ohne Möbel befand – nur in der Ecke lag eine fleckige Matratze. Die Wände waren grob verputzt, eine Seite des winzigen Raums bestand vollständig aus Gitterstäben – wie die einer Gefängniszelle. Aus ihrem Mund drang ein Schluchzen.

»Hey«, hörte sie eine Stimme flüstern, »besser, du hörst auf zu weinen.«

Kapitel 17

Als wäre mir der Leibhaftige erschienen, sprang ich auf. Ohne einen Blick zurück hastete ich heim.

»Aber so warten Sie doch«, rief der Mann mir hinterher, »ich wollte Sie nicht ...«

Seine übrigen Worte wurden vom Klappern meiner Schuhe verschluckt. Es behagte mir nicht, dass mich dieser Fremde in einem solch beklagenswerten Zustand gesehen hatte. Außerdem hatte er gefragt: *Warum immer so traurig?* Als hätte er mich nicht zum ersten Mal zu später Stunde dort sitzen sehen.

Einen Tag darauf erlitt meine Mutter einen neuerlichen Schwächeanfall. Dreimal mussten wir in der darauffolgenden Woche Dr. Föhringer für sie rufen. Weil sie sich ständig erbrach, verbrachten wir abwechselnd die Nächte an ihrem Bett. Frühmorgens stand ich übermüdet in der Backstube. Die Narben der Brandblasen, die ich mir aus Unachtsamkeit am heißen Backofen zuzog, lähmen noch heute manchmal, bei schlechtem Wetter, meine Finger. Es dauerte daher eine ganze Weile, bis ich wieder Zeit für einen Spaziergang fand.

Nach zwei Wochen ging es meiner Mutter endlich besser. Ich dagegen fühlte mich am Ende meiner Kräfte. Mehr denn je verlangte es mich nach einem Moment der Stille und der Erholung, weshalb ich schließlich auch meine Scheu überwand. Inzwischen erschien es mir sogar wahrscheinlich, dass ich, verstört, wie ich an jenem Abend gewesen war, den Fremden nur falsch verstanden hatte. Welcher Mann, der halbwegs bei Trost war, würde schon von einer zermürbten Frau wie mir Notiz nehmen?

Dennoch war ich wenig überrascht, als ich am Brunnen hinter mir ein Rascheln vernahm. Ich weiß nicht, woher ich meine

Gewissheit nahm, aber auf Anhieb wusste ich, dass es wieder der Fremde war. Diesmal blieb ich sitzen.

»Es tut mir leid«, hörte ich ihn mit leiser, durchaus angenehmer Stimme sagen, »ich wollte Sie nicht erschrecken.«

Ich schlang die Arme um meinen Oberkörper.

»Aber ich habe Sie hier sitzen sehen und dachte mir …«

»Sie haben mich beobachtet!«, fiel ich ihm ins Wort.

»Ja, aber nicht so, wie Sie glauben.« Kies knirschte, als er um die Bank herumschritt. Er blieb vor der Laterne stehen. »Es war ein Zufall.«

Ich schnaubte.

»Das müssen Sie mir glauben! Ich mache jeden Abend einen Spaziergang, erst durch den Wald, dann im Ort. Nur deshalb sah ich Sie hier sitzen. Und immer haben Sie einen so traurigen Eindruck auf mich gemacht.«

Er wartete einige Sekunden. Als ich nicht auf seine Entschuldigung reagierte, hielt er mir die Hand hin. »Gestatten? Kirchberger ist mein Name. Ferdinand Kirchberger.«

Ich bewegte mich nicht.

»Oh, das ist interessant«, meinte er. »Die Leute in Finkenwerda tragen wohl keine Namen?«

Ich gab keinen Ton von mir.

»Na ja …«, sagte er schließlich und steckte die Hand in die Hosentasche. »Daran werde ich mich gewöhnen. Ich bin nämlich neu hier. Sehen Sie dort, in der Gräbendorfer Straße, das allerletzte Haus am Ortsausgang? Dort wohne ich seit kurzem. Es ist nicht –«

»Berta!«, hörte ich mich zu meiner eigenen Verwunderung sagen.

»Wie bitte?«

»Berta. Das ist mein Name.«

»Berta …?«

»Kutscher«, fügte ich hinzu.

»Nun, liebe Frau Kutscher, nachdem wir dies also geklärt hätten …« Er drehte sich ein wenig zur Seite, das Licht der Laterne fiel auf sein Gesicht. »Wie würden Sie es finden, wenn ich Sie als Wiedergutmachung einen Abend ausführe?«

Erschrocken hob ich den Blick. Zum ersten Mal sah ich ihn richtig an. Er war stämmig, hatte einen Vollbart und trug einen vornehmen Anzug. Der Abendwind trug den Duft seines Deodorants zu mir herüber.

»Was halten Sie vom Theater in Berlin?«

Ich schüttelte den Kopf.

»Wie wäre es mit morgen Abend?«

Mein Kopfschütteln wurde vehementer.

»Nun, dann am Wochenende?«

»Ich kann nicht«, presste ich hervor.

»Nächste Woche?«

»Nein, nein, Sie verstehen nicht …«

»O doch, ich verstehe sehr wohl. Sie sind traurig und brauchen etwas, das Sie aufheitert. Ein Abend im Theater ist genau das Richtige.«

»Sie müssen nicht aus Mitleid …«

»Moment!«, warf er ein und klang verärgert. »Moment!«

Ich zuckte zusammen.

»Glauben Sie, ich lade Sie nur deshalb ein, weil Sie mir leidtun? Also wirklich, dass Sie *so etwas* von mir denken, macht mich fast zornig und …«

»Entschuldigung«, rief ich hastig, »ich wollte nicht …«

»Ich sagte, es macht mich *fast* zornig.« Seine Augen funkelten amüsiert. »Denn so schnell wirft mich nichts aus der Bahn. Moment, doch, eines!« Er grinste breit. »Wenn Sie mich morgen Abend versetzen.«

Beschämt richtete ich meinen Blick zu Boden.

»Und ich verspreche Ihnen, es ist kein Mitleid, das ich empfinde, auch wenn Sie dies von mir denken.« Er lachte einmal kurz auf. »Aber ich bin Ihnen auch nicht böse deswegen.«

Nach einer kurzen Pause fuhr er fort: »Nur ein schöner Abend in Berlin. Es wird Ihnen guttun, glauben Sie mir.«

Langsam hob ich den Kopf und sah ihn an. Sein Lächeln verwirrte mich. Ich wollte ihm so gerne glauben. Erneut roch ich sein Deodorant. Plötzlich verspürte ich ein seltsames Kribbeln in der Magengrube.

»Na gut«, sagte ich.

Kapitel 18

Sam wartete, bis die beiden weißhaarigen Frauen im Supermarkt verschwunden waren. Dann eilte er über die Dorfstraße zum Jugendclub. Aus einem der hinteren Räume drang ausgelassenes Gelächter. Ein Dutzend Kinder bemalte die Wände mit einer Vielzahl bunter Farben. Der Betreuer feuerte sie an, während er selbst neue Farbe anrührte.

»Hallo, Sam«, rief Ben. »Kommst du helfen?«

»Wobei?«

»Ist sozusagen ein Schulprojekt.«

Wehmütig betrachtete Sam die anderen Kinder. Doch er besann sich darauf, weswegen er hergekommen war. »Ben, kennst du Zack?«

»Zack?« Der Betreuer wurde schlagartig ernst. »Was willst *du* von Zack?«

Die Schärfe in seiner Stimme ließ Sam zusammenfahren.

»Und wie kommst du … Moment mal, warum bist du eigentlich nicht in der Schule?«

»Es ist nur wegen Lisa«, sagte Sam leise.

Bens Miene verdüsterte sich.

»Ich möchte nur mit Lisa reden«, fügte Sam hastig hinzu, »und ihr sagen, dass sie zurückkommen soll. Daran ist doch nichts Schlimmes, oder?«

»Nein, natürlich nicht.« Ben fuhr sich nachdenklich über sein Kinn. »Und du glaubst, sie ist bei Zack?«

»Ich weiß nicht.« Sam rieb sich die Hände. »Ich glaub' schon. Die anderen haben das gesagt. Weißt du, wo ich ihn finde?«

»Das mit Zack, das ist so eine Sache. Wenn deine Schwester tatsächlich bei ihm sein sollte … Ich glaube, dann ist es besser, wenn *du* mit der Polizei sprichst.«

»Die Polizei?«, echote Sam.

»Oder mit deinem Onkel. Der ist doch Polizist, oder?«

»Ja.«

»Ich würde ja selbst mit ihm reden, aber …« Ben griff nach dem Stock, mit dem er die Farbe angerührt hatte, und zeigte mit ihm in Richtung der Kinder. »Ich habe Aufsichtspflicht, ich kann hier im Augenblick nicht weg. Also solltest *du* mit deinem Onkel reden.«

»Ja«, entgegnete Sam, wieder beruhigt und zugleich ein bisschen stolz, weil der Betreuer ihm diese Aufgabe anvertraute.

Ben nannte ihm Zacks Adresse in Brudow und sagte: »Und jetzt mach dich rasch auf zu deinem Onkel.«

Alex zog die mit Graffiti übersäte Clubtür auf. Ein Junge kam herausgestürmt und prallte mit ihm zusammen. Der Kleine gab einen Schmerzenslaut von sich.

»Alles in Ordnung?«, fragte Alex.

Der Junge rannte weiter, blieb jedoch wie eingefroren stehen, als er Gizmo entdeckte.

»Der ist harmlos«, sagte Alex.

Er rief Gizmo zu sich und hielt ihn am Halsband fest. Langsam setzte der Kleine einen Fuß vor den anderen. Erst als er ein paar Meter entfernt war, legte er wieder an Tempo zu.

Kopfschüttelnd betrat Alex das Gebäude und ging durch den Korridor. Je weiter er in den hinteren Teil des Gebäudes gelangte, desto stärker wurde der Geruch nach frischer Farbe. Aus einem der hinteren Räume drang ausgelassenes Lachen. Er sah Kinder, die die Tapete bemalten.

Ben stand in der Zimmermitte und rührte Farbe an. Seine Miene hellte sich auf, als er Alex erblickte. »Hey, Leute, jetzt kommt richtige Hilfe.«

»Eigentlich bin ich gekommen, um *euch* um Hilfe zu bitten.«

»Du? Wo?«

»In meinem Garten.« Alex' Blick fiel wieder auf die Kinder. »Der muss aufgeräumt werden.«

Die Mädchen und Jungen murrten: »Gartenarbeit? Ach nee! Igitt! Öde! Lassen Sie mal gut sein.« Doch keines der Kinder guckte rasch weg oder verriet sich durch eine andere auffällige Geste.

»Ben, kann ich dich kurz sprechen?«, bat Alex.

»Was gibt's?«

Alex trat hinaus in den Flur und öffnete die Hand. »Hast du die schon mal gesehen?«

Ben beäugte die Kette mit dem Anhänger. »Wem gehört sie?«

»Das frage ich dich.«

»Woher soll ich wissen, was die Kids für einen Schmuck tragen?«

»Ich dachte.«

»Lass mich raten: Du hast die Kette bei dir im Garten gefunden, und jetzt glaubst du, eines der Kids hier ... Hm, nein, ich kann mich nicht erinnern, sie schon mal gesehen zu haben.«

»Wäre auch zu schön gewesen ...«

»Aber ich kann mich mal umhören, ob irgendjemand seine Kette vermisst.« Ben lehnte sich gegen die gestapelten Kartons. Alex hielt seinem Freund den Schmuck hin. Ben rieb sich die farbverschmierten Finger an seiner Cargohose sauber. Als er nach dem Anhänger greifen wollte, zog Alex seine Hand zurück und betrachtete das Chaos im Flur. »Vielleicht sollte ich sie vorerst besser behalten.«

»Ja, vermutlich hast du recht. Hier geht sie im Augenblick wohl eher verloren.« Ben fuhr mit der Fingerspitze über ein Regal und pustete Staub in die Luft. »Aber ich hör' mich um, versprochen.«

»Danke.« Alex wandte sich zum Ausgang. Als er sich noch einmal umdrehte, war Ben verschwunden.

»Ben?«, rief Alex.

Es dauerte einige Sekunden, bis sein Freund wieder im Flur erschien. »Was ist?«

»Das war gerade der kleine Theis, der rausgestürmt ist, oder?«

»Ja, Sam. Warum fragst du?«

»Gibt es schon was Neues von seiner Schwester?«

»Nein, nichts Neues.«

Alex stieß die Tür auf.

Ben kam zu ihm und legte ihm die Hand auf die Schulter. »Ich dachte, es ist vorbei.«

»Wie bitte?«

Ben lächelte. »Nicht jedes Mädchen, das verschwindet, ist ...«

»Das hat, verdammt noch mal, niemand behauptet!«

»Aber du hast es gedacht. Schon gestern.«

»Blödsinn!«

Ben schwieg, doch sein Blick sagte genug. Dann deutete er zur Tür. »Ich glaube, Paul verlangt nach dir.«

Durch die verschmierte Glasscheibe konnte Alex quer über den Dorfplatz blicken. Paul stand vor der *Elster* und schwenkte die Arme. Gizmo war aufgesprungen und kläffte. Alex trat ins Freie. Der Himmel war mittlerweile fleckig vor Wolken. Ein Windstoß trieb raschelndes Laub über das Straßenpflaster. Von den Feldern wehte der strenge Duft von Gülle ins Dorf. Irgendwo schrie ein Baby.

»Alex!«, rief Paul. Zwei alte Damen, die vor der Telefonzelle miteinander schnatterten, hielten inne und wechselten missbilligende Blicke.

Alex beeilte sich, den Dorfplatz zu überqueren.

»Ein Anruf«, sagte Paul.

»Und deshalb brüllst du den ganzen Ort zusammen?«

Sein Freund schob ihn in den Schankraum. An der Theke drückte er Alex den Telefonhörer in die Hand. »Dein Vater!«

Laura studierte Flyer, Hefter und Schulbücher auf Lisas Schreibtisch, aufmerksamer als am Vorabend. Sie hielt Ausschau nach einem Hinweis, den sie zuvor übersehen hatte. Aus einem der Mathehefte glitt ein Prüfungszettel. Die Klausur war mit einer Zwei benotet worden. Laura war erstaunt. Warum hatte ihre Tochter nichts davon erzählt? Hatte sie das wirklich nicht?

Die Worte ihrer Tochter schossen ihr durch den Kopf: *Nie hört Mama mir mal zu.*

Laura nahm alle Kleider und Blusen aus dem Schrank und fragte sich, ob sie diese in den Wochen oder Monaten zuvor tatsächlich noch nie an Lisa gesehen hatte. Sie konnte sich nicht entsinnen.

Hastig schritt sie hinüber zu einem Regal, auf dem sich Fotoalben und andere Ordner aneinanderreihten. Zuerst blätterte sie durch die Kladden, aber hier fand sie nur vergilbte Zeitungsausschnitte über sportliche Schulerfolge, längst vergessene Popstars und sonstige Dinge, die für Lisa einst eine Bedeutung gehabt hatten. Was für eine Bedeutung, wusste Laura nicht.

Mit einem Kloß im Hals klappte sie die Fotoalben auf. Länger als beabsichtigt ruhte ihr Blick auf den Babybildern und den Kindergartenaufnahmen. Die Fotos entlockten ihr ein wehmütiges Lächeln, dem bald Tränen folgten. Es waren Bilder aus einer glücklichen Zeit.

Laura erschrak, als das Telefon klingelte. »Theis hier«, meldete sie sich.

»Hallo, Frau Theis, hier ist Bertrams, die …«

»Ja, ich weiß«, sagte Laura und schob hastig die Fotoalben beiseite. Dann lief sie in die Küche und zündete sich eine Marlboro an.

»Ich habe das mit Ihrer Tochter erfahren, gestern im Fernsehen. Gibt es denn schon etwas Neues?«

»Nein, leider … nicht.«

»Oh, das tut mir aufrichtig leid. Ich wollte mich nur kurz bei Ihnen melden wegen unseres Termins heute Mittag. Den brauchen Sie natürlich nicht mehr wahrzunehmen.«

»Ja«, sagte Laura, die längst nicht mehr daran gedacht hatte. Sie trat hinaus in den Garten. Wolken bedeckten den Himmel. Sie schnippte die Asche auf den Boden.

»Frau Theis, ich wünsche Ihnen, dass alles wieder gut wird.«

»Danke.«

»Lisa war doch so ein liebes Kind.«

Laura verschluckte sich am Qualm ihrer Zigarette. *Lisa war doch so ein liebes Kind!* Das klang, als wäre sie –

Sie ist nicht tot!, wollte Laura schreien. *Sie ist nur … abgehauen.*

»Ja«, war das Einzige, was sie hervorbrachte.

»Und natürlich ist es auch kein Problem, wenn Lisas Bruder vorerst zu Hause bleibt.«

»Nein, Sam soll in die Schule. Ich denke …« Laura hielt inne, als ein Geräusch im Gartenschuppen ihre Aufmerksamkeit erregte. Aber es war nur das Windspiel, das vom Holzdach baumelte. »Ich denke, es ist besser, wenn für ihn erst einmal alles ganz normal weitergeht.«

»Ach so«, erwiderte die Lehrerin. »Ich dachte nur, weil Sam heute nicht in der Schule ist.«

»Wieso ist Sam nicht in der Schule?«

In diesem Moment ließ ein Klappern im Schuppen Laura herumfahren.

Sam stand vor der Tür seines Onkels, er klingelte zum wiederholten Mal, aber niemand öffnete ihm. Das verwunderte ihn zwar nicht – Onkel Frank und Tante Renate waren sicherlich in der Arbeit, wie jeden Tag. Doch wie sollte Sam seinem Onkel von Zack und Lisa und allem anderen erzählen, das er bei den älteren Jungen aufgeschnappt hatte, wenn er ihn nicht antraf?

Er spähte zum Grundstück seiner Mutter. Aber auch hier war der Wagen seines Onkels in der Zwischenzeit nicht vorgefahren. Die Straße lag noch immer verlassen da. Nur zwei alte Frauen unterhielten sich lautstark vor der Telefonzelle. Sam beschloss, seiner Mutter zu erzählen, was er erfahren hatte.

Er wählte eine Abkürzung, einen steinigen Pfad, der zu den Rückseiten der Häuser führte. Als er den Gartenzaun erreichte, sah er seine Mutter aufgeregt telefonieren. Sie wirkte wütend. Plötzlich war er sich nicht mehr sicher, ob es eine gute Idee war, mit ihr zu sprechen. Wahrscheinlich würde sie wieder mit ihm schimpfen. *Warum bist du nicht in der Schule? Hast du wieder getrödelt?*

Unschlüssig hockte er sich hinter die Holzlatten. Er überlegte, ob er sich einfach in den Wald verdrücken sollte. Mit etwas Glück würde seine Mutter nichts von seinem Schulschwänzen erfahren, und mit Onkel Frank konnte er am Nachmittag immer noch reden. Es sei denn –

Was sprach dagegen, wenn Sam seine Schwester auf eigene Faust suchte, mit ihr redete und sie darum bat, nach Hause zu kommen? *Daran ist doch nichts Schlimmes!*

Vorsichtig äugte er über den Zaun. Dann schob er das Türchen auf und zwängte sich durch einen schmalen Spalt in den Schuppen. Als er sein Mountainbike – ein altes Fahrrad, das wie sein Pullover viel zu klein war – herausholte, klimperte das Windspiel am Holzbalken. Kurz darauf warf ein Windstoß die Schuppentür ins Schloss.

»Sam!«, schrie Sams Mutter.

»Sam!«, wiederholte Laura. »Verflixt, Sam!«

Er hörte sie nicht und schob sein Mountainbike auf den Pfad, der zur Dorfstraße führte.

Laura rannte los. Weil sie keine Schuhe trug, bohrten sich Eicheln und spitze Zweige in ihre Fußsohlen, aber das kümmerte sie nicht.

Sie rannte quer durch den Garten. Sam saß bereits auf dem Sattel und trat in die Pedale.

»Bleib stehen! Sofort!«

Sam schoss auf die Dorfstraße, ohne nach links oder rechts zu sehen. Als sie einen Pkw-Motor brummen hörte, stockte Laura der Atem. Doch nichts geschah. Sam fuhr weiter, jetzt in Richtung Ortsausgang.

»Sam!«

Sie beschleunigte ihren Schritt und achtete nicht auf die Steinchen, die in ihre nackten Füße schnitten. Keuchend erreichte sie das Straßenpflaster.

»Sam!«

Ein Hupen ertönte. Laura blieb entsetzt stehen. Reifen quietschen.

»Laura!«

Nur wenige Zentimeter vor ihr war der Wagen zum Stehen gekommen. Der Fahrer eilte mit blassem Gesicht auf sie zu.

»Meine Güte, Laura, Liebes!«

»Patrick?« Die Beine gaben unter ihr nach. Patrick fing sie auf und trug sie zum Fahrersitz seines Wagens. Erleichtert sank sie in das Polster. Nur langsam beruhigte sich ihr Puls.

»Was ist los?«, erkundigte sich Patrick.

Wenn ich das bloß wüsste!, dachte Laura.

»War das gerade dein Sohn auf dem Fahrrad?«

Laura fuhr hoch. Ihr Blick suchte die Straße ab. Sam war nicht mehr zu sehen. Inzwischen konnte er überall sein. Wahrscheinlich war er wieder im Wald. Sie stieg aus dem Auto und ging auf Zehenspitzen zurück zum Haus. Sie fragte sich, was in ihrem Sohn vorging und was sie überhaupt über ihre Kinder wusste.

Die ernüchternde Antwort war: Gar nichts.

Alex hielt den Hörer in der Hand und hatte plötzlich einen schalen Geschmack auf der Zunge. »Hallo?«

Als Antwort bekam er nichts als Schweigen. Für einen Augenblick dachte er, sein Freund hätte sich einen Scherz erlaubt, und er wurde wütend auf Paul.

Ein Husten klang aus dem Hörer. »Hier ist … na ja, also … du weißt, wer.«

Alex' Blick fand Paul, der sich mit einer Zeitung an den Stammtisch in der Ecke zurückgezogen hatte.

»Alex?«

Die heisere Stimme klang beunruhigt und irgendwie fremd. *Wie sollte sie auch sonst klingen?*, dachte Alex. Der Anrufer *war* ein Fremder für ihn.

»Ja«, erwiderte Alex und fragte sich, wie er den Anrufer ansprechen sollte. Weder *Papa* noch *Herr Steinmann* erschienen ihm passend.

»Arthur«, sagte er.

»Du wunderst dich bestimmt, warum ich dich anrufe.« Arthur hustete.

»Offen gestanden wundere ich mich zurzeit über vieles.«

»Ich würde dir gerne alles erklären.«

Alex war sich nicht sicher, ob er die Erklärungen jetzt schon hören wollte. *Ich brauche einfach noch etwas Zeit, ich muss erst einmal die Wahrheit verdauen*, schoss es ihm durch den Kopf. Ihm missfiel Arthurs Ungeduld.

»Ich muss mit dir reden«, sagte Arthur, »dringend.«

»Ich weiß, du bist krank und …«

»Nein, nicht deswegen. Ich muss dir … etwas …« Arthur gab ein Krächzen von sich.

»Ich höre«, entgegnete Alex.

»Nicht am Telefon. Ich muss dir auch etwas zeigen.« Arthurs Stimme klang verzweifelt. »Können wir uns treffen?«

Alex wurde wütend. Gizmo kam zu ihm hinter die Theke und drückte seine Schnauze gegen Alex' Bein. »Was soll die Geheimniskrämerei?«

Arthur ging nicht darauf ein. »Es ist wichtig.«

Alex zögerte.

»Bitte.«

»Meinetwegen.«

Alex hörte Arthur ausatmen. »Kennst du das *Einstein*?«

»Das Unter den Linden oder …«

»Ja, dort. Heute?«

Alex schaute auf die Uhr. »Das ist schlecht, ich habe …«

»Es ist *wirklich* wichtig«, unterbrach Arthur ihn.

»Na gut. In einer Stunde. Aber ich habe … Hallo?«

Arthur hatte das Telefonat bereits beendet. Alex legte auf. Erst jetzt stellte er fest, dass er in einer Hand noch immer die Kette umklammert hielt. Die Haut spannte sich über den Knöcheln, und seine Finger schmerzten. Alex zog eine Tresenschublade auf und warf die Kette hinein.

»Und?«, erkundigte sich Paul, der unvermittelt vor ihm auftauchte.

Plötzlich musste Alex lachen. Paul starrte ihn an, als hätte Alex den Verstand verloren. *Ich habe nicht viel Zeit*, hatte er sagen wollen. Es erschien ihm nun so absurd. Schließlich traf er sich zum ersten Mal mit seinem leiblichen Vater.

Alex wurde wieder ernst. Es gab noch weitere Fragen, die ihn beschäftigten: Woher wusste Arthur, wo Alex lebte? Wer hatte ihm seine Telefonnummer gegeben?

»Was denn nun?«, fragte Paul ungeduldig.

Alex hockte sich neben Gizmo und kraulte ihm durchs Fell. »Kann ich dein Auto haben?«

»Jetzt?«

»Ich muss nach Berlin.«

»Was wird aus dem Garten?«

»Darum kümmerst du dich.«

»Ja, genau, und was ist mit den Herren von *Fielmeister's*?«

»Das Treffen ist in dreieinhalb Stunden. Bis dahin bin ich zurück.«

Sein Freund sah ihn mit großen Augen an. »Du triffst deinen Vater zum ersten Mal im Leben und hast nur eine Stunde Zeit dafür?«

»Gibst du mir den Schlüssel oder nicht?«

Paul kramte in seiner Hosentasche. »Dafür, dass du dir Zeit lassen wolltest, hast du es plötzlich aber …«

»Paul, der Schlüssel!«

So, dachte Sam, während er in die Pedale trat, *so muss es sich anfühlen, wenn Bart Simpson nach einem Streich Reißaus nimmt.*

Dann allerdings kam ihm der wütende Schrei seiner Mutter

in den Sinn, und seine Euphorie verflog. Sam warf einen Blick über die Schulter. Hinter ihm waren nur die Häuser Finkenwerda zu sehen, die nach und nach vom Wald verschluckt wurden. Als der Weg eine Kurve beschrieb, war das Dorf ganz verschwunden. Dichte Platanen bildeten ein Dach über der Straße, durch das nur vereinzelt Tageslicht drang.

Er hatte die Schule geschwänzt und war abgehauen. *Und alles nur wegen Lisa!*

Der Gedanke an seine Schwester beruhigte ihn. Wenn er Lisa erst einmal dazu bewogen hatte, wieder nach Hause zu kommen, würde seine Mutter allen Ärger vergessen. Vielleicht würde sie sogar stolz auf ihn sein. Von diesem Gedanken ermutigt, fuhr er weiter Richtung Brudow.

Der Ort war kleiner als Finkenwerda und verfügte nicht über einen Supermarkt oder eine Dorfkneipe, auch nicht über einen Jugendclub. Allerdings waren die Häuser in Brudow moderner.

Es dauerte nicht lange, bis Sam die Adresse gefunden hatte und vor einem schicken Neubau hielt. Der Garten war gepflegt und die Wiese gemäht. Wahrscheinlich hatten Zacks Eltern keine Schulden, lebten noch zusammen und stritten sich nicht. *Ob das der Grund ist, weshalb Lisa bei ihm ist?*, fragte sich Sam und war für einen Moment neidisch.

Er stellte sein Fahrrad am Bürgersteig ab. Eicheln knackten unter seinen Schuhen auf dem Weg zur Tür. Mit jedem Schritt wurde er langsamer. Zwar kannte er Zack nicht, aber dessen Freunde in der Schule.

Er betätigte die Klingel, doch niemand öffnete. Als er ein zweites Mal klingeln wollte, hörte er hinter sich Eicheln knacken.

»Ey, zu wem willst du?«

Laura massierte sich die Füße. Sie glaubte, jeden einzelnen Stein und jeden einzelnen Stock zu spüren, über den sie gelaufen war.

»Meine Güte, Laura, Liebes.« Patrick sank neben ihr auf die Couch. »Ich hab's gerade vom Chef erfahren. Ich hab' mir sofort freigenommen und bin hergefahren. Warum hast du gestern nichts gesagt?«

Sie wusste keine Antwort, und ihr Mund war trocken. Auf brennenden Sohlen schlich sie in die Küche. Als sie auf dem Tisch die Packung Marlboro entdeckte, steckte sie sich eine Zigarette an.

Patrick stand im Türrahmen. Er hatte ein schmales Gesicht und dunkelbraune Haare, trug einen Kinnbart und hatte Schlupflider, die Laura bei Männern besonders attraktiv fand. Außerdem war er fünf Jahre jünger als sie, was ihr schmeichelte. In seiner Anwesenheit hatte sie ihre Sorgen vergessen können. Jetzt fiel es ihr schwer.

»Was ist los mit dir?«, fragte er.

Gereizt pustete sie Qualm in die Luft. »Ich dachte, der Chef hat's dir erzählt.«

Er blieb ruhig, tat einen Schritt auf sie zu. »Ja, natürlich.«

Noch bevor er seinen Arm um ihre Schulter legen konnte, stieß sie sich von der Anrichte ab. Sie floh ins Wohnzimmer und sank in den Einsitzer. Patrick setzte sich auf das Sofa gegenüber. Nur das Ticken der alten Wohnzimmeruhr war zu hören. Nach einer Weile drückte Laura die Zigarette aus und nahm sich sofort eine neue. Ihr Handy klingelte. Die angezeigte Nummer war ihr fremd. »Ja bitte?«

»Hardy Sackowitz vom *Berliner Kurier*, guten Tag. Frau Theis, ich hab' das von Ihrer Tochter gehört. Gibt es inzwischen …«

»Woher haben Sie meine Nummer?«

»Frau Theis, ich bin Journalist und …«

Laura legte auf.

»Wer war das?«, fragte Patrick besorgt.

Laura winkte ab. Sie musste an die Worte ihres Schwagers denken: *Hast du eine Ahnung, was du damit lostrittst?* Ein plötzlicher Schauder ergriff sie. Sie rauchte die Marlboro zu Ende, dann wählte sie die Nummer ihres Schwagers.

»Sam ist nicht in der Schule«, sagte sie.

»Wie? Was? Renate hat ihn doch …«

»Ich habe ihn gerade gesehen. Er ist mit dem Fahrrad unterwegs. Ich hab' ihn gerufen, aber … er ist weggefahren.«

»Was zum Teufel …«, rief Frank. »Nein, warte! Ich mach' mich auf den Weg. In einer Dreiviertelstunde bin ich bei dir, okay?«

»Danke.« Laura griff nach der Marlboro-Schachtel.

Patricks Finger berührten ihre Hand. »Wovor hast du Angst?«

»Was soll die Frage?« Irritiert sah sie ihn an. »Meine beiden Kinder …«

»Nein, ich meinte nicht deine Kinder.«

»Der Rest ist mir scheißegal.«

Patrick legte seine Stirn in Falten. »Unsere Beziehung ist dir scheißegal?«

»Ich finde, es ist ein denkbar schlechter Zeitpunkt, um …«

»Meine Güte, Laura, nein, was ich wissen will, ist: Warum lässt du mich dir nicht helfen?«

Seine Finger hielten noch immer ihre Hand. Sie spürte die Wärme, die von ihnen ausging. Für einige Sekunden genoss sie die Vertrautheit. Es war ein gutes Gefühl, Verzweiflung und Furcht mit jemandem teilen zu können.

»Hast du Angst davor, wieder enttäuscht zu werden?«, fragte Patrick.

Laura befreite ihre Hand und nahm die nächste Zigarette aus der Schachtel. Plötzlich fühlte sie sich durchschaut. *Ja, ich habe Angst davor, noch einmal enttäuscht zu werden*, dachte sie. Doch sie hatte ganz andere Probleme: Ihre Tochter war seit Freitag spurlos verschwunden und ihr Sohn vor ihr geflohen.

Patrick sah sie erwartungsvoll an. Laura zog an der Marlboro. Sein Gesicht bekam einen enttäuschten Ausdruck. »Dann ist es besser, wenn ich jetzt gehe, oder?«

Laura schwieg.

Er nickte, als hätte er nichts anderes erwartet.

Lisa fuhr zusammen. Sie hob die Hand, um einen Schlag abzuwehren.

Erneut drang die leise Stimme an ihr Ohr. »Ich wollte dich nicht ...« Die weiteren Worte gingen in einem Husten unter.

Lisa atmete erleichtert aus. Sie war alleine in ihrer Zelle.

»Hab' ich dich erschreckt?«

Lisa robbte über den Steinboden zu der Zellentür. Im schwachen Licht der Glühbirne konnte sie die Umrisse eines schmalen Kellergewölbes erkennen.

»Es tut mir leid, aber ... ich wollte dir nur sagen, du solltest besser nicht so laut sein.«

»Wer bist du?«, presste Lisa leise hervor.

»Silke. Und du?«

»Lisa.« Als die Frau nichts erwiderte, fragte Lisa: »Silke, was machst du hier?«

»Lisa, was machst *du* hier?«

»Scheiße, verdammt«, platzte es aus Lisa heraus. »Das weiß ich doch nicht. Ich weiß es nicht. Ich habe ...«

»Sei still«, zischte Silke. »Was hab' ich dir gerade gesagt? Sei still, oder willst du ...« Ihrer Lunge entwich ein Pfeifen.

Lisa zupfte an dem Saum ihres Kleides. Erst jetzt fiel ihr auf, dass sie außer ihrem Lieblingskleid und einem Slip nichts trug. Sie vermisste ihre Sandaletten, ebenso den Rucksack, ihr Handy und den teuren Armreif, den Berthold ihr geschenkt hatte. Sie fröstelte und schlang die Arme um ihren Leib. Doch das machte die Kälte nicht erträglicher. Aus der Dunkelheit kam ein Krächzen.

»Geht es dir gut?«, fragte Lisa.

»Wie klingt es denn?«

»Beschissen.«

»Und weißt du was? So fühle ich mich auch. Ich huste mir hier seit Tagen die Seele aus dem Leib und ...«

»Was soll das heißen?«, unterbrach Lisa sie. »Wie lange ...«

Plötzlich setzte die Musik wieder ein. Es war das gleiche Lied wie beim ersten Mal, nur dass es diesmal nicht so übersteuert war. Jetzt verstand Lisa sogar den Gesang.

Ihr Herrn, urteilt jetzt selbst: Ist das ein Leben?, sang eine Frau mit glockenheller Stimme. *Ich finde nicht Geschmack an alledem.*

Trotz des lieblichen Gesangs klang das Lied bedrohlich.

Als kleines Kind schon hörte ich mit Beben. Nur wer im Wohlstand lebt, lebt angenehm.

Sie lehnte ihren Kopf gegen die Gitterstäbe. Der Stahl kühlte die Wunde an ihrer Schläfe. Die Musik brach ab.

»Silke?«, fragte Lisa. »Wie lange bist du ...«

»Sei still«, erwiderte Silke.

»Aber ich muss ...«

»Du musst den Mund halten! So ist es jedes Mal. Erst spielt er Musik. Danach kommt er.«

»Er? Wer ist er? Kennst du ihn? Hast du ...«

»Scheiße, sei still, kapierst du das denn nicht?«

Ein Schlüsselrasseln hallte durch das Gewölbe. Lisas Blick irrte durch die Zelle, aber da war nichts, wo sie sich hätte verstecken können. Sie stolperte zu der fleckigen Matratze in der Ecke, die aussah wie eine Einladung für Pickel und Herpes. *Als wenn das jetzt dein Problem wäre!*

»Lisa?« Silkes Krächzen war kaum zu verstehen.

»Ja?« Lisa hörte, wie in einiger Entfernung ein Schloss entriegelt wurde. »Was ist?«

»Was ist mit deinem Sack?«

Lisas Blick streifte den Jutebeutel, der am Boden lag. »Was soll damit sein?«

»Hast du ihn abgenommen?«

»Ja.« Schritte polterten eine Treppe herab.

»Zieh ihn über!«

»Warum?«

»Zieh ihn über!« Silkes Stimme überschlug sich. »Schnell! Mach schon! Zieh dir den Sack wieder über!«

Die Schritte waren jetzt ganz nah.

Kapitel 19

»Was hast du dir bloß dabei gedacht?« Mein Onkel war wütend. »Hast du nicht an deine Mutter gedacht?«

Ich nickte. Natürlich hatte ich an meine Mutter gedacht. Ich dachte ständig an sie. Vielleicht hatte ich mich gerade deshalb zu der Entscheidung hinreißen lassen. Inzwischen bereute ich es.

»Wer wird deiner Mutter helfen, wenn es ihr wieder schlechter geht?«

Ich nickte noch einmal. Er hatte recht. Wie hatte ich bloß an mein eigenes Vergnügen denken können, während Mutter dahinsiechte?

»Du erwartest also, dass ich ihr helfe? Als täte ich nicht schon genug für deine Familie!« Mein Onkel schnaubte. »Und trotzdem hast du nichts Besseres zu tun, als dich im Theater zu vergnügen und …«

»Rudolf!« Tante Hilde meldete sich zu Wort. »Glaubst du nicht, sie hätte einen Abend …«

»Du!«, blaffte mein Onkel. »Du hältst dich bitte schön da raus!«

Alle Farbe wich aus ihrem Gesicht.

»Undankbar«, knurrte er und wandte sich wieder mir zu, »ja, das bist du. Undankbar. Dein Vater würde sich schämen, wenn er …«

Das Husten meiner Mutter, das zu einem verzweifelten Röcheln wurde, brachte ihn zum Verstummen. Wir liefen hinauf in ihr Zimmer.

»Mama«, rief ich, »geht es dir gut?«

Mit schmerzverzerrtem Gesicht hob sie ihre Hand.

»Na, siehst du«, zischte mein Onkel.

Der knochige Arm meiner Mutter fiel auf seine Hand.

»Lass … lass sie«, brachte meine Mutter keuchend hervor.

»Wie bitte?« Mein Onkel trat einen Schritt zurück.

»Lass sie gehen.« Meine Mutter zitterte am ganzen Leib. Mir tat es im Herzen weh, sie so leiden zu sehen.

»Sie war … ist … immer da.« Sie bäumte sich auf. Ihre Augen weiteten sich. Mir blieb fast die Luft weg.

»Und jetzt …« Sie sackte kraftlos zusammen. Ich ertrug diesen Anblick nicht mehr und sah aus dem Fenster. »… ist sie alt genug.«

Mein Onkel spiegelte sich im Fensterglas. Er runzelte die Stirn.

»Berta!« Mutter drehte ihren Kopf zu mir. Ich erwiderte ihren Blick. Sie lächelte. »Geh!«

Erschöpft schloss meine Mutter die Augen. Mein Onkel sah mich wütend an. *Nein*, dachte ich, *ich kann nicht gehen*. Aber Mutter hatte es gewollt. Es hatte sie ihre letzte Kraft gekostet.

Mit einem mulmigen Gefühl machte ich mich für meine Verabredung zurecht. Da ich keine angemessene Kleidung für einen Theaterbesuch hatte, lieh Tante Hilde mir eines ihrer Festtagskleider. Sie hatte es selbst geschneidert, der Schnitt war nicht förmlich, aber auch nicht zu gewagt. Als ich in dem samtgrünen Stoff vor den Spiegel trat, sagte meine Tante, ich sehe wie eine vornehme Dame aus. Ich bemerkte im Spiegel nur das grimmige Gesicht meines Onkels.

Im selben Moment klopfte es an der Haustür. Mit Beinen wie aus Pudding wankte ich zu meiner Mutter, um mich von ihr zu verabschieden. Mein Onkel stellte sich mir im Flur in den Weg und trieb mich in die Abstellkammer.

»Du«, stieß er hervor, »du elendiges Flittchen.«

Verängstigt zog ich den Kopf zwischen die Schultern.

»Heute lasse ich dich gehen, aber glaub ja nicht, dass ich nicht weiß, was du vorhast.« Speicheltropfen trafen mich im Gesicht. »Treiben wie eine Hure willst du es.« Er packte mich am Arm. »Aber wehe, du verlierst ein Wort über mich und dich und …«

Ich schüttelte den Kopf.

»Gut«, knurrte er.

Benommen ging ich zurück in den Flur und betrat das Zimmer meiner Mutter. Ich sah auf sie herab. *Nein,* dachte ich, *ich gehe nicht.*

Erneut klopfte es an der Haustür. Meine Mutter hob die Lider und lächelte. Sie nickte, als wollte sie sagen: *Geh!*

Sie war schwer krank, und es bereitete ihr große Schmerzen, wenn sie sich auch nur einen Zentimeter bewegte. Ich sah sie leiden. Jeden Tag. Und trotzdem gab sie mir Kraft.

»Danke«, flüsterte ich und küsste sie auf die Wange. Dann eilte ich hinab zur Haustür.

Kapitel 20

Alex fand einen Parkplatz in unmittelbarer Nähe des *Café Einstein*. Er setzte sich an einen der Tische auf der Terrasse, mit dem Rücken zur Wand, damit er den Bürgersteig und die Straße im Auge behalten konnte. Gizmo legte sich zu seinen Füßen. Alex trank eine Cola light und aß einen Streuselkuchen, der so süß war, dass Alex bereits nach dem zweiten Bissen der Appetit verging. Doch vielleicht war dies auch nur seiner wachsenden Nervosität geschuldet. Noch fünfzehn Minuten bis zum verabredeten Zeitpunkt.

Sein Freund war zu Recht verwundert gewesen: Alex traf seinen leiblichen Vater zum ersten Mal und konnte nur sechzig Minuten für ihn erübrigen. Doch das Treffen mit *Fielmeister's* diesen Nachmittag war wichtig für den Fortbestand der *Elster* und auch für den Jugendclub in Finkenwerda. Alex konnte nicht all seine Pläne über den Haufen werfen, nur weil Arthur ihn drängte. Er hatte dreißig Jahre lang nichts von sich hören lassen. Da kam es auf zwei oder drei Tage mehr oder weniger eigentlich auch nicht mehr an.

Der Himmel war inzwischen voller tiefhängender grauer Wolken, und die Luft roch, als würde es bald anfangen zu regnen. Auf der Straße Unter den Linden staute sich der Verkehr beiderseits des promenadenartigen Mittelstreifens. Der Platz vor dem Brandenburger Tor war eine Baustelle. Mit Kameras bewehrte Touristenhorden rangen mit vornehmen Berlinern aus Mitte, die sich hinter Designertaschen verschanzten, um den besten Platz vor den Schaufenstern. Es war kurz nach zwei Uhr.

Alex hielt Ausschau nach Arthur. Da sie kein Erkennungszeichen ausgemacht hatten, konnte er nur raten, wer von den heraneilenden Männern derjenige war, der vor seinem Tisch stehen bleiben würde.

Der Kellner trat in sein Blickfeld. »Etwas Wasser für den Hund?«

»Ja, gerne, danke.«

Gizmo schlabberte aus dem Napf. Am Nachbartisch verzogen drei Damen in D&C-Kostümen den Mund. Inzwischen versperrte Alex eine Russencombo die Sicht auf den Bürgersteig. Die bärtigen Männer quälten ihre Akkordeons. Nach zwei Liedern schwenkten sie ihre Hüte. Die Gesichter der Frauen am Nebentisch versteinerten augenblicklich. Mittlerweile war es kurz vor halb drei.

Wenn Arthur nicht innerhalb der nächsten Minuten auftauchte, blieb ihnen kaum noch Zeit für eine richtige Unterhaltung. Alex winkte dem Kellner. »Hat sich jemand nach mir erkundigt? Ich heiße Alex Lindner.«

»Nein, tut mir leid.«

»Auch keine Nachricht hinterlassen?«

»Auch das nicht.«

Gizmo legte seine Schnauze auf Alex' Bein. Dieser strich durch das Hundefell, was seine Ungeduld aber nur unwesentlich linderte. Er wählte Arthurs Nummer. Ein Freizeichen ertönte, aber niemand nahm das Gespräch entgegen. Alex fragte sich, ob Arthur auf dem Weg hierher etwas passiert war, und beschloss, noch eine Viertelstunde zu warten.

»Entschuldigung!« Ein junger Mann in Jeans, T-Shirt und Sneakers baute sich vor dem Tisch auf. »Ich soll Ihnen das hier geben.«

Er drückte Alex ein Kuvert in die Hand.

Zwei Jugendliche standen vor Sam.

»Was ist?«, knurrte einer der beiden. Er trug karierte Shorts, ein T-Shirt und eine Ray-Ban-Sonnenbrille. »Kannst du nicht reden?«

»Bist du Zack?«, fragte Sam. Sein Mund war trocken.

Der Typ schob seine Sonnenbrille auf den rasierten Schädel. »Ey, seh' ich so aus, oder was?«

Sam schaute zu dem anderen Jungen, der übergroße Baggy-Jeans und ein weites Kapuzenshirt anhatte und auf dessen Kopf eine Skater-Kappe thronte. Dieser fletschte nun die Zähne, zwischen denen ein Kaugummi steckte. »Nee, ich seh' auch nicht so aus.«

Von der Entschlossenheit, die Sam noch vor wenigen Minuten verspürt hatte, war so gut wie nichts mehr geblieben. Es reichte gerade noch für ein paar stotternde Worte. »Ich … will mit … Zack reden.«

Der Glatzkopf runzelte die Stirn. Seine Ray-Ban rutschte ihm vor die Augen. »Biste nicht ein bisschen jung dafür?«

»Wofür?«

Amüsiert sahen sich die beiden Typen an. »Gute Antwort, Kleiner. Aber trotzdem: Du verschwindest jetzt besser.«

Ein Gefühl sagte Sam zwar, dass er dieser Aufforderung besser Folge leisten sollte. Doch er nahm all seinen Mut zusammen. »Aber ich muss …«

»Was musst du?«, brummte der Glatzkopf.

Sams Finger hielten den Riemen seines Rucksacks umklammert. »… mit meiner Schwester sprechen.«

»Ey, siehst du sie hier irgendwo?«

»Sie ist … bei Zack.«

Der Glatzkopf trat einen Schritt vor. »Zack ist nicht hier, also machst du jetzt besser die Biege oder …«

»Ich kann auch meinen Onkel rufen«, hörte Sam sich sagen, »der ist nämlich Polizist.« Noch während die Worte aus ihm herausplatzten, verfluchte er sich.

»Schlechte Antwort«, knurrte der Typ mit der Kappe und riss die Faust nach oben.

Sam sprang weg, stolperte über die steinerne Umrandung der Blumenbeete und schlug der Länge nach ins Gras. Der Glatzkopf packte ihn am Kragen.

»Ihr da!«, brüllte eine Stimme vom Nachbargrundstück. »Wollt ihr wohl …«

Der Glatzkopf ließ von Sam ab. »Wir helfen doch nur.«

»Er ist hingefallen.« Der Typ mit dem Kaugummi half Sam auf die Beine. Beide zogen von dannen, aber nicht ohne Sams Mountainbike noch einen Stoß zu verpassen. Scheppernd fiel es auf den Bürgersteig.

»Alles in Ordnung?«, fragte der Nachbar, ein älterer Mann mit grauem Haarkranz.

Sam betastete seinen Fuß. Er schmerzte an der Stelle, wo er gegen den Stein geprallt war. Aber zum Glück schien dem Zeh nichts passiert zu sein. »Ich suche Zack.«

Der Nachbar beäugte ihn. »Bist du nicht ein bisschen zu jung dafür?«

Sam hatte keine Ahnung, wofür er zu jung sein sollte. »Ich suche meine Schwester. Sie ist bei Zack.«

»Den hab' ich schon seit Tagen nicht mehr gesehen. Zum Glück.«

Niedergeschlagen hob Sam sein Fahrrad auf und schwang sich auf den Sattel. Wegen seines schmerzendes Fußes kam er nur langsam voran. Zu allem Übel schob der Wind immer mehr Regenwolken heran. Kurzerhand wählte Sam eine Abkürzung durch den Wald. Der Weg war unbefestigt und beschwerlich zu befahren, sparte aber mindestens drei Kilometer ein. Obwohl Sam seine Rückkehr gerne noch etwas hinausgezögert hätte. Nachdem er nichts erreicht hatte, graute es ihm vor zu Hause und vor der Reaktion seiner Mutter. Er konnte nur hoffen, dass es ihre Wut etwas milderte, wenn er ihr von Zack und Lisa erzählte.

Und dann würde er mit seinem Onkel reden.

Der Wind trieb einen Singsang an Sams Ohr. Gleich darauf verstummte das Geräusch. Plötzlich war es unnatürlich still. Kein Knistern und Knacken, mit dem Rehe oder Hasen durchs Gehölz sprangen. Keine Rufe wilder Vögel. Nicht einmal das Summen der Hornissen. Sam stierte in den Wald. Da war nichts. Er sah wieder nach vorne.

Jemand trat zwischen den Bäumen hervor.

Alex befühlte den Briefumschlag. »Von wem ist das?«

»Von dem Mann da drüben.« Mit nikotingelbem Finger zeigte der junge Mann zu einer Sitzbank auf dem Grünstreifen. »Oh, er ist verschwunden.«

»Wissen Sie, wer es war?«

»Nein, er hat mich nur gebeten, Ihnen diesen Brief zu geben.«

Alex durchsuchte seine Erinnerung nach einem Mann, der ihm vorhin auf der Parkbank aufgefallen sein könnte. Vergebens. Sein Blick tastete die Leute ab, die über die Bürgersteige gingen. »Haben Sie …?«, begann er eine Frage und drehte sich wieder zu dem jungen Mann um. Doch dort stand niemand mehr. »Warten Sie!«

Aber im nächsten Moment war der Mann zwischen einem Bus und einem Lkw verschwunden. Alex prüfte das Kuvert in seinen Händen. Es war nicht sonderlich schwer. Gizmo sah ihn erwartungsvoll an.

»Keine Ahnung, was da drin ist«, murmelte Alex.

Der Retriever leckte sich die Lefzen.

Alex seufzte. »Ganz sicher nichts zu fressen.«

Als er den Umschlag öffnete, flatterte Papier in seinen Schoß. Zeitungsausschnitte. Drei Jahre alt. Alex erkannte die Bilder sofort – die Gesichter vermisster Mädchen, hübsch, schlank, langes, schwarzes Haar. *Die ermordeten Mädchen!*, schoss es Alex durch den Kopf. Er erkannte sein eigenes Gesicht, wie es in die Kameras der Journalisten blickte, gehetzt und verzweifelt. Darüber prangten in großen Lettern die Überschriften. *Die Bestie hat wieder zugeschlagen! Polizei tappt im Dunkeln!*

Wie eine Drohung hatte jemand mit einem schwarzen Filzmarker drei Worte quer über die Zeitungsberichte geschrieben:

Sieh die Mädchenwiese!

Alex sprang auf, und Gizmo rannte hinter ihm her.

»Hallo, Sie«, rief der Kellner, »Sie müssen bezahlen.«

Alex blieb abrupt stehen. Sein Herz raste, das Blut kochte in seinen Adern. Mit zitternden Fingern holte er einen Geldschein aus seinem Portemonnaie und warf ihn auf den Tisch. Er sah noch, dass es ein 50-Euro-Schein war, im nächsten Moment war er bereits auf dem Weg zu seinem Auto.

Sam riss den Lenker herum und trat so heftig auf die Bremse, dass sein Hinterrad zur Seite ausbrach. Der Vorderreifen überrollte eine Wurzel – und die Welt stand kopf.

Sam knallte zu Boden, doch Laub federte seinen Aufprall ab. Die Schulbücher in seinem Rucksack bohrten sich in seinen Rücken, und sein Mountainbike landete im Farn neben ihm. Der Hinterreifen krachte auf seinen Fuß.

Während Sam sich noch unter Schmerzen wälzte, vernahm er Schritte. Seltsamer Gesang drang an sein Ohr.

Sam biss die Zähne zusammen und wagte nicht mehr, sich zu bewegen. Murmelnd schlurfte die alte Kirchberger über den Waldweg. Ohne sich um Sam zu kümmern, ging sie an ihm vorüber. Entweder hatte sie ihn nicht bemerkt, oder es war ihr gleichgültig. Er hielt die Luft an und spürte, wie sein Herz pochte. Er konnte kaum verstehen, was die alte Frau nuschelte. Wirre Worte, die keinen Sinn ergaben.

Nach ein paar Metern verließ sie den Pfad. Blätter raschelten, und Zweige knackten, als sie sich ins Unterholz schlug. Plötzlich war sie verschwunden, als ob Sams Sinne ihm einen Streich gespielt hätten. Jetzt konnte er sogar wieder das Zwitschern der Vögel hören. Und den Ruf eines Kormorans.

Erleichtert ließ Sam seinen Kopf zu Boden sinken und schnappte nach Luft. Der Gestank von Fuchskot drang ihm in die Nase. Sam kroch etwas weiter. Im Strauch neben ihm wob eine Spinne ihr Netz. Im Laub krabbelten fette Asseln. Aber das war allemal besser als der widerliche Gestank.

Nachdem sich sein Herzschlag normalisiert hatte, untersuchte er seinen Zeh. Er war nicht schon wieder gebrochen. Solange er den Fuß nicht zu stark belastete, waren die Schmerzen erträglich. Sein Mountainbike dagegen war schlimmer in Mitleidenschaft gezogen. Im Vorderreifen war eine Acht.

Während er das Fahrrad heimwärts schob, ärgerte er sich über sich selbst. Was um alles in der Welt hatte ihn bloß so erschreckt? *Die alte Kirchberger?* Er wusste doch, dass es nur wilde Geschichten waren, die die Kinder im Dorf sich erzählten. Das war nur Gerede, nichts weiter als Blödsinn. So wie ihr komischer Singsang. Bruchstücke ihres Gestammels kamen ihm in den Sinn. Irgendetwas über –

Über ein junges Mädchen.

Sam blieb wie angewurzelt stehen.

Ihre Schönheit, hatte sie gesungen. Und: *Ihr Schmerz.*

Auf einmal konnte Sam gar nicht schnell genug nach Hause humpeln.

Schnell! Mach schon! Zieh den Sack wieder über!

Lisa stülpte ihn sich über den Kopf. In derselben Sekunde klirrten Schlüssel. Lisa sank auf die Knie und überkreuzte ihre Arme auf dem Rücken. Knarrend ging die Tür auf.

Etwas schepperte. Gleich darauf raschelte es. Dann wieder Stille. Sekunden schienen wie Minuten. Lisa rührte sich nicht.

In ihrem Kleidchen war sie den gierigen Blicken ihres Entführers hilflos ausgeliefert. Trotzdem zwang sie sich zum Stillhalten. Dass eine Gänsehaut ihren Körper überzog, konnte sie nicht verhindern. *Warum trägst du so knappe Sachen?*, hallte die Stimme ihrer Mutter durch ihren Verstand.

Hätte sie am Freitag doch bloß auf ihre Mutter gehört. Stattdessen war sie wütend aus dem Haus gestürmt und zur Telefonzelle gerannt, wo ihr kleiner Bruder ihr aufgelauert hatte.

Du kommst doch zurück, oder?, hatte er gefragt.

Schlagartig wich Lisas Panik einem anderen Gefühl. Es war keine Wut, nicht einmal Trotz. Eigentlich war es nur ein Gedanke, aber einer, der ihr Mut machte. Sie sagte: »Man wird …«

Eine brutale Ohrfeige warf sie zu Boden.

»Man wird nach mir suchen«, presste sie hervor.

Der zweite Hieb traf sie an der Schläfe. Ihr wurde schwarz vor Augen. Wie aus weiter Entfernung hörte sie Schritte und das Krachen der Gittertür. Der Schmerz in ihrem Kopf war unerträglich.

»Lisa?« Silke hustete.

Lisa quälte sich auf und befreite sich von dem Sack. Die Beule an ihrer Schläfe war aufgeplatzt. Blut rann über ihre Wange. Sie sah sich nach etwas um, womit sie die Blutung stillen konnte, aber in der Zelle war nichts, außer dem Kleid, das sie am Körper trug. Ihr Blick fiel auf ein Tablett neben der Matratze, auf dem eine Schüssel mit klarer Brühe, zwei Schnitten Brot, ein kläglicher Haufen Kartoffeln und ein Glas Wasser standen.

Lisa erschien nur das Wasser verlockend. Sie leckte sich die trockenen Lippen, doch zunächst musste sie ihrer drückenden Blase Erleichterung verschaffen. Dann entdeckte sie den Blechtopf in der gegenüberliegenden Ecke.

»Lisa?«, fragte Silke. »Alles in Ordnung?«

Lisa robbte bis vor die Gefängnistür. »Wie lange bist du schon hier?«

»Was spielt das«, Silke hustete, »für eine Rolle?«

»Wie lange?«

»Ich weiß es nicht, aber ich glaube«, Silkes Krächzen wurde leiser, »viel zu lange.«

»Und was …?« Lisa stockte. »Was hat dieses kranke Schwein mit dir gemacht?«

Silke keuchte und schluchzte leise. Lisa wollte ihr etwas Tröstendes sagen, doch ihr fiel nichts ein.

Sie setzte sich auf die Matratze. Die Wunde am Kopf hatte zu bluten aufgehört, auch der Schmerz ließ etwas nach. Nur die Krämpfe in ihrem Unterleib wurden stärker. Ein wütender Schrei wollte sich aus Lisas Kehle lösen. Sie blieb still. Egal was sie tat, es änderte nichts an ihrer Situation, machte sie höchstens schlimmer. Doch gegen den Druck auf ihrer Blase konnte sie etwas unternehmen. Widerwillig sah sie die Blechschüssel an.

»Nein«, flüsterte sie, »das mache ich nicht. Nie und nimmer. Das ist ja widerlich.«

Ihr Unterleib krampfte sich noch stärker zusammen.

Kapitel 21

Ich atmete einmal tief durch, dann öffnete ich die Haustür. Ferdinand Kirchberger begrüßte mich mit einem strahlenden Lächeln. »Ich dachte schon, Sie hätten mich vergessen.«

In seinem Einreiher, der wie angegossen saß, wirkte er so vornehm, dass ich mich in meinem Kleid prompt hässlich fühlte.

»Ein hübsches Kleid«, sagte er. Ich wähnte einen Anflug von Spott in seiner Stimme und wagte kaum, mich zu bewegen.

Er deutete eine Verbeugung an. »Darf ich bitten?«

Nein, das war keine Häme, redete ich mir ein, *ich bin nur verunsichert.*

Er reichte mir seinen Arm. Sofort umwölkte mich der frische Duft seines Deodorants. Galant führte er mich zu seinem Auto und hielt mir die Beifahrertür auf. Mir wurde bewusst, dass ich mir keine Gedanken darüber gemacht hatte, wie wir nach Berlin gelangen würden. Damals war noch nicht jeder im Besitz eines Autos – erst recht nicht eines Wartburgs.

Erst jetzt fiel mir auf, dass ich kaum etwas über Ferdinand Kirchberger wusste. Er wohnte seit kurzem in Finkenwerda, ja, das hatte er mir erzählt, aber sonst? Ich sah ihn verstohlen an. Wie kam es, dass er sich so vornehm zu kleiden verstand? Sich einen derart teuren Wagen leisten konnte? Was machte er beruflich? Und – wie alt war er eigentlich?

Er schien meine Nervosität zu spüren und bemühte sich während der Fahrt um ein unverfängliches Gespräch. Stolz berichtete er, wie er vor einigen Monaten von einem leerstehenden Haus in Finkenwerda erfahren hatte und dass es sein innigster Wunsch gewesen war, dort zu leben. »Ich liebe die Abgeschiedenheit des Dorfes und die Stille im Wald. So kann ich mich am besten von meiner Arbeit erholen.«

Zaghaft fragte ich: »Was arbeiten Sie?«

»Ich bin Wirtschaftskaufmann in Berlin.«

Ich konnte mir nichts darunter vorstellen. Er lachte, als er meinen fragenden Gesichtsausdruck bemerkte. Ich spürte, wie mir das Blut ins Gesicht schoss.

Er umriss einige seiner Aufgaben und erzählte von Planung, Organisation, Abrechnung und Kontrolle, von ökonomischen Prozessen in Betrieben und Kombinaten und deren hoher Qualität. Den Großteil vergaß ich sofort wieder. Ich war hin- und hergerissen zwischen Bewunderung und Verunsicherung, Stolz und Zweifeln. Ich fragte mich, weshalb ein Mann von seinem Status jemanden wie mich ausführte. Ich war ein Mädchen vom Lande, gerade achtzehn geworden, eine Bäckerstochter. *Du elendiges Flittchen!*, hörte ich die Stimme meines Onkels in meinem Kopf. In mein Gefühlschaos mischten sich nun auch Scham und Angst.

»Frau Kutscher, alles in Ordnung?«

»Ja«, sagte ich.

»Aber Sie haben mir gar nicht zugehört.«

»Doch, doch«, versicherte ich, konnte aber nicht verhindern, dass ich erneut rot anlief.

Er grummelte verstimmt. Eine Weile sagte er kein Wort mehr. Je länger unser Schweigen andauerte, desto unbehaglicher wurde mir zumute.

»Nun«, sagte er schließlich. »Ich habe Sie gerade gefragt, ob Sie schon einmal in Berlin gewesen sind.«

»Ja, mit meinen Eltern, aber das ist einige Jahre her.« Ich blickte aus dem Fenster.

»Und?« Er bedachte mich mit einem nachsichtigen Lächeln. »Ist es, wie Sie es in Erinnerung haben?«

Das Auto fuhr über breite Alleen, die auf beiden Seiten von herrschaftlichen Häusern gesäumt waren. Hell erleuchtete Fenster funkelten wie neugierige Augen auf mich herab. Ich schüttelte den Kopf. Die Stadt war viel größer, als ich sie in Erinnerung hatte.

Vor dem Theater am Schiffbauerdamm hielt Ferdinand Kirchberger auf einem für ihn reservierten Parkplatz. Wir hatten Sitze in der ersten Logenreihe. An den Namen der Aufführung kann ich mich nicht mehr erinnern, wohl aber an die lebendigen Szenen, die die Schauspieler auf die Bühne zauberten. Als der Vorhang fiel, wollte ich gar nicht aufhören zu applaudieren.

Anschließend lud mich Ferdinand Kirchberger in das *Café Moskau* ein. Einer der Kellner kam mit wehenden Frackschößen auf uns zu. Er begrüßte meinen Begleiter mit Namen und geleitete uns über einen Marmorboden in die Lounge *Natascha*. Die edlen Holzwände waren mit Meißener Porzellan geschmückt. Raumhohe Fenster gaben den Blick auf einen mächtigen Stahlbrunnen im Innenhof frei.

»Was darf ich Ihnen zu trinken bringen?«, fragte der Ober.

»Wie wäre es mit einer Grünen Wiese?«, schlug Ferdinand Kirchberger vor.

»Ich ... äh ...«

»Eine Art Cocktail«, sagte er schmunzelnd.

»Wenn Sie ...«

»Nein, ich bevorzuge Rotwein. Müller-Thurgau. Abgefüllt in Radebeul.«

»Na gut, dann nehme ich auch den Wein.«

Es dauerte nicht einmal eine Minute, da wurden uns die Getränke schon serviert. Fasziniert beobachtete ich die anderen Gäste, gutgekleidete junge Leute. Die Männer wie Ferdinand im Anzug, die Frauen in schicken Kostümen, die Haare frisiert, ihre Gesichter geschminkt. Munter plauderten sie während des Essens, schwenkten lachend ihre Gläser oder tanzten zur Live-Musik einer Kapelle, deren Name mir nichts sagte. Selbst die Lieder, die sie spielte, hatte ich noch nie gehört. Ich kam mir vor wie in einem Traum. Aber der Abend war kein Traum, er fand tatsächlich statt.

Der Alkohol stieg mir bereits zu Kopf. Dabei hatte ich das Glas erst zur Hälfte geleert. Ich kicherte.

»Gefällt es Ihnen?«, fragte mein Begleiter.

»Ja, Herr ...«

»Ferdinand, bitte.«

»Ja, Ferdinand.« Meine Wangen glühten. »Es gefällt mir sehr.«

»Das ist schön, Berta … Es ist doch in Ordnung, wenn ich Berta zu dir sage?«

Ich nickte. Mit einem zufriedenen Lächeln griff Ferdinand in seine Sakkotasche und brachte eine Schachtel zum Vorschein. *Karo.* Gleich darauf umgab mich der vertraute, herbe Zigarettenqualm. Erinnerungen stürmten auf mich ein. Schlagartig war ich nüchtern.

»Berta«, sagte Ferdinand erstaunt. »Ich dachte, es gefällt dir hier?«

»Ja, doch.«

»Aber du siehst aus, als hättest du einen Geist gesehen.«

Ich kämpfte mit den Tränen, ich wollte nicht weinen. Nicht hier, nicht vor Ferdinand.

Kapitel 22

Laura starrte zum Himmel hinauf, als könnte sie die Wolken durch Gedankenkraft dazu zwingen, sich zu teilen und etwas Sonnenlicht durchzulassen. Aber nichts dergleichen geschah, der Himmel blieb verhangen. Zudem wurde es immer kälter. Sie schloss die Haustür und folgte ihrem Schwager ins Wohnzimmer.

»In dem Wagen, der gerade eben weggefahren ist, saß Patrick, oder?«, erkundigte sich Frank.

»Ja«, erwiderte sie knapp.

»Ist alles in Ordnung?«

»Soll das ein Witz sein?«

»Ich meinte, mit dir und Patrick.«

»Darüber möchte ich nicht reden, okay?«

»Klar.« Frank ging zur Couch. »Und du bist dir sicher, dass es Sam war, den du …«

»Glaubst du, ich erkenn' meinen eigenen Sohn nicht?«

»Hast du gesehen, wo er hingefahren ist?«

»Nein, und …«

»Wo könnte er sein?«

»… das ist doch auch egal. Bestimmt ist er wieder im Wald.« Laura tastete ihre Hosentasche vergeblich nach Zigaretten ab. Sie tigerte durchs Wohnzimmer. Bei jedem ihrer Schritte spürte sie die Wunden an ihren Fußsohlen. »Sam sollte in der Schule sein. Renate hat ihn zum Bus gebracht. Was hat er also hier zu suchen?« Sie wollte sich nicht von ihrer Wut überwältigen lassen, aber Wut war immer noch besser als Angst und Verzweiflung. Die nächste Frage wagte sie kaum auszusprechen. »Und was ist mit Lisa?«

Jetzt sank ihr Schwager aufs Sofa. »Noch immer nichts Neues, leider.«

»Was ist mit dem Zeugen? Dem, der Lisa in dieser Disco gesehen hat?«

Frank verzog das Gesicht. »Ja, gut möglich, dass er sie im *Weekend* gesehen hat. Aber ob sie in Begleitung war, konnte er nicht sagen. Meine Kollegen haben die Veranstalter der Disco gefragt, aber sie können sich nicht an Lisa erinnern. Diese Spur hilft uns leider nicht weiter.«

»Und sonst? Hat sich niemand gemeldet, der …«

»Doch, sehr viele sogar. Aber keiner mit einem klaren Hinweis.«

»Woher wollt ihr das wissen?«

Frank lächelte beruhigend. »Wir haben unsere Methoden.«

»Welche?«

»Wir wissen zum Beispiel, welche Kleidung Lisa trägt. Oder mit wem sie sich vermutlich getroffen hat. Wer dazu nichts sagen kann oder uns ganz andere Geschichten auftischt, den können wir von vorneherein aussieben.«

Seine Worte klangen schlüssig. Dennoch war Laura nicht überzeugt. »Kann ich diese Hinweise …«

»Nein!«, unterbrach er sie. »Das ist meine Aufgabe. Die der Polizei. Es würde dich nur noch mehr aufregen.«

»Ich habe allen Grund, mich aufzuregen.«

»Trotzdem solltest du versuchen, dich nicht verrückt zu machen.«

Laura lachte. »Du hast gut reden. Lisa ist verschwunden. Mein Sohn ist abgehauen. Ich habe das Gefühl, mir entgleitet mein ganzes Leben. Und du sagst, ich soll mich nicht verrückt machen?«

»Das versteh' ich, aber … Da, sieh mal!«

Sam schob sein Fahrrad zur Gartentür herein. Sofort stürmte Laura auf ihn zu.

Frank hielt sie zurück. »Lass mich mit ihm reden.«

Sam war erleichtert, als er seinen Onkel im Wohnzimmer sah. »Onkel Frank«, rief er, noch immer keuchend, weil er trotz seines schmerzenden Fußes und seines kaputten Fahrrads die letzten Meter nach Hause gerannt war. »Ich muss dir was sagen.«

»Allerdings, du warst nicht in der Schule.«

»Ja, ja.« Sam ließ seinen Rucksack auf den Boden plumpsen. »Ich … ich hab' nach Lisa gesucht.«

Über das Gesicht seines Onkels glitt ein freundliches Lächeln. »Wir wissen zu schätzen, dass du bei der Suche nach deiner Schwester helfen willst, aber das solltest du uns überlassen. Du kannst nicht einfach die Schule schwänzen und …«

»Ja, aber in der Schule …«

»Sam!«, polterte seine Mutter. »Hast du nicht gehört, was dein Onkel gesagt hat?«

»Ja, aber …«

»Was, aber? Was glaubst du …«

»Laura«, unterbrach Frank sie.

»Scheiße, nein«, rief sie, »sieh ihn dir doch mal an. Und was ist das überhaupt für ein Gestank?« Angewidert wedelte sie mit der Hand vor ihrer Nase herum. »Er hat sich wieder im Wald herumgetrieben.«

Sam knetete seine Finger. »Ich war in Brudow.«

»In Brudow? Das wird ja immer schöner. Kannst du mir mal …«

»Laura!«, rief Sams Onkel.

»Frank!«, blaffte seine Mutter. Sie stieß einen langen Seufzer aus.

Sam wünschte sich, sie würde ihn ausreden lassen, ihm zuhören.

»Was wolltest du in Brudow?«, fragte sein Onkel.

Sam knibbelte an seinen Fingernägeln. »Ich habe Zack gesucht.«

»Wer ist Zack?«

»Das weiß ich nicht. Ich hab' ihn nicht gefunden. Und dann …« Sam stockte. Dann hatten ihn zwei Jungs bedroht. Er war mit dem Fahrrad durch den Wald gefahren und gestürzt. Vor lauter Angst hatte er sich im Busch versteckt und war durch Fuchskacke gekrochen. Wollte er *das* seinem Onkel erzählen? Nein, das war ihm peinlich. Außerdem spielte es keine Rolle. *Wichtig ist nur eines.* »Dann hab' ich die alte Kirchberger gesehen. Im Wald. Sie ist da rumgelaufen.«

»Frau Kirchberger war im Wald spazieren?«

»Und sie hat … gesungen.«

»Gesungen?«

»Nein, nein«, stotterte Sam, »gesprochen. Mit sich selbst … über ein junges Mädchen … ihre Schönheit … und ihre Schmerzen. Und Lisa hat doch … sie hat …« Er kämpfte mit den Tränen. Er wollte nicht weinen. Er wollte nicht, dass sie wieder mit ihm schimpften.

»Was hat Lisa?«, hakte sein Onkel nach.

»Sie hat gesagt, wenn ich Mama was verrate, dann passiert was Schlimmes.«

»Sam«, Franks Mundwinkel zuckten, »versuchst du mir gerade zu erklären, dass Frau Kirchberger was mit Lisas Verschwinden zu tun hat?«

»Was ist denn das für ein Unsinn!«, entfuhr es Sams Mutter.

Sam schoss das Blut in die Wangen.

»Mir scheint, da ist deine Sorge wohl mit dir durchgegangen.« Sein Onkel schmunzelte. »Was mich nicht wundert, wenn deine Schwester dir mir solchen Drohungen Angst einjagt.«

»Aber …«

»Aber das sollte dir Beweis genug sein«, fuhr Onkel Frank fort, »wie sehr Lisa wollte, dass du nicht verrätst, was sie vorhat oder wo sie hinfährt. Sie hat im Augenblick keine Lust auf zu Hause. Sie ist einfach abgehauen, verstehst du?«

Sam nickte.

»Was natürlich nicht bedeutet, dass es in Ordnung ist, wenn sie ohne ein Wort verschwindet, denn dann machen wir uns Sorgen. Aber genauso wenig ist es okay, wenn du nicht zur Schule gehst und deiner Mutter nicht erzählst, dass du alleine durch die Wälder radelst, sogar bis nach Brudow. Dann muss sie sich nämlich auch Sorgen um dich machen, und das möchtest du doch nicht, oder?«

Sam schüttelte den Kopf.

»Und jetzt verschwinde unter die Dusche.« Frank lächelte. »Dein heutiges Deo war wirklich nicht die beste Wahl.«

Lisa ignorierte den Druck in ihrem Unterleib. *Denk an was Schönes!*, befahl sie sich in Gedanken. Aber mit der scheußlichen Kammer vor Augen wollte ihr nichts einfallen.

»Man sucht nach dir!«, sprach sie sich Trost zu.

Aber man wird dich nicht finden! Weil niemand weiß, wo er nach dir suchen soll, wisperte eine Stimme in ihr. Lisa zuckte unter einem weiteren Krampf zusammen. *Weil keiner weiß, wo du das Wochenende verbracht hast.* Allen hatte sie Lügen aufgetischt. Allen außer Sam. Doch selbst er wusste, obwohl er ihr Telefonat belauscht hatte, viel zu wenig über Lisa und Berthold ... Der Gedanke an ihren Freund ließ ihr Herz höherschlagen. Lisa fasste neuen Mut. Bestimmt hatte Berthold eine Nachricht von ihr vermisst und längst die Suche aufgenommen. Wahrscheinlich war er sogar zu Lisas Mutter gegangen. Das bedeutete zwar, dass diese von Lisas Lügen, dem Wochenende in Berlin und der Beziehung zu Berthold erfahren hatte, aber das war in ihrer momentanen Lage Lisas geringstes Problem.

Berthold und Lisas Mutter würden gemeinsam nach ihr suchen, zur Polizei gehen, Lisas Onkel einschalten. Und am Ende würde ihre Mutter froh sein, wenn Lisa wohlbehalten heimkehrte. Was schon am Sonntag Lisas Plan gewesen war, nachdem sie sich nur widerwillig von Berthold verabschiedet hatte und zur Bushaltestelle gelaufen war. Dann hatte sie das Auto neben sich halten hören und –

Sie konnte sich nicht erinnern, was danach passiert war. Lisa krümmte sich unter einem neuerlichen Krampf. Ihr Blick fand den Topf. Der Druck war kaum noch auszuhalten.

Laura sah ihrem Sohn hinterher, der mit hängenden Schultern die Stufen zum Bad erklomm. Unvermittelt schämte sie sich. »Ich dachte immer, ich kenne meine Kinder. Aber jetzt kommt es mir so vor, als wären sie Fremde.«

»Das ist normal in deiner Situation«, stellte ihr Schwager fest.

»Ist es das?« Sie ließ sich erschöpft auf die Couch fallen. »Ich für meinen Teil begreife die Welt nicht mehr, sobald ich Sam reden höre – *wenn* er denn mal den Mund aufmacht. Dann frage ich mich jedes Mal: Was geht bloß in dem Jungen vor?«

»Er macht sich Sorgen, genauso wie du.«

»Ja, mag sein, aber … die Kirchberger? Diese alte …«

»Hexe? Sprich es ruhig aus.« Frank lachte. »So wird sie doch von allen im Dorf genannt, schon seit Jahren. Ich kenn' es gar nicht anders.«

»Aber wie kommt Sam auf sie? Auf einen solchen Unsinn?«

»Er hat nun mal eine blühende Phantasie, das weißt du. Was an sich auch nicht verkehrt ist. Du solltest dankbar sein für einen aufgeweckten Jungen wie ihn.«

»Aufgeweckt? Und warum merke ich nichts davon? Wieso druckst er ständig nur herum, wenn ich mit ihm rede? Und heult immer gleich? Mit dir kann er doch auch normal reden.«

»Weil du gestresst und gereizt bist. Und weil du viel um die Ohren hast.«

Laura entdeckte die Zigarettenschachtel unter der Fernsehzeitschrift. »Ich weiß.«

»Selbsterkenntnis ist der erste Schritt zur Besserung.«

»Oder der direkte Weg in die Hölle«, murmelte sie.

»Wie meinst du das?«

Laura zündete eine Zigarette an. »Ich habe Lisas Zimmer seit gestern Mittag drei- oder viermal durchsucht – und immer wieder finde ich Dinge, von denen ich nichts wusste.«

Ihr Schwager zog die Augenbrauen hoch.

»Nein«, fügte sie rasch hinzu, »nichts, was einen Hinweis auf ihren Verbleib geben würde. Stattdessen alle möglichen Dinge, die mir zeigen, wie … wie …« Sie nahm einen tiefen Zug. »Vorhin habe ich eine Matheklausur gefunden, für die Lisa eine gute Note erhalten hat. Ich hatte davon keine Ahnung.«

»Wie gesagt, du hattest viel um die Ohren.«

»Ja, aber … Ich weiß nicht, welche Partys Lisa besucht hat. Was für Kleider sie dabei getragen hat. Welche Noten sie bekommen hat. Wer ihr Freund ist.« Sie stieß den Rauch in die Luft. »Ich kenn' ja nicht einmal ihre Lieblingsgruppe. Oder ihre Lieblingssängerin. Was weiß ich überhaupt über sie? Und wenn sie mir mal was erzählt hat, etwas, das ihr wichtig war, hab' ich nur mit ihr geschimpft. Vor kurzem hat sie mir erzählt, sie würde gern mal einen Bungeesprung machen. *Du tickst doch nicht richtig!*, hab' ich ihr geantwortet. Und weshalb hab' ich sie wegen dieses Piercings angeschrien? So was … *Idiotisches!* Es ist nur ein dämlicher Ring im Bauchnabel!«

»Du machst dir nur Sorgen.«

»Jetzt mache ich sie mir erst recht!«

Frank schwieg.

»Verstehst du? Das meinte ich mit Hölle. Ich komme mir vor, als wäre ich geradewegs dort gelandet. In einem Alptraum, den ich selbst verschuldet habe.« Laura drückte die Kippe im Aschenbecher aus. »Inzwischen kann ich es Lisa nicht einmal verübeln, dass sie abgehauen ist. Als Mutter war ich in letzter Zeit unerträglich und … und …«

»Und jetzt solltest du dich um Sam kümmern«, sagte Frank. »Er braucht dich.«

Laura sank aufs Sofa zurück. »Ich kann nicht. Ich kann mir nicht Sorgen um Lisa machen – *und um Sam*. Ich weiß, das klingt verrückt, nach allem, was ich dir gerade erzählt habe, über meine Angst, meine Selbstvorwürfe. Ich weiß das selbst, aber … mir fehlt die Kraft. Das alles ist mir zu viel. Mir geht es nicht gut. Ich habe Schmerzen. Ich kann nicht mehr.«

Lisa hielt es nicht mehr länger aus. Sie wankte in die Ecke. Dabei ließ sie ihren Blick durch die Zelle gleiten und spähte in das finstere Gewölbe hinter der Gefängnistür.

Sie raffte ihr Kleid hoch, zog den Slip auf die Knöchel und hockte sich so tief über den Topf, wie es ihre übervolle Blase erlaubte. Nichts passierte. Sie presste, um den Druck zu erhöhen. Das hatte nur noch mehr Krämpfe zur Folge. Sie kniete sich hin, was ihren Körper etwas entspannte. Endlich löste sich die Verkrampfung. Während es unter ihr plätscherte, schoss ihr das Blut ins Gesicht. Lisa stöhnte, weniger vor Erleichterung als vor Scham.

Als der Strahl endlich versiegte, hatte sie nichts, um sich zu säubern und abzutrocknen. Weil ihre Finger dreckig und blutverschmiert waren, tupfte sie sich mit dem Handrücken ab, bevor sie den Slip wieder hochzog. Mit einem Seufzer schob sie ihr Kleid über den Po.

»Du wirst dich daran gewöhnen«, sagte Silke.

Lisa lief erneut rot an.

»Du hast keine andere Wahl.«

Lisa war sich nicht sicher, ob sie sich an dieses peinliche Gefühl überhaupt gewöhnen wollte. »Geht es dir wieder besser?«, fragte sie ausweichend.

»Ein wenig.«

Erneut rätselte Lisa, was mit dem anderen Mädchen passiert war. *Hatte dieser Psycho ihr weh getan? Hatte er sie misshandelt?* Lisa wollte wissen, warum sie entführt worden war und was sie erwartete. Doch da sie Silke nicht noch einmal zum Weinen bringen wollte, hielt sie den Mund und griff stattdessen nach dem Wasserglas auf dem Tablett. Zaghaft nahm sie einen Schluck. Es schmeckte abgestanden, aber ansonsten normal. Sie wartete einige Sekunden, dann trank sie einen weiteren Schluck. Es war ein wunderbares Gefühl, das Wasser ihre Kehle hinabrinnen zu spüren. Den letzten Rest Wasser kippte sie über ihre dreckigen Hände.

»Hey, Lisa, woher kommst du eigentlich?«, erkundigte sich Silke.

Lisa stellte das Glas zurück aufs Tablett.

»Nun sag schon! Woher?«

Lisa starrte auf ihre Fingernägel. Bei einigen blätterte der schwarze Lack ab. Andere waren noch mit Blut verschmiert.

»Also ich komme aus Kleinmachnow«, sagte Silke.

Lisa holte Luft. »Ich aus Finkenwerda.«

»Hä?«

»Das ist ein kleines Kaff.«

»Klingt, als wär's wie Kleinmachnow am Arsch der Welt«, stellte Silke fest.

»Es liegt im Spreewald.«

»Na, sag' ich ja. Stimmt doch, oder?«

»Ja, es ist …« *Es ist ätzend dort,* hatte Lisa antworten wollen. Aber das wäre gelogen gewesen. Sie versuchte, das Blut von ihren Fingern zu wischen. Sie sehnte sich nach einer Dusche. Sosehr sie Finkenwerda am Wochenende verflucht hatte, konnte sie sich in dieser Sekunde nichts Schöneres vorstellen, als in ihr Dorf zurückzukehren.

Vor der Badezimmertür roch Sam an seiner Kleidung. Er stank tatsächlich. Aber das war nicht der einzige Grund, weswegen er sich schämte. *Da ist deine Sorge wohl mit dir durchgegangen,* hallte die Stimme seines Onkels durch Sams Verstand.

Während seines beschwerlichen Heimwegs war Sam die Furcht, die ihn nach der Begegnung mit der alten Kirchberger im Wald heimgesucht hatte, absolut schlüssig erschienen. Er war sich sicher gewesen, dass sie mit ihren Worten über *ein junges Mädchen, ihre Schönheit und ihren Schmerz* Lisa gemeint hatte.

Doch nun, in der schützenden Umgebung seines Zuhauses

und nach dem Gespräch mit seinem Onkel, war Sam sich keineswegs mehr sicher. *Ich hab' die alte Kirchberger gesehen. Im Wald. Sie ist da rumgelaufen. Sie hat gesungen.* Seine eigenen Worte kamen ihm plötzlich lächerlich vor.

Seine Mutter hatte recht. *Was ist denn das für ein Unsinn!*

Sam machte kehrt, kurz darauf stieß er die Tür zum Zimmer seiner Schwester auf. Anders als bei ihm herrschte bei Lisa Chaos. Er konnte nicht nachvollziehen, wie sie in dieser Unordnung je etwas wiederfand. Aber zuletzt hatte er vieles von dem, was sie tat, nicht mehr begreifen können. Die Worte seines Onkels kamen ihm wieder in den Sinn: *Sie hat im Augenblick keine Lust auf zu Hause. Sie ist einfach abgehauen, verstehst du?*

»Ja, das verstehe ich«, murmelte er. Dennoch fühlte er sich von seiner Schwester im Stich gelassen. Einsam.

Tränen füllten seine Augen. Er sah sich nach einem Taschentuch um. Ein zotteliger Arm, der unter der Bettdecke hervorschaute, weckte seine Aufmerksamkeit. Sam bahnte sich einen Weg durch das Durcheinander der Schuhe und Kleider. Er raffte die Decke beiseite. Ein Teddybär kam zum Vorschein.

»Mr Zett«, entfuhr es Sam.

Das Stofftier war viele Jahre ein treuer Gefährte seiner Schwester gewesen. Sie hatte ihn mit in den Garten geschleppt, zum Grillen, sogar zum Reiten, als ihre Mutter sich das noch hatte leisten können. Zwar war der Teddybär mittlerweile nicht mehr ständig an ihrer Seite, aber wenn sie in der Schule eine Prüfung schrieb oder ihr eine andere wichtige Aufgabe bevorstand, befand sich der Glücksbringer in ihrer Tasche. Wenn Lisa also abgehauen wäre, hätte sie ihn sicherlich mitgenommen.

Sam krallte seine Finger um das Stofftier und eilte in die Diele, wo er prompt mit seinem Onkel zusammenprallte. Mr Zett entglitt seiner Hand.

»Onkel Frank!«, rief Sam aufgeregt.

Sein Onkel rümpfte die Nase. »Du warst ja immer noch nicht duschen.« Hinter ihm erklomm Renate die Treppe. Sie lächelte.

Sam sah sich nach dem Stofftier um.

»Was hältst du davon, wenn du die nächsten Tage bei uns verbringst?«, fragte sein Onkel.

Sam hielt abrupt inne. »Aber ich ...«

»Du bist doch immer gerne bei uns, oder nicht?«

Im Flur tauchte Sams Mutter auf. »Sam, nur so lange, bis alles wieder in Ordnung ist, okay?«

Er konnte nicht glauben, was er da hörte. Seine Tante ging vor ihm in die Hocke. »Was hältst du davon? Wir machen uns einen schönen Abend. Gucken einen Film. Essen was Feines. Möchtest du was Besonderes?«

»Wie wär's mit Reibekuchen?«, schlug Sams Mutter vor.

»Nein!« Sam war selbst überrascht über die Wut in seiner Stimme. »Ich mag keine Reibekuchen. Ich mag nur Pfannkuchen!«

Seine Mutter sah ihn mit großen Augen an. Irgendwie empfand er in dieser Sekunde Genugtuung. Doch sie verflüchtigte sich noch im selben Moment, zurück blieb nur Enttäuschung.

»Kein Problem.« Seine Tante bugsierte ihn in sein Zimmer. »Dann packen wir jetzt deinen Rucksack, und anschließend gibt's Pfannkuchen.« Sie fächerte sich mit der Hand frische Luft zu. »Aber vorher solltest du wirklich unter die Dusche.«

»Hast du Hobbys?«, hörte Lisa das Mädchen fragen.

Lisa schnaubte. »Ich weiß nicht, ob ich jetzt über ...«

»Also ich tanze«, unterbrach Silke sie. »Einmal war ich sogar in der Tanzschule von Dee. Kennst du den? Der von *Popstars*. Aber eigentlich steh' ich mehr auf klassisches Ballett. Da kriege ich jetzt Unterricht. Und du?«

Lisa zögerte. »Ich tanze auch gerne.«

»Aber nicht auf der Bühne, oder?«

»In der Disco.«

»Auch gut«, entgegnete Silke. »Hauptsache tanzen. Tanzen ist super. Hast du noch andere Hobbys?«

»Ich bin geritten. Und ich hatte ein Pflegepferd.«

»Jetzt nicht mehr?«

»Wir haben kein Geld mehr dafür, seit mein Vater ausgezogen ist. Ich hab' nicht mal ein iPhone. Und mein Bruder, der hat überhaupt kein Handy.«

»Du hast einen Bruder? Ist er älter als du?«

»Nein, Sam ist acht Jahre jünger.«

»Ich hätte gern eine große Schwester gehabt«, sagte Silke. »Stattdessen habe ich nur zwei große Brüder. Die sind ätzend.«

»Jüngere Brüder sind auch nicht viel besser.«

»Brüder sind ätzend!« Silke lachte.

»Und nervig.« Lisa stimmte in das Lachen ein. Überraschenderweise klang es vertraut, so als würden sie sich schon eine halbe Ewigkeit kennen, als wären sie gute Freundinnen, die jedes Geheimnis, aber auch jedes Schicksal miteinander teilten. Irgendwie ein tröstliches Gefühl.

»Ich hab' mir letzte Woche ein Piercing stechen lassen«, sagte Lisa.

»Cool, wo?«

»Am Bauchnabel.«

»Ach so.« Wirklich beeindruckt klang Silke nicht.

»Meine Mutter war nicht begeistert«, fügte Lisa hinzu.

»Aber das ist doch nur ein kleiner Stecker am Bauchnabel. Den sieht doch keiner.«

»Hab' ich auch zu ihr gesagt.« Lisa seufzte. »Nur gut, dass ich ihr nicht verraten habe, dass ich mich irgendwann auch noch tätowieren lassen möchte.«

»Klar, das fänd' sie bestimmt auch nicht toll.«

»Sie würde es mir niemals erlauben.«

»Ist sie sehr streng, deine Mutter?«

»Na ja, sie ist …«

Silke kicherte. »Wenn ich meiner Mutter von einem Tattoo erzählen würde, dann würde sie bestimmt sagen: ›Liebes, vorher bin ich dran.‹«

Lisa lächelte. Das vertraute Plaudern mit Silke nahm ihr die Angst. Das Gefängnis verlor etwas von seinem Schrecken. Schließlich gab es noch eine Welt außerhalb dieser Kammer. *Dort sucht man nach dir, Berthold, deine Mutter, dein Onkel, ganz bestimmt tun sie das. Und sie werden dich finden!*, flüsterte eine Stimme in Lisa.

»Weißt du, was ich auch noch gerne machen würde?«, fragte Lisa.

»Erzähl!«

»Einen Bungeesprung. Ich hab' gehört, in Berlin kann man das vom Dach eines Hotels aus tun.«

»Und das würdest du dich wirklich trauen?«

»Ganz bestimmt«, versicherte Lisa und konnte den Stolz in ihrer Stimme nicht verbergen. »Allein die Vorstellung, mich fallen zu lassen, einfach frei zu sein – und doch zu wissen, dass ich aufgefangen werde. Das muss cool sein.«

»Ja, Christina hat so was Ähnliches auch gesagt.«

»Hat sie auch Bungee gemacht?«

»Nee, sie wollte Fallschirm springen.«

»Ist sie eine Freundin von dir?«

Silke antwortete nicht. Das finstere Gewölbe füllte sich mit beklemmender Stille. Schlagartig fiel jedes gute Gefühl von Lisa ab. »Wer ist Christina?«

Kapitel 23

Plötzlich klang die Musik im *Café Moskau* nicht mehr fröhlich. Auf dem Tanzparkett drehten Paare zwar weiter ihre Runden, die schicken Frauen und Männer an den Tischen lachten noch immer, Kellner balancierten weiterhin klirrendes Geschirr an die Tische. Aber das ausgelassene Miteinander berührte mich nicht mehr, es war mir fremd geworden. Dabei war es mir schon immer fremd gewesen. Es war kein Teil meines Lebens, meines leidvollen Lebens. Es war so viel Zeit vergangen, seit ich mit jemandem hatte reden können. Unendlich viel Zeit. Jetzt begann ich zu erzählen.

Sie wollen wissen, was genau ich Ferdinand berichtet habe? Ob ich ihm von meinem Onkel erzählte? Nein, natürlich verlor ich kein Wort über meinen Onkel. Selbst wenn dessen Warnung nicht gewesen wäre, ich hätte die beschämende Wahrheit niemals aussprechen können. Nie wieder hätte ich Ferdinand danach ins Gesicht schauen können.

»Es ist meine Mutter«, sagte ich.

Ferdinand zog an seiner *Karo*.

»Mein Vater ist vor drei Jahren gestorben. Meine Mutter hatte lange mit der Trauer zu kämpfen. Fast hätten wir alles verloren. Unsere Bäckerei. Das Haus.«

Ferdinand stieß seinen Zigarettenrauch in die Luft. Er nickte.

»Sie hat den Kampf gewonnen«, fuhr ich fort, »nur um einige Monate später gegen die Krankheit zu verlieren. Sie leidet an Muskelschwund. Sie braucht rund um die Uhr Hilfe. Es ist so anstrengend. Manchmal glaube ich, ich schaffe das nicht.«

Ferdinand sah mich aufmerksam an.

Ich empfand wieder Scham, Verzweiflung und auch Angst. Es war absurd, aber ich verspürte das Bedürfnis, etwas richtigzustellen. Dabei hatte ich nicht einmal etwas Falsches gesagt.

»Aber mein Onkel ist ja da«, fügte ich hinzu, »mein Onkel, der uns hilft.«

Ferdinand drückte seine Kippe aus. »Gut, genug der Probleme. Jetzt gehen wir tanzen.«

Verstört folgte ich ihm auf das Parkett. Erneut roch ich den Duft seines Deodorants. Er nahm Haltung vor mir an. *Besitzt er denn überhaupt kein Mitgefühl?*, fragte ich mich. Er legte meine Finger in seine linke Hand, umgriff meine Hüfte mit der anderen, sein Kopf nickte kurz im Takt der Musik, dann schwebten wir über die Tanzfläche.

»Du tanzt gut«, stellte er nach einer Weile fest.

Mehr als ein verwirrtes Kopfnicken brachte ich nicht zustande.

»Doch«, sagte er, »das tust du.«

Irgendwann spürte ich, wie meine Skepsis langsam schwand. Ich begann Gefallen an unserem Tanz zu finden und gab mich der fröhlichen Musik hin. Da begriff ich plötzlich, was mein Begleiter bezweckte. Er hatte recht. *Genug der Probleme!* Ferdinand hatte mich ins Theater ausgeführt, anschließend ins Café. Ich hatte mich amüsiert. *Es wird Ihnen guttun*, hatte er mir versprochen, und er hatte Wort gehalten. Was hatte ich mir bloß dabei gedacht, ihn mit meinen Problemen zu behelligen?

Undankbar. Ja, das bist du. Undankbar, schoss es mir durch den Kopf.

»Es hat dir nicht gefallen«, sagte Ferdinand, als wir wenig später im Wartburg nach Hause fuhren. Seine Verdrossenheit war nicht zu überhören.

»Doch, das hat es.«

»Und warum zeigst du es dann nicht?«

Hinter uns wurden die Lichter Berlins immer kleiner, bis sie eins mit der Dunkelheit am Horizont wurden. Als hätte es sie niemals gegeben.

»Ferdinand«, flüsterte ich, als er das Auto in unser Dorf lenkte, »wirklich, dieser Abend war wunderbar. Ich danke dir.«

Er schien über meine Worte nachzudenken. Mein schlechtes Gewissen war kaum noch zu bändigen. In Gedanken schalt ich mich eine Närrin. Doch dann glitt ein Lächeln über sein Gesicht. Ich war erleichtert.

»Gut«, sagte er, und nicht zum ersten Mal bemerkte ich, wie attraktiv er eigentlich war. »Also sehen wir uns wieder?«

Ich spürte ein Kribbeln in der Magengrube. Doch dann kam unser Haus in Sicht, und eine Stimme in meinem Kopf blaffte: *Heute lasse ich dich gehen …*

»Wie wäre es mit morgen?«, schlug Ferdinand vor.

»Ich weiß nicht.«

»Ein Spaziergang.« Er bremste vor unserer Einfahrt. »Treffen wir uns doch am Brunnen.«

»Vielleicht.«

Ich sprang aus dem Wartburg, bevor Ferdinand reagieren konnte, und rannte ins Haus. Das Knattern des Wagens entfernte sich.

Beklommen stieg ich die Stufen hinauf in das Zimmer meiner Mutter. Als ich ihr einen Kuss auf die Stirn hauchen wollte, schlug sie die Augen auf. Sie hob den Kopf.

»Und«, keuchte sie, »wirst du ihn wiedersehen?«

Ich zupfte am Saum von Tante Hildes Kleid. *Ja, ich will ihn wiedersehen*, dachte ich. »Vielleicht«, flüsterte ich.

Mutter verzog den Mund. Es sah aus, als wollte sie noch etwas sagen. Doch dann sank sie zurück ins Kissen. Ich hielt ihre Hand, während sie schwer atmend wieder einschlief. Erst danach ging ich in mein Zimmer. Leise schloss ich die Tür hinter mir.

»Da bist du ja endlich«, knurrte mein Onkel.

Kapitel 24

Paul schloss die Küchentür hinter ihnen, dann zischte er: »Hey, Mann, willst du mich auf den Arm nehmen?«

Gizmo jaulte und sah sehnsüchtig zur Anrichte, auf der sein leerer Napf stand.

»Ich red' mir seit anderthalb Stunden den Mund fusselig«, murrte Paul, »und du sagst kaum einen Ton. Geht es um dein Rezept oder meines? Was ist los mit dir?«

Ich habe keine Ahnung!, dachte Alex. Er versuchte sich an die zurückliegende Verköstigung der *Fielmeister's*-Abgesandten zu erinnern, doch nur wenige Gesprächsfetzen waren ihm im Gedächtnis geblieben. Er konnte nicht einmal sagen, ob ihnen die Gurken geschmeckt oder ob sie über einen Vertrag gesprochen hatten.

»Ich dachte, du brauchst das Geld – für die Kneipe, für den Jugendclub und ...«, Paul rang sichtlich um Fassung, »... für eine PlayStation und einen PC.«

Alex sah zum Fenster hinaus. Die Sonne stand schon sehr tief, ihre letzten Strahlen beleuchteten gerade noch die Baumwipfel. Die Temperatur war merklich gesunken. Bodennebel schlich wie der Vorbote einer dunklen Macht durch den Garten.

»War das Treffen mit deinem Vater nicht so toll?«, fragte Paul. »Hast du deswegen noch kein Wort darüber verloren?«

»Er ist nicht aufgetaucht.«

»Das beschäftigt dich also?«

»Nein.«

Das war nicht einmal gelogen. Dass Arthur die Verabredung im *Einstein* nicht eingehalten hatte, war bedauerlich, jedoch nichts im Vergleich zu dem Schock, den Alex beim Anblick der beschmierten Zeitungsausschnitte erlitten hatte. *Die Bestie hat wieder zugeschlagen! Polizei tappt im Dunkeln!*

»Was auch immer«, sagte Paul, »vergiss es für einen Augenblick. Konzentrier dich. Das Treffen mit den Heinis da unten ist wichtiger.«

Alex rief sich zur Ordnung, obwohl er sich nicht sicher war, ob er Pauls Meinung teilte. »Du hast recht.« Er stieg mit Paul die Stufen hinab in die Kneipe, der Retriever folgte ihnen.

Einer der Unternehmer, ein schlaksiger Mittvierziger mit kantiger Stirn und kurzem Haar, empfing sie mit einem Lächeln. Er hieß Kastner oder Kantner oder so ähnlich. Alex hatte es vergessen.

»Wie Sie wissen, sind wir kein großes Unternehmen«, erklärte der Geschäftsmann, »aber unser Bestreben ist es, die Marktanteile von *Fielmeister's* innerhalb der nächsten drei Jahre …«

Drei Jahre. Diese Worte lenkten Alex' Aufmerksamkeit in eine andere Richtung – zurück zu dem Kuvert mit den Zeitungsausschnitten, das er nach seiner Rückkehr aus Berlin neben Arthurs Brief in der Schublade des Sekretärs verstaut hatte. Alex war sich sicher, dass auch die Zeitungsausschnitte von Arthur stammten. Denn Arthur war der Einzige, der gewusst hatte, dass Alex im *Einstein* wartete.

»… wenn wir unsere regionalen Kräfte bündeln, punkten wir mit den Spezialitäten im nationalen Handel, was bedeutet …«

Alex fragte sich, warum Arthur ihm die Zeitungsausschnitte geschickt hatte. Auch die Nachricht *Sieh die Mädchenwiese!* war Alex ein Rätsel.

»… oder was meinen Sie dazu, Herr Lindner?«

Ebenso wenig konnte Alex sich einen Reim darauf machen, was sein vermeintlicher Vater mit den drei Jahre zurückliegenden Ereignissen zu tun hatte, mit den toten Mädchen, mit der Bestie?

»Herr Lindner, sind Sie einverstanden?«

Vergiss es für einen Augenblick, konzentrier dich!, befahl Alex sich in Gedanken. »Ja, ich bin einverstanden.«

»Schön.« Der Vertreter von *Fielmeister's* klatschte in die Hände. Noch immer lächelte er. »Dann sind wir uns einig. Der Vertrag geht Ihnen in den nächsten Tagen zu.«

Die Geschäftsmänner verabschiedeten sich und marschierten nacheinander hinaus in den Nebel.

Als ihr Sohn mit seiner Tante das Haus verließ, quälte Laura sich mit Selbstvorwürfen. Sie blickte den beiden nach und hätte ihnen beinahe hinterhergerufen: *Es tut mir leid, Sam, bleib hier, ich hab's mir anders überlegt.* Doch da tauchte ein grüner Ford aus dem Dunst auf, fuhr über die Dorfstraße und hielt vor ihrem Grundstück. Rolf stieg aus dem Auto. Laura war froh, ihren Mann zu sehen, jetzt, nachdem sie wieder normal miteinander reden konnten.

Die Beifahrertür öffnete sich. Eine attraktive Frau mit blondierten Haaren trat auf die Straße. »Laura!« Im nächsten Moment stand sie vor Laura und drückte sie an sich. »Es tut mir ja so leid.«

Die Umarmung wirkte so vertraut. *Aber sie ist falsch!*, schoss es Laura durch den Kopf. Denn beim Anblick ihrer einstmals besten Freundin wurde Laura wieder bewusst, weshalb Rolf sich von ihr getrennt hatte.

»Charlotte«, sagte sie mit unverhohlener Abscheu und schob sie von sich. Ihr düsterer Blick traf Rolf. »Was willst du?«

»Was glaubst du wohl? Wir machen uns genauso Sorgen. Und wir wollen dir helfen.«

»Frank hilft mir.«

»Ist er bei dir?«

»Mir wäre es lieber ...«

»Laura«, brummte Rolf, »ich bin Lisas Vater.«

»Ja, ich kann mich erinnern.«

»Verdammt, Laura!« Rolf funkelte sie zornig an.

Laura hielt seinem Blick stand. Dann legte sich ihre Wut. Sie wollte nicht streiten, ihr fehlte die Kraft dazu. Sie ließ die Schultern hängen und vermied es, Charlotte anzusehen, als diese Rolf in die Diele folgte. Die Selbstverständlichkeit, mit der die beiden sich im Wohnzimmer auf die Couch setzten, widerte Laura an. Sie ließ sich auf dem Einsitzer nieder, während Frank seinen Bruder darüber aufklärte, dass es noch keine Neuigkeiten gab.

»Das kann doch nicht sein«, polterte Rolf. »Ein junges Mädchen kann doch nicht einfach spurlos verschwinden. Habt ihr auch alles richtig durchsucht? Ihr Zimmer? Ihre Klamotten?«

Lauras Puls beschleunigte sich, doch sie brachte keinen Ton über die Lippen. Kurz darauf klingelte Franks Handy. Während er hinüber in die Küche ging, erfasste frostiges Schweigen den Raum.

Sam stocherte lustlos in einem Pfannkuchen herum.

»Bist du schon satt?«, erkundigte sich seine Tante, während sie mit einer Kelle Teig aus einer Schüssel schöpfte und in die heiße Pfanne goss. »Du musst nicht essen, wenn du keinen Hunger hast.«

Sam legte die Gabel beiseite.

»Möchtest du fernsehen? Laufen nicht die Simpsons?«

Doch Sam wollte keine Pfannkuchen, und er wollte auch nicht fernsehen.

»Willst du in dein Zimmer gehen?«

Wortlos stand er auf und ging in das Gästezimmer. Da er häufig bei seiner Tante und seinem Onkel übernachtete, war das Zimmer ganz nach seinem Geschmack eingerichtet. Die Wände waren rot, die Vorhänge dunkelbraun. Neben einer Wanduhr, die dem entblößten Gesäß von Bart Simpson nachempfunden war, standen auf einem Wandregal einige seiner Lieblingsbücher und Comics. Er zog eines der Hefte hervor, konnte sich aber nicht auf die Geschichte konzentrieren.

Ihm schwirrte der Kopf. Seine Tante erschien im Türrahmen. »Sam, du darfst deiner Mutter nicht böse sein. Sie macht sich nur Sorgen.«

»Ich auch«, flüsterte er.

»Das wissen wir.« Tante Renate setzte sich neben ihn aufs Bett. »Aber es ist schon schlimm genug, dass deine Schwester einfach von zu Hause abgehauen ist.«

»Aber Lisa ...«

»Nein, Sam, ich rede jetzt von dir. Jetzt, da deine Schwester verschwunden ist, darfst du deiner Mutter nicht auch noch Sorgen bereiten, indem du die Schule schwänzt, durch die Gegend radelst oder dich im Wald herumtreibst. Das ist alles ein bisschen viel für sie.«

Seine Tante fuhr Sam lächelnd durch die Haare.

Sein Blick fiel auf den Teddybären, den er zusammen mit ein paar frischen Anziehsachen in seinen Rucksack gepackt hatte.

Sam atmete tief durch.

Das da ist Lisas Glücksbringer, wollte er seiner Tante sagen, *und Lisa hätte ihn niemals zurückgelassen, nicht wenn sie abgehauen wäre.* Er öffnete den Mund.

Seine Tante stupste ihn an. »Pass auf, ich mach' uns jetzt einen leckeren Milchshake. Der wird dir ganz bestimmt schmecken. Und du hast wenigstens was im Magen.«

Sie ging in die Küche, kurz darauf hörte er den Mixer. Sam knetete seine Finger, aber auch das beruhigte ihn nicht.

Alex setzte sich an den Stammtisch in der Ecke. Paul sah ihn verwundert an. »Du bist tatsächlich einverstanden? Dass sie auch Bauer Schulze unter Vertrag nehmen? Also ich weiß nicht ... Andererseits: Sechzigtausend Euro sind nicht zu verachten.«

»Sechzigtausend«, wiederholte Alex, als hörte er die Summe zum ersten Mal.

»Dafür dürfest du die *Elster* renovieren können, außerdem den Jugendclub sponsern. Ben wird sich freuen.«

Ben! Alex kramte sein Handy hervor und wählte die Nummer seines Freundes.

»Hallo, Alex«, sagte Ben erfreut. »Gibt's was zu feiern? Wie lief's mit *Fielmeister's*?«

»Gut.«

»Gut?« Ben lachte. »Du klingst, als müsstest du Insolvenz anmelden.«

»Nein, es ist perfekt gelaufen. Der Jugendclub ist gerettet.«

»Das ist fantastisch, jawohl!« Ben juchzte. »Schade, dass ich gerade unterwegs bin. Sonst käme ich auf der Stelle vorbei und …«

»Wo steckst du?«

»Bin mit dem Taxi unterwegs, das weißt du doch, meine Miete verdienen. Lass uns morgen miteinander anstoßen.«

Alex schwieg.

»Bist du noch dran?«, fragte sein Freund.

»Du hast doch gesagt, dass man jederzeit Einblick in seine Adoptionsakten nehmen kann.«

»Äh, nein, das war Norman, aber natürlich hat er recht.«

»Ich möchte meine Akte lesen.«

»Und ich soll dir dabei helfen, klar, kein Problem. Treffen wir uns doch morgen früh im Club und fahren nach Berlin zur Adoptionsvermittlungsstelle. Vergiss deinen Ausweis nicht, den wirst du für den Antrag brauchen.«

»Und dann bekomme ich Einblick in die Akte?«

»Nein, du stellst erst einmal einen Antrag. Dann wird die Akte herausgesucht. Das kann drei bis vier Wochen dauern.«

»Wie bitte? So lange?«

»Wenn du nett bittest, zwei Wochen. Aber weniger kaum. Berliner Mühlen mahlen langsam, das weißt du doch.«

Alex verabschiedete sich und legte auf. Gizmo saß vor ihm, neigte den Kopf. Alex tätschelte ihm die Flanke.

»Müsst ihr nicht los?«, fragte Paul.

»Wohin?«

»Heute ist Dienstag. Du bist zum Abendessen mit Norman und seinem Jungen verabredet. Hast du das vergessen?«

Hab ich!, dachte Alex. »Nein.«

»Gut, dann zieh Leine. Um die Kneipe kümmere ich mich.«

Alex scheuchte Gizmo zur Tür.

»Hast du nicht was vergessen?«, fragte Paul und warf den Autoschlüssel im hohen Bogen durch die Kneipe.

Alex fing ihn auf und folgte seinem Hund nach draußen. Die Häuser rings um den Dorfplatz verschwanden hinter einer Nebelwand. Eine friedliche Stille breitete sich aus. Der Retriever hockte sich vor Alex und hob den Kopf.

»Sorry, Kumpel, Fressen gibt's später.« Alex eilte zu Pauls Peugeot, und Gizmo knurrte. Eine Gestalt löste sich aus dem Nebel.

Es ist immer das Gleiche, dachte Sam. Seine Mutter, sein Onkel, seine Tante, sie alle hörten ihm nicht zu. Sie glaubten ihm nicht. Obwohl er der Einzige war, der über Lisas Freund und ihre Verabredung Bescheid gewusst hatte. Er versuchte sich an das Gespräch mit seiner Schwester zu erinnern, am letzten Freitag, als sie über den Bürgersteig gestöckelt war und die alte Kirchberger –

»So!« Sams Tante kam zurück ins Zimmer und stellte einen Milchshake auf den Bettkasten. »Lass ihn dir schmecken. Und wenn du doch noch Fernsehen gucken möchtest, komm einfach ins Wohnzimmer.« Erneut strich sie ihm durch die Locken. »Ich warte auf dich.«

Sam starrte den Milchshake an. Er würde nicht einen Schluck hinunterbekommen. Denn plötzlich konnte er sich an den vergangenen Freitag erinnern. An das spöttische Lachen seiner

Schwester. An die Wut, die er auf sie verspürt hatte. Und an die alte Kirchberger, die ihren Weg gekreuzt hatte, kurz bevor das bitterliche Schluchzen über die Dächer des Dorfes geweht war.

Sam streifte sich seinen Pullover über und schlüpfte in seine Schuhe. Obwohl sich sein Fuß dagegen wehrte, schlich er auf Zehenspitzen in den Flur. Seine Tante saß im Wohnzimmer auf der Couch. Über den Bildschirm flimmerte *Das perfekte Dinner*.

Er zögerte und überlegte einen kurzen Moment, ob er zu ihr in die Stube gehen sollte. *Sie hören dir eh nicht zu. Sie glauben dir nicht*, schoss es ihm durch den Kopf. Vorsichtig öffnete er die Haustür, das Schloss klickte leise. Er blieb stehen. Doch seine Tante hatte offenbar nichts gehört.

Draußen schlug ihm ein kühler Wind entgegen. Nebel waberte in dichten Schwaden über die Straße und ließ ihn frösteln.

Er stahl sich über den Bürgersteig davon. Die Suppe vor seinen Augen wurde mit jedem Schritt dichter. Er hörte ein Knurren.

Lisa wartete, doch das andere Mädchen antwortete nicht. Deshalb wiederholte sie ihre Frage. »Wer ist Christina?«

»Eine Freundin von mir«, flüsterte Silke.

»Du lügst!«

»Tu' ich nicht.«

»Sag die Wahrheit!«

Silke unterdrückte ein Husten.

»Hat dieser Psycho sie hier auch eingesperrt?«

Sie erhielt keine Antwort von Silke.

»Wo ist Christina hin?«

»Vergiss es einfach«, raunte Silke.

»Scheiße, nein.«

»Sei leise.«

»Verdammt, Silke!« Lisas aufgewühlte Stimme hallte durch das dunkle Gewölbe. »Jetzt red schon!«

»Ist doch egal«, sagte Silke.

»Das ist es nicht.«

»Es spielt keine Rolle.«

»Das tut es wohl!«

»Sei bitte leiser.«

»Du kannst mich mal.«

»Halt endlich den Mund«, rief Silke. »Oder willst du so enden wie Christina?«

Als hätte Silke ihr die Faust in den Magen gerammt, sank Lisa auf die Knie. Sie schmeckte bittere Galle auf ihrer Zunge.

Silke hustete. »Es tut mir leid.«

»Nein, mir tut es leid«, entgegnete Lisa. Noch vor wenigen Minuten hatte sie geglaubt, in Silke eine Freundin gefunden zu haben. Im nächsten Augenblick hatte sie sich mit ihr gestritten.

»Christina war in deiner Zelle«, hörte sie Silke sagen.

»Was ist mit ihr passiert?«

Erneut verging viel Zeit, bis Silke reagierte. »Ich ... Ich weiß nicht genau, wann es war. Ich glaube, einen Tag nachdem er mich hier eingesperrt hat. Da hat er ...« Sie verstummte.

Lisa wartete. Als sie sich sicher war, dass Silke nicht weitersprechen würde, fragte sie: »Hat er sie ...?«

»Ich weiß es nicht«, unterbrach Silke sie, »aber ... sie hat geschrien, ich hab' es gehört, die ganze Zeit, ich weiß nicht, wie lange, es war furchtbar. Und jetzt ...« Ihre Stimme bebte. »Jetzt ist sie weg. Bist du nun zufrieden?«

Lisa holte tief Luft. »Vielleicht hat er sie ja freigelassen.«

»Ja, vielleicht«, krächzte Silke. Es klang wie: *Das glaubst du doch selbst nicht!*

Lisa schleppte sich zur Matratze, der ein beißender Gestank entströmte. *Man sucht nach dir*, sprach sie sich Mut zu. *Berthold sucht nach dir. Mama sucht nach dir. Ganz sicher tun sie das!*

Doch eine kleine Stimme wisperte in ihrem Hinterkopf: *Aber was, wenn man dich weit weggeschafft hat? Wenn man dich deshalb nicht rechtzeitig findet? So wie man Christina nicht gerettet hat. Oder Silke, die krank und schwach in ihrer Zelle kauert.*

Kapitel 25

Nur langsam gewöhnten sich meine Augen an die Dunkelheit in meinem Zimmer. Onkel Rudolf saß auf dem Stuhl in der hinteren Ecke. »Hast du ihm etwas erzählt?«

Zögernd schüttelte ich den Kopf.

»Wirst du ihn wiedersehen?«

Das Sprechen fiel mir schwer. »Ich ... weiß es nicht.«

»Du weißt es nicht?« Mit einem Ruck stand er auf. »Dann sollte ich dir wohl bei deiner Entscheidung helfen.« Seine Hose glitt zu Boden.

Ein Zittern ging durch meinen Körper. Ferdinands Worte kamen mir in den Sinn: *Genug der Sorgen!* Wenn doch bloß alles so einfach wäre.

»Was ist?«, herrschte mein Onkel mich an.

Ich würgte meinen Ekel hinunter, schob mein Kleid hoch und bückte mich, so wie er es am liebsten mochte. Seine Finger krallten sich in mein Gesäß. Grob zwängte er sich dazwischen. Aber an diesem Abend gelang ihm sein Vorhaben nicht, was seine Wut nur noch steigerte. Er nahm seine Finger zu Hilfe, bohrte sie tief und mit Gewalt in mich hinein.

Ich dachte, es zerreißt mich. Ich wollte schreien. Ich biss mir auf die Unterlippe, bis ich Blut schmeckte. Verzweifelt beschwor ich eine schöne Erinnerung herauf, an den Sommer und die warmen Strahlen der Sonne, meinen lachenden Vater auf der Terrasse.

Doch sosehr ich mich bemühte, diesmal gelang es mir nicht, dem Grunzen meines Onkels, seinem verschwitzten Leib und den Schmerzen zu entfliehen.

Als ich danach mein beschmutztes Bettlaken in die Wäsche stopfte, traf ich eine Entscheidung: Nie wieder würde ich es tun. Nie wieder würde ich den Zorn meines Onkels provozieren.

Am nächsten Abend ging ich nicht zum Brunnen. Selbst wenn ich gewollt hätte, es wäre mir unmöglich gewesen. Mein Gesäß brannte wie Feuer. Ich konnte kaum laufen, sitzen noch viel weniger. Auch am zweiten Tag, als der Schmerz etwas nachgelassen hatte, mied ich den Dorfplatz. Ich verließ unser Haus nur, um meine Pflichten in der Bäckerei zu erfüllen und die Tiere im Stall zu versorgen.

Kurz vor Feierabend des dritten Tages trat Ferdinand vor die Bäckerstheke. »Du bist nicht zum Brunnen gekommen.«

Mein Herz klopfte wild. Zum Glück hatte sich mein Onkel bereits hinüber ins Haus begeben, um meiner Tante bei Mutters Abendwäsche zu helfen. Meine Stimme war nicht mehr als ein Wispern. »Es tut mir leid.«

»Ich dachte, unser Abend wäre schön gewesen.«

»Das war er auch.«

»Dann verstehe ich nicht …«

»Es geht nicht!«

Ferdinand verschränkte die Arme vor der Brust. »Ist es wegen deiner Mutter? Hast du ein schlechtes Gewissen?«

In gewisser Weise lag er nicht einmal falsch. Ich nickte.

»Das wird sich legen.«

»Nein«, sagte ich, »nein, es ist …«

»… alles halb so wild, da bin ich mir sicher.« Er lächelte mich an, und sofort krampfte sich mein Magen zusammen.

»Es geht nicht«, wiederholte ich.

Kapitel 26

Die Stille im Wohnzimmer schien Laura unerträglich und machte ihr nur umso schmerzlicher bewusst, was alles der Vergangenheit angehörte. Es gab keine fröhlichen Kinder mehr, die am Abend, kurz vor dem Zubettgehen, durch das Haus tollten. Kein Lachen mit Freunden, die in der Stube beisammensaßen und Urlaubspläne schmiedeten.

»Laura!« Die Stimme ihres Mannes riss sie aus ihren Gedanken. »Wir haben doch gestern über das Haus gesprochen.«

»Das ist jetzt nicht so wichtig.«

Rolf streckte die Hand nach seiner Freundin aus, schien sich in letzter Sekunde aber zu besinnen. Sein Arm zuckte zurück. »Also, wir sollten das Haus wirklich verkaufen.«

Laura traute ihren Ohren nicht. »Ist das dein Ernst?«

»Hätte ich es sonst vorgeschlagen?«

Lauras Zähne knirschten, so fest presste sie ihre Kiefer aufeinander. »Warum bist du noch mal hier?«

»Äh, weil wir uns Sorgen machen.«

»Deine Tochter ist verschwunden, und dir fällt vor lauter Sorge nichts anderes ein als der Verkauf des Hauses?!«

»Ich glaube …«

Laura fiel ihm ins Wort. »Ihr solltet besser gehen.«

»Ich finde …«

»Geht!«

»Aber …«

Sie hob die Hand, holte Luft – aber sie schwieg. Ihr fehlte nicht nur die Kraft, ihr fehlten auch die Worte. Sie ertrug den Anblick ihres Mannes und seiner verlogenen Freundin nicht mehr und floh zur Treppe. Als sie Schritte hinter sich hörte, ging sie ins Bad und verriegelte die Tür. Es klopfte.

»Laura«, flüsterte Charlotte.

Laura sank auf die Kloschüssel.

»Laura, bitte.«

Laura ignorierte das Flehen und vergrub ihr Gesicht in den Händen. Irgendwann hörte sie, wie Charlotte wieder ins Erdgeschoss ging und die Haustür ins Schloss fiel. Dann heulte ein Motor auf. Kurz daraufkehrte endlich Stille ein. Tränen rannen über Lauras Gesicht. Das Badezimmer verschwamm vor ihren Augen. *Keine Kinder. Keine Freunde*, dachte sie. *Das ist alles nicht wahr!*

In ihr Schluchzen mischte sich das Läuten an der Haustür.

Alex sah den Jungen an, der durch den Nebel eilte. »Schon wieder so hastig?«

Der kleine Theis blieb stehen. Sein Blick fand Gizmo, der hinter Alex auftauchte. Furcht stand ihm ins Gesicht geschrieben.

»Gizmo ist harmlos, sieh nur!« Alex hockte sich hin und tätschelte dem Retriever die Flanke. »Du bist Sam, richtig? Der Bruder von Lisa.«

Sam sah Alex kurz an, ehe er wieder zur Seite blickte.

»Hast du was von deiner Schwester gehört?«

Der Junge presste die Lippen aufeinander.

Alex stemmte sich in die Höhe. Der kleine Theis war schüchtern und traurig, was ihm nicht zu verdenken war, nicht nach dem Verschwinden seiner großen Schwester. Doch Alex glaubte noch einen anderen Ausdruck in Sams Miene zu erkennen.

Unter den Barhockern kursierten Gerüchte über den Jungen. Einige hielten ihn für zurückgeblieben, andere sahen in der Trennung seiner Eltern den Grund dafür, dass er so in sich gekehrt war.

»Wie geht es dir?«, fragte Alex.

Sam flüsterte etwas.

»Wie bitte?«

»Schon okay«, nuschelte der Junge.

»Ziemlich blödes Wetter zum Spazieren, oder?«

»Sie sind ja auch spazieren.«

»Gezwungenermaßen.« Lächelnd strich Alex seinem Hund über den Kopf.

Sam sah den Retriever scheu an, dann richtete er seinen Blick auf die vernebelte Straße. Das Handy klingelte, doch Alex drückte das Gespräch weg und machte einen Schritt auf den Jungen zu.

»Geh nach Hause!« Alex hielt Gizmo am Halsband fest.

Der Junge lief in den Nebel davon. Das Haus seiner Familie lag in der entgegengesetzten Richtung.

Verwundert sah Alex ihm nach. Dann glaubte er plötzlich zu verstehen. Das war keine Schüchternheit oder Angst bei dem Jungen gewesen, nicht einmal Kummer. Das war Ungeduld! Sam hatte weitergewollt, so schnell wie möglich, mit wilder Entschlossenheit. Aber weshalb? Und wohin wollte er zu dieser nachtschlafenden Zeit?

Alex verspürte ein leises Unbehagen. Er ging weiter, zückte jedoch sein Handy und wählte die Nummer eines ehemaligen Kollegen aus dem Berliner Kriminaldezernat. *Du hättest schon viel früher anrufen sollen!*

Nach zwei Freizeichen meldete sich eine Stimme. »Schöffel!«

»Alex Lindner hier.«

»Alex? Mensch, das ist ja eine Überraschung. Wie geht es dir?«

»Danke, gut.«

»Man hat ja so einiges gehört.«

»Tatsächlich?«

»Irgendwer hat behauptet, du hättest eine Kneipe?«

»Wenn du Zeit hast, komm auf ein Bier vorbei.«

»Ehrlich? Nicht zu fassen.« Schöffel lachte schallend.

Alex blieb neben dem blassen Lichtkegel einer Straßenlaterne stehen. »Ich habe eine Bitte. Kannst du einen gewissen Arthur Steinmann für mich überprüfen? Telefonnummer und Adresse schicke ich dir gleich noch per SMS. Gibt es was über ihn in den Datenbanken? Egal welche, Melderegister in Berlin, Flensburg, BKA, Interpol, alles.«

»Du weißt, dass ich das nicht darf.«

»Es ist wichtig.«

»Warum flüsterst du?«

Alex blieb stehen, als sich die Tür des gegenüberliegenden Hauses öffnete. Eine Frau und ein Mann stürmten zu einem grünen Ford. Als sie losfuhren, rammten sie fast einen Touareg und einen alten Käfer.

»Alex?«, fragte Schöffel. »Gibt es einen bestimmten Grund, weshalb du ...?«

»Ich weiß es nicht.«

Schöffel ließ einige Sekunden verstreichen, dann sagte er: »Ich sehe mal, was ich machen kann.«

Alex kappte das Gespräch, überquerte die Straße und betätigte die Klingel.

Als Laura das Badezimmer verließ, sah sie, wie Frank in der offenen Haustür stand und sich mit dem Dorfwirt unterhielt. Obwohl Lindner leise sprach, konnte sie hören, was er sagte. »Es tut mir leid für die Störung, und ich möchte mich auch entschuldigen für mein Auftreten gestern Abend. Ich habe ...«

Frank unterbrach ihn. »Was? Was haben Sie?«

»Eine Frage.« Der Kneipenbesitzer zögerte. »Wissen Sie inzwischen etwas mehr über das Verschwinden Ihrer Nichte?«

»Selbst wenn ich etwas wüsste, würde ich es Ihnen nicht sagen«, knurrte Frank.

»Aber Sie sind sich wirklich sicher, dass sie ausgerissen ist?«

Lauras Schwager ging vor die Tür und schloss sie bis auf einen schmalen Spalt hinter sich. Dennoch konnte Laura jedes Wort verstehen. »Noch einmal, dazu werde ich mich nicht äußern, erst recht nicht Ihnen gegenüber.«

»Was soll das heißen?«

»Ich habe mich über Sie erkundigt.«

»Warum?«

»Das sollten Sie am besten wissen. Die Polizei überprüft jede eingehende Information – und auch jeden Hinweisgeber.«

»Ich habe keinen Hinweis gegeben.«

»Nein, aber trotzdem standen Sie gestern bei uns auf der Matte. Und deshalb ...«

»Ja, ist schon gut, ich hab' verstanden.«

»Schön, Herr Lindner, und deshalb nur für Sie, ein einziges Mal: Es gibt viele Gründe, weshalb junge Mädchen verschwinden. Auch das wissen Sie am besten. Aber es gibt keinen Hinweis auf ein ...« Ein Windstoß ließ die Tür etwas weiter aufschwingen. Lauras Schwager zog sie wieder zu und senkte die Stimme, als er sagte: »... auf ein Verbrechen oder – auf Morde wie vor drei Jahren.«

Morde? Vor drei Jahren? Laura hielt den Atem an. Auch Lindner schien es die Sprache verschlagen zu haben.

»Ich weiß, was damals geschehen ist und was danach mit Ihnen passiert ist«, fuhr Frank fort.

»Sie wissen gar nichts!« Der Kneipier klang verärgert.

»Vor allem weiß ich eines: Das *hier* hat mit der Bestie von damals nichts zu tun.«

Diese Worte ließen Laura eine Gänsehaut über den Rücken laufen.

»Hören Sie«, sagte Lindner.

»Nein, Sie hören mir jetzt zu«, rief Frank. »Falls Sie etwas über Lisas Verschwinden wissen, sollten Sie es sagen.«

»Nein, aber ich habe gerade ...«

»Dann sind wir fertig miteinander«, schnitt Frank ihm erneut das Wort ab. »Haben Sie verstanden? Lassen Sie meine Schwägerin in Frieden. Sie hat genug zu leiden. Wir brauchen keinen Spinner, der sein Leben nicht mehr in den Griff bekommt und deshalb unnötig Panik verbreitet.«

Frank knallte die Tür zu. Als er Laura am Treppenabsatz bemerkte, hob er seine Augenbrauen. »Hast du gelauscht?«

»Morde? Bestie?«, flüsterte sie. »Was war vor drei Jahren?«

Lisas Zähne klapperten wegen der Kälte, die in der Kammer herrschte, und aus Angst.

Du bist stark, hatte Berthold gesagt. Am Sonntag hatte sie ihm geglaubt. Jetzt kam sie sich wie ein kleines Kind vor, das nach Hause wollte. Sie wollte in ihr Zimmer. In ihr frisch bezogenes Bett. Zu Mr Zett! Sie vermisste ihre Mutter und Sam. Jetzt tat es ihr leid, wie sie sich ihm gegenüber verhalten hatte. Sie wünschte sich, sie hätte ihn nicht so oft verspottet. Vielleicht wäre dann alles anders gekommen und –

Sie schrie erschrocken auf, als unvermittelt die Musik durch den Keller dröhnte. Lisa griff nach dem Sack und zog ihn sich über den Kopf. Dann verschränkte sie ihre Hände auf dem Rücken.

Als kleines Kind schon hörte ich mit Beben, sang die helle Frauenstimme. *Nur wer im Wohlstand lebt, lebt angenehm.*

Nach der ersten Strophe folgten die zweite und die dritte, bevor das Lied von vorne begann.

Ja, renn nur nach dem Glück. Doch renne nicht zu sehr. Denn alle rennen nach dem Glück.

Als sich das Lied zum vierten Mal wiederholte, hielt Lisa sich die Ohren mit beiden Händen zu. Dennoch ging ihr der schrille Gesang durch Mark und Bein.

Plötzlich übertönte ein merkwürdiger Laut das Lied. Verstört ließ Lisa die Hände sinken. Dann hörte sie es erneut: Es war ein Schrei.

»Silke!«, rief Lisa. In diesem Augenblick war ihr gleichgültig, was geschah, wenn sie nicht still blieb.

Abermals war ein Kreischen zu hören.

»Silke!« Laura zerrte sich den Sack vom Kopf, stolperte zur Tür und rüttelte wie wild an den Stahlstreben. »Silke!«

Als erneut ein markerschütterndes Kreischen erklang, krümmte Lisa sich wie ein Baby auf den Fliesen zusammen und presste die Hände auf die Ohren.

Noch ein Schrei, lauter und entsetzlicher als alle zuvor.

Ich will hier weg! Lisa grub die Nägel in ihre Kopfhaut. *Ich halte das nicht mehr aus! Mama! Berthold! Holt mich hier raus! Bitte!*

Die Musik erstarb. Die Schreie auch.

Kapitel 27

Am Ende, Sie ahnen es bereits, ging es sehr wohl. Und wissen Sie warum? Weil meine Mutter es wollte. Sie war es, die mich ermunterte.

Beinahe jeden Tag sprach sie mich auf Ferdinand an. »Berta, seht ihr euch wieder?«

Ich verneinte.

»Du musst ihn wiedersehen«, verlangte sie heiser.

Anfangs wehrte ich mich dagegen. Doch irgendwann gab ich ihrem Drängen nach. Ich müsste lügen, würde ich behaupten, ich selbst hätte es nicht gewollt.

»Ich freue mich für dich«, sagte meine Mutter, als ich ihr von meiner zweiten Verabredung mit Ferdinand erzählte. Ihre müden Augen leuchteten. Doch ich glaubte noch etwas anderes, mehr als nur Freude zu erkennen. War es – Hoffnung?

Damals kam mir zum ersten Mal der Gedanke, dass sie es wusste. Ich könnte nicht sagen, woher, und sie hat es auch niemals ausgesprochen, aber ich glaubte es zu spüren: Meine Mutter wusste, was ihr Bruder nachts in meinem Zimmer trieb. Verhindern konnte sie es trotzdem nicht. In ihrem erbärmlichen Zustand konnte sie nichts weiter tun, als darauf zu drängen, dass ich mit Ferdinand ausging, und zu hoffen, dass –

Nein, ich weiß nicht, worauf sie hoffte. *Ich* dachte an nichts Bestimmtes. Aber ich genoss jeden Moment, den ich mit Ferdinand verbringen konnte. Wir schlenderten gemeinsam durch den Ort, gingen ins Theater oder in ein Café und besuchten Konzerte.

Nach einem Monat wusste ich, dass Ferdinand keine Geschwister besaß und seine Eltern schon vor Jahren gestorben waren, sein Vater an Krebs, seine Mutter an der Einsamkeit.

Ich bekam eine Ahnung davon, worin seine Aufgaben als Wirtschaftskaufmann bestanden. Ich erfuhr, dass er tagsüber viel und hart arbeitete und am Abend die Erholung suchte. Dass er das Theater liebte. Dass er die Lieder von Hans Boll und Hartmut König verehrte, viele ihrer Texte sogar auswendig kannte. Dass der Duft, den ich so gerne an ihm roch, *Patras* hieß und nur in ausgewählten *Exquisitläden* in Berlin erhältlich war. Dass er *Karo* rauchte, Rotwein trank. Dass er Hähnchenfilet mochte, paniert und kross gebraten. Dass er jeden Abend *Aktuelle Kamera* schaute. Und dass er am lautesten über die bissige Satire eines O. F. Weidling lachte. Manchmal lachten wir gemeinsam. Ich war glücklich. Noch nie war ein anderer Mensch mir so vertraut und irgendwie so nahe gewesen, niemand außer meinen Eltern – und meinem Onkel. Zugleich war ich todunglücklich.

»Was ist los?«, fragte mich Ferdinand, nachdem wir eines Abends eine Aufführung im Friedrichstadtpalast besucht hatten. Es war später Herbst, und uns blies ein kalter Wind entgegen. »Du hast ja gar nicht richtig hingesehen.«

»Doch, aber … Es ist nur …« Ich rang um Worte. Ich hatte Mühe, mir mein Humpeln nicht anmerken zu lassen. Am Abend zuvor war mein Onkel wieder in meinem Zimmer gewesen. Seine Wut, dass ich mit Ferdinand ausging, steigerte sich von Mal zu Mal. Doch was hätte ich dagegen unternehmen können? Ich ertrug die Qualen, weil meine Mutter ihren Bruder brauchte, so wie ich inzwischen Ferdinand brauchte, der mir, wann immer wir uns trafen, Zerstreuung schenkte. Dafür war ich ihm dankbar. Liebte ich ihn? Ich weiß es nicht. Nur in einem war ich mir sicher: Ich wollte ihn nicht mehr verlieren.

»Wie lange soll das noch so weitergehen?«, hörte ich Ferdinand brummen.

»Was?«

»Das mit deiner Mutter!«

»Was ist mit ihr?«

»Willst du ewig bei ihr leben?«

»Aber …«

»Hast du nicht gesagt, dein Onkel kümmert sich um sie?«

»Ja, aber …«

»Nein!«, polterte er und blieb mitten auf dem Gehweg stehen. »Du musst endlich ein neues Leben beginnen.«

Mir stockte der Atem.

»Dein eigenes Leben!« Er ging vor mir auf die Knie und klappte den Deckel einer kleinen Schatulle auf. Im Licht der Straßenlaternen glitzerte ein Ring. »Berta, möchtest du meine Frau werden?«

Kapitel 28

Alex fluchte. Es hätte ihn nicht überraschen dürfen, dass die Polizei nach seinem Verhalten am Abend zuvor Erkundigungen über ihn eingezogen hatte. Wäre er noch im Dienst, hätte er nicht anders gehandelt. Er beeilte sich, über den Dorfplatz zurück zum Auto zu gelangen. Gizmo tänzelte neben ihm her.

Alex überlegte, ob er Frank Theis von Arthur Steinmann hätte berichten sollen. Doch was genau hätte er ihm erzählen können? Dass er am Vortag überraschend von seiner angeblichen Adoption erfahren hatte? Dass sein vermeintlich leiblicher Vater heute nicht zu einem Treffen erschienen war, ihm stattdessen drei Jahre alte Zeitungsartikel geschickt hatte, die mit einer Botschaft verschmiert waren? *Sieh die Mädchenwiese!* Hatten die drei Wörter überhaupt eine Bedeutung?

Schon in Alex' Ohren klang das alles irgendwie verrückt. Was wohl Frank Theis davon gehalten hätte?

Unvermittelt knurrte Gizmo, und seine Nackenhaare richteten sich auf. Alex hörte undeutlich Stimmen und Lachen. Im nächsten Moment klingelte sein Handy.

»Herrgott, wo steckst du?«, hörte er Norman sagen.

»Entschuldige«, erwiderte Alex kleinlaut. »Es wird etwas später.«

»Etwas? Du meinst wohl: sehr viel! Hast du mal auf die Uhr geguckt? Es ist weit nach neun.«

»Ich hab' das Essen aus den Augen verloren. Es war viel los heute.«

»Das Treffen mit *Fielmeister's*?«

»Ja.«

»Darf ich dir *heute* gratulieren?«

»Ja.«

»Herrgott, erzähl schon, wie ist es gelaufen? Muss ich dir alles aus der Nase ziehen?«

Alex passierte den alten Brunnen. Ein paar Jungen kickten Laub. Auf der Holzbank hockten ein blondes und ein schwarzhaariges Mädchen. Sie trugen knielange Röcke und Flip-Flops.

»Pass auf, ich erzähl's dir, sobald ich bei euch bin«, sagte Alex.

»Ach nee, jetzt brauchst du auch nicht mehr zu kommen. Das Abendessen ist kalt und mein Jüngster im Bett.«

»Dann morgen Abend, versprochen!«

»Okay, bis morgen.«

Die Mädchen kicherten. Einer der Jungen, der seine Baseball-Kappe verkehrt herum auf dem Kopf trug, holte zu einem Tritt gegen den Mülleimer aus. Als er Alex und den Hund bemerkte, hielt er inne. »'tschuldigung«, murmelte er.

Alex blieb stehen. »Tut mir einen Gefallen! Geht nach Hause. Es ist schon spät.«

Die Teenager tauschten amüsierte Blicke. »Es ist erst ...«

»Ich meine es ernst. Und bitte, geht nicht alleine heim.«

Sie gluckten. »Wir sind alt genug.«

»Nicht alt genug für die Hexe.« Der Junge mit der Kappe krümmte seinen Rücken zu einem Buckel und sprach mit tiefer Stimme: »Die alte Hexe.«

Auf der gegenüberliegenden Straßenseite tauchte die alte Kirchberger aus dem Nebel auf und huschte wie ein Geist über den Bürgersteig, bevor sie wieder im Dunst verschwand.

»Hu-hu-hu«, rief der Junge, und die anderen fielen in sein Heulen ein: »Gleich ist Geisterstunde. Hu-hu-hu.«

Fassungslos starrte Alex die Teenager an. Ging die Angst endgültig mit ihm durch? Machte er sich gerade lächerlich? *Wir brauchen keinen Spinner, der sein Leben nicht mehr in den Griff bekommt.* Spöttisches Lachen verfolgte ihn, als er seinen Weg fortsetzte. Gizmo kläffte.

»Mach du dich nicht auch noch lustig über mich«, murrte Alex. »Ich mach' mir nur Sorgen.«

Und aus gutem Grund! Das Auftauchen von Arthur, das Kuvert, die Zeitungsausschnitte – ausgerechnet jetzt, nachdem die junge Theis verschwunden war. Das konnte kein Zufall sein. Aber was steckte dahinter? Und vor allem – wer?

Alex entriegelte den Peugeot, scheuchte Gizmo auf die Rückbank und fuhr los.

Lisa lag wimmernd auf dem Boden. *Steh auf, zieh dir den Sack über den Kopf, beeil dich!*, hörte sie eine Stimme in ihrem Kopf. Doch sie konnte sich nicht bewegen. Sie war wie gelähmt. Silkes Schreie hallten durch Lisas Verstand.

Ein Geräusch ließ Lisa zusammenzucken. Sie stemmte sich hoch und schleppte sich zur Matratze. Dann stülpte sie sich den Sack über den Kopf und wartete. *Worauf? Worauf wartest du noch?*

Obwohl sie nicht an Gott glaubte, betete sie: »Bitte, lieber Gott, mach, dass alles ein Ende hat. Dass Berthold mich rettet. Dass mein Onkel mich findet. Lass mich hier raus. Lass mich zu meiner Mama. Zu Berthold. Zu Sam.«

Sie lauschte in die Stille. Nach fünf Minuten befreite sie sich von dem Sack und schlich zur Gittertür. »Silke?«

Sie erhielt keine Antwort.

»Silke?«

Kein Scharren. Kein Husten. Nicht einmal ein schwaches Atmen.

»Bestimmt schläft sie«, flüsterte Lisa, nur um eine menschliche Stimme zu hören. »Ja, sie schläft.«

Das glaubst du doch selbst nicht!, schoss es ihr durch den Kopf. Der Gedanke ließ sich nicht mehr vertreiben.

Mach was, sonst verlierst du den Verstand!, befahl sie sich selbst.

Ihr Blick fiel auf das Tablett. Wenn sie ein bisschen aß, würden vielleicht die Magenkrämpfe nachlassen. Sie würde bei Kräften bleiben und nicht durchdrehen. Vorsichtig steckte sie sich eine Kartoffel in den Mund. Das Stück war halb gar und versalzen. Sie spuckte es aus und führte dann die Suppenschüssel an die Lippen. Die Brühe war ebenso salzig und ungenießbar.

Sie fragte sich, was wäre, wenn sie das Essen verweigerte. Die Antwort erschien ihr so einleuchtend: Sie würde noch schwächer werden und ihrem Peiniger nicht mehr von Nutzen sein.

Mit einem kräftigen Schwung, der sie selbst überraschte, schleuderte sie das Tablett gegen die Wand. Das Glas und die Suppenschüssel zersprangen. Der Krach hatte sich kaum gelegt, da hallten Schritte durch das Kellergewölbe.

Lauras Entsetzen wuchs mit jeder Sekunde, die ihr Schwager sich in Schweigen hüllte. »Frank, was ist vor drei Jahren passiert?«

Er wandte sich ab, ging in die Küche und holte sich eine Flasche Wasser aus dem Kühlschrank. Er füllte ein Glas und leerte es in einem Zug. »Nichts, weswegen du dir Sorgen machen musst.«

»Dann kannst du mir erst recht sagen, was damals geschehen ist.«

»Hab' ich eine Chance, dass du Ruhe gibst?«

»Wie war das noch? Woher hat Lisa ihren Starrsinn?«

Frank holte tief Luft, ehe er sagte: »Vor drei Jahren hat ein Mann junge Frauen entführt und …« Abrupt hielt er inne und warf Laura einen besorgten Blick zu.

»Und ermordet«, vollendete sie seinen Satz.

»Ja, er hat sie getötet, nicht nur in Berlin, auch in Potsdam, Frankfurt an der Oder, Leipzig.«

»Und dieser Lindner? Was hatte der damit zu schaffen? Hat er was mit Lisas Verschwinden zu tun?«

»Nein, ich hab' doch gesagt, da gibt es nichts, weswegen du dir Sorgen machen musst.«

Franks Antwort beruhigte sie nicht. »Warum hast du ihn dann überprüft?«

»Weil das bei einem Vermisstenfall üblich ist, sobald jemand der Polizei einen Hinweis gibt oder anderweitig auffällig wird.« Ihr Schwager goss erneut Wasser in sein Glas, ehe er fortfuhr: »Und dabei habe ich festgestellt, dass er früher selbst Polizist war. Bis vor drei Jahren. Er hat in ebenjenen Entführungsfällen ermittelt. Dann gab es einen Vorfall und ...«

»Was für einen Vorfall?«

Frank nippte erneut an seinem Glas. »Er hat angefangen zu saufen. Er wurde suspendiert. Ende der Geschichte.«

»Für ihn offenbar nicht.«

Frank setzte sich an den Küchentisch und blickte auf das Glas in seinen Händen.

»Und deshalb bist du so wütend auf ihn?«, fragte Laura.

Ihr Schwager nickte.

»Warum hast du mir das alles nicht schon vorher erzählt?«

»Du hättest dir nur unnötig Sorgen gemacht.«

Lauras Blick irrte durch die Küche und blieb an der Sonnenblumenuhr hängen. »Was glaubst du, was ich mir seit zwei Tagen mache?«

»Ich weiß, dass du Angst hast.« Frank streckte die Hand nach ihr aus. »Aber glaube mir, niemandem ist geholfen, wenn du in Panik verfällst – aus Gründen, die völlig absurd sind.«

»Sind sie es wirklich?«

Er berührte sie am Arm. »Laura, ganz abgesehen davon, dass diese Morde seit drei Jahren vorbei sind ...«

»Hat man den Mörder gefasst?«

»... gibt es nichts, was nach einer Entführung oder noch Schlimmerem aussieht, verstehst du? Lisa ist abgehauen. Du hast es gelesen, du weißt, wie sie sich gefühlt hat. Und deshalb vergessen wir das Thema. Ich werde nicht mehr darüber reden.«

Er stellte das Glas in die Spüle, ging ins Wohnzimmer und ließ Laura allein in der Küche. *Das sagt sich so einfach!* Als wenn sich die Gedanken an einen Mörder einfach so verdrängen ließen. Es schnürte ihr die Kehle zu, als sie daran dachte, dass ihre Tochter sich womöglich in den Händen der Bestie befand. Sie floh nach draußen und schnappte nach Luft.

Sie fragte sich, was genau vor drei Jahren vorgefallen war. *Ich werde nicht mehr darüber reden*, hatte Frank gesagt.

Doch Laura wollte darüber reden. Sie eilte zur Gartentür hinaus.

Ich habe einen Fehler gemacht, schoss es Lisa durch den Sinn. *Ich hätte es besser wissen müssen. Denn Silke ist nicht verschont worden, und das obwohl sie krank war!* Schlüssel rasselten. Mit Tränen in den Augen streifte Lisa sich den Sack über. Die Tür wurde entriegelt.

Es tut mir leid, lag ihr auf den Lippen, *ich wollte das nicht.*

Sie biss sich auf die Zunge. *Du solltest besser nicht so laut sein*, hallte Silkes Stimme durch ihren Kopf.

Ihr Entführer schnaubte. Lisa wappnete sich für eine Ohrfeige. Stattdessen hörte sie, wie er die Scherben zusammenfegte. Schritte entfernten sich. Die Tür krachte ins Schloss. Erleichtert sank Lisa zu Boden. In derselben Sekunde erlosch das getrübte Licht vor ihren Augen. Verstört zog sie den Sack vom Kopf. Finsternis. Er hatte die Glühbirne ausgeknipst. *Aber das ist immer noch besser als alles andere, womit er mich hätte bestrafen können!*

Sie steckte den Sack in ihren Ausschnitt und tastete sich bis zur Matratze. Sie roch die Brühe, die von der Wand tropfte und deren Geruch sich mit dem ihres Urins vermischte. Etwas Spitzes bohrte sich in ihren Daumen. Sie zuckte zurück.

War das wieder ein Spiel von diesem kranken Schwein?, fragte sie sich. Behutsam erkundete sie ihren Fund. Das Ding war ziemlich lang, mindestens sechs oder sieben Zentimeter, außerdem sehr scharf. Eine Scherbe.

Er hatte eine Scherbe übersehen. Vielleicht hatte er auch noch etwas anderes vergessen. Sie hatte keine Ahnung, was das sein mochte. Aber es war Grund genug, neuen Mut zu fassen.

Du kommst doch zurück, oder?, hallte die Stimme ihres Bruders durch ihren Verstand.

»Ja, Sam, ich komme zurück!«, flüsterte sie.

Sie versteckte die Glasscherbe unter der Matratze und tastete sich danach weiter über den Steinboden. Außer Sand spürte sie nichts unter den Handflächen. Als sie die Wand erreichte, stellte sie sich hin und untersuchte jeden Mauerstein. Selbst die Fugen überprüfte sie. Sie hoffte auf einen Stein, der sich aus der Wand lösen ließ. Einen dicken Backstein, mit dem sie ihm den Schädel einschlagen konnte.

Doch stattdessen brach einer ihrer Fingernägel. Wütend zerrte sie an einem Mauerstein.

Als sie ein Schlüsselrasseln hörte, stürzte sie blindlings zur Matratze. Dann wurde ihr bewusst, dass er keine Musik gespielt hatte.

Schritte näherten sich Lisa. Kurz darauf wurden ihre Arme auf den Rücken gebogen und ihre Handgelenke gefesselt.

»Nein«, heulte sie, »nein, nein, bitte …«

Sie wurde nach vorne gestoßen und knallte mit der Stirn gegen die Gittertür. Benommen fiel sie gegen eine Wand. Der Sack auf ihrem Kopf verrutschte. Sie sah das Kellergewölbe, das sie entlanggetrieben wurde. Sie taumelte an anderen Zellen vorbei. Doch jede der Kammern war leer. *Silke ist weg!*

»Bitte«, flehte Lisa und drehte sich zu ihrem Entführer um. Doch bevor sie einen Blick auf ihn werfen konnte, verpasste er ihr einen neuerlichen Stoß. Der Sack rutschte zurück vor ihr Gesicht, und sie stolperte über eine Türschwelle. Im gleichen Moment setzte die Musik ein.

Alex betrachtete die weißen Fassaden der Hochhäuser. Alle paar Meter waren rote Streifen senkrecht auf den Beton gepinselt, ein zweifelhafter Versuch, die Tristesse der Plattenbausiedlung in der Harnackstraße zu übertünchen. Von der Frankfurter Allee drang ein Verkehrsrauschen heran.

Neben dem Eingang Nummer 18 standen Mülltonnen aufgereiht. Abfall quoll aus den Behältern, Chipstüten, Fastfood-Schachteln, garniert mit Fliegen und anderem Ungeziefer. Gizmo leckte sich die Lefzen.

»Untersteh dich«, warnte Alex.

Neben der zersplitterten Glastür fand er kein Klingelschild mit dem Namen Arthur Steinmann. Er drückte wahllos einige Knöpfe, bis endlich eine Stimme aus einem Lautsprecher tönte: »Ja, verdammt!«

»Ich suche Arthur Steinmann.«

»Und was wollen Se dann von mir?«

»Wissen Sie, ob er hier wohnt?«

»Nö.«

»Sicher?«

»Was weiß ich.«

»Wohnt er hier oder nicht?«

»Woher soll ich das wissen? Fragen Se doch den Hausmeister. Parterre links.«

Der Hausmeister war ein gedrungener Mann mit Halbglatze und Schnauzbart. Er trug einen blinkenden Silberohrring, der auf und ab wippte, als sein Besitzer den Kopf schüttelte. »Steinmann? Nee, kenn' ick nich'. Kann mich nich' ma' erinnern, dass der hier jewohnt hat. Und ick mach' den Job hier schon seit fuffzehn Jahren.«

»Auch in den Häusern nebenan?«

»Nee, da nich'.«

Alex wählte die Nummer der Telefonauskunft. Das Gespräch dauerte nur wenige Minuten. Ein Arthur Steinmann in der Harnackstraße 18 war nicht bekannt, auch nicht in den benachbarten Häusern.

»Warum überrascht mich das nicht?«, fragte Alex und sah sich nach seinem Hund um. Gizmo war zu den Mülleimern geschlichen und machte sich über die Fastfood-Reste her. »Gizmo, verdammt«, rief Alex, weniger zornig auf seinen Hund als auf sich selbst und auf Arthur Steinmanns ominöse Nicht-Existenz.

Er zerrte den Vierbeiner am Halsband in den Peugeot. Während er startete, klickte er sich durch die Wahlwiederholung seines Handys. Ungeduldig lauschte er dem Freizeichen, scherte aus der Parkbucht aus und –

Direkt neben ihm dröhnte eine Autohupe. Reflexartig trat Alex auf die Bremse. Gizmo wurde gegen den Vordersitz geschleudert, kläffte und wimmerte zugleich.

»Alles gutgegangen«, beruhigte ihn Alex, während ein rostiger Daimler an ihnen vorbeifuhr. Der Fahrer zeigte ihm den Vogel.

»Hallo?«, tönte eine Stimme aus dem Handy. »Alex, bist du das?«

»Ja, ich bin's.« Alex warf einen Blick in den Rückspiegel und wartete, bis auch ein Geländewagen an ihm vorüber war. Dann gab er Gas.

»Was ist los bei dir?«, fragte Schöffel.

Lisas Arme wurden von fremden Händen hochgerissen.

Ja, renn nur nach dem Glück, sang die glockenhelle Frauenstimme, als wollte sie Lisas Hilflosigkeit verhöhnen. *Doch renne nicht zu sehr. Denn alle rennen nach dem Glück.*

Die Hände ließen von ihr ab. Ihre Arme blieben trotzdem

oben. Etwas hielt sie nicht nur in der Luft, sondern zog sie weiter hoch, immer weiter, bis Lisa gerade noch mit ihren nackten Füßen auf dem kalten Steinboden stehen konnte. Ihre Waden und Oberschenkel waren bereits angespannt. Sie ging kurz auf die Zehenspitzen, um ihre Handgelenke zu entlasten, dann sank sie wieder nach unten. Der Druck auf ihre Gelenke nahm wieder zu. Lange würde sie so nicht durchhalten können. *Aber schrei nicht! Tu ihm nicht den Gefallen!*, wisperte eine kleine Stimme in ihrem Hinterkopf.

Stoff raschelte. Ein kalter Luftzug streifte sie. Er hatte ihr das Kleid vom Leib gerissen. Eine Gänsehaut überzog ihren Körper. *O Gott, nein, das ist –*

Eine Hand legte sich auf ihre Hüfte. Erschrocken zuckte sie zurück. Die Fesseln gewährten ihr kaum Freiraum. Ihre überstreckten Schultergelenke knackten bei jeder Bewegung. Sie konnte nicht verhindern, dass Finger unter ihren Slip glitten. *Nicht schreien! Sei still!*

Finger umschlossen den Bund ihres Slips, zogen ihn herab, bis er um ihre Knöchel baumelte.

Denn wovon lebt der Mensch? Indem er stündlich den Menschen peinigt …

Lisa verdrehte die Beine, um ihre Scham zu verbergen. Aber das erhöhte nur den Druck auf ihre Arme. Sie wusste nicht, wie lange sie so stand, nackt und hilflos. Sie schämte und fürchtete sich zugleich. *Was macht er jetzt? Was verdammt –*

Ein Zischen übertönte kurzzeitig die Musik. Kurz darauf klatschte es auf Lisas entblößtem Po. Einen Augenblick spürte sie nichts. Dann jagte ein Brennen über ihre Haut. Sie konnte nicht anders, sie schrie.

»Entschuldige«, sagte Alex, »ich hab' einen Moment nicht achtgegeben.«

»Handy am Steuer?« Sein alter Kollege schmunzelte. »Du als Ehemaliger solltest wissen, was sich gehört.«

Alex drosselte die Geschwindigkeit. Der Nebel nahm wieder zu, je weiter er die Stadt hinter sich ließ. »Ich wollte dich fragen, ob du schon ...?«

»Äh«, unterbrach ihn Schöffel, »hast du eine Ahnung, wie spät es ist?«

»Ich weiß ...«

»Gut, ich hab' nämlich Feierabend. Vor morgen früh kann ich nichts machen. *Wenn* ich überhaupt etwas unternehmen kann.«

»Es ist wichtig.«

»Ja, das hast du bereits gesagt. Und ich hab' dir gesagt, ich seh' zu, was ich machen kann.«

Einen Moment herrschte frostiges Schweigen. Alex konzentrierte sich auf die graue Wand, die sich vor dem Peugeot formte. Das Starren in die trübe Suppe strengte die Augen an, erzeugte Kopfschmerzen. Er blickte in den Rückspiegel. Hinter ihm schoss ein Fahrzeug mit entschieden zu hoher Geschwindigkeit aus dem Nebel heran.

»Also, Alex, pass mal auf«, sagte Schöffel schließlich, »wir haben drei Jahre lang nichts voneinander gehört, und jetzt rufst du mich plötzlich an, willst mir nicht einmal verraten, um was es geht, aber verlangst von mir, dass ich meinen Job riskiere, richtig?«

»Tut mir leid, ich ...«

»Nein, warte«, fiel ihm Schöffel erneut ins Wort. »Wir haben uns immer gut verstanden, bei dir wusste ich jederzeit, woran ich bin. Und diese Sache vor drei Jahren, die tut mir leid. Ich habe nie geglaubt, dass du allein die Schuld an dem Scheiß getragen hast.«

Alex kniff die Augen zu schmalen Schlitzen zusammen. Die grellen Nebelscheinwerfer des Fahrzeugs, das rasch näher kam, blendeten im Rückspiegel, bohrten sich in seine Pupillen und verstärkten seinen Kopfschmerz.

Schöffel fuhr fort: »Was ich damit sagen will, ich vertraue dir. Du wirst deine Gründe haben, warum du mich nach diesem … äh …«

»Arthur Steinmann.«

»Ja, genau, ich hab' mir den Namen irgendwo notiert.« Papiergeraschel drang aus dem Telefon. »Ich denke, dass ich dir diesen Gefallen tun kann. Aber warte bis morgen, okay? Ich ruf' dich an. Gute Nacht.«

Fluchend warf Alex sein Handy auf den Beifahrersitz. Der Pkw klebte ihm an der Stoßstange. Als die Autobahnabfahrt auftauchte, bog Alex auf die Abbiegespur. Der Pkw fuhr geradeaus weiter. *Ein schwarzer VW Touareg.* Der gleiche Geländewagen wie bereits in Finkenwerda – und gerade eben in Berlin.

Verfolgt er mich?, fragte sich Alex und versuchte einen Blick auf das Nummernschild zu werfen. Aber der Wagen verschwand bereits im Nebel. In diesem Moment richtete Gizmo sich auf der Rückbank auf und bellte. Alex sah wieder auf die Fahrbahn.

Der Peugeot schoss über den Randstreifen geradewegs auf einen Wall zu. Alex bremste. Reifen quietschten. Gizmo kläffte. Als Alex das Steuer herumriss, brach das Heck aus, und der Wagen geriet ins Schlingern. Alex hielt dagegen. Der Retriever kugelte durch den Fond, rumste gegen die Tür, gegen die Sitze. Nur mit Mühe lenkte Alex den Wagen wieder auf die Landstraße. Ihm pochte das Blut in den Schläfen. *Jetzt werd nicht auch noch paranoid!*, ermahnte er sich selbst.

Lisa hatte sich von dem Hieb noch nicht erholt, da traf ein weiterer Schlag ihren Oberschenkel. Gleich darauf noch einer ihren Rücken. Dann die Wade. Den Unterarm. Wieder den Po. Den

Rücken. Schulter. Po. Ohne ein nachvollziehbares Muster drosch ihr Peiniger auf sie ein. Lisa brüllte.

Das tut so weh! Das tut so weh! O mein Gott, das tut so weh!

Wie Hagelkörner prasselten die Schläge auf sie nieder. Und jeder neue Hieb war noch heftiger als der vorige. Ihr Körper fühlte sich an, als wären hunderte Piercings gleichzeitig durch ihre Haut gestochen worden.

»Ich will …«, schrie sie. »Ich werde … leise …«

Der nächste Schlag setzte ihre Brüste in Brand. Dieser Schmerz war unerträglich. *Das ist zu viel, das ist –*

Lisas Körper fiel in sich zusammen, doch da ihr die Arme über den Kopf gebunden waren, blieb er trotzdem aufrecht. Speichel troff von ihren Lippen. Sie keuchte. Ein brennender Schmerz durchzuckte ihre linke Brust. Sie schrie, bis nur noch ein heiseres Krächzen aus ihrer Kehle drang.

Denn wovon lebt der Mensch?, sang die Frauenstimme. Dazu klimperte das Piano. *Indem er stündlich den Menschen peinigt, auszieht, anfällt, abwürgt und frisst.*

Lisa nahm ein Schnaufen wahr. Es war ganz nah. *Nein, bitte nicht, bitte, bitte, nicht noch mal.*

Zähne gruben sich in ihre rechte Brust. Ihr Körper war kurz davor zu kollabieren. Ihr Mageninhalt drängte sich ihren Hals hinauf. *Ich möchte sterben, bitte, lieber Gott, bitte, lass mich sterben.* Erbrochenes quoll aus ihrem Mund, über ihr Kinn, platschte auf den Boden.

Nur dadurch, sang die Frau, *lebt der Mensch …*

Lisa spürte heißen Atem zwischen ihren Beinen. Sie versteifte sich. Lippen berührten ihre Scheide. Dann Zähne. Lisa schrie. Er biss zu.

… dass er so gründlich vergessen kann, dass er ein Mensch doch ist.

Endlich wurde ihr schwarz vor Augen, und Dunkelheit umfing sie.

Kapitel 29

Es gibt Ereignisse in Ihrem Leben, die können Sie kommen sehen. Wenn ich mir heute die Geschehnisse jenes Herbstabends in Erinnerung rufe, dann denke ich, hätte ich sie wohl erahnen müssen. Damals, nicht einmal vier Monate nach meinem ersten Rendezvous mit Ferdinand, weigerte sich mein Verstand zu begreifen. Sprachlos stand ich am Straßenrand, mitten in Berlin, das Licht des Friedrichstadtpalastes noch im Rücken. Der Wind blies Laub zwischen meine Beine. Mir war, als wirbelte er auch die Gedanken in meinem Kopf umher.

Möchtest du meine Frau werden? Hatte Ferdinand mich das tatsächlich gefragt?

»Nein«, sagte ich. Und gleich darauf noch einmal, jetzt viel lauter: »Nein, das geht nicht.«

Die Häuserfassaden warfen ein Echo meines entsetzten Ausrufs zurück auf die Friedrichstraße. Passanten blieben vor uns stehen. Als wären wir Gaukler, sahen sie amüsiert dabei zu, wie Ferdinand seine Hand mit der Schachtel und dem Ring noch höher hielt. Am liebsten wäre ich vor Scham im Erdboden versunken und nie wieder aufgetaucht.

»Nein«, wiederholte ich stattdessen, »das geht nicht. Das ist …«

»Moment!« Ferdinand sprang auf. »Fragen wir doch einfach deine Mutter.«

Er schnappte meine Hand und schob mich ins Auto. Ob Sie es glauben oder nicht, die Leute um uns herum spendeten Beifall.

Der Applaus klang mir noch in den Ohren, als wir keine sechzig Minuten später vor dem Krankenbett meiner Mutter standen. Ferdinand verbarg seine Betroffenheit über ihren elendigen Zustand. Er hielt um meine Hand an.

Noch während er sprach, begannen Mutters Augen zu leuchten. Ihr ganzes Gesicht glühte. Ich konnte mich nicht erinnern, wann ich sie das letzte Mal so glücklich erlebt hatte. Ich glaube, damals war mein Vater noch am Leben gewesen. Wie viele Jahre waren seitdem ins Land gezogen? Ach was, es spielte keine Rolle. Jetzt, in dieser Sekunde, lachte sie, während gleichzeitig Tränen ihre Wangen hinabliefen. Für einen Moment hatte es den Anschein, als wäre sie niemals krank gewesen.

Ferdinand drehte sich zu mir um. »Also, Berta, willst du?«

Ich blinzelte, um die Tränen zurückzuhalten. Im Blick meiner Mutter lag kein Vorwurf. Kein Zorn. Auch keine Angst. Ich erkannte nichts als Freude – und Stolz.

Ich wünsche mir, dass du irgendwann einen netten Mann heiratest, der dich glücklich macht, hatte mein Vater gesagt, als ich noch ein kleines Mädchen war.

»Ja«, brachte ich hervor.

Noch am selben Abend – Ferdinand hatte sich erst vor wenigen Minuten auf den Heimweg begeben, und ich war dabei, mir meinen Pyjama für die Nacht überzustreifen – platzte mein Onkel in mein Zimmer.

»Glaubst du denn, dieser Ferdinand meint es wirklich ernst mit dir?«, blaffte er. Dabei wurde seine Haut fleckig vor Zorn.

Kein Laut kam aus meinem Mund.

»Ausgerechnet mit dir?«

Ich nickte. Wenn ich mir in dieser Minute einer Sache sicher war, dann dieser.

Mein Onkel stieß die Luft aus. »Was meinst du, wird er von dir halten, wenn ich ihm sage, was du getan hast? Wie du mich verführt hast!« Er grinste gehässig. »Deinen eigenen Onkel!«

Mir wurde schwindelig. Das Zimmer verschwamm vor meinen Augen. Ich sank auf mein Bett. Als mein Blick sich wieder klärte, war mein Onkel verschwunden. Ohne ein weiteres Wort. Ohne mich anzufassen. Aber das spielte keine Rolle. Auch ohne seine Berührungen war mir übel. Ich rannte ins Bad und übergab mich. Die nächsten Tage musste ich mich ständig erbrechen. Nachts wälzte ich mich schlaflos herum. Ich verlor an Gewicht. Als ich Ferdinand das nächste Mal traf, brach ich in Tränen aus.

»Ich kann nicht«, sagte ich mit erstickter Stimme.

»Was kannst du nicht?«

»Das … die … Hochzeit.« Mein Atem ging stoßweise. »Ich … kann … *das* … nicht.«

»Aber das mit deiner Mutter ist geklärt.«

»Nein, nein … Nicht … meine Mutter … Mein Onkel …«

»Er ist doch für sie da, oder?«

»Ja, aber …«

»Dann ist alles halb so wild.«

Ich hätte schreien können. Ferdinand verstand nicht, was ich sagen wollte. Ich wusste selbst nicht, was ich sagen konnte. Der Tag meiner Hochzeit rückte näher. Mir ging es immer schlechter.

Dann war es endlich so weit und – nichts geschah. Mein Onkel bewahrte sein Schweigen. Er rührte mich nicht mehr an, und er blieb bei meiner Mutter. Eine Woche vor meinem großen Tag drückte er mir sogar ein Bündel Geldscheine in die Hand.

»Für dein Hochzeitskleid«, sagte er.

Noch Tage später rätselte ich über den Sinn dieser Geste. Ich begriff ihn nicht, nicht nach allem, was geschehen war. Ich verstand nur eines: Ich begann ein neues Leben. Mein eigenes Leben. Vielleicht war dies das Wichtigste.

Die Hochzeit war ein großes Fest. Zur Trauung kamen Ferdinands Kollegen aus Berlin. Meine alten Kameradinnen aus der

Schule bildeten vor dem Standesamt ein Spalier. Sie warfen Reis. Sogar mein früherer Freund Harald beglückwünschte mich. Meine beste Freundin Regina, die inzwischen in Berlin lebte, stand mir als Trauzeugin zur Seite. Gemeinsam mit ihr hatte ich auch mein Hochzeitskleid ausgesucht. Ihre Anteilnahme rührte mich besonders. Wir hatten uns so lange nicht gesehen. Doch sie war mir nicht böse.

Am Abend, als das Fest im Garten unseres Hauses sich allmählich dem Ende zuneigte, fragte sie: »Berta, ab jetzt sehen wir uns wieder öfter, oder?«

»Ja«, sagte ich, »ja.«

Sie umarmte mich.

Zum Abschied hauchte ich meiner Mutter einen Kuss auf die Wange. Sie saß im Rollstuhl, und obwohl der Tag sie viel Kraft gekostet hatte, wirkte sie zufrieden. Dann wuchtete ich die Tasche mit meinen Kleidern in den Fond des geschmückten Wartburgs und nahm auf dem Beifahrersitz neben Ferdinand Platz. Er hupte und gab Gas. Alle winkten sie, während wir zwei Straßen weiter zu seinem Anwesen an der Gräbendorfer Straße fuhren, zu dem Haus vorm Ortsausgang, wo mich mein neues Leben erwartete. Und die Hochzeitsnacht.

Kapitel 30

Sam hatte jedes Zeitgefühl verloren, während er hinter einer Hecke wenige Meter entfernt vom Ortsschild kauerte. Seine Arme und Beine waren steif gefroren. Seine Füße fühlten sich taub an. Den schmerzenden Zeh spürte er nicht mehr. Doch es war nicht die kalte Nacht, die ihn zum Frösteln brachte.

Auf der gegenüberliegenden Straßenseite trat die Kirchberger zwischen den Sträuchern ihres Anwesens hervor. Das Grundstück war verwahrloster als der Garten von Sams Mutter. *Fast wie ein richtiges Hexenhaus.*

Die alte Frau humpelte zur Dorfmitte. Sam streckte sich, seine Arme und Beine knackten. Nur zögerlich kehrte das Gefühl zurück. Dann nahm er die Verfolgung auf. Die Kirchberger hielt sich dicht an den Häuserfassaden, mied das Laternenlicht. Immer wieder trieben Nebelschwaden an ihr vorüber, umhüllten sie wie ein Kleid, nur um sie gleich darauf wie einen Geist wieder auszuspucken.

Plötzlich blieb sie stehen. Aus weiter Entfernung war eine Frauenstimme zu hören, die rief: »Lassen Sie mich los.«

Sam wich tiefer in den Schatten.

Eine Tür wurde zugeschlagen. Stille. Als Sam wieder nach der alten Kirchberger sah, war sie weg. Er bekam es mit der Angst zu tun. Was, wenn sie aus dem Nebel auf ihn zustürzte? Dann fiel ihm ein, dass er sich ganz in der Nähe des Pfades befand, der in den Wald führte. Er eilte darauf zu, und tatsächlich tauchte schon bald die alte Frau wieder vor ihm auf. Doch je tiefer er ihr in den Wald folgte, umso unheimlicher wurde es ihm. Was wollte sie hier in der Dunkelheit? Und um diese Zeit? Die Kälte kroch in seine Glieder. Seine Hände zitterten. Seine Zähne schlugen aufeinander. Zum Glück knirschte es fortwährend unter den Schuhen der alten Frau, so dass er sich keine Sorgen darüber machen musste, ob er sich durch seine eigenen Geräusche verriet. Die Kirchberger ging immer tiefer in den Wald. Sam sah sich nach etwas um, das ihm vertraut vorkam, aber da war nichts, außer Nebel, Bäumen und Wurzeln.

Er geriet ins Straucheln, stolperte auf eine kleine Lichtung, die sich wie aus dem Nichts vor ihm auftat. Der Nebel zerstob, und Mondlicht tauchte das freie Waldstück in einen silbernen Glanz.

Die Kirchberger kniete. Sam beugte sich vor. *Sei leise!*, ermahnte er sich im Geiste. Es sah fast aus wie –

Ein junges Mädchen. Ihre Schönheit. Ihr Schmerz.

Sam trat erschrocken einen Schritt zurück. Zweige knackten unter seinen Schuhen. Die alte Hexe fuhr zu ihm herum.

Erschöpft hielt Alex vor der *Elster.* Gizmo sprang ungeduldig auf den Bürgersteig, markierte die Wand und stierte dann in die Nebelschleier, die über dem Dorfplatz hingen. Ein Mädchen schlappte mit Flip-Flops heran. Alex vergaß seine Kopfschmerzen. »Hey, du warst doch vorhin am Brunnen?«

Die junge Frau reckte trotzig ihr Kinn hoch. »Ja, und?«

»Hab' ich nicht gesagt, geht nicht alleine heim?«

»Sind Sie mein Vater, oder was?«

»Du bist Karen, oder? Dein Vater Robert ist ab und zu in der *Elster.*«

»Kann sein.« Karen zuckte mit den Schultern und fuhr sich mit der Hand durch ihre langen schwarzen Haare.

»Ihr wohnt außerhalb.«

»Nur ein paar hundert Meter.«

»Komm, ich fahr' dich nach Hause.«

»Quatsch.«

»Soll ich dir ein Taxi rufen?«

Karen schnaubte, während sie weiterlief.

»Jetzt sei doch vernünftig.«

Sie beschleunigte ihren Schritt und stolperte über einen Pflasterstein. Alex machte einen Satz nach vorne, fing sie auf.

Sie schubste ihn weg. »Lassen Sie mich los.« Ihre panische Stimme hallte über die Dorfstraße. Alex trat einen Schritt zurück. Gizmo kläffte.

Im nächsten Moment flog die Kneipentür auf, und Paul trat ins Freie. »Was ist los?«

»Der Typ spinnt!« Karen umschlang ihren Oberkörper. Eine Gänsehaut überzog ihre nackten Arme.

»Ich will nur nicht, dass sie so spätabends alleine durch den Ort läuft«, sagte Alex.

»Dann ruf ihr ein Taxi«, schlug Paul vor.

»Ey, Leute, seid ihr bescheuert? Ich hab' kein Geld dafür. Und außerdem ...«

»Dann bezahl' ich dir das«, sagte Alex.

»Klar doch, und was willst du dafür?« Sie zeigte ihm den Mittelfinger, drehte sich um und stakste davon.

Alex starrte ihr hinterher.

»Lass sie, wenn sie nicht will.« Paul schob ihn in die *Elster*.

An der Theke hockten die zwei Barhocker. Krause und Hartmann klammerten sich an ihre Biere, darum bemüht, nicht weiter aufzufallen. Alex setzte sich an den Stammtisch, der verwaist in der Ecke stand.

»Kannst du mir mal sagen, was los ist mit dir?«, fragte Paul.

Alex blickte sich im Schankraum um. »Nichts los heute?«

»Lenk nicht vom Thema ab.«

»Dann machen wir Feierabend.«

Alex marschierte zum Tresen und kippte den Barhockern noch einen Schnaps in die Gläser.

»Ist ja gut«, murrte Hartmann.

»Wir gehen ja schon«, brummte Krause.

Alex folgte ihnen rasch zur Tür. Hartmann und Krause torkelten hinaus. Doch bevor Alex die Tür hinter ihnen verriegeln konnte, schwang sie wieder auf.

Laura Theis trat in die Kneipe.

Lauf!, schrie eine panische Stimme in Sam. *Renn weg!*

Doch er rührte sich nicht vom Fleck. Er war wie gelähmt. Als hätte ihn die alte Kirchberger mit einem Fluch belegt. *Die böse*

Hexe! Ihr Gesicht war nicht zu erkennen. Dennoch spürte Sam ihren durchdringenden Blick. Mit Entsetzen sah er, wie die Greisin sich hochstemmte. Sie stöhnte und schleppte sich über die Lichtung. Geradewegs auf Sam zu. Endlich löste sich seine Erstarrung. Er hetzte zurück in den Wald. Da packte ihn etwas an der Schulter. Er schrie auf, schlug um sich. Etwas knackte. Es war nur ein Ast, der zerbrach. Erleichtert rannte er weiter. Immer wieder verhakten sich Zweige in seinen Pullovermaschen. Als wollten sie ihn aufhalten. Niederringen. Als ständen sie im Bunde mit der Kirchberger. Sam glaubte ihr Kichern zu hören. Vielleicht war es aber auch nur sein eigener Atem. Er wagte keinen Blick zurück, dazu fehlte ihm der Mut.

Fast übersah er den Baumstamm, der abrupt seinen Weg kreuzte. Mit einem wilden Satz hechtete er darüber hinweg.

Wo liegt das Dorf, verdammt?

Sein Puls raste. Seine Lunge rasselte. Schweiß perlte ihm auf der Stirn, floss ihm in die Augen. Er wischte sich über das Gesicht. Wie aus dem Nichts erhoben sich vor ihm große, bedrohliche Gestalten. Sein Herz setzte aus. Dann begriff er, dass es nur die morschen Überreste des Grillplatzes waren.

Jetzt wusste Sam, wo er war. Er steuerte auf die Holzbänke zu, hinter denen der Waldweg zurück ins Dorf verlief. Sam hatte ihn gerade erreicht, als sich ein Seil um seine Knöchel schlang. Das Gesicht voran, krachte er ins Unterholz. Äste zerschrammten ihm die Wangen.

Wimmernd zerrte er an der Fessel. Es war nur ein Strauch, der sich um seine Knöchel wand. Sam streifte das Gestrüpp von den Füßen, rannte weiter auf das Dorf zu. Er sah das Laternenlicht zwischen den Bäumen auftauchen, dann die ersten Häuser, die Dorfstraße. Und schließlich das Haus seiner Mutter.

Sein Onkel stand im Türrahmen.

»Herr Lindner«, sagte Laura, während der Hund sie beschnupperte, »ich möchte …« Sie hielt inne, als sie einen zweiten Mann am Tresen bemerkte.

Der Gastwirt räusperte sich. »Das ist Paul Radkowski, ein guter Freund von mir.«

»'n Abend«, brummte Paul.

»Wollen Sie sich setzen?«, fragte Lindner. »Etwas trinken?«

»Eigentlich wollte ich Sie etwas fragen.«

»Ja, natürlich, kein Problem.« Er sah sie erwartungsvoll an.

Laura öffnete den Mund, doch ihr fehlten die Worte. Sie wusste nicht, was sie ihn fragen sollte. *Sind Sie ein Mörder? Die Bestie? Haben Sie meine Tochter …* Selbst wenn, würde er es wohl kaum zugeben. Ihr Blick irrte durch den Schankraum.

Die Holzschemel und -tische waren abgenutzt. Von den Wänden mit ihren verblichenen Tapeten ging ein muffiger Geruch aus, den selbst der Bier- und Schnapsgestank nicht zu übertünchen vermochte. Sogar der Gastwirt wirkte in diesem Umfeld mehr als nur erschöpft. Einzig der Hund, der noch immer um sie herumtänzelte, strahlte Lebendigkeit aus.

»Ich geh' dann mal«, hörte sie Radkowski sagen.

Die beiden Männer traten vor die Lokaltür. Der Hund blieb bei Laura und streckte ihr seinen Nacken entgegen. Sie kraulte ihn. Es hatte eine beruhigende Wirkung auf sie. Doch diese verflog sofort, als Stimmen von draußen in die Kneipe drangen.

»Alex, pass auf«, murrte Radkowski, »lass dir …«

»Ja, ist ja gut.«

»… die Frauen …«

»Ja, ich weiß … einen Bogen … Kannst … Klappe halten.«

Mit einem verlegenen Lächeln kehrte Lindner zurück in die Gaststube.

»Nett haben Sie es«, sagte Laura und fragte sich in derselben Sekunde, was um alles in der Welt sie da redete.

»Na ja«, entgegnete der Wirt, »ein bisschen altbacken. Trägt noch die Spuren meiner …« Seine Stimme zitterte leicht, als er fortfuhr: »… meiner Eltern.« Er verriegelte die Kneipentür. »Würde es Ihnen etwas ausmachen, wenn wir hoch in meine Wohnung gehen? Gizmo wartet auf sein Futter.« Als sie den Kopf schüttelte, ging er voran in einen Korridor.

Laura schnürte es die Kehle zu. *Ein Mörder! Die Bestie!* Und niemand wusste, wo sie steckte. Sie hatte nicht einmal ihr Handy dabei. Was hatte sie sich bloß dabei gedacht, einfach aus dem Haus zu schleichen?

Er war selbst Polizist, beruhigte sie sich. *Er hat ermittelt. Sonst nichts.*

Zögerlich folgte sie ihm eine Treppe hinauf ins Obergeschoss und schlang die Arme um ihren Oberkörper.

Lindners Wohnung war nicht minder altbacken als die Kneipe. In der Küche rührte er das Hundefutter an, über das sich der Retriever augenblicklich hermachte.

»Möchten Sie etwas trinken?«, fragte er.

Nein, ich will nichts trinken. Sie wollte nicht noch mehr Zeit vergeuden. Aber genauso wenig wusste sie, wie sie das Gespräch beginnen sollte. Also fragte sie: »Warum ist mein Schwager so schlecht auf Sie zu sprechen?«

Lindner ging in das benachbarte Wohnzimmer und setzte sich auf die alte Biedermeiercouch. Mit einer Geste bot er ihr ebenfalls einen Sitzplatz an, aber Laura blieb stehen.

»Ihr Schwager ist Polizist«, sagte er, »und Polizisten mögen es nicht, wenn sie das Gefühl haben, dass sich Privatpersonen in ihre Ermittlungen einmischen.«

»Mischen Sie sich denn in die Ermittlungen ein?«

Er schüttelte den Kopf, vielleicht etwas zu hastig. »Nein, nein, ich mache mir nur Sorgen. Nichts weiter.«

Lauras Beklemmung ließ etwas nach. Sie sank auf die Couch

ihm gegenüber. »Sie kennen mich doch kaum. Und meine Tochter kennen Sie ebenso wenig, oder?«

Lindner nickte nur.

»Was genau macht Ihnen also Sorgen?«, fragte Laura.

Abrupt stand er auf, ging zum Fenster und stellte es auf Kippe. Die Geräusche der Nacht drangen in die Stube. Grillen zirpten, am Brunnen quakten Frösche. Irgendwo dröhnte der Auspuff eines Lkws.

Lindner setzte sich zurück auf die Couch. Er wollte nicht darüber reden, das war ihm deutlich anzumerken. »Darf ich Sie etwas fragen?«, erkundigte er sich. Er wartete ihre Antwort nicht ab. »Was genau ist mit Ihrer Tochter passiert?«

»Sie ist von zu Hause abgehauen. Glaubt mein Schwager. Und ich … ich versuche auch, mir das einzureden.«

Er nickte, ohne sie anzusehen. »Warum, glauben Sie, sollte Lisa von zu Hause abgehauen sein?«

Laura schluckte. »Warum?«

»Weil sie unglücklich zu Hause war«, sagte Lindner an ihrer Stelle. »Weil es Probleme gab.«

Laura leckte sich die Lippen.

»Aber sie hat Ihnen gegenüber nie ein Wort darüber verloren, oder? Sie hat nur in ihr Tagebuch geschrieben. Oder ihrer Freundin gegenüber Andeutungen gemacht, richtig?«

Laura nickte.

»Hatte Ihre Tochter einen älteren Freund? Der sie mit Geschenken bedachte?«

Die Frage überraschte Laura. »Ja, aber …«

»… Sie haben nichts davon gewusst?«

Laura versteifte sich.

»Und jetzt glauben Sie, Ihre Tochter ist gemeinsam mit diesem Freund abgehauen, richtig?«

Laura bekam keinen Ton über die Lippen.

»Wie haben Sie von diesem Freund erfahren?«

Sie holte Luft. »Woher …?«

»Nur durch Zufall? Oder?«

»… wissen Sie das alles?«

Seine Miene wurde starr.

Laura begriff. »So war es schon vor …« Ihre Stimme versagte. Sie wagte nicht, es auszusprechen. Sie wünschte sich, sie wäre nicht hergekommen, hätte einfach den Mund gehalten, hätte nicht gefragt. Dennoch – sie musste es wissen. »Hat Lisas Verschwinden mit der … mit Ihrem alten Fall zu tun?«

Kapitel 31

»Warum steigst du nicht aus?«

Ferdinands Stimme drang aus weiter Ferne an mein Ohr. Ich saß noch auf dem Beifahrersitz im Wartburg, in der Einfahrt zu seinem Haus. Ferdinand war bereits ausgestiegen. Er wartete vor der Haustür auf mich.

Ich konnte mich nicht bewegen, und das war nicht dem Alkohol geschuldet, den ich auf meiner Hochzeitsfeier getrunken hatte – über den Tag verteilt nicht mehr als zwei oder drei Gläser Rotwein, Müller-Thurgau, Ferdinands Lieblingstropfen.

Weil ich mich noch immer nicht rührte, kam er zurück. Er öffnete mir die Wagentür, beugte sich vor, hob mich von meinem Sitz und trug mich ins Haus. Viele andere Frauen hätten mich ganz sicher um diesen romantischen Augenblick beneidet, so wie sie mich auch um Ferdinand beneideten, diesen vornehmen Herrn aus Berlin. Mir fiel es schwer, den Moment zu genießen.

In der Vergangenheit hatte Ferdinand mich schon einige Male

auf sein Grundstück eingeladen, meist nach einem Abend im Theater oder bei einem Konzert, doch ich hatte jedes Mal abgelehnt. So etwas geziemte sich nicht für ein unverheiratetes Paar. So war das damals auf dem Dorf. Heute geht alles viel lockerer zu, und die jungen Leute haben keinen Anstand, so wie die Mädchen sich kleiden, abends im Dorf …

Ich möchte nicht leugnen, dass diese Konventionen mir gelegen kamen, wann immer Ferdinand mich in sein Haus eingeladen hatte. Aber die Wahrheit war natürlich: Es gab tausend andere Gründe, weshalb ich nicht zu ihm wollte. Weil ich seine Nähe, seine *körperliche* Nähe scheute. Weil ich fürchtete, nein, weil ich wusste, sie nicht ertragen zu können. Weil sie Erinnerungen in mir wecken würde, die unaussprechlich waren. Doch in dieser Nacht, meiner Hochzeitsnacht, würde es keinen Aufschub mehr geben.

Diese Nacht war mein erstes Mal – das erste Mal, dass ich aus Liebe mit einem Mann schlief. Das machte mir den Akt mit ihm natürlich nicht leichter. Auch nicht, dass ich meinen Gatten in dem festen Glauben ließ, er wäre der erste Mann für mich. Für einige Sekunden hatte ich deswegen sogar ein schlechtes Gewissen, als er mich über die Schwelle in sein Schlafzimmer trug. Doch es wich sofort wieder der Angst, als er mich entkleidete und berührte. Ich versteifte mich. Ferdinand bekam davon nichts mit, und falls doch, ließ er es sich nicht anmerken. Wahrscheinlich hielt er es nur für die Zaghaftigkeit seiner unberührten Frau. Aber er war fordernd. Wild und voller Leidenschaft – oder das, was ich für Leidenschaft hielt. Ich kannte es ja nicht besser.

»Du siehst so gut aus«, keuchte er in mein Ohr.

Er knetete meine Brüste.

»Du bist die Frau, die ich mir immer vorgestellt habe.«

Seine Finger glitten in meine Scham.

»Du bist genau die Richtige für mich.«

Es tat weh, als er in mich eindrang. Doch von meinem Onkel war ich Schlimmeres gewohnt. Dank ihm … wie das klingt: Als wäre ich ihm tatsächlich dankbar dafür gewesen! Aber dank meines Onkels hatte ich gelernt, mich dabei wegzudenken, den Schmerz zu verdrängen. Also tat ich es auch jetzt.

Ja, ich weiß, was Sie denken, aber bitte, sagen Sie mir, was hätte ich in jener Nacht anderes tun sollen? Ihm die Wahrheit erzählen? Nein, ich hatte so lange mein Schweigen bewahrt, ich konnte es auch jetzt nicht brechen.

Stattdessen klammerte ich mich an Ferdinands Worte: *Du bist die Frau, die ich mir immer vorgestellt habe.* Und er war der Mann, der mich glücklich machte. Der mir ein neues Leben bot. Mein eigenes Leben. *Du bist genau die Richtige für mich.* Es war doch nur recht und billig, wenn ich ihm für das, was er für mich tat, etwas zurückgeben konnte. Außerdem geschah doch alles aus Liebe.

Vielleicht, so hoffte ich, würde ich deshalb auch irgendwann einmal Freude daran empfinden können.

Danach ging Ferdinand ins Bad. Ich streifte mir hastig mein Nachtkleid über den Leib.

»Das mit den … Berta, was machst du da?« Ferdinand tauchte im Türrahmen auf.

Ich hielt die Enden des Bettlakens in beiden Händen.

»Du willst doch nicht etwa das Bett neu beziehen, mitten in der Nacht?«

Ich nickte. Ich kannte es doch nicht anders.

»Nein, Berta, das lass mal schön bleiben.«

Mein Blick mied den dunklen Fleck, den sein Samen und mein Blut bildeten. Zögernd legte ich mich zurück in die Feuchtigkeit. Ferdinand brummte zufrieden und ließ sich auf seiner Betthälfte nieder.

»Das mit den Flitterwochen«, sagte er.

Ich spürte die warme Flüssigkeit unter meinem Po und versuchte mich auf seine Worte zu konzentrieren.

»... das müssen wir leider verschieben.«

Wir hatten geplant, nach Bulgarien ans Schwarze Meer zu fahren, wo ihm seine Eltern in Strandnähe eine Datsche hinterlassen hatten. Es sollte mein erster Urlaub werden und zugleich meine erste Reise ins Ausland.

»Weißt du, bei meiner Arbeit in Berlin gibt es zurzeit fürchterlich viel zu tun.«

»Ja«, sagte ich.

»Aber deshalb brauchst du nicht sauer zu sein.«

»Nein, nein, das bin ich nicht.«

»Gut.« Er drehte sich auf die Seite. »Mann, bin ich müde. Machst du bitte das Licht aus?«

Ich drückte den Schalter. Aus der Dunkelheit neben mir vernahm ich Ferdinands gleichförmiges Atmen. Nicht viel später erklang ein leises Schnarchen. Ich selbst lag noch eine Weile wach.

Kapitel 32

Alex schwieg betreten. Endlich hatte er von Lisas Mutter die Informationen erhalten, um die er wiederholt gebeten und von denen er sich eigentlich nur eines erhofft hatte: dass sie all seine Befürchtungen widerlegten. *Hat Lisas Verschwinden mit Ihrem alten Fall zu tun?*, tönte Laura Theis' Stimme durch seinen Kopf. Jetzt wünschte er sich, er hätte nie danach gefragt.

Sein Blick suchte die junge Mutter. Sie war attraktiv, aber die letzte Zeit hatte ihren Tribut gefordert. Sie wirkte erschöpft und verängstigt, noch mehr als am Morgen zuvor im Supermarkt.

»Hören Sie«, platzte es aus ihr heraus, »obwohl Sie meine Familie nicht kennen, standen Sie zweimal vor meiner Tür, gestern, vorhin – bestimmt nicht, weil Sie sich nur um ein Mädchen sorgen, das von zu Hause ausgerissen ist.«

Ihm fiel nichts ein, was er darauf hätte erwidern können.

»Wenn Sie also etwas wissen, reden Sie, verdammt noch mal. Lisa ist meine Tochter, sie ist verschwunden, schon seit Freitag, verstehen Sie? Wenn sie in Gefahr ist, dann habe ich ein Recht darauf, es zu erfahren. Was ist vor drei Jahren mit den Mädchen passiert?«

Gizmo räkelte sich in seinem Korb, gähnte, rollte sich auf den Rücken und streckte alle viere von sich. Alex stellte sich vor, mit ihm zu tauschen. *Schlafen, spielen, fressen.* Ein Hundeleben war unbeschwert und frei von vielen Zwängen.

»Was hat Ihnen Ihr Schwager erzählt?«, erkundigte er sich.

Nachdem sie es ihm berichtet hatte, fragte sie: »Aber da ist noch mehr, oder?«

»Ja, Sie haben recht.« Er sortierte seine Gedanken. Das Sprechen fiel ihm schwer. »Die jungen Frauen, die vor drei Jahren entführt worden sind ... Sie waren sich nicht nur äußerlich ähnlich, hübsch, schlank, langes schwarzes Haar ...«

»So wie Lisa.« Laura Theis schnappte nach Luft.

Alex ging nicht darauf ein. »Die Mädchen kamen aus zerrütteten Familienverhältnissen, waren unzufrieden daheim und hatten, wie ich im Zuge meiner Ermittlungen herausfand, einen Mann kennengelernt, einen älteren Mann, der ihnen Aufmerksamkeit schenkte, der ihnen zuhörte, der sie hofierte, mit teuren Geschenken bedachte, sich bei ihnen einschmeichelte, bis sie bereit waren, mit ihm durchzubrennen. Erst dann offenbarte er ihnen sein wahres Gesicht.«

Lisas Mutter krallte die Finger in den Ärmel ihres Pullovers. Ihr Gesicht war kalkweiß.

Ihre Stimme zitterte, als sie fragte: »Was ist mit ihnen passiert?«

Sam hatte seinen Onkel noch nie so wütend erlebt. Doch die Panik war größer als die Angst vor einer Schelte.

»Onkel Frank, Onkel Frank …«, rief er, während sein Atem noch immer stoßweise ging, »Lisa … ich hab' … sie ist …«

»Sam!«, polterte sein Onkel mit hochrotem Gesicht. Seine Lippen waren nur zwei schmale Linien. Sein Zeigefinger schwebte wie ein Dolch in der Luft. »Hast du eigentlich eine Ahnung, wie spät es ist? Wo zum Teufel hast du …«

»Ich war …« Sam verschluckte sich und musste husten. »… im Wald.«

»Im Wald? Um diese Zeit?«

»Ich hab' …« Sam hustete noch immer. »… die Kirchberger …«

»Ach, Sam.«

»… gesehen und …«

»Und da hast du einen Schreck bekommen, wie mir scheint.«

Sam konnte nicht sprechen. Er musste warten, bis sich sein Husten endlich beruhigte.

»Was mich nicht wundert.« Das Gesicht seines Onkels entspannte sich ein bisschen. Über seinen Mund glitt ein Lächeln. »Was schleichst du dich auch spätabends bei diesem Mistwetter aus dem Haus?« Seine Erheiterung verflog. Verärgert zog er seine Augenbrauen zusammen. »Also so langsam frage ich mich wirklich, was in euch vorgeht. Erst du, dann deine Mutter …«

»Mama?« Sam schnappte nach Luft. »Wo ist Mama?«

»Ich kann mir denken, wo sie steckt. Aber jetzt reden wir erst einmal über dich und …«

»Nein, nein, nicht ich, die ... die Hexe, sie hat ...«

»Sam«, unterbrach ihn Frank mit einem Seufzen. Aus dem Wohnzimmer kam seine Frau, mit der er einen mitleidigen Blick wechselte. »Jetzt mal ehrlich, Sam, wie alt bist du?«

Sam schüttelte den Kopf. »Aber das ...«

»Das sind nur Geschichten, die man sich erzählt. Nur Unsinn, der ...«

»Nein!« *Das ist kein Unsinn!*, wisperte eine Stimme in Sams Hinterkopf. Er musste an das denken, was er im Wald beobachtet hatte. Eine Gänsehaut lief ihm über den Rücken, und er zitterte. Es hatte ausgesehen wie –

Ein junges Mädchen. Ihre Schönheit. Ihr Schmerz.

»Du glaubst also, dass sie eine Hexe ist?«, fragte Tante Renate.

»Ja«, platzte es aus Sam heraus. Denn das, dessen er vor wenigen Minuten auf der Waldlichtung Zeuge geworden war, hatte ausgesehen wie ... ein Menschenopfer!

»Schlimmes«, sagte Alex ausweichend. *Und das tagelang, manchmal wochenlang*, setzte er in Gedanken hinzu. *Bevor man ihre Leichen irgendwo am Straßenrand aufgefunden hatte, grausam entstellt, entsorgt wie ein Stück nutzloses Vieh.* Aber diese Details wollte er Lisas Mutter ersparen.

»Deshalb der Name?« Sie atmete schwer. »Die Bestie?«

»Eigentlich *Straßenbestie*. Den Namen hat ihm die Presse gegeben, als sie von den ... Als sie von den Entführungen erfuhr.«

»Aber Sie haben ihn ... erwischt, oder?«

»Ich hatte ihn ... fast. Er konnte entkommen.«

»Warum?«

»Es ist ...« Alex stockte, spürte unversehens wieder Kopfschmerzen. In den vergangenen Minuten hatte er sie vergessen. Jetzt wüteten sie hinter seiner Stirn, als wären sie Teil der Erinnerung, die wachgerufen worden war. »Es ist etwas passiert. Ich habe eine … Dummheit gemacht.«

Laura Theis sah ihn erwartungsvoll an.

»Da war eine Frau … Tanja … und sie …« Er schüttelte erneut den Kopf, was die Schmerzen einmal mehr entfachte. Er rieb sich die Augen. »Nein, das spielt keine Rolle, das hat hiermit nichts zu tun. Es war ein Fehler, es war *mein* Fehler.«

»Aber jetzt, glauben Sie … Sie glauben, diese … diese Bestie ist zurück?«

Alex lag die Antwort auf der Zunge. Er schluckte sie hinunter. Er hatte ein Gefühl. Einen unbestimmten Verdacht. Aber nichts Konkretes. Er fragte sich, ob es tatsächlich eine Parallele zwischen allen Vorfällen gab oder ob er sich diese nur einbildete. *Weil du paranoid geworden bist!* Er wusste es nicht.

»Nein«, hörte er sich sagen, »Ihr Schwager hat recht. Lisa ist bestimmt nur von zu Hause abgehauen. Ihr Verschwinden hat mit der Sache von damals nichts zu tun. Die Bestie ist seit drei Jahren verschwunden. Es gibt nichts, was darauf hindeutet, dass sie …«

Mit einem Ruck stand Lisas Mutter auf. Ihre Augen füllten sich mit Tränen. »Wen wollen Sie damit überzeugen? Sich selbst?«

Alex wich ihrem Blick aus, gleichzeitig wurde ihm klar, dass sein Schweigen Antwort genug war.

Laura Theis blieb im Türrahmen stehen. Sie schien auf etwas zu warten. Tränen tropften ihre Wangen herab. Alex suchte nach den richtigen Worten, aber in seinem Kopf fand sich nichts außer Schmerz. Er dachte kurz daran aufzustehen, ihre Hand zu nehmen und sie zu trösten, verwarf diese Idee aber sofort wieder.

Dann war der Moment vorüber, und sie stieg die Stufen hinab. Mit einem leisen Klick fiel die Tür ins Schloss. Erst jetzt erhob er sich und trat ans Fenster. Lisas Mutter überquerte die Straße. Am Dorfplatz stand ein schwarzer Touareg, der Fahrer nur ein Schemen hinter dem Lenkrad.

Alex stürmte die Treppe hinunter, Gizmo kläffte aufgeregt. Als er ins Freie stolperte, war der SUV im Nebel verschwunden.

»Sam«, sagte sein Onkel, »was hältst du davon, wenn wir morgen ...«

»Nein, nicht morgen, jetzt sofort!«

»... Frau Kirchberger besuchen?«

Entgeistert machte Sam einen Schritt zurück. Er würde der alten Hexe nie wieder gegenübertreten. Nicht nach dem, was er im Wald gesehen hatte.

Sein Onkel lächelte. »Dann wirst du sehen, dass sie nur eine harmlose Frau ist, vor der du keine Angst haben musst.«

»Nein, nein ... Sie hat Lisa ...«

»Sam!«

»... in den Wald ...«

»Schluss jetzt!«, unterbrach Frank ihn. »Jetzt drehst du langsam völlig durch.« Er packte Sam an den Schultern und hielt ihn fest. »Es mag ja sein, dass du Angst vor Frau Kirchberger hast, aber deswegen darfst du *uns* nicht so einen Schrecken einjagen. Was glaubst du, wie groß unsere Angst war, als du plötzlich verschwunden warst? Das war sehr rücksichtslos von dir.«

»Ihr hättet mich doch niemals ...«

»Nein, selbstverständlich nicht. Nicht um diese Zeit.«

»Aber ich hab' ...«

»Nein, kein Aber mehr, Sam. Du kannst froh sein, dass deine Mutter von deiner Eskapade nichts mitbekommen hat.«

»Und wo ist Mama?«

Sein Onkel seufzte. »So wie ich die Sache beurteile, macht sie sich verrückt. Genauso wie du. Schau, da kommt sie schon.« Mit einer knappen Kopfbewegung wies er hinüber zum Dorfplatz. Ein schwarzer Geländewagen fuhr über die Dorfstraße. Als er vorüber war, überquerte Sams Mutter die Straße. »Besser du gehst jetzt schnell wieder mit Tante Renate hinüber, bevor dich deine Mutter in diesem Zustand sieht. Du siehst nämlich fürchterlich aus.«

Sam blickte an sich herab. Sein Pullover war an vielen Stellen zerrissen und übersät mit Zweigen und Laub. Seine Hose war mit Lehm und Moos verschmiert. Jetzt spürte er auch die Schrammen in seinem Gesicht. Seine Wangen brannten. »Und jetzt ab ins Bett«, befahl sein Onkel. »Und zwar ohne Widerrede!«

Kapitel 33

Am Morgen nach meiner Hochzeitsnacht erwachte ich vom Knattern des Wartburgs, mit dem Ferdinand aus der Einfahrt zurücksetzte. Nachdem das Motorengeräusch verklungen war, drang nur noch Vogelgezwitscher durch das offene Fenster ins Schlafzimmer. Dann bellte ein Hund. Irgendwo schnatterten zwei Nachbarsfrauen. Es waren die gleichen Dorfgeräusche wie jeden Tag. Dennoch kamen sie mir anders vor, fast schon fremdartig.

Wahrscheinlich, sagte ich mir, *gehört dies dazu, wenn man in einem anderen Bett, einem fremden Haus, einem neuen Leben erwacht.* Trotzdem fühlte ich mich verloren und allein. Den ersten Tag als verheiratete Frau hatte ich mir irgendwie anders vorgestellt. Ich hätte nicht einmal sagen können, wie genau. Aber eben anders.

Ich musste an die Reise nach Bulgarien ans Schwarze Meer denken, die wir hatten unternehmen wollen, in die Datsche von Ferdinands Eltern, an den Strand.

Ich zwang mich, an etwas anderes zu denken, bevor ich trübsinnig wurde. Ferdinand hatte mir einen triftigen Grund genannt, weshalb er die Flitterwochen hatte verschieben müssen. Ihm deswegen gram zu sein, dabei wäre ich mir rücksichtslos und undankbar vorgekommen.

Vor dem Kleiderschrank entdeckte ich meine Tasche. Ferdinand musste sie aus dem Auto geholt haben, während ich noch geschlafen hatte. Ich räumte meine Unterwäsche, Strümpfe, Kleider und Jacken in den Schrank, in dem Ferdinand ein Eckchen für mich freigeräumt hatte. Danach ging ich duschen, kleidete mich an und erkundete bei einem Rundgang mein neues Zuhause.

Neben dem Bad und dem Schlafzimmer fand ich im oberen Stockwerk zwei weitere Zimmer. Eines hatte Ferdinand sich als Büro eingerichtet, das andere stand leer. Im Erdgeschoss ging vom Flur die große Wohnstube ab. Vergoldete Bilderrahmen, Mahagonimöbel und Brokat ließen keinen Zweifel daran, dass Ferdinand Geschmack besaß. Er war außerdem ein sehr reinlicher Mensch. Nirgendwo stieß ich auf Staub. Ich fragte mich, ob er selbst die Räume sauber hielt. Wir hatten zwar noch nicht darüber gesprochen, aber in Zukunft, beschloss ich, würde ich mich um unser Zuhause kümmern.

In der Küche wollte ich mir ein kleines Frühstück zubereiten, allerdings enthielten die Schränke und Schubladen kaum Zutaten. Ich sah mich nach einer Abstellkammer um, fand aber nur eine schmale Tür, die hinab in den Keller führte. Es war der einzige Teil des Hauses, der nicht renoviert war. Im Licht einer Glühbirne erkannte ich zwei Räume, auf deren Lehmboden sich Plunder stapelte, für den es an anderer Stelle im Haus keine Verwendung gab: ein alter Läufer, ein Lampenschirm und Umzugskartons.

Ich ging hinaus in den Garten, der von einer dichten Hecke eingegrenzt wurde. Einige Pflanzen ließen die Köpfe hängen. Ich nahm mir vor, noch am selben Tag für Abhilfe zu sorgen. Außerdem malte ich mir aus, wie es wäre, Tiere zu halten, Hühner und Gänse, vielleicht auch einen Hund. Oder Katzen. Wie eine kleine Familie. Allmählich begann mein neues Leben vor meinen Augen Gestalt anzunehmen.

Damit Sie mich nicht falsch verstehen, ganz brach ich mit meiner Vergangenheit freilich nicht. Ich hatte beschlossen, auch in Zukunft meinen Teil zum Erhalt der Bäckerei beizutragen. Es war schließlich das Geschäft meines Vaters. Da ich an diesem Tag nichts weiter vorhatte, gab es keinen Grund, damit zu warten. Doch ich ging mit einem flauen Gefühl hinüber in den Laden.

Mein Onkel begrüßte mich missgelaunt. »Ich dachte, du …«

»Ferdinand musste nach Berlin«, erklärte ich schnell.

»Aha.« Mehr sagte er nicht.

Erleichtert band ich mir die Schürze um und half meiner Tante hinter der Verkaufstheke. Mittags besuchte ich meine Mutter, deren tägliche Pflege ich ebenso weiterhin zu meinen Pflichten zählte. Ich erzählte ihr, dass ich Ferdinand ein Abendessen zubereiten wollte.

»Schmorbraten«, schlug sie mir unter Husten vor. »Den hast du als Kind immer gerne gegessen.«

Ja, ich erinnerte mich.

»Eine leckere Überraschung für deinen Mann.« Mutter bemühte sich um ein Lächeln.

Ich küsste sie dankbar, nahm den Braten aus der Gefriertruhe meiner Tante und stibitze noch eine Flasche Weißwein aus der Küche. Aus Mutters Blumenbeet grub ich einige Stiefmütterchen aus, die ich in Ferdinands Garten gegen die verwelkten Pflanzen austauschte. Zufrieden betrachtete ich mein Werk. Schon bald würde ich mich hier zu Hause fühlen. Daran hatte ich keinen Zweifel mehr.

Die nächste Stunde verbrachte ich am Herd. Ich legte das Rind ein, schnippelte Kartoffeln, setzte Gemüse auf. Die Arbeit ging mir leicht von der Hand. Während das Fleisch im Topf schmorte, wuchs meine Vorfreude. *Eine leckere Überraschung für deinen Mann*, hallte die Stimme meiner Mutter durch meinen Verstand.

»Meinen Mann«, sagte ich und wiederholte die Worte, nur um mich mit ihrem Klang vertraut zu machen. »Meinen Ehemann.« Ich musste kichern.

Dann hörte ich das Knattern des Wartburgs, mit dem Ferdinand in die Einfahrt bog. Ich hastete mit den Töpfen an den Tisch.

»Du hast Abendessen gemacht«, begrüßte mich mein Mann.

Strahlend gab ich ihm den Braten auf den Teller.

»Gut.« Er entfaltete eine Serviette auf seinem Schoß. »Das freut mich und ... Moment, was ist das?«

»Schmorbraten. Meine Mutter hat ihn früher ...«

»Das ist nicht dein Ernst, oder?«

Ich blickte ihn verwirrt an. Soße tropfte vom Löffel auf die Tischdecke.

»Ich hab' dir doch gesagt, am liebsten mag ich Hähnchenfilet.« Ferdinand warf die Serviette auf den Tisch. Dabei bemerkte er das Weinglas. »Und dazu Rotwein. *Rotwein!*«

Er stieß den Teller von sich. Dieser schlitterte über den Tisch und zersprang auf den Fliesen. Soße und Fleisch spritzten umher.

Wie betäubt legte ich den Löffel beiseite, nahm ein Kehrblech und fegte die Scherben zusammen. Tränen nässten meine Wangen.

»Es tut mir leid«, hörte ich Ferdinand sagen. »Weißt du, es war so viel Arbeit in Berlin und ...«

»Nein, mir tut es leid«, unterbrach ich ihn, weil mich das schlechte Gewissen plagte. Ich hätte es doch wissen müssen. Er hatte mir von seinen Vorlieben erzählt. Hähnchenfilet. Rotwein. Müller-Thurgau. Wie hatte ich das vergessen können?

»Es war töricht von mir«, sagte ich. »Entschuldige.«

»Gut«, antwortete er.

Ich wischte die Essensreste vom Boden. Als ich mit dem Lappen zur Anrichte ging, kam Ferdinand zu mir, nahm ihn mir aus der Hand und wrang ihn aus. »Weißt du was, lass uns ins Theater gehen. Am Sonnabend.«

Ich brachte nur ein Nicken zustande.

»Du freust dich ja gar nicht.«

»Doch«, sagte ich tonlos, »das wäre fein.«

»Gut.« Er lächelte zufrieden. »Und nun machst du Hähnchenfilet, ja?«

Kapitel 34

Am nächsten Morgen galt Alex' erster Blick seinem Handy. *Kein Anruf!* Er wunderte sich nicht. Denn so schlecht, wie er geschlafen hatte, hätte er es sicherlich mitbekommen, wenn jemand angerufen hätte. Er sah aus dem Fenster. Vom VW Touareg fehlte jede Spur.

Gizmo tollte im Garten, während Alex sich Stullen schmierte. Trotz Erdbeermarmelade schmeckten sie nach nichts. Nach der dritten Tasse Kaffee wich immerhin das dumpfe Gefühl aus Alex' Schädel. Er duschte, zog frische Sachen an und sah erneut auf sein Mobiltelefon. Noch immer kein Anruf.

Im Jugendclub brannte bereits Licht. Die Fenster waren weit geöffnet, Musik schallte über den Dorfplatz. Somit würde er jetzt Ben abholen und mit ihm nach Berlin zur Adoptionsvermittlungsstelle fahren und einen Antrag zur Akteneinsicht stellen.

Der Morgen war kalt und grau. Gizmo markierte jeden zweiten Baum. Alex ertappte sich dabei, wie er wiederholt nach dem SUV Ausschau hielt. Dabei hätte er fast den rostroten Peugeot übersehen, der am Straßenrand parkte. Prompt war seine Laune wieder im Keller. Er quetschte sich am Sperrmüll im Flur vorbei in den hinteren Teil des Clubs.

Ben raffte in dem frisch gestrichenen Zimmer die Zeitungsreste am Boden zusammen. Er lachte. »Hab' mir schon gedacht, dass du früh hier auftauchst, dein Anruf gestern Abend klang mächtig eilig.« Mit einer Holzlatte wies er auf einen dampfenden Pott in der Ecke. »Trotzdem erst einmal Kaffee?«

»Danke, aber noch eine Tasse, und ich hebe ab.«

»Na dann, erzähl!«

»Was?«

»Von deinem Treffen gestern mit *Fielmeister's*.«

»Der Deal steht, sie zahlen. Sechzigtausend.«

Ben pfiff anerkennend. »Paul hat gesagt, Bauer Schulze ist mit im Boot. Das ist okay für dich?«

»Ich hab' kein Problem mit ihm.«

»Und du spendest tatsächlich die Hälfte dem Club?«

»Ich hab's dir versprochen.«

Ben setzte ein strahlendes Lächeln auf. »Danke, mein Freund. Ich weiß nicht, was ich sonst noch sagen soll.«

»Sag mir, warum Paul hier ist.«

»Er hat gestern Abend angerufen und gefragt, ob wir ihn mit nach Berlin nehmen.«

»Er kommt eigens aus Berlin, damit er mit uns nach Berlin fahren kann?«

»Du kennst doch Paul.« Ben grinste. »Manchmal ist er …«

»Was?« Mit seinem Hosengürtel ringend, stolperte Paul aus

einem Toilettenverschlag. Das Rauschen der alten Druckspülung war im ganzen Gebäude zu hören. »Was meckert ihr wieder über mich?«

»Hast du nicht versprochen, mich nicht mehr mit deiner Story zu behelligen?«

»Hey, Mann, das hab' ich nicht. Ich hab' doch Ben angerufen und …«

»Weißt du was? Leck mich!« Alex machte kehrt. »Ben, ich warte draußen auf dich.«

Im Flur beschnüffelte Gizmo die Staubwolken zwischen den Regalen und Paketstapeln. Unter einer Kommode spürte er eine leere Bierflasche auf. Sie kippte um und kullerte in den Gang. Der Retriever stupste sie mit der Schnauze an.

»Wenigstens einer, der gute Laune hat«, murrte Paul. »Aber ich hab' dich gewarnt.«

»Wovor?«

»Dass du die Finger von den Frauen lassen sollst.«

»Wovon redest du?«

»Hast gestern Abend wohl wieder eine Abfuhr von der Theis …«

»Glaubst du nicht, sie hat andere Sorgen?«, brummte Alex. *Und ich, so ganz nebenbei, habe sie auch – andere Sorgen, beschissene Sorgen*, setzte er in Gedanken hinzu.

Ben gesellte sich zu ihnen in den Flur. »Die Theis war bei dir?«

»Ja«, sagte Paul, »und sie …«

»Sie hatte nur ein paar Fragen.« Alex strafte seinen Freund mit einem wütenden Blick.

Ben rümpfte die Nase. »Ein paar Fragen?«

Alex schwieg. Gizmo trieb die Flasche durch den Flur, bis sie gegen Bens Füße prallte. Dieser stellte einen Schuh auf das Glas. »Also, Alex, ich hab' dir gesagt, lass die Finger davon.«

»Glaubst du nicht, ich bin alt genug, eigene Entscheidungen zu treffen?«

»Scheiße, verdammt!« Ben versetzte der Bierflasche einen Tritt. »Muss denn hier jeder auf eigene Faust ...« Er brach ab. »Ach, Scheiße!«

Die Flasche kullerte quer durch den Gang, bis sie gegen den Fuß einer alten Kommode stieß. Gizmo trippelte hinterher.

»Wer noch?«, erkundigte sich Alex.

Ben hob die Bierflasche auf. Der Retriever tänzelte um ihn herum und kläffte.

»*Wer?*«, wiederholte Alex.

Ben stellte die Flasche auf die Kommode. Gizmo bekundete heulend sein Missfallen. Bens Stimme war kaum zu verstehen. Aber das war auch nicht nötig. Alex kannte die Antwort.

Sam erwachte von einem Geräusch. Das Rascheln von Laub. Zweige, die brachen. Er riss die Augen auf. Dunkelheit. Finster wie der Wald. Etwas umklammerte seine Beine. Hände, die ihn nicht mehr losließen. Er strampelte, wollte schreien und –

Das behäbige Schaukeln der Matratze brachte ihn zur Besinnung. Es war nur die Bettdecke, die sich im Schlaf um seine Beine geschlungen hatte. *Es war nur ein Traum. Alles ist nur ein Alptraum gewesen.*

Er rollte sich auf die Seite. Sein Schlafanzug klebte ihm auf der Haut. Durch die Jalousie fiel Tageslicht ins Zimmer, die Bäume, die draußen vor dem Fenster im Morgenwind schaukelten, brachten die Lichtstreifen zum Zucken. Schatten tanzten an der Wand und über das Regal mit den Büchern und Comics. Aber es war nicht das Regal in seinem Zimmer zu Hause. Er war bei seinem Onkel und seiner Tante.

Wie von selbst kroch seine Hand unter der Bettdecke hervor, befühlte seine Wangen und den Schorf der Kratzer, die er sich auf seiner Flucht in der Nacht zuvor im Wald zugezogen hatte. Er bewegte die Füße, spürte im Zeh den dumpfen Nachhall seiner

Schmerzen. Plötzlich war ihm kalt. Er rollte sich auf den Rücken und zog die Bettdecke bis ans Kinn. Neben seinem Kissen lag Mr Zett. *Es war nicht nur ein Alptraum!*

Die Schatten an der Wand erschienen ihm nun wie gefährliche Gestalten, die nach ihm greifen und ihn fortschleifen wollten, zurück auf die Lichtung, zur Kirchberger, zu der Hexe. *Ein junges Mädchen. Ihre Schönheit. Ihr Schmerz.*

Stimmen drangen an Sams Ohr. Sein Onkel, seine Tante, vielleicht auch seine Mutter, die sich irgendwo im Haus miteinander unterhielten. Ihr Klang beruhigte ihn etwas. Er schob Lisas Teddybären beiseite und stieg aus dem Bett. Er musste endlich mit seinem Onkel über das reden, was er am Abend zuvor im Wald beobachtet hatte. Er musste dafür sorgen, dass Onkel Frank ihm endlich zuhörte. Und ihm Glauben schenkte.

Sam warf seinen durchgeschwitzten Schlafanzug aufs Bett, zog Jeans und einen frischen Pullover an. In diesem Aufzug, hoffte er, würde sein Onkel ihn ernst nehmen. Ernster als in einem Pyjama mit Bart-Simpson-Motiven. Im Flur hing der Duft frischer Brötchen. Die Küchentür war angelehnt.

»... die ganze Nacht unruhig geschlafen«, sagte Sams Tante.

»Ist ja kein Wunder«, brummte sein Onkel. »Der Junge macht sich nur noch verrückt. Gestern Abend dachte ich, er hyperventiliert und kippt mir um.«

»Ich habe gerade nach ihm gesehen, da hat er noch geschlafen«, hörte Sam die Mutter seiner Tante sagen.

Diese war eine schwerfällige Frau, die Probleme mit ihren Beinen hatte. Sam mochte sie, weil sie so etwas wie eine Oma für ihn war und wie er Spaß an Mensch-ärgere-Dich-nicht und Mikado hatte. Jetzt füllte sie den Kaffeefilter und schaltete die Kaffeemaschine ein. Anschließend ließ sie sich bei den anderen am Tisch nieder. Das Knarzen der Stuhlbeine auf den Fliesen verschluckte die Worte von Onkel Frank.

»Also bleibt er heute zu Hause?«, fragte Renate.

»In seinem …« Die Kaffeemaschine wurde so laut, dass Sams Onkel kaum zu verstehen war. »… habe Angst … Sorgen …«

Sam machte einen Schritt nach vorne und war im Begriff, die Tür aufzustoßen. *Nicht ich bin in Gefahr, sondern Lisa!* Er blieb stehen, als sein Onkel erklärte: »… vielleicht … Arzt …«

»… manchmal … Laura …«, sagte Tante Renate. »… besser … in … Heim.«

Sam war wie vor den Kopf gestoßen.

In ein Heim? Er konnte es nicht glauben. Doch er hatte es vor wenigen Sekunden gehört.

Er zog seine Schuhe an und trat hinaus auf die Straße.

Der kleine Sam, gestern Abend, dachte Alex. *Er ist nicht nach Hause gegangen, und er hat so entschlossen gewirkt.* »Was hat Lisas Bruder von dir gewollt?«

Ben presste die Lippen aufeinander. »Wolltest *du* nicht nach Berlin? Deine Adoptionsakte prüfen? Ich dachte, das wäre eilig …«

»Das hat Zeit bis morgen.«

»Morgen habe *ich* keine Zeit«, erwiderte Ben trotzig. »Ich bin die nächsten drei Tage auf Fortbildung.«

»Meinetwegen, aber jetzt verrat mir, was Sam von dir wollte.«

»Alex, lass es doch einfach …«

»Jetzt red schon!«

»Du wirst keine Ruhe geben, oder?«

»Was glaubst du?«

Ben seufzte. »Er hat mich nach einem Jungen gefragt.«

»Welchem Jungen?«

»Zack.«

»Zack?«

»Sein richtiger Name ist Richard Zachowski.«

»Wie alt ist er?«

»Was spielt das für eine ...«

»Wie alt?«

»Achtzehn oder neunzehn, ein übler Bursche, sehr aggressiv, ich musste ihn einige Male des Clubs verweisen. Er hat Drogen an die Kids vertickt.«

»Mit anderen Worten«, stellte Paul fest, »wenn Lisa Theis mit ihm zu tun hatte, befand sie sich zweifellos in den falschen Kreisen.«

»Ja, und wahrscheinlich hängt sie jetzt in genau diesen Kreisen ab.« Rasch fügte Ben hinzu: »Aber Sam hat seinem Onkel gestern schon von Zack erzählt.«

»Nein, das hat er nicht«, widersprach Alex, »wenn ich Sams Mutter richtig verstanden habe, weiß die Polizei nichts von einem Zack.«

»Dann verrat du es ihr.«

»Warum hast *du* es nicht getan? Schließlich geht es um ein verschwundenes Mädchen.«

»Ich wiederhole mich nur ungern, aber so wie es aussieht, ist Lisa von zu Hause *abgehauen*.« Ben hob die Hände. »Und die Kids vertrauen mir nun mal, ich bin Sozialarbeiter ...«

»... ohne einen Job!«, warf Alex ein und bereute seine Worte im selben Moment.

Sein Freund musterte ihn. »Und du bist ein Polizist ohne Job. Warum ist dir das so wichtig mit der Theis?« Weil Alex nicht reagierte, nickte Ben, als hätte er nichts anderes erwartet. »Du fühlst dich immer noch schuldig wegen der Mädchen damals, richtig?«

Alex wich seinem Blick aus. *Ich habe eine ... Dummheit gemacht.*

»Und jetzt glaubst du, du kannst es wiedergutmachen?«

Alex sah seinen Freund an. »Wo finde ich diesen Zack?«

Sam wartete, bis die beiden Männer mit dem Hund den Jugendclub verlassen hatten und mit ihrem Auto weggefahren waren. Erst dann traute er sich hinüber in das Gebäude. Ben stand im Flur und hielt eine leere Bierflasche in der Hand. Als er Sam bemerkte, hellte sich seine Miene auf. »Hey, junger Mann, gerade haben wir über dich gesprochen.«

Sam sah ihn verwundert an.

»Nein, nein!« Der Betreuer winkte lächelnd ab. »Nichts Schlimmes. Obwohl …«

Sam hielt die Luft an.

»Wolltest du gestern nicht mit deinem Onkel reden? Über Zack?«

Sam nickte mit gesenktem Kopf. »Ja, aber er war nicht da. Und dann … Dann …« Sam schluckte schwer. Tränen stiegen ihm in die Augen. Er wollte nicht weinen. Er kämpfte dagegen an. »Und dann hat er mir nicht zugehört. Weil ich im Wald war. Wo ich die alte Hexe gesehen habe. Er hat mir nicht geglaubt. Keiner glaubt mir. Und jetzt … und jetzt will Mama mich … mich in ein Heim schicken.«

»Wow, stopp, jetzt mal langsam, alles der Reihe nach. Wer will dich in ein Heim stecken? Wie kommst du darauf?«

»Das hat meine Tante gesagt. Vorhin. In der Küche.«

»Das hat sie zu dir gesagt?«

»Zu meinem Onkel. Ich hab's gehört.«

»Wieso sollte deine Mutter dich in ein Heim schicken wollen?«

»Sie hat Angst, sie macht sich Sorgen … Aber ich mache mir doch auch nur Sorgen.« Sams Hände krampften sich zusammen. Er schaute zu dem Betreuer auf. »Daran ist doch nichts Schlimmes.«

»Nein, da hast du recht.« Ben rieb sich das Kinn. »Ich glaube, jetzt trinken wir erst einmal einen heißen Kakao. Der wird dir guttun. Dann erzählst du mir alles Weitere. Was meinst du?«

Sam hatte keinen Durst, aber er war froh, dass der Betreuer nicht mit ihm schimpfte, ihn nicht auslachte, nicht hänselte, egal wie verworren Sams Worte klangen. Es war schön, dass wenigstens einer ihm zuhörte. Ihn ernst nahm. Er folgte Ben in den benachbarten Raum, den dieser mit einer schmalen Anrichte und einer Mikrowelle zur Küche umfunktioniert hatte. In der Ecke surrte ein alter Kühlschrank, den Ben bei eBay ersteigert hatte. Er entnahm ihm eine Packung Milch, füllte sie in zwei Gläser, löffelte Kakaopulver hinein und erhitzte sie in der Mikrowelle.

»Hast du was gefrühstückt?«, fragte Ben.

Sam schüttelte den Kopf. Er war sich allerdings nicht sicher, ob er überhaupt einen Bissen hinunterbekommen würde.

»Ich auch noch nicht. Mal sehen, was der Kühlschrank sonst noch so hergibt.« Ben brachte Stullen zum Vorschein. »Mit Nutella?«

»Ja.«

Ben schmierte zwei Brote und reichte Sam eines. Freudlos nagte dieser an der Schokoschnitte.

»Du kannst jederzeit zu mir kommen, wenn du Hilfe brauchst, das weißt du hoffentlich«, erklärte der Betreuer.

Sam nickte. Deswegen war er hier. Weil er Hilfe brauchte. So vieles war seit dem Vortag passiert. Er wusste gar nicht, wo er anfangen sollte.

»Soll ich mal mit deinem Onkel reden?«, fragte Ben.

»Das würdest du tun?«

»Wenn du das möchtest.«

Vielleicht wäre das tatsächlich das Beste. Einem Erwachsenen würde sein Onkel ganz sicher mehr Gehör schenken. Sam öffnete den Mund, um ihm von letzter Nacht zu erzählen.

»Ah, entschuldige.« Ben schlug sich gegen die Stirn. »Ich muss nachher weg. Ich bin doch die nächsten drei Tage auf einem Seminar.«

Sam ließ den Kopf hängen.

»Hey, Kopf hoch«, sagte der Betreuer. »Sei stark. Vor allem für deine Mutter. Sie braucht dich, ganz besonders jetzt. Und du wirst sehen – niemand will dich ins Heim schicken.«

Sam ließ sich Bens Worte durch den Kopf gehen. Ben hatte recht. *Ich muss stark sein.* Er legte das Brot beiseite, stand auf und ging zum Ausgang.

»Was hast du vor?«, fragte der Betreuer verwundert.

Sam öffnete die Tür. »Jetzt weiß ich, was ich tun muss.«

Alex klappte die Sonnenblende herunter, als sich Lücken in den Wolkenfeldern auftaten und die Sonne zum Vorschein kam. Es wurde warm im Peugeot.

Paul hielt am Straßenrand. »Bist du mir böse, dass ich dich begleite?«

»Hättest du mir sonst dein Auto gegeben?«, fragte Alex zurück.

Sein Freund zuckte mit den Schultern. »Jetzt stell dir vor, wir sind es, die die kleine Theis finden, noch bevor die Polizei …«

»Paul«, unterbrach Alex ihn. »Was mich wirklich sauer macht ist, dass du nicht *ein Mal* vergessen kannst, dass …«

»Also bitte!« Paul lachte. »Du darfst dich mal gar nicht beschweren.«

Wortlos verließ Alex den Wagen. Gizmo sprang von der Rückbank, stürmte zur Hecke, schnüffelte und hob sein Bein. Hechelnd folgte er seinem Herrchen. Dessen Verstimmung verrauchte auf dem Weg zu einem kostspieligen Neubau.

Warum ist dir das so wichtig mit der Theis?, tönte Bens Stimme durch Alex' Kopf. Wenn dieser Zack tatsächlich an dem Verschwinden von Lisa Theis beteiligt war, dann hatte Alex sich von Anfang an geirrt.

Zack mochte älter sein und dank seiner Eltern – und als Drogendealer – über genug Geld für kostspielige Geschenke verfügen, aber ein kaltblütiger Killer war er nicht. Als die Mordserie vor drei Jahren begonnen hatte, war er erst fünfzehn Jahre alt gewesen.

Das würde das Verschwinden von Lisa Theis für ihre Mutter zwar nicht einfacher zu begreifen machen, und es erklärte Alex ebenso wenig das Auftauchen dieses ominösen Steinmann, dessen Briefe und die Zeitungsausschnitte. Trotzdem gestattete Alex sich, ein wenig erleichtert zu sein. Das Wetter bestärkte ihn darin. Die Sonne ließ die weiß getünchte Fassade der Villa erstrahlen. Alex klingelte, aber niemand öffnete.

»Wäre auch zu leicht gewesen«, brummte Paul, »wir sollten ... Hey, Mann, wohin willst du?«

Alex eilte zu einem Nachbarhaus. Buchen säumten in Abständen den Weg, bei jedem seiner Schritte hörte er Bucheckern unter seinen Schuhsohlen knacken. Eine Frau mühte sich mit ihrer kleinen Tochter und einem Kinderwagen die Stufen ihres Vorgartens hinab zur Straße. Im Buggy schrie ein Baby.

»Warten Sie, ich helfe Ihnen«, sagte Alex.

Die Frau lächelte dankbar. »Das ist nett.«

Gemeinsam trugen sie den Kinderwagen hinunter auf den Bürgersteig. Die Frau war etwa um die vierzig. Ein blondierter Pagenkopf, silberne Ohrringe und ein Delphin-Tattoo am Oberarm ließen sie jedoch jünger wirken. Sie schaukelte sanft den Kinderwagen, und das Baby verstummte.

»Geraldine«, ermahnte die Frau das kleine Mädchen, als es die Hand nach Gizmo ausstreckte. »Nicht den Hund.«

»Der ist harmlos«, beruhigte Alex sie, »nur verfressen und verspielt.«

Geraldine schaute bittend zu ihrer Mutter auf. Auf ihren Wangen klebten Schokoreste.

»Na gut«, sagte die Frau. Zaghaft streichelte ihre Tochter den Retriever. »Ich hoffe nur, Ihr Hund mag kein Nutella.«

»Auf keinen Fall«, versicherte Alex, »obwohl ...«

Geraldine juchzte, als Gizmo ihre Wangen abschleckte.

»Gizmo, nein!«

Der Retriever hielt inne, sah Alex an und neigte den Kopf. Das Mädchen kicherte, die Frau stimmte in das Lachen ein.

Alex nutzte den unbefangenen Moment. »Entschuldigen Sie, wenn ich Sie frage … aber wir suchen Richard Zachowski.«

Die gute Laune der Frau verflog. »Was hat er wieder ausgefressen?«

»Er ist bekannt dafür?«

»Das sollten Sie doch am besten wissen!« Sie musterte ihn. »Sie sind doch von der Polizei, oder nicht?«

»Ja, ich weiß«, sagte er ausweichend, »die Beamten waren schon öfter da. Auch gestern? Oder vorgestern?«

»Nein, vor zwei Wochen das letzte Mal.«

»Wissen Sie, worum es dabei ging?«

»Immer die gleiche Geschichte. Laute Partys. Drogen. Die Eltern kriegen das nicht in den Griff. Sie sind nur selten zu Hause.« Sie zuckte mit den Schultern. »Sind Sie jetzt bei der Polizei oder nicht?«

»Haben Sie eine Ahnung, wo Zack stecken könnte?«

Sie lachte. »Für diesen Umgang bin ich wohl ein bisschen zu alt, meinen Sie nicht auch?«

Alex lächelte, dankte ihr und kehrte mit Gizmo zurück zu Pauls Wagen. Das Knistern der Bucheckern unter seinen Schuhen wurde vom Dröhnen eines Basses überlagert. Kurz darauf verstummte die Musik. Vor dem Haus der Zachowskis hielt ein tiefergelegter Audi. Ein junger Mann in Kapuzenshirt und weiten Baggy Pants stemmte sich aus dem Wagen, den Blick auf sein Handy gerichtet.

Die knackenden Bucheckern unter Alex' Schuhen ließen Zack aufschauen. Er drehte sich um und rannte davon.

»Schläfst du?«, drang eine Stimme aus der Dunkelheit.

Lauras Traum, ein Sammelsurium beängstigender Bilder, entwand sich ihrem Gedächtnis noch im selben Augenblick.

»Entschuldige, ich wollte dich nicht wecken«, flüsterte Renate.

»Ich wollte nicht schlafen!« Nur zögerlich gewöhnten sich Lauras Augen an die Finsternis. Renate zeichnete sich als schwarzer Schemen vor ihr ab. »Wo ist Sam?«

»Mach dir keine Sorgen. Er ist drüben bei uns. Meine Mutter kümmert sich um ihn.«

Renates Mutter war über siebzig, atmete von Jahr zu Jahr schwerer, und ihre Beine schwollen immer mehr an. »Bist du sicher, dass ...«

»Ach komm, als wenn Sam ein Rabauke wäre!« Ihre Schwägerin kicherte.

Ist das Spott?, überlegte Laura verunsichert. Denn jeder wusste, dass Sam kein Flegel war, sondern sie als Mutter nur überforderte. Laura rieb sich die Augen. »Wie spät ist es?«

»Kurz nach zehn.«

Erneut glaubte Laura einen kritischen Unterton in Renates Stimme vernommen zu haben. *Das redest du dir nur ein!*, beruhigte sie sich. Aber trotzdem: Wie um alles in der Welt hatte sie bloß so lange schlafen können? Lisa war verschwunden. Womöglich in den Händen der ... Bestie.

Und du hast nichts Besseres zu tun, als im Bett zu liegen!

Doch am Abend zuvor, nach ihrer Rückkehr aus der Kneipe, war die letzte Kraft, die Laura noch aufrecht gehalten hatte, von ihr abgefallen. Die Anstrengungen der zurückliegenden Wochen und die Verzweiflung der letzten Stunden waren zu viel für sie gewesen. Sie war zusammengebrochen, vor den Augen ihres Schwagers, der vor Wut geschäumt hatte.

»Gibt es von Lisa ...?« Mehr wagte sie nicht zu fragen.

Renate schwieg, was Antwort genug war.

»Aber irgendjemand muss sie doch gesehen haben!«

»Frank sagt, es gibt viele Hinweise. Seine Kollegen gehen allen nach. Du weißt, das dauert. Wir müssen Geduld haben.«

Aber Laura hatte keine Geduld, nicht nach dem Gespräch mit Alex Lindner am Abend zuvor. *Ein Mörder! Die Bestie!* Sie konnte nicht länger im Bett liegen und untätig bleiben. Sie stand auf und zog den Vorhang beiseite. Erstaunt blinzelte sie in die Sonne. »Wer sind die Leute, die auf dem Bürgersteig warten?«

»Journalisten«, erklärte Renate. »Sie stehen schon seit Stunden da. Sie wollen mit dir reden.«

»Wieso?«

»Ach, das Übliche. Vergiss sie einfach.«

Laura schloss den Vorhang, und die Dunkelheit eroberte das Schlafzimmer zurück. Als Lauras Augen sich wieder daran gewöhnt hatten, entdeckte sie auf dem Nachttisch neben ihrem Handy eine Packung Marlboro. Sie nahm sich eine Kippe.

»Möchtest du frühstücken?«, fragte Renate. »Du solltest etwas essen.«

Obwohl schon eine halbe Ewigkeit vergangen schien, seit sie etwas gegessen hatte, verspürte Laura keinen Hunger. Sie entzündete die Zigarette und nahm einen tiefen Zug.

»Oder trink einen Tee«, schlug ihre Schwägerin vor. »Er wird dich beruhigen.«

Und dann?, fragte sich Laura. Sie konnte nicht einmal mehr auf die Straße gehen, da ihr dort Reporter auflauerten. Sie würde in ihrem Haus herumsitzen müssen. Warten. Nichtstun. Und dabei immer wieder die gleichen quälenden Gedanken in ihrem Kopf herumwälzen. *Ein Mörder! Die Bestie!* Sie hob ihr Handy auf und wählte die Nummer ihres Schwagers.

»Ich kann jetzt gerade nicht«, meldete Frank sich, lautes Motorsurren und das Knistern eines Funkgeräts im Hintergrund.

»Frank, bitte, nur kurz, hast du noch immer nichts von Lisa gehört?«

»Lass uns später ...«

»Wirklich nichts?«, unterbrach sie ihn. »Nicht eine Spur? Nach all den Fernsehberichten? Irgendjemand muss Lisa doch gesehen haben. Es kann doch nicht sein, dass ... dass ...«

»Laura, es ist gerade wirklich ...« Ihr Schwager fluchte. »Das ist doch da nicht etwa ... O nein ...«

»Frank«, rief sie beunruhigt. »Was ist los?«

Er hatte aufgelegt.

Alex spurtete hinterher. Aber Zack war jünger und besser in Form. Leichtfüßig stürmte er über die Straße und durch das hüfthohe Unkraut einer Brachfläche. Während er rannte, zog er einen Plastikbeutel aus der Hosentasche und warf ihn zwischen die Brennnesseln und Disteln. Als hätte er einen schweren Ballast abgeworfen, gewann er kurz darauf an Geschwindigkeit.

Alex wollte die Verfolgung bereits aufgeben, als der Junge vor ihm ins Stolpern geriet. Er ruderte mit den Armen, dann verlor er sein Handy. Er fluchte, hielt sich aber auf den Beinen und sprintete weiter. Jetzt war Alex ihm dicht auf den Fersen. Brennnesseln schlugen ihm gegen Schenkel, Hände und Arme. Gizmo überholte ihn und sprang ihm zwischen die Beine. »Nein, Gizmo!«

Alex strauchelte, knallte auf die Knie. Das Jucken der Brennnesseln wich dem Schmerz. Doch Alex achtete nicht darauf, beobachtete stattdessen, wie der Retriever auch Zacks Weg kreuzte. Dieser stürzte über den Vierbeiner und landete mit dem Gesicht voran in einem Brombeerstrauch.

Um Atem ringend befreite Alex den Jungen aus dem dornigen Gestrüpp.

Zack jammerte, während er sich die Stacheln aus den Wangen zupfte. Blut tropfte auf sein Shirt. »O Scheiße, ich blute, ich brauche …«

»Gar nichts brauchst du«, sagte Alex.

»Ey, Scheiße, was wollen Sie von mir?«

»Sag mir, wo Lisa ist!«

»Hä? Wer?«

»Du weißt genau, wen ich meine.« Alex packte Zack am Kragen. »Ist sie bei dir?«

»Wer? Wer ist bei mir? Ich habe keine … Oder meinen Sie die, die im Fernsehen war? Die kenn' ich nicht.« Er holte ein Tempo aus seiner Hosentasche und wischte sich das Blut von Kinn und Wangen.

Seine kurzgeschorenen Haare, die hohe Stirn und die vorstehenden Wangenknochen formten ein markantes Gesicht, das trotz der zerschrammten Haut auf eine besondere Art hübsch war. Es war offensichtlich, weshalb er jungen Mädchen gefiel. Doch Alex entsann sich Bens Worte. *Ein übler Bursche, hat Drogen an die Kids im Club vertickt.* »Was war in der Tüte, die du gerade weggeworfen hast? Gras? Pillen?«

»Keine Ahnung, was Sie …« Er wollte sich losreißen.

Alex hielt ihn zurück. Paul schlug sich einen Pfad durch das Gestrüpp. Kurz darauf hielt er ein Handy hoch. »Sieh mal, was er verloren hat.«

»Das ist meins.«

Paul klickte durch das Menü des Mobiltelefons. »Und jetzt guck dir das mal an!«

Ein verwackeltes, grobkörniges Video flimmerte über den Handybildschirm. Trotz der Pixel war ein junges Mädchen zu erkennen. Sie hatte lange schwarze Haare, war hübsch – und sie war nackt in irgendeinem Keller an ein Bettgestell gefesselt, ihr Blick entrückt, ihre Bewegungen benommen, wie unter Drogen.

Alex schnappte das Telefon und hielt es dicht vor Zacks Augen. »*Das* ist Lisa!«

»Leck mich!« Zack rieb sich mit einem Taschentuch über den Mund.

»Wie du willst.« Alex klickte das Filmchen weg, entdeckte aber im Menüordner noch mehrere solcher Dateien. »Dann rufen wir jetzt die Polizei.«

Zack brummte in sein Taschentuch.

»Was? Ich hab' dich nicht verstanden.«

»Ja«, nuschelte Zack. »Das ist Lisa.«

»Ist sie bei dir? Oder bei deinen Freunden? Sag schon, wo ist sie?!«

»Ey, Scheiße, ich sagte doch, ich hab' keine Ahnung, wo sie steckt.«

Alex hielt das Handy hoch. »Und was ist *das*?«

»Ey, das hat sie gewollt, das hat ihr Spaß gemacht.« Zack bemerkte die skeptischen Blicke der beiden Männer. »Doch, ehrlich, ich schwör's. Außerdem ist das schon alt, gucken Sie aufs Datum …«

Alex klickte sich durchs Menü. Das Video war tatsächlich bereits zwei Monate alt. »Trotzdem: Was hattest du mit Lisa zu schaffen?«

»Sie … also wir … wir hatten was. Aber, Scheiße, ey, das ist vorbei. Schon seit sieben oder acht Wochen oder so.«

»Wann hast du sie das letzte Mal gesehen?«

»Ich weiß nicht, vor ein paar Tagen und …«

»Alex«, unterbrach Paul ihn.

Alex beachtete ihn nicht. »Und am Freitag?«

»Ja, ey, wir hatten uns am Freitag verabredet, sie wollte noch ein paar Klamotten holen, die sie in meiner Bude vergessen hatte, aber dann … Ey, Scheiße, ich hab' fast den ganzen Abend auf sie gewartet, aber sie ist nicht gekommen und …«

Ein Telefonklingeln ließ ihn verstummen. Alex nahm sein Handy in die Hand und schaute auf das Display: Schöffel. Alex drückte den Anruf weg. »Warst du sauer auf Lisa?«

»Ey, wieso denn? Das war doch nichts Ernstes mit uns. Das war …«

»Alex!« Schon wieder Paul.

Alex winkte ab. »Nichts Ernstes für dich vielleicht.«

»Blödsinn, für sie auch nicht. Sie hatte doch schon 'nen neuen Typen an der Angel, hat sie zumindest gesagt, ey, Scheiße, irgendeinen Typen aus …«

»Alex!« Inzwischen klang Paul ernsthaft besorgt. Er zeigte zum Haus der Zachowskis. Zwei Polizeifahrzeuge bremsten am Straßenrand. Aus einem der Einsatzwagen sprang Frank Theis. Wie ein tollwütiger Stier durchpflügte er die Brennnesseln – geradewegs auf Alex zu.

Kapitel 35

Der Sonnabend darauf war einer der letzten warmen Herbsttage, die wir in jenem Jahr in Finkenwerda erlebten. Meine Freundin Regina war zu Besuch bei ihren Eltern, und zwischendurch überredete sie mich zu einem Picknick.

»So wie früher«, sagte sie und stupste mich augenzwinkernd an. »Erinnerst du dich noch?«

Ich hatte keine Ahnung, wie lange es her war, dass wir das letzte Mal auf unserer Wiese zusammengekommen waren, dort, wo wir als Mädchen so viel geschnattert und gekichert hatten. So viel war seither geschehen.

»Berta, Liebes, nun erzähl schon«, sagte sie und breitete die

Picknickdecke auf der Wiese aus. »Wie fühlt es sich an, dein Leben als Ehefrau?«

Ich dachte kurz nach. »Anders.«

»Anders?« Sie brach in Lachen aus. »Na, hör mal, du bist jetzt verheiratet, noch dazu mit einem Mann, um den dich alle Frauen im Ort beneiden. Ferdinand ist gutaussehend und vornehm, bei allen beliebt, weil er immer hilft, wenn im Dorf etwas benötigt wird. Und dir fällt nichts Besseres ein als – anders?«

Ich hob den Blick zu den mächtigen Eschen und Ulmen, blinzelte in die Sonne, deren Strahlen durch das löchrige Laubdach fielen und das Wasser am Spreeufer unweit der Lichtung zum Glitzern brachten.

Plötzlich fiel es mir ein: Das letzte Mal, dass wir uns mit Decke und Brotkorb in den Wald aufgemacht hatten, war wenige Monate nach dem ersten Übergriff meines Onkels gewesen. Auch damals hatte Regina sich nach meinem Befinden erkundigt. Und so wie damals wollte mir auch jetzt keine Antwort einfallen.

Ich nahm Stullen, Wurst und Käse aus meinem Korb. Sofort stürzten sich zwei Fliegen darauf. Mit einer Handbewegung scheuchte ich die Insekten fort, in der Hoffnung, auf diese Weise auch meine verwirrenden Gedanken zu vertreiben. Aber es gelang nicht, natürlich nicht. Einige Tage waren seit meiner Hochzeit verstrichen. Noch immer kam mir mein neues Leben eigentümlich und fremd vor. Es gab so viele Dinge, an die ich mich gewöhnen musste. Sie waren …

»Anders eben«, sagte ich, weil es dem Durcheinander in meinem Kopf am nächsten kam.

Ich gebe zu, etwas Klarheit erhoffte ich mir vom folgenden Abend, an dem mich Ferdinand ins Theater ausführen wollte. In den Wochen vor unserer Hochzeit, die erfüllt gewesen waren von den Festvorbereitungen, hatten wir kaum Zeit für unser eigenes

Vergnügen gefunden. Ich freute mich auf einen unterhaltsamen Abend zu zweit.

Am Abend, nachdem ich von meinem Treffen mit Regina aus dem Wald zurückgekehrt war und mich geduscht hatte, stand ich lange unschlüssig vor dem Kleiderschrank. Groß war die Auswahl nicht, deshalb entschied ich mich für das grüne Kleid meiner Tante, weil ich mich besonders feinmachen wollte.

»Berta!«, rief Ferdinand von unten.

Rasch lief ich hinunter ins Wohnzimmer. »So, jetzt können wir fahren.«

»Du hast Blumen gepflanzt.« Mit einer *Karo* zwischen den Lippen blickte mein Mann in den Garten.

Ich sog den Geruch seiner Zigarette ein. »Es ist schön, oder?«

»Nein.«

Ich sah ihn überrascht an. »Aber deine Pflanzen waren verwelkt. Ich dachte, dir gefällt es, wenn ich mich um den Garten kümmere.«

»Überlass den Garten mir.«

»Ja«, sagte ich, weil mir nichts anderes einfiel.

»Gut.« Er drehte sich um. »Dann können wir ja jetzt …« Er legte die Stirn in Falten. »Was soll das Kleid?«

»Was ist damit?«

»Es ist grün. Das gefällt mir nicht. Zieh es aus!«

Wie von selbst setzte ich mich in Bewegung. Vor der Treppe blieb ich stehen. Ich drehte mich um. Meine Stimme war nur ein Flüstern. »Ferdinand?«

»Ja?«

»Kannst du dich an den ersten Abend erinnern, als du mich ins Theater ausgeführt hast?«

»Was war da?«

»Da habe ich dieses Kleid getragen.«

»Ja, da hat es mir auch schon nicht gefallen.«

Eine Ohrfeige hätte mich nicht härter treffen können. Ich nickte nur und rannte nach oben. Tausend Gedanken schossen mir dabei durch den Kopf. Keinen konnte ich richtig greifen. Am meisten ärgerte ich mich über mich selbst. Ich hatte doch gewusst, dass das Kleid von meiner Tante selbst genäht war. Und ich erinnerte mich nur zu gut, wie ich mich gefühlt hatte, als ich darin vor Ferdinand getreten war – wie ein kleines, hässliches Entlein. Wütend riss ich mir das Kleid vom Leib. Im Spiegel sah ich Ferdinand auf der Türschwelle stehen. Er starrte meinen halbnackten Körper an und stand plötzlich hinter mir. »Nackt siehst du gut aus.«

Seine Arme umschlangen meinen Leib, seine Hände fuhren über meinen Büstenhalter.

»Ferdinand«, presste ich hervor, »das Theater …«

Er wirbelte mich herum. Ich stolperte rückwärts aufs Bett. Schon zwängte Ferdinand sich zwischen meine Beine. Der Stoff meines Schlüpfers knirschte und zerriss. Ferdinand wälzte sich auf mich.

»Nein«, presste ich unter seinem massigen Leib hervor. »Nein …«

Er drang in mich ein. Verzweifelt wand ich mich unter seinen groben Stößen. Doch meine Versuche, mich zu wehren, stachelten ihn nur noch mehr an. Seine Finger zerrten mir den BH vom Körper, krallten sich in meine Brüste.

»Ferdinand«, stöhnte ich, »nein …«

Er schlug seine Zähne in meine Brustwarze. Die Schmerzen waren unerträglich. Mir wurde schwarz vor Augen. Trotzdem spürte ich seinen Atem nahe an meiner anderen Brust. Panisch hob ich die Hände, stieß sein Kinn beiseite. Er fluchte. Endlich ließ er von mir ab.

»Du«, sagte er und stierte wie von Sinnen auf mich herab.

Plötzlich war nichts Hübsches mehr an ihm, nichts Vornehmes. Sein Anblick weckte nur noch Zorn in mir.

»Was bist du bloß für ein Ehemann!«, brachte ich keuchend hervor.

Im nächsten Moment traf mich seine Faust.

Kapitel 36

Wenige Zentimeter vor Alex blieb der Polizist stehen. Seine Nasenflügel blähten sich. Seine dichten Augenbrauen zuckten. »Was zum Teufel haben Sie hier zu suchen?«

»Wir reden mit Herrn Zachowski«, erklärte Alex.

»Reden?« Theis betrachtete Zacks rot verschmiertes Shirt. »Was haben Sie mit ihm gemacht?«

»Er ist hingefallen.« Paul kickte gegen den Brombeerstrauch. »Und wir haben ihm wieder auf die Beine geholfen.«

Der Polizist fuhr zu ihm herum. »Und wer zum Teufel sind Sie?«

Alex' Freund kramte einen vergilbten Papierstreifen aus seiner Hosentasche. »Paul Radkowski, Journalist.«

Theis' Blick verdüsterte sich. »Ihr Presseausweis ist seit fünf Jahren abgelaufen.«

»Journalist bleibt Journalist.«

»Scheiße bleibt Scheiße«, stieß der Polizist hervor.

»Ich glaube nicht, dass uns das weiterbringt«, entgegnete Alex. »Aber vielleicht das hier.« Er drückte Frank Theis das Mobiltelefon in die Hand.

»Ey, Scheiße«, rief Zack. »Das ist …«

Der Polizist brachte ihn mit einer raschen Handbewegung zum Schweigen. »Was ist das?«

»Sieht wie ein Handy aus«, entgegnete Paul.

Theis' Gesicht färbte sich rot. »Passen Sie auf! Wenn Sie glauben, mich verarschen …«

»Ist ja schon gut.« Paul hob beschwichtigend die Hände. »Es ist das Handy dieses Rotzlöffels. Schauen Sie sich die Filmchen an und …«

»Ey«, brüllte Zack. »Ich hab' doch schon gesagt, dass …«

»Hältst du jetzt endlich den Mund!« Theis winkte zwei uniformierten Beamten. »Bringen Sie den Jungen weg, und zwar ganz schnell. Ich werde später mit ihm reden.« Er sah Alex an. »Reicht es nicht, dass Sie meiner Schwägerin einen Floh ins Ohr gesetzt haben?«

»Es tut mir leid, aber …«

»Müssen Sie sich jetzt auch noch in unsere Arbeit einmischen?«

Alex schwieg.

»Haben Sie mir was zu sagen?«

»Nichts, was Sie nicht schon wüssten.«

»Ach, ehrlich? Woher wollen *Sie* das wissen?«

»Sie haben Zack gesucht.« Alex hob die Schultern. »Aus dem gleichen Grund wie wir.«

»Das wage ich zu bezweifeln.« Theis beugte sich vor und senkte seine Stimme, als er sagte: »Aber das mit Ihrer Bestie, das hat sich ja jetzt wohl erledigt.« Dann beorderte er zwei weitere Uniformierte zu sich. »Geleiten Sie diese beiden Herren zu ihrem Wagen. Und sorgen Sie dafür, dass ich sie hier nicht mehr zu sehen bekomme.«

Passanten, vorwiegend Großmütter, Rentner und Hausfrauen, hatten sich am Straßenrand versammelt und steckten die Köpfe zusammen. In der neugierigen Menge stand auch die Dame mit ihren beiden Kindern. Ihr Blick war vielsagend. Sie beäugte Alex wie einen Verbrecher. Doch das konnte ihm gleichgültig sein.

Denn das Wichtigste war, wie Frank Theis gesagt hatte: *Das mit Ihrer Bestie, das hat sich ja jetzt wohl erledigt.*

Seltsamerweise verspürte Alex keinerlei Erleichterung. Er konnte nicht sagen, warum. Er nahm sein Handy und wählte Schöffels Nummer. Sein ehemaliger Kollege verlor nicht viele Worte. »Unter der Adresse, die du mir gegeben hast, existiert kein Arthur Steinmann. Hat nie existiert.«

»Ich weiß.«

»Ach?« Schöffel klang pikiert. »Auch in unseren Datenbanken finde ich nichts über einen Arthur Steinmann. Ist auch als Pseudonym oder so nie in Erscheinung getreten.«

»Scheiße.«

»Anders verhält es sich mit der Telefonnummer. Die ist echt. Sie gehörte einem Kinderheim in Altglienicke«, sagte Schöffel.

»Gehörte?«

»Vorletzte Nacht gab es dort ein Feuer. Brandstiftung. Der Täter hatte nachts unterm Dach Benzin vergossen, danach einen Kanister mit einem Tauchsieder erhitzt. Zum Glück gab es weder Tote noch Verletzte. Die Kinder sind jetzt erst einmal in den umliegenden Einrichtungen untergebracht.«

»Hat man den Brandstifter erwischt?«

»Nein.«

Ein Kinderheim, zerstört durch einen Brand, und das erst vorletzte Nacht, dachte Alex und verspürte ein nervöses Brennen in der Magengrube. Er beobachtete, wie Zack auf der Rückbank eines Polizeiwagens Platz nahm. Irgendetwas passte hier nicht zusammen. »Da ist noch was«, sagte Schöffel. »Es gab dieser Tage eine Anfrage. Zu deiner Person.«

»Ich weiß, das ist ...« Alex hielt inne.

Ein Wagen bremste neben ihm. Ein schwarzer VW Touareg. Dessen Fondtür klappte auf. Wie ein Buddha thronte ein kleiner Mann auf der Rückbank, Bauer Schulze. Er winkte mit der Hand.

»Es geht um ein verschwundenes Mädchen«, sagte Schöffel.

»Ich erklär's dir ein anderes Mal«, erwiderte Alex, beendete das Telefonat und machte einen Schritt auf den SUV zu. »Schulze, versuchst du, mich einzuschüchtern?«

»Ich? Wieso sollte ich?«

»Was willst du?«

»Wir müssen reden.«

»Alex?« Paul trat zu ihnen. »Alles in Ordnung?«

»Fahr du schon mal vor. Und nimm Gizmo mit.«

»Und was ist mit dir?«

Alex kletterte in den Fond des SUV. »Schulze bringt mich heim.«

Sam folgte dem Waldweg bis zum Grillplatz. Dort blieb er stehen. Plötzlich war seine Entschlossenheit, die er im Club noch verspürt hatte, wie weggeblasen. Etwas knackte. Er fuhr herum. Da war niemand, der ihm auflauerte. Er gab sich einen Ruck, ließ die morschen Sitzbänke hinter sich und kämpfte sich vor ins Unterholz. Immer wieder erschrak er. Äste brachen. Laub knisterte. Vögel flogen mit einem Kreischen aus den Bäumen auf. Jedes Mal stellte er fest, dass er selbst es war, der die Geräusche erzeugt oder die Tiere aufgescheucht hatte. Er bemühte sich, das Knacken und Knirschen so gut es ging zu überhören, und konzentrierte sich auf den Weg. Es fiel ihm schwer, den Pfad zu finden, den die alte Hexe am Vorabend eingeschlagen hatte. Es war dunkel gewesen, neblig noch dazu, außerdem war er erfüllt von Angst und Verzweiflung gewesen. Es gab Dutzende Lichtungen in der direkten Umgebung des Waldes und nicht wenige davon in unmittelbarer Nähe des Grillplatzes. Es würde Tage dauern, sie alle abzusuchen. Ihn verließ der Mut.

Doch dann bemerkte er Stoffreste, die an einem Zweig flatterten. Dunkelblauer Stoff, der zweifellos von seinem Pullover stammte. Ein paar Meter weiter flatterten noch mehr Fetzen. Er war auf dem richtigen Weg. Plötzlich glaubte er die Gegend wiederzuerkennen. Er kam seinem Ziel näher. Mit jedem Schritt wurde er langsamer. Angst stieg wieder in ihm auf. Was, wenn das auf der Lichtung tatsächlich das war, was er glaubte? Wollte er das wirklich sehen?

Ein junges Mädchen. Ihre Schönheit. Ihr Schmerz.

Die Bäume gaben den Blick frei.

Der Touareg gewann rasch an Fahrt. Alex wurde in das Sitzpolster gepresst. Er legte den Sicherheitsgurt an.

»Sicher ist sicher.« Ruprecht Schulze entblößte zwei Zahnreihen, was wohl so etwas wie ein Lächeln bedeuten sollte, und tippte dem Fahrer auf die Schulter. »Nicht so schnell, Lukas, wir haben Zeit.«

Lukas drosselte das Tempo.

»Mein Sohn Lukas«, sagte der Landwirt. »Manchmal ist er ein bisschen unbeherrscht. Kennt ihr euch?«

»Nein«, entgegnete Alex. »Ich glaube, er hatte es sehr eilig gestern Abend.«

Lukas' stechender Blick traf ihn im Rückspiegel. Schulzes Sohn war nicht so klein und aufgebläht, und auch die blutroten Verästelungen auf Nase und Wangen waren nicht derart ausgeprägt wie bei seinem Vater. Dessen schlechte Laune allerdings hatte er zweifellos geerbt. Mit finsterem Gesicht manövrierte er den SUV aus Brudow hinaus. Eine Zeitlang herrschte Schweigen.

»Soll das jetzt so was werden wie *Scarface*?«, fragte Alex.

»Wie was?«

»Vergiss es.«

Schulze legte ihm die Hand auf den Arm. »Dir mag ja zum Scherzen zumute sein …«

»Das war kein Scherz.«

Der Bauer zog die Hand zurück und schwieg erneut. Er betrachtete die Platanen, die ein Dach über der Landstraße bildeten. »Worüber willst du mit mir reden?«, fragte Alex. »Ich hab' im Augenblick anderes um die Ohren, als hier mit dir eine Spazierfahrt ...«

»Ja, man hört so einiges.«

»Was soll das heißen?«

»Schon gut.« Schulze bleckte die Zähne. »Lass mich dir stattdessen von *meinen* Problemen erzählen.«

»Danke, ich verzichte.«

»Sie betreffen auch dich. Und die *Elster*.«

»Jetzt bin ich aber gespannt.«

Der Landwirt strafte ihn mit einem tadelnden Blick. »Ich hab' dir vor zwei Tagen gesagt, dass du dir die Sache mit *Fielmeister's* ...«

»Stopp!«, warf Alex ein. »Sei vorsichtig, bevor du Drohungen aussprichst.«

»Sonst was? Du bist kein Polizist mehr. Du bist Wirt. *Dorfwirt*.« Es klang, als spräche er von einem Straßenkehrer oder Müllmann.

Alex hatte genug gehört. »Sag deinem Sohn, er soll anhalten. Die letzten paar Meter laufe ich.«

Lukas machte keinerlei Anstalten, anzuhalten. Sie passierten den Ortseingang Finkenwerdas. Der Touareg fuhr über die Dorfstraße bis vor die *Elster*. Paul wartete bereits am Straßenrand mit Gizmo, der an eine alte Birke pinkelte. Alex löste den Gurt und wollte aussteigen.

Schulze hielt ihn am Arm zurück. »Da ist noch was.«

»Dann beeil dich. Der *Dorfwirt* muss in seine Kneipe.«

Der Landwirt lehnte sich zurück und faltete die Hände auf seinem ausladenden Bauch wie zum Gebet. Mit einem Mal begriff Alex, dass die Unterhaltung über *Fielmeister's* und die Kneipe nicht der Grund war, weswegen Schulze mit ihm reden wollte.

»Du weißt, dass wir gegenwärtig auf die Genehmigung für das Bebauungsgebiet Ost warten.«

Alex hatte von dem Vorhaben gehört. Eine neue Wohnsiedlung sollte entstehen, auch ein Gewerbegebiet.

»Harald möchte außerdem die alte Bäckerei erwerben, die seit fünfzehn Jahren leer steht. Er will sie auf Vordermann bringen und ein Restaurant eröffnen. Ich bemühe mich schon seit Monaten darum, einen *Edeka* in den Ort zu holen. Und Manfred hat für viel Geld das Bootshaus saniert. Es soll aufwärtsgehen mit Finkenwerda. Auch du wirst davon profitieren, deine Kneipe und …« Er grinste. *»… deine Gurken.«*

»Worauf willst du hinaus?«

»Du verbreitest Unruhe.«

Alex sah ihn fassungslos an.

»So was spricht sich schnell herum.« Schulze schüttelte den Kopf. »Du weißt, das Dorf ist klein.«

»Nicht mehr lange, wenn es nach euren Plänen geht.«

Schulze machte eine Handbewegung, als würde er eine lästige Fliege verscheuchen. »Wir beide wissen doch, wie das ist mit den jungen Leuten, gerade hier auf dem Dorf. Zu Hause läuft's nicht richtig, sie haben keine Lust mehr auf Mama und Papa, und dann hauen sie eben ab. In die Stadt.« Er sah nach vorne zu seinem Sohn. »Nicht, Lukas, du weißt, wovon ich rede, oder?«

Lukas tippte ungeduldig gegen das Gaspedal. Der Motor heulte auf.

»Und manchmal lernen die Mädels einen netten Typen kennen, völlig normal«, fuhr Schulze fort. »So ist es doch, richtig? Du als Polizist weißt das am besten.«

»Entschuldige, aber – ich bin nur der Dorfwirt.«

Die Äderchen in Schulzes Gesicht schwollen an. Er ballte die Hände zu Fäusten, wartete, bis sein Groll sich legte. »Und wie immer«, presste er zwischen den Zähnen hervor, »kehren sie nach ein paar Wochen zurück. Es gibt also keinen Grund, in Panik zu verfallen, alte Geschichten aufzukochen, du weißt schon, irgendwelche Geschichten aus der Stadt, in Berlin ... eine Bestie und so.«

»Okay, ich habe begriffen.«

»Schön, und dann wirst du auch verstehen, dass es keinen Grund gibt, irgendwelche Journalisten hinzuzuziehen. Dein netter Freund ...«, Schulze wies mit seiner dicken Pranke in Richtung Paul, »... ist ja auch eine von diesen Giftschleudern.«

»Es sei denn, sie schreiben blumige Worte über das neue, hübsche Finkenwerda, das Restaurant, das Bootshaus und ...«

»Bist du jetzt fertig?«

»*Ich* habe damit nicht angefangen.« Alex stieß die Tür auf, setzte einen Fuß auf die Straße.

»Ich appelliere nur an deine Vernunft, nichts weiter«, rief Schulze. »Du willst dem Dorf doch nicht schaden, oder? Andernfalls täte es mir leid um die *Elster*. Dein Vater wäre ...«

»Was weißt du schon von meinem Vater?«, knurrte Alex. Nicht einmal er selbst wusste viel von ihm. Er verließ den Wagen und schlug krachend die Tür zu. Der Touareg wendete, dann fuhr er dorfauswärts.

»Was war denn das?«, fragte Paul.

»*Scarface.*«

»Wie bitte?«

»Ach, egal.« Während Alex den aufgedrehten Retriever streichelte, sah er dem SUV nach. Eine von Schulzes Äußerungen ging ihm nicht aus dem Kopf. *Und manchmal lernen die Mädels einen netten Typen kennen, völlig normal.* Plötzlich wurde ihm klar, was ihm seit dem Moment, als sie Zack der Polizei überlassen hatten, Sorgen bereitete. Wenn es nämlich stimmte, was der Junge gesagt hatte, dann hatte Zack tatsächlich nichts mit Lisas Verschwinden zu tun.

Zacks Stimme hallte durch seinen Verstand: *Sie hatte doch*

schon 'nen neuen Typen an der Angel ... irgendeinen Typen aus ...
»Paul«, sagte Alex. »Kannst du dich bitte um die Kneipe kümmern?«

»Und du?«

»Ich muss nach Berlin.«

Laura überprüfte ihr Handy. Natürlich, der Akku war aufgeladen. Er hing die ganze Zeit am Kabel und an der Steckdose. Trotzdem schaute sie erneut aufs Display, als könnte sie es allein dadurch, dass sie es lange genug anstarrte, endlich zum Klingeln bewegen. Frank ließ einfach nichts von sich hören.

Ein Hupen riss sie aus ihren Gedanken. Sofort stand sie auf, trat ans Fenster. Es war nur einer der Nachbarn, der von der Arbeit heimkehrte und sich mit seinem Pkw einen Weg durch die Journalisten bahnte, die vor seiner Grundstückseinfahrt standen.

Laura kühlte ihre Schläfe und ihren Nacken mit kaltem Wasser. Es beruhigte sie kaum. Im Badezimmerspiegel begegnete ihr ein Gesicht mit roten und verquollenen Augen, umrahmt von den fettigen Haaren. Es waren inzwischen achtundvierzig Stunden vergangen, seit sie sich das letzte Mal gewaschen hatte. Sie roch nach Schweiß, trug noch immer die alte Jeans und die verwaschene Bluse vom Montagmorgen, als sie Sam zum Bus gebracht hatte, der Anruf der Lehrerin sie erreicht hatte, als dieser Alptraum über sie hereingebrochen war – aus dem es kein Erwachen mehr zu geben schien.

Sie ging hinunter in die Küche. »Vielleicht sollte ich mit den Journalisten reden«, sagte sie.

Ihre Schwägerin sah sie entgeistert an. »Wie kommst du darauf?«

»Ich könnte ... an den Entführer appellieren.«

»Frank hat mir von gestern Abend erzählt«, erwiderte Renate. »Vergiss diesen Lindner und seinen Schwachsinn!«

»Ist es das? Schwachsinn?«

»Laura, bitte!«

»Ich kann hier nicht herumsitzen und darauf warten, dass etwas passiert. Irgendetwas, von dem ich nicht einmal weiß, was es ist. Oder ob ich es überhaupt wissen möchte.«

»Laura!« Renates Stimme gewann an Schärfe. »Du machst dich verrückt!«

»Was mach' ich denn? Ich sorge mich nur um meine Tochter.«

»Das ist Aufgabe von Frank und seinen Kollegen, die …«

»… seit zwei Tagen keinen Hinweis gefunden haben!«, rief Laura.

»Und sie werden noch viel weniger finden, wenn auch du mit der Presse sprichst. Was glaubst du, was dann los ist? Du hast keine Ahnung, was du damit lostrittst.«

»Ja, das hat dein Mann auch schon gesagt. Aber das ist mir immer noch lieber als … *Untätigkeit.*« Sie ging nach oben unter die Dusche. Das heiße Wasser im Nacken beruhigte ihren aufgewühlten Kopf, schwemmte für einen Moment die Panik hinweg.

Mit neuer Entschlossenheit trocknete Laura sich ab, wählte eine Jeans und eine Bluse aus, die ihre Tochter immer an ihr gemocht hatte, früher, als die Familie noch intakt gewesen war. Während sie sich einen Zopf band, vernahm sie Renates aufgeregte Stimme: »Laura!«

Auf der Straße vor dem Haus brach ein Tumult aus. Laura schob die Lamellen der Jalousie auseinander. Draußen türmten sich düstere Wolken am Himmel. Vorboten eines Sturms. Dann sah sie den Grund für die Aufregung. Augenblicklich schnürte es ihr die Kehle zu.

Kapitel 37

»Was ist das?«, fragte meine Mutter.

»Was?«

Ächzend stemmte sie sich hoch. Die vergangenen Wintermonate hatte sich ihr Zustand verschlechtert. Der Arzt verabreichte ihr Schmerzmittel, die ihren Geist umnebelten. Nur selten hatte sie lichte Momente. Jetzt war einer dieser hellen Augenblicke. Sie richtete die Hand auf meinen Oberschenkel. »Zeig mal!«

»Ach das.« Schnell zog ich den verrutschten Saum meines Kleides hinunter. »Da habe ich mich bei der Küchenarbeit gestoßen.«

Mutters Kopf fiel zurück aufs Kissen, das so grau war wie ihr Gesicht. Sie schloss die Augen. Mir schoss das Blut in den Kopf, nicht weil sie den blauen Fleck an meinem Bein entdeckt hatte, sondern um ein Haar auch die restlichen Blutergüsse.

Den Winter über war es leicht gewesen, die blauen und grünen Flecken vor den Augen meiner Mitmenschen zu verbergen. Nun aber, ein Dreivierteljahr nach meiner Hochzeit, brach die warme Jahreszeit an. Umso schwerer fiel es mir, die Wunden mit leichter Kleidung zu verhüllen. Ich ging dazu über, Blusen mit langen Ärmeln und Hosen zu tragen.

Warum ich das alles auf mich genommen habe? Die Antwort liegt auf der Hand. Ganz einfach: weil Ferdinand mein Mann war.

Seine Schläge waren zwar ungebührlich, manchmal sogar mehr als das. Aber ich trug doch selber die Schuld daran. Ständig lieferte ich ihm einen Grund, über mich erzürnt zu sein.

Ich bemühte mich, wirklich, das tat ich jeden Tag aufs Neue. Inzwischen hielt ich Hühner in unserem Garten, damit mir für

Ferdinands Abendbrot jederzeit frisches Hähnchenfilet zur Verfügung stand. Ich putzte und wienerte das Haus, manchmal jeden Tag. Ich war ihm nicht böse, dass wir nicht mehr in die Flitterwochen fuhren, auch wenn es mir schwerfiel, meine Betrübnis darüber zu verbergen, aber ich bemühte mich. Wenn mein Mann mich abends nach Berlin ausführte, was nur noch selten geschah, trug ich Kleider, die er am liebsten an mir sah. Danach war ich ihm im Schlafzimmer eine willige Geliebte, egal wie impulsiv und schmerzhaft seine Leidenschaft war. Denn es war doch Liebe. Nur wenn ich sie bedingungslos erwiderte, würde sich alles zum Guten wenden.

»Nein«, sagte Ferdinand eines Abends vor dem Zubettgehen. Er stand in der Diele, ich war auf dem Weg zur Toilette. »Du wirst nicht zu Reginas Geburtstag gehen.«

»Aber sie ist meine Freundin.«

»Und ich bin dein Mann, hast du das vergessen?«

»Nein«, entgegnete ich zögerlich, »natürlich nicht.«

»Trotzdem scheinst du zu vergessen, dass *ich* für uns arbeite und *du* dich vergnügen möchtest.«

»Es ist doch nur einmal im Jahr und …«

»Was ist so schwer an einem Nein zu verstehen?«

Der Druck auf meine Blase stieg unwillkürlich. Ich lief weiter ins Badezimmer.

»Warte!«, rief er.

»Ferdinand, ich muss …«

»Hast du nicht gehört, du sollst warten, also bleib verdammt noch mal stehen.«

Ich erstarrte.

»Was ist so wichtig, dass du nicht warten kannst?«

»Ich muss auf die Toilette«, wisperte ich.

»Du gehst, wenn ich es dir sage.«

»Aber …«

Ein plötzlicher Hieb schleuderte mich über den Treppenabsatz. Mit der Schulter voran prallte ich auf die Fliesen im Erdgeschoss. Ein gequältes Wimmern drang an mein Ohr. Ich brauchte einige Sekunden, bis ich begriff, dass ich es selbst war, die da heulte.

»Ich hoffe«, hörte ich Ferdinand durch den dichten Nebel der Schmerzen und des Entsetzens, »das war dir eine Lehre, dich meinen Entscheidungen zu widersetzen.«

Langsam schritt er die Stufen herab und über mich hinweg. »Du brauchst keine Freundin. Du hast mich.«

Während ich mich am Fuß der Treppe krümmte, gesellte sich zum ersten Mal noch etwas anderes zu meinen ständigen Zweifeln und Selbstvorwürfen – Angst. Aber ich wollte diese Angst nicht wahrhaben.

Mein Mann hatte doch recht: Wenn ich nur endlich etwas weniger an mich selbst und mein Vergnügen dächte, stattdessen mehr an Ferdinand, der täglich für mich sorgte, sich zur Arbeit nach Berlin mühte, erst dann würde sich alles ändern. Erst dann würde er glücklich mit mir sein können, so wie früher mein Vater mit meiner Mutter, davon war ich überzeugt.

Es war nicht einmal gelogen, als ich tags darauf meiner Freundin mitteilte, ich sei erkrankt und könne deshalb nicht zu ihrem Geburtstag kommen. Tatsächlich konnte ich mich nach dem Treppensturz kaum bewegen, ich ging nicht einmal zur Arbeit in die Bäckerei. Auch eine Woche später, als Regina mich auf ein neuerliches Picknick einladen wollte, wich ich aus und erklärte, mir ginge es noch nicht gut, ich hätte viel zu tun in der Bäckerei, mit meiner Mutter, deren Zustand sich verschlechtere, und überhaupt.

Nein, von all dem war nichts gelogen.

Kapitel 38

Alex kaute an einem Schinkensandwich mit Plastikgeschmack, das er sich unterwegs an einer Tankstelle gekauft hatte. Das zweistöckige Kinderheim, vor dem er stand, lag im Schatten trostloser Plattenbauten. Eine Bahnlinie zerteilte die Altglienicker Wohnsilos in zwei Hälften, an denen außerdem die A113 zum Flughafen Schönefeld vorbeiführte.

Mit dröhnenden Turbinen setzte eine Boeing zum Landeanflug über dem verlassenen Gebäude an. Dessen Dach war eingestürzt. Verkohlte Balken ragten aus den Trümmern wie überdimensionale Mikadostäbchen. Der Rest des Kinderheims wirkte, zumindest von außen, unversehrt. Nur im oberen Stockwerk, dort wo Flammen aus Fenstern geschlagen waren, war die Fassade rußgeschwärzt.

Alex spähte in eines der Zimmer im Erdgeschoss. Drinnen regte sich nichts. Die Eingangstür war aus den Angeln gesprengt. Vermutlich von jugendlichen Rabauken, die sich nachts Zutritt zu dem verlassenen Haus verschafft hatten. Alex verdrückte den Rest seines Sandwichs und betrat das Gebäude. In der Lobby gab es kaum Brandschäden. Allerdings war beim Feuerwehreinsatz ein Großteil des Mobiliars zu Bruch gegangen, der Spiegel neben der Garderobe von einem Dutzend Risse überzogen. Die Holzdielen waren vom Löschwasser aufgeschwemmt und knarzten unter Alex' Schuhen.

Gizmo behielt die Nase am Fußboden. So viele neue Eindrücke, dass er gar nicht wusste, was er zuerst beschnüffeln sollte. Alex fühlte sich ähnlich überfordert. Er wusste nicht, wonach er Ausschau halten sollte. Doch er war überzeugt, dass er sich aus gutem Grund hier befand.

Die Büros der Direktion und der Pfleger im Erdgeschoss waren geräumt, die Schreibtische und Aktenregale leer. Anders die Räume der Kinder in den Obergeschossen. Die Betten waren zum Teil noch bezogen. Stühle lagen kreuz und quer am Boden verteilt, dazwischen immer wieder verkohlte Überreste. Nichts, was Alex in irgendeiner Form weiterhalf.

Er hob einen Teddybären auf, dem ein Knopfauge fehlte. Das Kuscheltier erinnerte ihn an sein eigenes Spielzeug, das er als Kind mit sich herumgeschleppt hatte. Er fragte sich, ob er selbst als kleiner Junge in diesem Kinderheim gewesen war, kurz bevor seine *Eltern* ihn adoptiert hatten. Falls es stimmte, was der vermeintliche Arthur Steinmann geschrieben hatte, dann war Alex zum Zeitpunkt der Adoption wenige Monate alt gewesen. Viel zu jung, um sich bewusst daran zu erinnern.

Nachdem er die beiden oberen Stockwerke ergebnislos durchsucht hatte, nahm er sich den Keller vor. Gizmo rannte die Stufen voraus. Sie gelangten in einen langen Korridor. Alle Türen, die nach rechts und links führten, waren verschlossen. Nur die Tür am Ende des Ganges stand weit offen. Als erwartete man sie beide. Tageslicht fiel aus dem Zimmer in den Flur.

Je näher Alex dem Raum kam, umso mehr wuchs sein Unbehagen. Doch der Retriever trabte unbeschwert neben ihm her, schnupperte neugierig, witterte keinerlei Gefahr.

Alex hingegen war auf der Hut. Doch er fand das Zimmer verlassen vor. Niemand wartete. Tageslicht fiel durch Fensternischen knapp unter der Decke auf ein paar Sofas, einen alten Tisch und Regale. Alex befand sich in einer Art Aufenthaltsraum. Unter das Dröhnen einer weiteren Boeing mischte sich Alex' Handyläuten. Er nahm den Anruf entgegen. »Lindner.«

»*Fielmeister's*, Kastner hier, guten Tag.«

»Hallo.« Alex wandte sich zurück zum Korridor.

»Ich hätte da noch eine Frage bezüglich unseres Vertrags …«

Alex stutzte. Er drehte sich wieder um.

»… die wir kurz klären müssten und …«

An die Wände waren Poster geklebt. Von Filmen wie *Triple X* oder *Batman* und der TV-Serie *Family Guy*. Von Stars wie Jay-Z, Eminem, Justin Bieber. Dazu eine Vielzahl Graffiti.

»… es wäre für uns natürlich kein Problem, aber …«

Manche waren sogar witzig. *Friss meine Shorts.* Andere der übliche Mist. *ACAB … Patty is eine Votze.*

»… wenn es Ihnen also nichts ausmacht …«

Zwischen einem Poster von Take That und einer obszönen Schmiererei, *Wilst du fikken?*, prangten in kleinen Lettern drei weitere Wörter.

Sieh die Mädchenwiese!

»… wäre das in Ihrem Sinne?«

Etwas knarrte, gleichzeitig fing Gizmo an zu knurren. Über ihnen, in der Eingangslobby, schritt jemand auf den Holzdielen. Alex kappte das Telefonat und schaltete sein Handy aus. Es knarrte erneut.

Sam konnte sich nicht bewegen, stand regungslos am Rand der kleinen Lichtung. Die Stimme seiner Mutter hallte durch seinen Verstand: *Was ist denn das für ein Unsinn!*

Die Sonne kam zwischen den Wolken hervor, stand aber schon so tief, dass das Waldstück teilweise im Schatten lag. Dazu wehte ein leichter Wind.

Plötzlich wünschte Sam sich nichts sehnlicher, als dass er sich tatsächlich einfach nur verrückt machte. Aber dann fand sein Blick zurück zu der kleinen Erhebung auf der anderen Seite der Lichtung. Was immer dort lag, mit Zweigen bedeckt, war keine Laune der Natur. Es war von Menschenhand geschaffen. Ein Beweis, dass die vergangene Nacht, die alte Kirchberger, die böse Hexe, sehr wohl real waren.

Ein junges Mädchen. Ihre Schönheit. Ihr Schmerz.

Die Sonne verschwand wieder hinter Wolken, so als wäre sie nur zum Vorschein gekommen, um Sam die Wahrheit zu enthüllen. Jetzt war die Welt grau und still – und ziemlich kalt. Sam fröstelte. Alles in ihm schrie danach, umzukehren und nach Hause zu laufen. Doch er fragte sich, wo sein Zuhause war, jetzt da seine Mutter ihn fortgeben wollte, weil Lisa nicht mehr –

Sein Herz verkrampfte sich. Ihm wurde schwindelig. Daran wollte er nicht denken. Er setzte sich in Bewegung. Anfangs nur ein vorsichtiger Schritt auf die Lichtung. Dann ein zweiter. Ein dritter. Es schien eine Ewigkeit zu dauern, bis er das Waldstück überquert hatte. Er hatte das Gefühl, keine Luft mehr zu bekommen. Zitternd beugte er sich hinab, hob die Zweige an. Er schob etwas Moos beiseite. Ein blutiger Arm, dem die Hand fehlte, kam zum Vorschein. Dann ein nackter Körper.

Sam erbrach sich. Mit wackeligen Beinen rannte er fort, stolperte durch die Büsche und Sträucher, bis er endlich das Dorf erreichte. Es war ihm egal, dass jeder seine Tränen sehen konnte.

Alex schlich über den Korridor zur Treppe. Er blieb stehen, lauschte. Gizmo hielt sich dicht neben ihm, die Muskeln angespannt, die Nackenhaare aufgerichtet. Alex setzte den Fuß auf die erste Stufe. Dann auf die zweite. Die dritte. Oben war die Tür angelehnt. Alex konnte sich nicht erinnern, sie geschlossen zu haben. Er konzentrierte sich auf Geräusche.

Das Brummen einer Boeing brachte die Treppe zum Wanken. Endlos lange hielt das Turbinenheulen an. Nachdem es verklungen war, knurrte der Retriever. Alex legte seine Hand auf die Hundeschnauze. Vorsichtig stieß er die Tür auf. Erst nur wenige Zentimeter. Dann ein Stückchen mehr. Noch eines. Und noch eines.

Ein harter Gegenstand traf ihn an der Stirn. Alex taumelte rückwärts und ruderte mit den Armen. Er bekam den Türrahmen zu fassen, so dass er sich auf den Beinen halten konnte. Die Welt drehte sich vor seinen Augen. Gizmo bellte und machte einen Satz. Ein dumpfer Schlag. Ein Jaulen. Ein zweiter Hieb. Stille.

»Gizmo!«

Schritte, die sich rasch entfernten. Die Eingangstür krachte. Alex kämpfte gegen die Benommenheit an, torkelte in den Flur.

Gizmo lag auf den Dielen, lang ausgestreckt wie zum Schlaf, die Augen einen Spalt geöffnet, so als wartete er nur auf ein Zeichen seines Herrchens, damit er wieder aufspringen, herumtollen, bellen konnte. Doch das war unmöglich. Aus seiner Brust ragte ein großes Holzscheit. Und unter seinem schlaffen Körper bildete das Blut eine Pfütze.

Draußen heulte ein Motor auf. Sofort stürzte Alex die Treppe hinunter und ins Freie. Ein Stück weiter raste ein Audi über die Kreuzung davon. Alex sprang in den Peugeot. Mit quietschenden Reifen nahm er die Verfolgung auf. »Ich krieg' dich, du Scheißkerl, ich krieg' dich!«

Er trat das Gaspedal durch. Nur zögerlich gewann Pauls Wagen an Fahrt. »Komm, verdammt, komm schon!«

Der Audi bog auf die A113. Als Alex die Auffahrt erreichte, war der Wagen nicht mehr zu sehen. Ohne zu bremsen jagte er den Peugeot in den Halbkreis, dass das Heck auszubrechen drohte. Alex steuerte dagegen, blieb in der Spur. »Ich bring' ihn um, ich bring' diesen Scheißkerl um!«

LKWs hupten, als Alex sich in den fließenden Verkehr einfädelte. Er trat auf das Gaspedal, aber der Audi war schneller. Und viel zu weit weg. Doch dann scherte ein Laster vor ihm auf die linke Spur, um zwei Sattelschlepper zu überholen, so dass der Audi-Fahrer das Tempo drosseln musste. »Jetzt hab' ich dich!«

Plötzlich fuhr der Audi quer über die Autobahn nach rechts

und zwang einen Van zum Ausweichen. Reifen quietschten, der Van schleuderte. Schon zog der Audi auf dem Standstreifen an den LKWs vorbei.

Alex zögerte nicht, seinem Beispiel zu folgen, umkurvte den Van und schoss ebenfalls über den Standstreifen. Er hatte den ersten Truck bereits hinter sich gelassen, als er die nächste Abfahrt auf sich zurasen sah. Der Audi allerdings war bereits an den Sattelschleppern vorbei, fuhr auf der Autobahn davon. Mit Erschrecken bemerkte Alex, wie der vordere der beiden Trucks auf eine andere Spur übersetzte – genau vor die Motorhaube des Peugeot.

Alex stieg auf die Bremse und riss das Lenkrad nach rechts. Blech schepperte, als er gegen die Leitplanke fuhr. Dann stand der Wagen still.

Alex keuchte. Er spürte sein Herz pochen, und der Puls rauschte wie ein Sturm in seinen Ohren. Trotzdem blieb er ein paar Minuten still sitzen. Er warf einen Blick in den Rückspiegel. Eine Beule färbte seine Stirn dunkelrot, an der Stelle, an der das Holzscheit ihn erwischt hatte. Alex ließ den Motor an und fuhr weiter. Etwas klapperte vorne auf der rechten Seite, vielleicht die Stoßstange oder der Kotflügel. Das Geräusch wurde lauter, je mehr der Peugeot an Geschwindigkeit gewann. Aber der Wagen ließ sich steuern. Alex fuhr von der Autobahn ab und schließlich auf der anderen Seite wieder hinauf.

So schnell sie konnte, streifte Laura Jeans und Bluse über. In der Diele steckte sie ihre Füße in die erstbesten Schuhe, die sie fand, und stürzte nach draußen. Schon im Vorgarten trug der Wind ihr das Schluchzen ihres Sohnes entgegen.

»Mama! Mama! Im Wald …« Tränen erstickten seine Worte.

Was hast du im Wald zu suchen?, schoss es ihr durch den Kopf.

»Ich hab' …« Sam geriet ins Straucheln, stolperte in Lauras Arme. »… hab' sie gefunden!«

Ein Murren ging durch die Reihen der umstehenden Journalisten. Fotoapparate klickten. Laura wollte ihnen sagen, dass sie damit aufhören sollten. Dass sie verschwinden sollten. Sie drückte Sam an sich. »Wen hast du gefunden?«

Er weinte nur. Und Laura war sich gar nicht mehr so sicher, ob sie die Antwort überhaupt hören wollte. »Sam, du hast dich geirrt«, sagte sie.

Seine Haare flogen wild umher, als er den Kopf schüttelte.

»Komm, wir gehen gemeinsam nachschauen. Und dann wirst du sehen ...«

Mit einem Schreckensschrei riss er sich von ihr los. Noch mehr Tränen quollen aus seinen Augen.

»Sam, du musst mir zeigen, was du gesehen hast.«

»Laura, bleib hier«, mahnte ihre Schwägerin.

Doch Laura nahm die Hand ihres Sohnes und zog ihn von den Reportern fort. Sie nahm kaum das Polizeifahrzeug wahr, das am Bordstein bremste. Frank und zwei Beamte sprangen ins Freie. Ihr Schwager wechselte einige Worte mit seiner Frau.

»Laura!«, rief er.

Laura rannte bereits mit Sam in den Wald. Journalisten folgten ihr.

»Wohin?«, keuchte Laura.

Sam sträubte sich, doch sie schob ihn vorwärts. Als sie den alten Grillplatz erreichten, blieb er stehen. Mit seinen kleinen Fingern zeigte er zwischen die Bäume. Auf einen Trampelpfad, der in dem dichten Gehölz kaum als solcher auszumachen war.

»Laura, bleib stehen!«

Sie nahm Sam auf den Arm, lief weiter. Zweige peitschten ihr ins Gesicht. Unvermittelt erstreckte sich vor ihr eine Lichtung. Sie sah einen kleinen Hügel. Sorgsam bedeckt mit Tannenzweigen. Ein blutiger Armstumpf ragte daraus hervor. Laura schluchzte auf.

»Sam!« Sie setzte ihren Sohn ab. »Bleib hier!« Sie rannte auf das Grab zu.

»Laura!« Franks Schrei ging in dem Geräusch klickender Objektive unter.

Laura fegte das hölzerne Leichentuch beiseite. Der blasse Körper einer jungen Frau kam zum Vorschein. Der Anblick war grauenvoll. Und doch lachte Laura erleichtert auf.

Als er wieder vor dem Kinderheim stand, legte Alex seinen Kopf auf das Lenkrad. Die schmerzende Stirn war willkommene Ablenkung. Eine Weile saß er so da, doch ewig ließ sich das Unvermeidliche nicht aufschieben. Mit jedem Schritt, den er sich dem Gebäude näherte, wurden seine Beine schwerer. Als er endlich vor dem toten Retriever stand, drängte sich der Geschmack von Schinken und Plastik seinen Hals hinauf.

Gizmo lag unverändert, die Augen einen Spalt geöffnet, ihr Glanz erloschen, die Lefzen zu einem letzten Atemzug hochgezogen. In seiner Brust stak das Holzscheit. Unter ihm begann das Blut bereits zu trocknen.

Alex würgte den Sandwichgeschmack hinunter, ging neben dem Retriever in die Knie. Behutsam, als könnte er ihn bei der geringsten Berührung aufschrecken, strich er durch das Fell. Der Hundekörper fühlte sich noch warm an, als wären seit seinem Tod nur wenige Sekunden vergangen, nicht eine halbe Stunde.

Alex streckte die Hände nach dem widerlichen Pfahl aus. Dieser hatte den Retriever fast durchbohrt und an die Dielenbretter genagelt. Als Alex den Hund davon befreit hatte, waren seine Hände und Kleider mit Blut und Innereien verschmiert. Er hob Gizmo auf. In der Lobby fiel sein Blick in das trübe Spiegelglas. Leblos hing der Retriever zwischen seinen Armen, die Pfoten und der Kopf baumelten herab. Er sah sein Gesicht und stellte fest, dass er geweint hatte. Er hatte es nicht bemerkt. Er fühlte sich leer, biss jedoch die Zähne aufeinander und schleppte sich zum Wagen.

Ein paar Jugendliche gingen vorüber. Ihr Gegröle verstummte beim Anblick des blutüberströmten Mannes und des toten Hundes. Zwei ältere Frauen, die in ihrem Wagen vorbeifuhren, rissen die Augen auf.

Alex legte den Hund auf die Rückbank und fuhr los. Diesmal hielt er sich auf den Landstraßen Richtung Finkenwerda. Auf der Autobahn wäre die Wahrscheinlichkeit zu hoch, einer Polizeistreife zu begegnen. Eine Erklärung für den Zustand des Peugeots würde ihm noch einfallen, nicht aber für seine blutgetränkte Kleidung und den gepfählten Hund. Alex trat auf die Bremse, öffnete die Tür und erbrach sich auf den Asphalt. Anschließend drehte er sich zur Rückbank und starrte wie betäubt den Retriever an. Dann schlug er auf das Lenkrad ein, so lange, bis ihn seine Kräfte verließen. Danach fühlte er sich besser. Die Kopfschmerzen waren nicht mehr ganz so schlimm. Als er weiterfuhr, konnte er wieder einen halbwegs klaren Gedanken fassen.

Er war nicht ohne Grund zu dem Kinderheim gelockt worden. *Sieh die Mädchenwiese!*

Er wusste nicht, was ihm diese Botschaft sagen sollte, und noch viel weniger, von wem sie kam. Aber er begriff, dass diese drei Wörter der Schlüssel zum Verständnis waren: das Kinderheim, die vermeintliche Adoption, das mysteriöse Auftauchen von Arthur Steinmann, die drei Jahre zurückliegenden Zeitungsausschnitte – all das hing auf irgendeine Art zusammen. Und im schlimmsten Fall betrafen sie auch das Verschwinden von Lisa Theis.

Alex war froh, als er das Dorf erreichte. Der Himmel wurde dunkel, und die Häuser wirkten abweisend. Immer mehr Wolken bedeckten den Himmel. Vor der *Elster* stand Paul, der sich mit zwei älteren Männern unterhielt.

Pauls Gesichtszüge entgleisten, als er den zerschrammten Peugeot sah. »Hey, Mann, was hast du mit meinem …?« Sein Blick fiel auf Alex' blutverschmierte Kleidung und dessen angeschwollene Stirn. »Mein Gott, hattest du einen Unfall? Geht es dir gut?«

»Ja, alles gut«, entgegnete Alex, obwohl er das Gegenteil empfand. »Das mit deinem Wagen, das tut mir leid, das mach' ich …«

»Vergiss die alte Möhre, ich muss dir …« Er hielt inne, als er Gizmo im Auto entdeckte. »O Scheiße, ist er … Was ist mit ihm passiert?«

»Später«, sagte Alex, »bitte.«

»Okay, aber ich muss dir …«

»Paul, hast du nicht gehört?« Alex wuchtete Gizmo von der Rückbank und trug ihn ins Gartenhäuschen. »Lass uns später drüber reden.«

»Aber Alex!« Paul blieb ihm dicht auf den Fersen. »Man hat sie gefunden. Im Wald. Sie ist … tot.«

Kapitel 39

Eine vertraute Stimme rief meinen Namen quer durch die Kaufhalle. Ich tat, als hätte ich sie nicht gehört, und schritt zügig zum nächsten Regal.

»Berta, so warte doch!«

Ich lief zur Kasse.

»Wo bist du nur mit deinen Gedanken?« Eine Hand legte sich auf meine Schulter. Ich zuckte zusammen.

»Regina«, sagte ich und drehte mich zu meiner Freundin um. Beim Anblick ihres freudigen Lächelns blutete mir das Herz.

»Du hast so lange nichts mehr von dir hören lassen«, sagte sie. »Geht es deiner Mutter noch nicht besser?«

»Nicht so richtig«, flüsterte ich.

»Jetzt komm her, lass dich erst mal drücken.«

Ich fuhr zusammen, als sie mich umarmte. Ihr Blick fiel auf meinen Unterarm. »Was ist mit dir?«

Rasch bedeckte ich den Bluterguss mit einem Blusenärmel. »Ich habe mich gestoßen, weißt du, am Schweinetrog im Stall.«

»Und auch an der Schulter?«

»Ja, da auch.« Meine Worte klangen selbst in meinen Ohren wirr. Beschämt setzte ich mich wieder in Bewegung. »Regina, entschuldige, aber ich muss weiter, ich habe …«

»Berta, ich bin nicht dumm!«

Meine Finger hielten den Einkaufskorb umklammert. »Ich weiß nicht, was du meinst.«

»Und ob du das weißt. Dein Mann, er …«

»Er meint es nicht so.« Ich schüttelte hastig den Kopf. »Weißt du, wenn ich nur …«

»Nein«, sagte sie laut, viel zu laut. Die Köpfe der Umstehenden fuhren herum. Regina beugte sich vor, dämpfte ihre Stimme. »Nein, Berta, du wirst es ihm niemals recht machen können. Du kannst nur eines – ihn verlassen!«

Der Gedanke, Ferdinand zu verlassen, erschien mir absurd. Was sollte meine Mutter von mir denken? Und erst die Leute in Finkenwerda? Mein Mann war so beliebt im Ort. Wer würde mir glauben, wenn ich behauptete, dass ich es bei ihm, dem vornehmen, im Dorfleben aktiven Ferdinand nicht aushielt? Hatte er nicht sein Leben für mich geopfert? Nahm er nicht all den Stress in der Arbeit auf sich, um mir ein Auskommen zu ermöglichen? Und war nicht ich es, die stattdessen ständig nur an sich selbst dachte? Ich konnte sie schon hören, die Leute, die sich allein an Ferdinands Reife orientieren und verächtlich auf mich mit all meinen Fehlern deuten würden. Fehler, von denen Ferdinand ihnen ganz sicher zu berichten wusste. Ich hätte den Leuten nie wieder begegnen können. Ich hätte mich selbst nie wieder im Spiegel ansehen können.

»Komm zu mir nach Berlin«, schlug Regina vor. »Denk endlich an dich selbst.«

»Und was ist mit meiner Mutter? Soll ich sie etwa alleine lassen?« *Bei meinem Onkel?* Ich drehte mich um. Ich hatte genug gehört. Ich rannte davon.

»Berta, denk darüber nach«, rief Regina. »Ich werde immer für dich da sein.«

Doch ich lief bereits hinter das nächste Regal. Erst vor der Kasse blieb ich stehen, wo ich feststellte, dass ich meinen Einkaufskorb längst aus den Händen verloren hatte.

Drei Wochen später klopfte meine Tante an unsere Tür. Es dauerte eine Weile, bis ich ihr öffnete. Ich konnte mich kaum bewegen, so stark waren die Schmerzen in meiner Brust. Meine Tante schwieg lange, ehe sie sprach: »Deine Mutter, sie ist ... tot.«

Mehr als diese Nachricht schockierte mich mein erster Gedanke.

Komm zu mir nach Berlin!, hallte Reginas Stimme durch meinen Verstand.

Entsetzt hob ich die Hand an den Mund. Meine Mutter war gestorben, und das Einzige, woran ich dachte, war: *Nichts und niemand hält mich mehr in Finkenwerda.* Mein Atem ging hektisch. Ich rieb mir die wunde Brust.

Die Schläge waren die Strafe dafür gewesen, dass ich eines von Ferdinands weißen Hemden bei der Wäsche verfärbt hatte – dabei war ich mir sicher, dass er selbst das Hemd zu der Buntwäsche in die Maschine gegeben hatte. Glauben Sie ernsthaft, ich wäre noch so nachlässig gewesen?

Berta, hörte ich meine Freundin sagen, *du wirst es ihm niemals recht machen können.*

Und war ich mir dessen nicht längst bewusst? Ich hatte es nur nicht wahrhaben wollen. Ich hatte mich an einen Traum geklammert. Wie konnte ich bloß so blind sein – und mich selbst so verleugnen?

Denk endlich an dich selbst!

Es klingt absurd, aber meine Mutter gab mir sogar in ihrem Tod noch einmal die Kraft, die ich so dringend brauchte. Ich würde das Dorf verlassen. Zu meiner Freundin in die Stadt ziehen. Weg von Ferdinand. Gleich nach der Trauerfeier. Im Grunde war alles so einfach.

Doch je näher die Beerdigung rückte, desto aufgeregter wurde ich. Wie würde Ferdinand reagieren, wenn ich meinen Entschluss wahr machte? Musste ich es ihm sagen? Konnte ich nicht einfach meine Tasche packen? Brachte ich tatsächlich so viel Mut auf? Die Ungewissheit begleitete mich auf Schritt und Tritt. Nachts wälzte ich mich schlaflos herum. Am Tag fehlte mir der Appetit, und ich verlor an Gewicht. Immer wieder musste ich mich übergeben, so groß war die Angst.

Am Tag vor Mutters Bestattung erbrach ich mich erneut. Als ich den Kopf hob, streifte mein Blick den Kalender. Schlagartig wurde mir bewusst, dass mein Unwohlsein keineswegs der Nervosität geschuldet war. Nein, viel schlimmer: Ich war schwanger.

Kapitel 40

Lauras befreites Lachen ging in ein Kichern über. »Das ist sie nicht!«

Ihr Schwager zog seine Augenbrauen zusammen.

»Hast du nicht verstanden?« Sie packte ihn an den Schultern und schüttelte ihn. »Das da ist nicht Lisa!«

»Du bist verwirrt.«

»Nein!« Die Bäume warfen ihren Aufschrei in einem Echo zurück. »Bin ich nicht. Ich bin mir sicher.«

Frank nahm sie in den Arm. »Lass uns gehen.«

»Nein!« Sie entwand sich seinem Griff. »Lisa ist viel zierlicher, das weißt du doch, schau genau hin, und ...« Widerwillig sah sie selbst noch einmal zu dem Leichnam. Ein Polizist breitete gerade eine Plane darüber aus, während ein zweiter versuchte, die Journalisten von der Lichtung zu vertreiben. »Und hast du den Bauchnabel gesehen? Sieh ihn dir an, er ... er ist ... ganz und gar unversehrt!«

»Was redest du da?«

»Lisa hatte ein Bauchnabelpiercing. Erst letzte Woche gestochen. Verstehst du das denn nicht?«

Endlich begriff ihr Schwager. Doch während sich Erleichterung auf seinem Gesicht abzeichnete, begann Laura plötzlich haltlos zu zittern. Die Vorstellung, dass es ihre Tochter hätte sein können –

Sie kann es beim nächsten Mal sein!, wisperte eine Stimme in ihr.

»Sie ist es, oder?«, fragte Laura keuchend. »Die Bestie?«

»Noch wissen wir gar nichts!« Franks Blick glitt hinüber zu den Reportern. Sogar einige Dorfbewohner tauchten zwischen den Bäumen auf. Uniformierte Beamte, von denen immer mehr herbeiströmten, drängten die Schaulustigen zurück und errichteten rings um die Lichtung einen Sichtschutz.

Als eine Stimme »Herr Theis!« rief, erkannte Laura sie sofort. Ihr Schwager war sichtlich bemüht, sie zu überhören. Er begab sich hinüber zu Sam, der mit hängenden Schultern zwischen den Bäumen stand, dort, wo Laura ihn zurückgelassen hatte. Schlagartig wurde ihr klar, dass ihr Sohn den gleichen Anblick hatte ertragen müssen wie sie selbst.

»Sam!« Sie folgte ihrem Schwager. »Das da ist nicht Lisa.«

Ihr Sohn sah mit verheulten Augen auf.

»Das ist nicht Lisa!«, wiederholte sie.

»Deine Mutter hat recht«, sagte Frank. »Aber, Sam, sag mir bitte eins. Das ist kein Zufall, dass du die ... dass du das Mädchen heute gefunden hast, hab' ich recht?«

Sam blickte zu Boden und schüttelte den Kopf.

»Du hast sie schon gestern Abend im Wald entdeckt?«

»Was redest du da?«, fuhr Laura dazwischen. »Wieso gestern Abend? Sam war doch bei euch.«

»Nein«, entgegnete Frank, »er hat sich gestern Abend schon einmal aus dem Haus geschlichen.«

»Was soll das heißen? Dass er ...«

»Ja, offenbar schon gestern Abend das Mädchen entdeckt hat.« Frank presste die Lippen aufeinander. »Er wollte mir sogar von dem Fund erzählen, er hat geglaubt, es wäre Lisa. Aber ich ließ ihn nicht ausreden, weil ich sauer auf ihn war. Außerdem dachte ich, er spinnt sich nur wieder was zurecht und ...«

»Herr Theis!«, unterbrach ihn eine laute Stimme.

Frank nahm Lauras Ellbogen. »Geht jetzt besser.« Er schob Laura und Sam beiseite. »Geht erst einmal zu uns. Renate wird sich um euch kümmern.« Er rief zwei Polizisten zu sich. »Meine Kollegen werden euch begleiten und dafür sorgen, dass die Reporter euch in Frieden lassen.«

»Herr Theis!«

Franks Wangen färbten sich vor Zorn rot. »Und nun geht!«

Noch ehe Laura etwas erwidern konnte, marschierte er auf Alex Lindner zu.

Alex trat einen Schritt zurück, als der Polizist auf ihn zuraste.

»Was …«, stieß Theis hervor, packte ihn am Arm und zerrte ihn ein paar Meter weg in den Wald, bis Bäume und Sträucher sie vor den Blicken der Reporter schützten. »Was habe ich Ihnen heute Mittag gesagt?«

Alex löste seinen Blick von der weißen Plane, mit der die Leiche abgeschirmt worden war. Dass es sich bei der Toten nicht um die vermisste Lisa Theis handelte, hatte er vor wenigen Minuten an der erleichterten Reaktion ihrer Mutter erkennen können.

»Was ist mit der Frau passiert?«, fragte er.

Der Polizist schnaubte. »Hören Sie mir eigentlich …«

»Wissen Sie, ob sie gefoltert wurde? Wurde sie enthauptet?«

»Nein.«

»Nein, weil Sie es nicht wissen? Oder weil sie nicht enthauptet wurde?«

»Nein, weil Sie das einen Scheißdreck angeht.«

»Lassen Sie mich einen Blick auf die Leiche werfen, dann kann ich Ihnen sagen … O Scheiße!«

Ein Windstoß hatte die Plane von der Leiche gefegt und ein groteskes Bild enthüllt, noch ehe ein Uniformierter herbeieilen und es wieder vor den Augen der Umstehenden verbergen konnte.

»Scheiße, verdammt!« Theis schrie einen seiner Beamten an. »Decken Sie sie wieder zu!« Dann funkelte er Alex böse an. »Also, sah das nach Ihrer verdammten Bestie aus?«

Nein, das sah nicht nach der Bestie aus!, dachte Alex. Die Bestie, *die Straßenbestie*, hatte ihre Opfer nicht unter Tannenzweigen, Ästen und Moos liebevoll zur Ruhe aufgebahrt, sondern wie

Dreck am Straßenrand abgeladen, nackt und grausam entstellt, fast so, als wollte sie sichergehen, dass ihr blutiges Werk auch entdeckt und bewundert wurde. Das tote Mädchen auf der Wiese dagegen war –

Das Blut gefror Alex in den Adern.

Sieh die Mädchenwiese!

Nervös nestelte er an der frischen Kleidung, die er gegen die verschmutzte getauscht hatte, kurz bevor er mit Paul in den Wald gerannt war. Die Jeans saß plötzlich zu eng, und der Hemdkragen schnürte ihm die Luft ab. »Und was ist mit Ihrer Nichte?«

»Was soll mit ihr sein?«

»Wenn *das* da nicht Lisa ist, wo ist sie? Ist sie die nächste ...«

»O nein! Das *hier* hat nichts mit dem Verschwinden meiner Nichte zu tun, das wissen Sie ganz genau.«

»Sie glauben doch nicht immer noch, dass dieser Zachowski was mit Lisas Verschwinden zu tun hat? Oder womöglich *hiermit.*«

Auf der Lichtung bauten Kriminaltechniker Scheinwerfer auf und errichteten ein schützendes Zelt über dem Leichnam. Sie würden sich beeilen müssen. Mit der einsetzenden Dämmerung zogen graue Wolken am Himmel auf. Der Regen würde Spuren auf der Wiese vernichten.

»Hören Sie«, sagte Alex, »ich komme gerade aus Berlin, wo ich in einem Kinderheim war, und dort habe ...«

»Es reicht!« Theis baute sich vor ihm auf und bohrte seinen Zeigefinger in Alex' Brust. »Zum letzten Mal: *Sie* sind nicht mehr im Dienst. Und werden es, so Gott will, nie mehr sein. Wenn Sie damit ein Problem haben, gehen Sie zum Arzt – oder in Ihre Kneipe und saufen sich um den Verstand. Damit haben Sie ja Erfahrung. Aber sollte ich Sie noch einmal dabei erwischen, wie Sie Polizist spielen, reiße ich Ihnen den Arsch auf. Haben Sie verstanden?«

Ja, ich hab' begriffen, und zwar alles, dachte Alex und wollte nach Gizmo rufen – doch noch im selben Moment kam ihm wieder die schmerzliche Erinnerung.

Auf dem Weg zurück ins Dorf hatte Paul Mühe, mit ihm Schritt zu halten. »Alex, warte doch. Was ist in Berlin passiert? Und was hast du mit dem Kinderheim gemeint?«

Alex schaltete sein Handy ein. Zwei Anrufe waren auf der Mailbox eingegangen. Beide Male Kastner von *Fielmeister's*, der um einen Rückruf bat.

»Glaubst du wirklich, es ist die Bestie?«, fragte Paul.

Alex wählte Schöffels Nummer. »Also«, sagte er, kaum dass sich sein ehemaliger Kollege meldete, »du wolltest wissen, was vor sich geht.«

»Ich höre.«

»Es geht um ein verschwundenes Mädchen und um ...«

»... die Bestie, ja, ich weiß. Es hat sich herumgesprochen, dass du Pferde scheu machst. Aber du rufst ganz sicher nicht an, nur um mir *das* zu erzählen, was ich sowieso schon weiß. Was willst du diesmal von mir?«

Alex fühlte sich ertappt. »Du hast die Möglichkeit, auf Datenbanken der Behörden zuzugreifen. Auch die der Senatsverwaltungen.«

»Mhm«, erwiderte Schöffel.

»Ich brauche Informationen der Adoptionsvermittlungsstelle. Und die eines Kinderheims.«

»Das in Altglienicke, vermute ich.«

»Ich muss wissen, wer dort untergebracht war. Sagen wir, die letzten zwanzig oder dreißig Jahre.«

Schöffel prustete los. »Nicht dein Ernst, oder?«

»Würde ich dich sonst darum bitten?«

»Vergiss es. Deine Anfrage gestern zu diesem ... Wie hieß er noch? Ist auch egal. Jedenfalls, das war ein Kinderspiel. So was erledige ich hier täglich, nebenbei. Aber das jetzt – *unmöglich!* Das bleibt nicht unbemerkt, wirft Fragen auf, und ich bin meinen Job schneller los, als du *danke* sagen kannst.«

»Es ist wichtig.«

»Bei dir ist alles wichtig. Aber ich habe eine Familie, drei Kinder und gerade ein Haus gekauft. *Mein* Job ist mir auch wichtig.«

»Dann verrat mir wenigstens noch eines …«

Schöffel brummte: »Was?«

»Gibt es noch andere Mädchen, die vermisst werden?«

»Hast du eine Ahnung, wie viele …«

»Nur Mädchen im Alter zwischen fünfzehn und zwanzig, schwarzhaarig, schlank, verschwunden in den letzten, sagen wir, vier Wochen. In Berlin und Umgebung.«

Die Computertastatur klackerte. Schöffel seufzte. »Ich hab' hier zwei Mädchen, auf die deine Beschreibung zutrifft. Eine Lisa Theis, sechzehn, aus …«

»Nein, die andere!«

»Silke Schröder, siebzehn, aus Kleinmachnow. Wohnt noch bei ihren Eltern. Wird seit anderthalb Wochen vermisst.«

»Wo genau in … Hallo?«

Schöffel hatte aufgelegt.

Lisa schlug die Augen auf. Es war stockfinster. Sie lag auf einem kalten Steinboden. Sie setzte sich auf und krümmte sich unter grässlichen Schmerzen. Eine Ewigkeit verging, bis sie endlich nachließen. Behutsam ertastete sie ihre Verletzungen. Es waren zu viele. Ihr ganzer Leib kam ihr vor wie eine einzige schwärende Wunde. Solche Schmerzen hatte sie noch nie erlebt.

Als sie ihre lädierte Brust berührte, wurde ihr bewusst, dass sie ihr Kleid nicht mehr trug. Auch ihr Slip war fort. Bis auf den Sack über ihrem Kopf war sie nackt. Sie drehte sich auf die Seite. Ihr misshandelter Körper protestierte. Sie streckte die Hand in die

Finsternis aus, und ihre Finger bekamen die Matratze zu fassen. Sie biss die Zähne aufeinander. Alles in ihr rebellierte. Trotzdem kroch sie vorwärts. Sie bewegte sich wie in Zeitlupe. Immer wieder legte sie Pausen ein. Dann fiel sie endlich auf die weichen Daunen. Die Matratze stank erbärmlich, aber das war ihr gleichgültig. Hier würde sie liegen bleiben. Sich nicht mehr fortbewegen. Sie konnte nicht einmal mehr weinen. Schritte hallten durch die Dunkelheit. Lisa blieb liegen. Dass sie nackt war, behagte ihr nicht. Aber im Grunde gab es nichts an ihr, was ihr Peiniger nicht schon gesehen und angefasst oder verletzt hatte.

Die Glühbirne in ihrem Verlies flammte auf. Reflexartig schloss sie die Augen.

Im nächsten Moment klirrten Schlüssel, und die Gittertür schwang auf. Er würde sie wieder schlagen. Foltern. Und diesem ganzen Alptraum endlich ein Ende bereiten. Doch stattdessen setzte er ein Tablett neben ihr ab. Als sich seine Schritte entfernten, wagte Lisa die Augen zu öffnen. Überrascht stellte sie fest, dass sie ihren Entführer sehen konnte. Der Sack war eingerissen. Direkt vor ihrem rechten Auge befand sich ein Schlitz, gerade groß genug, um einen Blick auf ihren Peiniger zu werfen. Er wandte ihr den Rücken zu, zudem stand die Zellentür weit offen. *Jetzt*, dachte Lisa.

Aber sie war zu schwach. Sie würde keine zwei Meter weit kommen. Sie beobachtete, wie er ihren Topf in einen Eimer entleerte. Dann wandte er ihr sein Gesicht zu. Fast hätte sie einen Schrei ausgestoßen. Denn das, was sie da sah, konnte ihr Gehirn nicht verarbeiten. *Das kann nicht sein! Das ist nicht wahr!* Der Anblick schnürte ihr die Kehle zu.

Im nächsten Moment verließ er die Zelle und verriegelte die Gittertür. Lisa liefen Tränen über die Wangen.

»Hallo?«, fragte eine Stimme.

Trotz der schlimmen Schmerzen fuhr Lisa hoch. »Silke?«

Kapitel 41

»Du bist schwanger!«, stellte Ferdinand am Abend von Mutters Beerdigung fest.

Wie versteinert blieb ich in der Küche stehen. Meine Hände hielten den Kochtopf umklammert. Dessen Hitze versengte mir die Finger, aber ich bemerkte es nicht. Wohl aber, dass mein Schweigen bereits Antwort genug war.

»Gut«, sagte mein Mann mit tonloser Stimme.

Noch während ich überlegte, wie er von meiner Schwangerschaft erfahren hatte – ich weiß es bis heute nicht –, wurde mir abrupt klar, dass ich nicht von ihm fortgehen würde. Vielleicht hielt mich noch immer die Scham davon ab, jetzt mehr denn je. Oder es war die Angst, ein Kind alleine ohne seinen Vater aufziehen zu müssen. Ich konnte es einfach nicht.

»Du gehst nicht mehr in die Bäckerei arbeiten«, beschloss Ferdinand.

Ich setzte zu einer Antwort an, brachte aber keinen Ton hervor, weil sich Ferdinands Blick veränderte.

»Du musst dich schonen.«

War es Milde? Ich wollte es gerne glauben, so wie ich auch glauben wollte, dass er sich über das Baby freute. Denn seine Wut, das wissen Sie ja längst, seine Wut äußerte er anders.

Und tatsächlich, er vergriff sich nicht mehr an mir. Außerdem erledigte er fortan unsere Haushaltseinkäufe. Er schlachtete die Hühner und bewahrte mich davor, nach draußen in die klirrende Winterkälte zu gehen. Er beschaffte mir Umstandskleider aus der Stadt. Den freien Raum im ersten Stock gestaltete er zu einem Kinderzimmer um. Er tapezierte die Wände in Weiß und kaufte eine Holzwiege.

»Was hältst du davon?«

Ich traute meinen Ohren kaum. Er hatte mich nach meiner Meinung gefragt.

»Ja«, antwortete ich, noch immer verblüfft, während ich über meinen Kugelbauch streichelte. »Das gefällt mir.«

»Gut.«

Ich fühlte mich wie in einem Traum. Oder wie im wirklichen Leben, das dem Erwachen aus einem Alptraum folgte. Es gab Tage, da wünschte ich mir, die Schwangerschaft würde niemals enden.

Als meine Wehen einsetzten, raste Ferdinand mit mir ins Krankenhaus. Die Entbindung dauerte sechs Stunden, danach hielt ich einen properen Jungen im Arm.

Dieses verletzliche Lebewesen erfüllte mich mit unglaublichem Stolz und Glück – und einer Liebe, wie ich sie nie zuvor empfunden hatte. Einer Liebe, die zugleich auch Hoffnung bedeutete.

Ferdinand strahlte beim Anblick des Kleinen wie bei unserem ersten Rendezvous.

Am Nachmittag nach meiner Heimkehr aus dem Hospital hängte ich die Wäsche zum Trocknen auf die Leine im Garten. Mein Mann saß auf der Holzbank, das Neugeborene auf seinem Schoß.

»Mein Sohn«, sagte Ferdinand und lachte so ausgelassen, wie ich es noch nie zuvor bei ihm gehört hatte.

Vielleicht, dachte ich in diesem Moment, *beginnt mein neues Leben erst jetzt, da ich ein neues Leben geboren habe.* Vielleicht war es das Kind, das ich Ferdinand geschenkt hatte, mit dem ich zum ersten Mal wirklich alles richtig gemacht hatte.

Ich warf das letzte Laken über die Wäscheleine. Aus den Sträuchern tapste ein Kater heran. Schnurrend strich er mir um die Beine. Ich ging in die Knie und streichelte das Tier, dessen Auftauchen für mich einem Zeichen gleichkam. *Wie eine kleine Familie*, schoss es mir durch den Kopf.

»Wie heißt du?«, fragte ich den Kater.

Er maunzte.

»Ich versteh' dich nicht.«

Er hockte sich hin und begann seine Vorderpfote zu lecken.

»Ich nenne dich Eduard. So hieß mein Vater, weißt du das?«

Der Kater hielt inne und sah mich mit großen Kulleraugen an.

»Mein Vater war ein guter Mensch. In seiner Nähe war ich glücklich und –«

»Mit wem redest du da?«, fragte Ferdinand.

»Hier ist ein Kater«, antwortete ich. »Ich glaube, er gehört den Nachbarn.« Ich erhob mich und begab mich hinüber zu meinem Sohn und meinem Mann.

»Ferdinand«, sagte ich, »ich glaube, es ist Zeit fürs …« Ich erstarrte. »Mein Gott, was tust du da?«

Kapitel 42

Laura empfand Erleichterung, als sie zurück ins Dorf ging.

»Alles wird gut«, flüsterte sie und drückte ihren Sohn an sich. Sam wischte sich über das verweinte Gesicht. Er zitterte noch immer. Plötzlich wurde Laura wütend. *Das alles hätte nicht passieren dürfen!* Als sie das Haus ihrer Schwägerin betrat, platzte es aus ihr heraus: »Ich hab' gedacht, Sam ist in guten Händen bei euch! Stattdessen war er im Wald. Gestern Abend. Vorhin. Warum? Er hat …«

»Es tut mir leid«, erwiderte Renate kleinlaut, »meine Mutter ist eingeschlafen.«

»Wie kann sie nur …?« Ihre eigene Stimme schrillte Laura in den Ohren. »Ich fass' es nicht … Ich … Ich hätte niemals …« Vor ihren Augen tauchte das Bild des toten Mädchens auf. »Habt ihr eine Vorstellung, was er durchmacht?«

Während Laura wütete, wurde ihr bewusst, dass sie nur ihr eigenes Versagen überspielte. Ihre Schwägerin oder deren Mutter trugen keine Schuld. Laura selbst war es gewesen, die ihre Kinder vernachlässigt hatte und mit der Erziehung überfordert war.

»Tut mir leid«, wisperte sie beschämt und flüchtete ins Wohnzimmer. Sam kauerte neben Renates Mutter auf der Ledercouch und hielt ein Glas Cola in der Hand. Laura kniete sich vor ihn und nahm ihn in den Arm.

»Mama«, brachte er mit erstickter Stimme hervor, »ist das wirklich nicht … Lisa gewesen?«

»Nein, mein Schatz, nein.«

Aber Lisa kann es beim nächsten Mal sein!, flüsterte eine Stimme in ihr. Sie zuckte zusammen, woraufhin Sams Cola über den Rand schwappte und auf die schwarze Ledercouch tropfte. Doch Renate verlor kein Wort darüber. Erneut schämte Laura sich für ihren Wutausbruch. »Ich glaube, es ist besser, wir gehen nach Hause.«

»Das halte ich für keine gute Idee«, sagte Renate. Wahrscheinlich hatte sie recht. Bereits bei Lauras Rückkehr aus dem Wald war das Dorf kaum wiederzuerkennen gewesen. Die Nachricht von dem toten Mädchen hatte sich in Windeseile verbreitet und immer mehr Übertragungsfahrzeuge in den Ort gelockt. Die Reporter waren sofort auf Laura losgestürmt.

Entmutigt sank sie aufs Sofa. Kurz darauf erhob sich Renates Mutter. »Ich mach' euch erst einmal einen Tee.«

Ich will keinen Tee, ich will wissen, wo Lisa ist, hätte Laura gerne geantwortet. *Und dass dieser Wahnsinn endlich ein Ende hat.*

»Mama«, wisperte Sam.

»Was ist, mein Schatz?«

»Muss ich jetzt ins Heim?«

Sie sah ihn entgeistert an. »Wie kommst du denn darauf?«

»Das hat Tante Renate gesagt.«

Laura wechselte einen Blick mit ihrer Schwägerin, die mit den Schultern zuckte.

»Ach, Sam!« Laura setzte sich neben ihn und strich ihm durch die Haare. »Nein, ganz sicher hat sie das nicht gesagt. Bestimmt hast du was falsch verstanden.«

»Also kann ich jetzt wieder zu dir?«

»Aber ja doch.« Sie hielt ihn ganz fest an sich gedrückt. »Du bleibst bei mir. Und bei Lisa. Alles wird gut, ganz bestimmt.« Und als würde es tatsächlich so werden, wenn sie es nur lange genug wiederholte, sagte sie erneut: »Alles wird gut.«

Erleichtert schmiegte Sam sich an ihre Brust. Für einen Moment war alles wie früher. Doch dann sah er mit bangem Blick zu ihr auf. »Warum kommt Lisa dann nicht zurück? Sie hat es doch versprochen!«

Stille folgte Lisas Worten. Schon dachte sie, ihr Verstand hätte ihr einen Streich gespielt. Da erklang aus der Dunkelheit die Frage: »Wer ist … Silke?«

Lisa weigerte sich zu begreifen, was sie gehört hatte. »Silke?«, fragte sie erneut.

»Nein!«

Es war tatsächlich nicht Silkes heisere Stimme.

»Wer bist du?« Lisa erschrak über ihre eigene Stimme, die kraftlos klang, so wie die Stimme von –

»Nina«, sagte das andere Mädchen.

Was machst du hier?, hätte Lisa beinahe gefragt. Doch sie kannte die Antwort.

»Und du?«, erkundigte sich Nina.

»Lisa.«

»Bist du auch ... gefangen?«

»Ja«, sagte Lisa.

»Und diese Silke, sie auch?«

Lisa schwieg.

»Sag schon!«

»Pst«, erwiderte Lisa, »du solltest besser nicht so laut sein.«

Sofort wurde ihr bewusst, dass sie Silkes Worte benutzt hatte. Irgendwie machte das die ganze Situation noch widersinniger.

»Und was, wenn nicht?«, rief Nina.

Ehe Lisa antwortete, betrachtete sie ihre Verletzungen. Striemen und Schnitte zogen sich in einem bizarren Muster über ihren ganzen Leib. An den entzündeten Rändern tiefer Wunden zeichneten sich Abdrücke von Zähnen ab. »Er mag es nicht, wenn du laut bist«, sagte sie. »Dann wird er wütend.«

»Wer ist er?«

»Du kennst ihn nicht?«

»Würde ich dich sonst fragen?«

»Was ist passiert?«, erkundigte sich Lisa.

»Ich war bei meinem Freund ...«

»Er heißt Berthold, oder?«

»Ja.«

»Er ist älter als du.«

»Ja, ja, ja, aber ...« Ninas Stimme hallte durch die Dunkelheit. »... woher weißt du das?«

Lisa schwieg. Berthold hatte sie belogen und betrogen. Lisa heulte auf.

»Geht es dir gut?«, fragte Nina.

»Beschissen«, sagte Lisa, und erneut kam ihr die Unterhaltung erschreckend vertraut vor. Kaum zu glauben, dass noch nicht viel Zeit vergangen war, seit Silke –

Das Blut gefror Lisa in den Adern. Sie versuchte, sich zu erinnern, was Silke gesagt hatte.

Christina, das Mädchen, das er *vor* Lisa eingesperrt hatte, verschwand einen Tag nachdem Silke eingesperrt worden war. Silke war verschwunden, nachdem er Lisa entführt hatte – sicherlich nach ebenfalls nur einem Tag.

»Nina«, presste Lisa hervor. Ihr Atem ging schneller. »Wie lange bist du schon hier?«

Während der Fahrt nach Kleinmachnow legte Alex sich seine Worte zurecht und zog aus seiner Geldbörse eine Scheckkarte, die dem Dienstausweis der Berliner Polizei entfernt ähnlich sah. *Sollte ich Sie noch einmal dabei erwischen, wie Sie Polizist spielen …*, hallte Frank Theis' Stimme durch seinen Verstand.

Er verscheuchte den Gedanken und parkte in einer ruhigen Seitenstraße vor einem Backsteinhaus, in dessen Garten dichte Rhododendronbüsche wuchsen. Eine Außenleuchte flammte auf. Noch ehe er den Klingelknopf betätigen konnte, öffnete ihm eine Frau, deren kurze schwarze Haare von grauen Strähnen durchsetzt waren. »Sie ist es«, stieß sie mit brüchiger Stimme hervor. »Deswegen sind Sie hier, oder?«

Alex fehlten die Worte.

Die Frau fuhr fort: »Das Mädchen im Wald, wir haben im Radio davon gehört. Es ist unsere Tochter. Silke.«

»Frau Schröder, bitte warten Sie, wir wissen noch gar nichts«, entgegnete Alex.

Silkes Mutter fasste sich an die Brust. Im Licht der Außenlampe schimmerten Tränen in ihrem Gesicht. Sie schüttelte den Kopf. Ihr Blick irrte durch den Vorgarten und über die Straße, als würde dort ihre Tochter jeden Augenblick aus der Dunkelheit auftauchen. »Aber warum sind Sie denn dann hier?«

»Ich muss Ihnen einige Fragen stellen.«

Silkes Mutter ging den Flur voraus in das Wohnzimmer. Zigarettenqualm hing in der Luft, und Asche verfärbte den nikotingelben Veloursteppich schmutzig grau. Auf dem Sofa saß ein älterer Mann und hielt den Blick auf den Fernseher gerichtet, auf dem tonlos eine Soap flimmerte. Im flackernden Licht des Bildschirms glich Silkes Vater einem Geist.

Der Anblick der leidenden Eltern verstärkte Alex' schlechtes Gefühl. »Sie haben Ihre Tochter vor anderthalb Wochen vermisst gemeldet.«

Silkes Mutter ließ sich auf der Sofakante neben ihrem Mann nieder, zog ein Taschentuch aus ihrer Rocktasche und tupfte sich damit die Augen. Da sie nicht antwortete, fuhr Alex fort: »Silke ist von zu Hause ausgerissen. Zumindest deutet alles darauf hin.«

Diesmal nickte die Mutter.

»Ihre Tochter hat einen älteren Mann kennengelernt. Sie hat nie von ihm erzählt, oder?«

Erneut bekam Alex eine wortlose Bestätigung von Silkes Mutter.

»Er hat Ihrer Tochter Geschenke gemacht, neue Kleider, teuren Schmuck.«

Der Vater löste seinen Blick vom Fernseher und sah Alex an. »Das haben wir doch schon alles gesagt.«

»Natürlich, ich weiß, entschuldigen Sie, aber wir müssen jeder Spur nachgehen, alles noch einmal überprüfen. Es ist wirklich wichtig.« Alex' Handy klingelte, doch er drückte den Anrufer weg und fragte: »Darf ich mir Silkes Zimmer ansehen?«

Der Mann starrte wieder auf den Fernseher. Die Mutter stemmte sich in die Höhe, dann führte sie Alex in das obere Stockwerk. Sie blieben vor einer geschlossenen Tür stehen, an der ein Zettel klebte. Darauf stand mit geschwungenen Buchstaben Silkes Name.

Alex öffnete die Tür und betrat ein Zimmer mit roten Wänden. Vor dem Fenster stand ein Bauernbett. In einem Bilderrahmen hing ein Poster der Chippendales, signiert und mit dem verblassten Abdruck eines Lippenstifts. Auf dem Schreibtisch türmten sich neben Heftern und Schulmappen eine Vielzahl Packungen mit Parfüms, Eyelinern, Lipgloss und anderen Schminkutensilien.

Alex wusste nicht, wonach er Ausschau halten sollte, aber er hoffte, einen Hinweis zu finden, irgendetwas, das übersehen worden war. Der schrille Ton der Türklingel beendete seine Suche, noch bevor er richtig damit begonnen hatte.

»Das werden meine Kollegen sein«, sagte er.

Silkes Mutter, die bis dahin unbewegt in der Diele gestanden hatte, ging die Treppe hinab. Wieder läutete Alex' Handy. Diesmal nahm er den Anruf entgegen.

»Kannst du mir sagen, was das soll?«, fragte Norman wütend.

Stimmen drangen aus dem Erdgeschoss nach oben. Alex öffnete das Fenster, das in den Garten zeigte. »Ich erklär's dir später.«

»Herrgott, nein, nicht später! *Jetzt!* Hast du unser Abendessen schon wieder vergessen?«

»Norman, ich muss auflegen.« Alex kappte das Gespräch, schwang sich übers Fensterbrett und hangelte sich am Sims zu einer Mülltonne. Von dort sprang er auf den Rasen. Er sah undeutlich, wie sich jemand zum Fenster hinausbeugte, tauchte zwischen den Rhododendronbüschen ab und lief durch den Garten zu seinem Wagen.

»Ein paar Stunden«, hörte Lisa das andere Mädchen sagen, »oder einen halben Tag. Ich weiß nicht. Ich glaube, er hat mich betäubt, als ich in seinen Wagen gestiegen bin.«

Mit einem Mal konnte Lisa sich erinnern. Kurz nachdem sie sich am Wochenende von Berthold verabschiedet hatte, war sie in seinen Wagen gestiegen. Sie war gerade auf dem Weg zur Bushaltestelle gewesen, als er neben ihr hielt und ihr vorschlug, sie heimzufahren. Unterwegs hatte er ihr einen Drink angeboten.

»Warum?«, fragte Nina. »Warum willst du das wissen?«

»Vergiss es.«

»Ich hör' dir doch an, dass da was ist! *Was?*«

Lisa antwortete nicht. Es war noch nicht lange her, da hatte sie ihren Tod herbeigesehnt. Er schien die einzige Rettung aus diesem Alptraum. Doch da sie ihn nun unmittelbar vor Augen hatte, klammerte sie sich an ihr Leben. Weil sie nicht sterben wollte. Weil sie noch so viele Pläne hatte: Bungeespringen, Reiten, Tanzen. Und weil sie Sam versprochen hatte, wieder heimzukommen. *Aber dir bleibt nur noch ein Tag. Ein einziger beschissener Tag. Wenn überhaupt!*, wisperte eine Stimme in ihrem Kopf.

Sie erinnerte sich an die Glasscherbe, die sie unter ihrer Matratze versteckt hatte. Sie nahm den Sack vom Kopf, glitt von der Unterlage. Ihr Körper protestierte unter entsetzlichen Schmerzen. Erst beim dritten Mal gelang es ihr, die Matratze in die Höhe zu stemmen.

»Bitte«, flüsterte sie.

Die Scherbe lag noch dort. Lisa hatte Mühe, sie zwischen den Fingern zu halten. Selbst dafür war sie zu schwach. *Und überhaupt, was willst du damit anfangen, mit einer blöden Scherbe?* Sie blendete die spöttische Frage aus und schob die Scherbe zurück unter die Matratze. Ihr Blick fiel auf das Tablett. Diesmal bestand das Mahl aus klarer Brühe, einem harten Stück Brot, einem spärlichen Häufchen Reis und einem Glas Wasser. Lisa zwang sich zu essen, sie durfte nicht noch schwächer werden. Die Brühe schmeckte so versalzen, dass Lisa gegen den Brechreiz ankämpfen musste, und die Reiskörner waren halb gar. Doch sie würgte alles hinunter.

Kapitel 43

»Ferdinand!«, wiederholte ich ungläubig. »Was tust du da?«

Langsam drehte mein Mann sich zu mir um. »Ihn füttern, das siehst du doch.«

Ich sah nur, wie er dem Jungen mit einem Löffel Brei tief in den Mund stopfte. Der Kleine wehrte sich strampelnd dagegen. »Aber doch nicht so! Er ist erst einen Tag alt. Ich muss ihn stillen und …«

»Du musst gar nichts!« Ferdinand schob dem Baby einen weiteren Löffel zwischen die Lippen. »Er ist *mein* Sohn. Also werde *ich* mich um ihn kümmern.«

Ferdinand umklammerte das Köpfchen mit seinen kräftigen Fingern. Der Kleine begann zu schreien. Als der Löffel tief in seinem Hals verschwand, würgte der Säugling.

Ich entriss meinem Mann das Kind. Das war mein Fleisch und Blut, mein Sohn! Mit einem Mal wusste ich, was ich zu tun hatte, so klar und deutlich wie nie zuvor. Wie hatte ich bloß daran zweifeln können? Hatte ich tatsächlich geglaubt, ein Kind würde Ferdinand verändern? Ich war solch eine Närrin.

Keuchend, meinen weinenden Sohn an meine Brust gedrückt, rannte ich in Richtung Straße. Doch die Strapazen der Geburt steckten mir noch in den Knochen. Ich war zu langsam. Bereits nach wenigen Metern holte mein Mann mich ein. Ich spürte, wie seine Hände in meine Haare griffen. Mit einem Ruck riss er mich zu Boden. Ich hielt meine Arme schützend vor das Baby. Mein Sohn weinte und zappelte, während Ferdinand mich an meinen Haaren ins Haus schleifte.

»Ich weiß, was du vorhast!«, schrie er mich an. »Aber du kannst mir nicht entkommen, du nicht!«

Sein Deodorant stieg mir in die Nase. *Patras.* Wie ich es hasste! Wie ich *ihn* hasste! Ich spuckte ihn an.

Seine Faust schoss nach vorne und traf meine Nase. Infernalischer Schmerz raubte mir die Sicht. Als sich mein Blick wieder klärte, lag mein Sohn auf der Couch. Ich selbst kauerte auf den Fliesen, blutig und nackt.

Mein Kleid und meine Unterwäsche waren nur noch Stofffetzen, die ein Ungeheuer in der ganzen Stube verteilt hatte. Ich wollte hinüber zu meinem Sohn, doch ich konnte mich nicht bewegen. Meine Arme waren mir über den Kopf gebogen, meine Hände mit Seilen an die gusseiserne Heizung gebunden.

»Du«, sagte Ferdinand und beugte sich zähnefletschend über mich, »du wirst mir meinen Sohn nicht nehmen.«

»Du bist irre!«

Wie eine Peitsche klatschte seine Hand auf meine Wange, schleuderte meinen Kopf zur Seite.

Die Finger meines Mannes legten sich um meinen Hals.

»Nein«, keuchte ich.

Dann drang Ferdinand in mich ein und würgte mich weiter. Mein Blick fand das Baby auf der Couch. Im nächsten Moment wurde mir schwarz vor Augen, und Dunkelheit umfing mich.

Als ich erwachte, befand ich mich in einer schmucklosen Kammer ohne Fenster. Es dauerte einen Augenblick, bis ich begriff, wo ich war. Ich lag in einem der Kellerräume.

»Du wirst mir meinen Sohn nicht nehmen«, drang Ferdinands Stimme von der Tür an mein Ohr. Er verriegelte das Schloss. »Eher bringe ich dich um.«

Kapitel 44

Alex hielt Ausschau nach unliebsamen Zeugen, konnte jedoch auf dem gepflasterten Innenhof niemanden entdecken. Er trat zu einer Glastür. Wie erwartet war sie nur angelehnt. Ohne weiteres Zögern schlüpfte er in den Flur der Berliner Gerichtsmedizin an der Charité. Die Wände warfen den Klang seiner Schritte zurück. Als Alex nur noch wenige Meter vom Obduktionssaal entfernt war, öffnete sich dessen schwere Metallpforte, und Dr. Wittpfuhl trat heraus. Ein dichter Haarkranz umgab sein solariumgebräuntes Gesicht, und der grüne Kittel schlackerte um seinen athletischen Körper. Passend zum Kittel trug er grüne Clogs. Der leitende Rechtsmediziner hob die Augenbrauen, als er Alex erblickte. »Hi, Alex.«

»Hallo, Simon.«

»Lange nicht gesehen.«

»Stimmt.«

»Wie ich hörte, bist du aus Berlin weggezogen?«

»Schon vor einer ganzen Weile.«

»Und wohin?«

»Finkenwerda.«

»Was?«

»Ein kleines Örtchen im Spreewald«, erklärte Alex, »ruhig gelegen und …« Er verstummte. *Ruhig gelegen und friedlich*, hatte er sagen wollen, doch dann war ihm schlagartig bewusst geworden, dass dies nicht zutraf.

Eine der Neonröhren gab einen zischenden Laut von sich und erlosch. In dem plötzlichen Schatten wirkte Wittpfuhls Gesicht noch dunkler. Der Arzt warf einen Blick in die Richtung, aus der Alex gekommen war. »Wie bist du hier reingekommen?«

»Hintertür.«

»Ach, diese verdammten Raucher. Ich habe ihnen schon tausendmal erklärt, sie sollen die Tür wieder schließen.«

Der Mediziner trottete an Alex vorbei den Gang entlang. Seine Clogs quietschten auf den glatten Fliesen.

Alex folgte dem Arzt.

»Du weißt, dass du hier nichts zu suchen hast«, sagte Wittpfuhl, ohne sich umzudrehen.

»Ich weiß, aber …«

»Es ist wegen der Kleinen, oder?«

Alex blieb abrupt stehen, dann fragte er: »Sind die Kriminaltechniker schon fertig mit ihr? Ist sie schon bei dir?«

Der Rechtsmediziner schwieg, was Alex als Zustimmung auffasste.

»Hast du schon eine erste Leichenschau vorgenommen? Was kannst du mir sagen?«

Vor einer weiteren Metallpforte blieb Wittpfuhl stehen und drehte sich um. »Du bist nicht mehr im Dienst.«

»Das höre ich nicht zum ersten Mal.«

Wittpfuhl vergrub die Hände in den Taschen seines Kittels und wartete. Stille erfüllte den Flur, nur das Sirren der Neonröhren war zu hören.

»Pass auf«, schlug Alex vor. »Du sagst mir nichts. Du lässt mich einfach einen Blick auf die Leiche werfen. Sollte sich jemand beschweren, kannst du sagen, ich hätte mir unbefugt Zutritt verschafft. Was ja nicht einmal gelogen wäre.«

Der Arzt schüttelte den Kopf.

»Wie lange kennen wir uns?«, fragte Alex.

»Das tut nichts zur Sache.«

»Mensch, Simon, habe ich jemals Scheiße …« Alex hielt inne, dann flüsterte er: »Bitte!«

Wittpfuhl schnaufte angestrengt und hielt die Metalltür auf.

Brühe, Brot und Reis schmeckten grauenhaft. Aber nachdem Lisa alles vertilgt hatte, ging es ihr tatsächlich etwas besser. Als sie die Glasscherbe hochhielt, zitterten ihre Finger nicht mehr so stark.

»Was, glaubst du, hat er mit uns vor?«, fragte Nina.

Lisa presste die Lippen aufeinander. *Das möchtest du nicht wirklich wissen*, schoss es ihr durch den Kopf.

»Hat er dich …?« Den Rest der Frage ließ Nina unausgesprochen.

Nein, hat er nicht, dachte Lisa, bevor ihr klar wurde, dass sie es nicht ausschließen konnte. Sie wusste nicht, was er mit ihr getrieben hatte, nachdem sie ohnmächtig geworden war. Die Schmerzen zwischen ihren Beinen, dort, wo er sie gebissen hatte, strahlten in ihren ganzen Unterleib.

»Meinst du, er lässt uns irgendwann wieder gehen?«, fragte Nina mit zitternder Stimme.

Lisa schauderte, als sie dachte: *Nein, niemals. Diesen Fehler würde er –*

Sie fuhr hoch, als ihr bewusst wurde, dass ihr Peiniger durchaus einen Fehler begangen hatte – er hatte die Glasscherbe übersehen. Und wer *einen* Fehler machte, beging vielleicht auch noch einen zweiten. Und einen dritten.

So schnell es ihr wunder Körper zuließ, kroch sie zur Mauer und kniete sich hin. Plötzlicher Schwindel ergriff sie. Sie konnte sich gerade noch rechtzeitig an der Wand abstützen. Als ihr Blick wieder klar war, untersuchte sie die Mauersteine. Es war eine mühselige Arbeit, die sie immer wieder unterbrechen musste, weil ihre Kräfte schwanden. Doch sie gab nicht auf. Als sie sich die Fingerkuppen wundgeschabt hatte, klopfte sie mit den Knöcheln gegen die Steine und horchte, ob sie auf einen Hohlraum stieß. Aber sie fand nichts.

Plötzlich dröhnte wieder die Musik durch das Gewölbe.

Nur dadurch lebt der Mensch, dass er so gründlich vergessen kann, dass er ein Mensch doch ist.

Lisa trieb sich zu noch mehr Eile an und ignorierte die Schmerzen.

Ja, mach nur einen Plan! Sei nur ein großes Licht! Und mach dann noch 'nen zweiten Plan! Geh'n tun sie beide nicht. Denn für dieses Leben ist der Mensch nicht schlecht genug, sang die Frauenstimme.

Die Musik brach ab. Schritte näherten sich.

Es ist vorbei, dachte Lisa resigniert. *Jetzt kommt er dich holen. Er wird dich töten.*

Sie ließ von der Wand ab. Steinchen fielen zu Boden. Im Gemäuer war ein kleiner Spalt zu sehen. Lisa traute ihren Augen nicht.

Alex folgte Wittpfuhl in einen Raum, der auf den ersten Blick wie ein gewöhnlicher Operationssaal wirkte. Weiße Fliesen am Boden, Kacheln an den Wänden, Neonlicht an der Decke. Ein Dutzend Bahren stand in zwei Reihen. Die Liegen waren glücklicherweise leer.

Der Arzt schloss die Tür und durchquerte den Raum, um zu einem Waschbecken zu gelangen, wo er seine Hände einige Sekunden unter Wasser hielt. Anschließend trocknete er sie langsam ab.

Alex sah ihn erwartungsvoll an.

»Eine erste Blutprobe erbrachte neben einem Gemisch aus Ecstasy und Kokain auch Rückstände lokaler Anästhetika«, sagte Wittpfuhl.

»Aminoamide?«

Wittpfuhl bejahte. Die Wirkung von Aminoamiden trat zügig ein, ließ aber ebenso schnell wieder nach – nach etwa dreißig bis sechzig Minuten. Es genügte, um ein Opfer in seine Gewalt zu bringen.

»Was hat man danach mit ihr gemacht?«, erkundigte sich Alex.

»Man hat sie gefesselt, was die Striemen am Unterarm erklärt. Das Mädchen stand dabei aufrecht, die Arme nach oben gebunden. Es hat sich gegen die Folter gewehrt. Die Fesseln haben dabei immer tiefer ins Fleisch geschnitten.«

»Folter?«

»Sagte ich doch.«

»Was für Folter?«

Der Mediziner betrachtete den Boden. »Das spielt doch keine Rolle.«

»Doch, verdammt, das tut es. Und das weißt du.«

Wittpfuhl hob den Blick. »Ich muss dir das alles nicht erzählen.«

»Entschuldige, war nicht so gemeint.« Alex senkte seine Stimme, als er hinzufügte: »Aber ich muss es wissen.«

Der Arzt zog eine Metallbahre heran und breitete Instrumente darauf aus. Einen Großteil der Geräte kannte Alex, er hatte sie während unzähliger Obduktionen erlebt. *Auf manche Erfahrungen hätte ich gut und gerne auch verzichten können*, dachte er.

»Ich habe etliche Blutergüsse und Prellungen am ganzen Körper gefunden«, fuhr Wittpfuhl fort. »Zwei Rippen sind gequetscht, eine ist gebrochen. Das Ellenbogengelenk ist ausgekugelt. Ihre Füße wurden zertrümmert. Die Röntgenaufnahmen zeigen gebrochene Fußwurzelknochen, Mittelfußknochen und zerquetschte Zehenglieder, außerdem mehr als siebzig Knochensplitter im Fleisch.«

»Hat man sie …« Alex schluckte. »… auch gebissen?«

Wittpfuhl hob einen Bohrer auf die Bahre. »In die Brüste und in die Vagina. Die äußeren Geschlechtsteile sind fast zerfetzt.«

»Und dann?«

»Dann hat man sie missbraucht, sowohl vaginal als auch

anal.« Wittpfuhl lehnte sich an die Bahre, direkt unter einer Neonröhre. Jetzt wirkte er erschöpft und ausgelaugt. »Wobei – missbraucht ist noch nett ausgedrückt bei der Brutalität, mit der der Täter vorgegangen ist. Aber in gewisser Weise ging es wohl um Sex.«

»Aber das alles hat sie noch nicht umgebracht, oder?«

»Nein, darauf wurde sorgsam geachtet. Sie sollte möglichst lange leiden. Gestorben ist sie schließlich, weil sie jemand erwürgt hat.«

Schritte hallten durch den Gang. Wortfetzen drangen gedämpft durch die Mauer zu Alex und seinem ehemaligen Kollegen. Als kurz darauf eine Tür zuschlug, verstummten die Stimmen. Für einen Moment erfüllte Stille den Saal. Nur das Surren der Klimaanlage war zu hören. In Alex' Ohren klang es, als würden viele Stimmen wispern: *Hast du jetzt endlich Gewissheit?* Alex fröstelte. *Die Bestie ist zurück!*

Wittpfuhl stieß sich vom Tisch ab und öffnete die Tür. »Du gehst jetzt besser.«

Alex folgte ihm und schritt Richtung Ausgang. Dabei musste er an das Profil der Bestie denken, das die Fallanalytiker der SOKO vor drei Jahren erstellt hatten. Demnach waren die brutale Folter, die Schläge und die Bisse Ausdruck der unbändigen Wut eines Psychopathen. Nachdem er diese abreagiert hatte, hatte er Lust verspürt und die Mädchen vergewaltigt, erwürgt und auf öffentlichen Wegen abgelegt, damit sie gefunden wurden.

»Simon!« Alex' Stimme hallte durch den Gang.

Wittpfuhl, der sich bereits entfernt hatte, wirbelte herum. »Was?«

»Da ist noch etwas, oder?«

»Ja«, knurrte der Arzt.

Alex sah ihn fragend an.

Wittpfuhl seufzte. »Man hat ihr die Bauchhöhle aufgeschnitten, etwas oberhalb des Nabels, und die Organe entnommen. Danach wurden ihr Kopf und Hände abgetrennt.«

Auch das entsprach dem Täterprofil der Bestie. Das Entnehmen der Organe und das Abtrennen von Kopf und Händen sollte zum einen die Identifikation der Opfer erschweren. Zum anderen werteten die Experten diese Grausamkeit aber auch als ein erstes Zeichen neuerlicher Wut und als Auslöser für die nächste Entführung, weitere Folter und einen erneuten Mord.

Alex war sich sicher, dass die Bestie bereits ein neues Opfer gefunden hatte: Lisa Theis.

Aus dem Spalt ragte ein Nagel. Lisa nahm ihn zwischen zwei Finger und zog, doch er bewegte sich nicht. Viel zu tief steckte er im Gemäuer.

Lisa hörte Schritte und das Klirren von Schlüsseln.

Mit ihren Fingernägeln kratzte sie den Mörtel rings um den Nagel fort. Sie ignorierte die Schmerzen in ihren Handgelenken. Als einer ihrer Fingernägel brach und das Nagelbett blutete, nahm sie sofort den nächsten Finger. Die Schritte kamen immer näher.

Das Herz schlug ihr bis zum Hals. Schweiß rann über ihre Stirn.

Im nächsten Moment wurde eine Gittertür geöffnet, doch es war nicht diejenige zu Lisas Zelle.

»Warum hast du das …?«, erklang Ninas Stimme, bevor ein Schlag sie zum Schweigen brachte. Sosehr Lisa das Mädchen bedauerte, sie war dankbar für die Zeit, die ihr gewährt wurde. Sie kratzte weiter an der Wand und zerrte an dem Nagel. Ihre blutigen Finger glitten immer wieder ab. Plötzlich verlor sie den Halt und fiel auf die Matratze. Doch in der Hand hielt sie den Nagel.

So schnell sie konnte, fegte sie den Mörtel unter die Matratze. Scherbe und Nagel klemmte sie zwischen die Finger ihrer Faust.

Mit der freien Hand zog sie den Sack über den Kopf und hockte sich auf die Matratze. Kurz darauf schwang die Gittertür auf. Durch den schmalen Schlitz im Beutel sah Lisa ihren Peiniger. Er war so groß. So kräftig. Sein Gesicht vor Zorn verzerrt. *Du hast keine Chance gegen ihn*, wisperte eine Stimme in ihr, und ihre Hoffnung schwand. *Du kommst hier nicht raus. Niemals. Es ist vorbei. Er wird dich töten.*

Unerwartet blieb er stehen und musterte stirnrunzelnd den Spalt im Mauerwerk.

Lisa sprang auf, mit der Faust voran.

Kapitel 45

Ich weiß nicht, wie lange mein Mann mich in den Keller sperrte. Zwei Tage oder eine Woche. Ich wollte nur zu meinem Sohn, ihn stillen, wickeln, pflegen. Doch Ferdinand reagierte nicht auf meine Rufe, nicht auf mein Hämmern an der Tür. Irgendwann kam ich gegen die Schmerzen nicht mehr an. Der Druck, der meine Brüste anschwellen ließ, weil ich die Muttermilch nicht loswerden konnte, war unerträglich. Mit letzter Kraft rollte ich den alten Läufer aus, der in der Ecke lehnte. Ich sank darauf nieder und ergab mich in mein Schicksal.

Das Atmen fiel mir schwer. Noch immer meinte ich die Finger dort zu spüren, wo mein Mann sie auf meine Kehle gepresst hatte. Ich untersuchte meine geschwollene Nase, glücklicherweise war sie nicht gebrochen. Ich zählte die tiefen Wunden, die Ferdinands Zähne in mein Fleisch gegraben hatten, und befühlte die Prellungen. Mir stiegen Tränen in die Augen.

Aber die Verletzungen waren nicht das Schlimmste. Auch

nicht der Hunger, der irgendwann kam, weil mein Mann mir nichts zu essen brachte. Nicht der Urin, der mir warm über die Schenkel lief, weil meine Blase ihn nicht mehr halten konnte. Nicht mein Husten und die wirren Fieberträume, unter denen ich mich wälzte, bis die schwärenden Wunden an meinem Körper mich weckten.

Das Schlimmste war meine Furcht. Furcht um mein Baby, das Ferdinand, dieses Scheusal, unmöglich stillen, füttern und versorgen konnte. Die Angst bestimmte jeden meiner Gedanken. Verwandelte mich in ein zitterndes Bündel, das sich nach jedem Geräusch im Haus verzehrte. Plötzlich hörte ich Babygeschrei.

Mir wurde warm ums Herz.

Irgendwann entriegelte mein Mann die Tür. Er warf ein Kleid herein. »Zieh das an. Dann komm!«

Weil meine Gelenke von der Kälte ganz steif waren, fiel mir das Laufen schwer. Ich hustete und nieste. Mühsam schleppte ich mich die Stufen hinauf. Durch die Fenster strahlte die Sonne. Ihrem Stand nach zu urteilen war es Nachmittag. Mein Blick wanderte den Flur entlang ins Wohnzimmer, in die Küche. Im gleichen Moment erklang aus dem ersten Stock Babygeschrei. *Gott sei Dank*, dachte ich überglücklich und wollte die Treppe hinauf.

Ferdinand hielt mich zurück. »Erst machst du mir Abendbrot. Dann …«

»Bitte«, flehte ich.

»… wirst du dich hierum kümmern.« Er drückte mir einen eigentümlichen Saugnapf und ein Plastikfläschchen in die Hand.

Irritiert sah ich ihn an.

»Saug die Muttermilch ab«, erklärte er. »Dann kann ich ihm das Fläschchen geben.«

»Aber …«

Ferdinand beugte sich bedrohlich über mich. »Möchtest du wieder in den Keller?«

Ich schüttelte den Kopf und ging in die Küche.

»Gut«, sagte Ferdinand, so als wäre nichts geschehen, und ging zur Treppe. Auf der untersten Stufe drehte er sich um. »Und mach dich sauber. Du siehst erbärmlich aus.«

Im Spülbecken wusch ich mein Gesicht und die Haare. Anschließend legte ich ein Filet in die heiße Pfanne. Als ich gerade meine geschwollene Brust entblößte, um den Saugnapf anzusetzen, klopfte es an der Tür. Durch das Küchenfenster konnte ich Regina im Vorgarten sehen.

»Wer ist es?«, polterte Ferdinand.

»Nur der Nachbar«, rief ich. Regina hob bereits die Hand, um ein zweites Mal anzuklopfen. Ich bedeckte meine Brust, quälte mich in den Flur und öffnete die Tür, bevor ihr neuerliches Hämmern durch das ganze Haus hallen konnte.

»Meine Güte!« Regina starrte mich an wie einen Geist. »Geht es dir gut?«

»Ja, es ist nur eine Grippe.«

Sie nickte. Es war offensichtlich, dass sie mir nicht glaubte.

»Willst du mich nicht hereinbitten?«, brach sie schließlich unser Schweigen.

»Weißt du, es ist gerade ungünstig …«

»Ich hörte, du bist Mutter geworden?«, unterbrach sie mich. »Was ist es denn?«

»Ein Junge.«

»Wirst du ihn mir mal zeigen?«

»Ein andermal.«

»Es wird kein anderes Mal geben, oder?«

Ich hörte ein Maunzen. Eduard, der Kater, schlich durch die Hecke. Er hockte sich in den Vorgarten und sah mich vorwurfsvoll an, als wollte er wissen, wo um alles in der Welt ich so lange gesteckt hatte. Ich kämpfte gegen die Tränen an.

»Berta!« Regina neigte traurig den Kopf.

»Du verstehst das nicht!«

»Dann erklär's mir.« Regina tat einen Schritt auf mich zu. »Du bist meine Freundin und ...«

»Nein, bin ich nicht.« Ich erschrak über meinen barschen Tonfall. »Du weißt nichts über mich.«

»Aber, Berta ...«

»Lass mich in Frieden!« Als ich die Tür zuknallte, konnte ich meine Tränen nicht zurückhalten. Ich wartete, bis ich die Schritte meiner Freundin nicht mehr hörte. Erst dann drehte ich mich um.

Ferdinand stand hinter mir. Ich senkte den Kopf.

»Gut!«, hörte ich ihn sagen. Anschließend ging er ins Kinderzimmer.

Kapitel 46

Laura schreckte auf. Sie lag auf der Ledercouch ihres Schwagers. Sam hatte sich neben ihr zusammengerollt und den Kopf auf ihren Schoß gebettet. Er zuckte unruhig im Schlaf. Für einen kurzen Moment dachte sie, sein Gemurmel hätte sie geweckt. Doch dann vernahm sie leise Stimmen aus der Diele. Der Name ihrer Tochter fiel.

Als sie aufstand, stöhnte ihr Sohn, schlief aber weiter. Rasch durchquerte sie das Wohnzimmer. Der Himmel war wolkenverhangen. Laura fragte sich, wie lange sie geschlafen hatte.

Im Flur unterhielt sich ihr Schwager mit einem fülligen Mann

– *Bauer Schulze.* »Diese Sache mit der Bestie«, sagte der Landwirt, »können Sie die nicht irgendwie, na ja, mit Vorsicht behandeln und …«

Er brach ab, als er Laura bemerkte. Sie fragte sich, was Bauer Schulze hier zu suchen hatte. Eine andere Frage bereitete ihr allerdings noch viel mehr Angst. »Es ist also wirklich wieder die … Bestie?«

Schulze verzog sein Gesicht. Auch ihr Schwager schien alles andere als glücklich.

»Sag schon!«, rief Laura.

Frank war deutlich anzusehen, wie schwer ihm die Antwort fiel. Er nickte nur. Obwohl Laura nichts anderes erwartet hatte, war die Nachricht dennoch ein Schock. »Und was … was bedeutet das für Lisa? Ist sie … ist sie …?« Sie wollte es nicht aussprechen. Sie wollte nicht daran denken.

»Das mit Ihrer Nichte, das tut mir aufrichtig leid«, hörte sie den Landwirt sagen. »Und jetzt das tote Mädchen.« Er schnaufte schwer. »Das alles ist sehr unangenehm, vor allem dieser ganze Medienrummel, der … der …«

Laura starrte ihn an.

»Nun ja, verstehen Sie mich nicht falsch, aber …« Schulze sah zu Frank. »Der Bebauungsplan Ost steht kurz vor der Absegnung. Wir haben Anfragen einer Menge Firmen, und …«

»Was?«, schrie Laura. »Was wollen Sie mir damit sagen?«

Bauer Schulze trat einen Schritt zurück. »Wie ich schon sagte, verstehen Sie mich nicht falsch, aber …«

»Was gibt es da falsch zu verstehen?«

»Laura, bitte«, mahnte Frank.

»Nein!«, brüllte sie.

»Ich möchte Sie nur bitten«, murmelte Schulze, während er Lauras Schwager ansah, »gehen Sie behutsam vor, ziehen Sie keine falschen Schlüsse, und denken Sie an das Wohl der Gemeinde …«

»Und was ist mit dem Wohl meiner Tochter?«

»Laura, beruhige dich.« Ihr Schwager legte seine Hand auf ihre Schulter. »Lass mich das klären.«

Sie riss sich los. »Da gibt es nichts zu klären. Finde Lisa! Sonst nichts!«

»Das versuche ich …«

»Warum stehst du dann noch hier?«

»Mama?« Sam trat in die Diele und rieb sich die Augen.

Laura griff nach seiner Hand. »Lass uns gehen.« Frank wollte sie aufhalten. Sie schubste ihn von sich. »Fass mich nicht an!«

Sie schlug ihm die Tür vor der Nase zu und rannte mit Sam auf ihr Haus zu. Doch sie kam nur wenige Meter weit, ehe das Blitzlichtgewitter der Reporter einsetzte. Sams Finger hielten ihre Hand umklammert. Laura wich auf die Straße aus. Die Pressemeute folgte ihr unerbittlich.

»Gibt es Neuigkeiten von Ihrer Tochter?«

»Hat die Polizei …?«

»Glauben Sie …?«

Immer mehr Fragen prasselten auf sie ein.

»Hat Ihre Tochter …?«

»Können Sie …?«

»Wissen Sie …?«

Jemand trat ihr auf den Fuß. Laura schrie auf. Plötzlich ergriff jemand ihren Arm und zog sie fort von den Reportern. »Kommen Sie! Weg hier!«

Auf einmal war Lisa blind. Noch während sie sprang, verrutschte der Sack. Ihre Faust traf auf einen Widerstand. Ihr Knöchel knackte. In Lisas Schmerzensschrei mischte sich ein erstauntes Glucksen, gefolgt von einem dumpfen Schlag.

Lisa zerrte den Beutel vom Kopf. Ihr Entführer kauerte benommen am Boden. Er war mit der Schläfe gegen die Mauer geknallt. Am Hals blutete er aus zwei hässlichen Schrammen, dort, wo Lisa ihn mit ihrer improvisierten Waffe getroffen hatte. Alles in ihr sehnte sich danach, ihm den Schädel einzuschlagen. *Doch womit?* Sie hatte nur einen Nagel und eine Scherbe.

Sie ließ beides fallen. Rannte los. Es kam ihr so vor, als torkelte sie in Zeitlupe hinaus in das Gewölbe. Mit jedem Schritt, den sie tat, nahmen die Schmerzen wieder zu. Schluchzend kämpfte sie gegen die Qualen an. Als sie endlich den Gang erreicht hatte, warf sie die Gittertür ins Schloss. Der Schlüssel fehlte. Er baumelte am Gürtel ihres Peinigers. Sie traute sich nicht zurück. Wenn er jetzt erwachte, würde sie nicht mehr schnell genug fortlaufen können. Sie war zu schwach, und sie war krank. Sie stolperte weiter. Zwischen den Stahlstreben der nächsten Zelle erschien ein bleiches Gesicht.

»Lisa!«, schrie Nina. Ihre Wange glühte rot. Von ihrer Stirn troff Blut aus einer Platzwunde. Sie starrte Lisa an. Reflexartig verschränkte Lisa die Arme vor ihrer Brust, ihrer Blöße, ihren Wunden. Sie begegnete Ninas flehendem Blick. *Hilf mir, bitte, lass mich hier raus!*

Doch Lisa besaß keinen Schlüssel. Aus ihrer Zelle drang das Scharren schwerer Stiefel. »Es tut mir leid!« Tränen trübten Lisas Blick. »Es tut mir leid.« Sie rannte weiter.

»Lisa!«, rief Nina voller Panik.

»Ich komme wieder«, stieß Lisa keuchend hervor. »Ich hole Hilfe.«

Alex nahm die Abfahrt zur Landstraße. Das Klappern des lädierten Wagens verstärkte noch das Chaos in Alex' Kopf.

Die Bestie ist zurück. Doch wieso erst jetzt?

Je länger er darüber nachdachte, umso mehr wuchs seine Überzeugung: Die Antwort auf diese Frage barg zugleich die Lösung, mit der er den Killer in seinem Treiben würde stoppen können. Er überlegte verbissen, bis er das Gefühl hatte, dass sein Schädel rauchte. Trotzdem wollte ihm keine schlüssige Antwort einfallen. *Drei verdammte Jahre! Warum?*

Am Ortsrand von Finkenwerda fuhr er eilig an den Transportern der Spurensicherung vorbei. Reporter trieben sich ungeduldig vor ihren Übertragungsfahrzeugen herum. Überrascht fand Alex die *Elster* verschlossen vor. Die Lichter im Innern waren gelöscht.

Als Alex aus dem Wagen stieg, bemerkte er eine Gestalt, die abseits im Schatten an der Kneipenmauer lehnte. Alex erkannte den untersetzten Mann mit dem schwammigen Gesicht und der rauen Stimme. Sackowitz war einer jener Reporter, auf deren Mist vor drei Jahren der Name *Straßenbestie* gewachsen war.

»Herr Lindner? Haben Sie kurz Zeit?«, fragte Sackowitz und stieß sich von der Wand ab. »Sie waren doch damals in den Fall involviert, oder?«

Alex eilte zum Kneipeneingang.

Der Journalist schloss zu ihm auf. »Das tote Mädchen im Wald, glauben Sie, das hat was …?«

Ein Schrei hallte über die Dorfstraße. Laura Theis und ihr Sohn standen etwas entfernt und waren umringt von Reportern. Alex eilte hinüber und drängte sich durch die Meute. Die Frau war der Panik nahe.

»Kommen Sie.« Alex ergriff ihren Arm. »Weg hier!« Er schubste die Journalisten beiseite, während er Mutter und Sohn mit sich zog. Doch die Reporter folgten ihnen.

»Herr Lindner«, rief Sackowitz, »nur ein Wort …«

Alex knurrte: »Gehen Sie mir aus dem Weg!«

Er entriegelte die Eingangstür zur *Elster*, schob Laura Theis und Sam in den Gastraum und verschloss die Tür hinter sich. Nacheinander flammten die gelben Lampen auf. An einer der Holzsäulen des Tresens klebte ein Zettel: *Hallo, Alex, hab da was*

Interessantes erfahren. Könnte wichtig sein. Hab mir ein Taxi genommen. Melde mich bei dir. Gruß, Paul – PS: Du wirst dich wundern!

Alex legte die Notiz beiseite. Die Dielenbretter knarrten unter seinen Schritten. Laura Theis sank auf die Eckbank am Stammtisch, ihr Sohn klammerte sich zitternd an ihren Arm.

Alex ging vor ihm in die Knie. »Warst du schon mal in einer Kneipe?«

Der Kleine wich seinem Blick aus.

Alex zwang sich zu einem Lächeln. »Möchtest du eine Bionade?«

Lisa stolperte weiter und hielt die Hände schützend vor ihren Leib. Ninas verzweifelte Stimme folgte ihr durch das finstere Gewölbe.

»Ich hole Hilfe«, wiederholte Lisa, während sie an weiteren Zellen vorbeitaumelte. Einer dieser Verschläge musste der Raum sein, in dem er sie misshandelt hatte. Sie glaubte sogar, die Überreste ihres Kleides zu sehen. Obwohl sie bei dem Gedanken an eine nackte Flucht schauderte, rannte sie weiter, so schnell wie nie zuvor in ihrem Leben. Doch wegen der quälenden Schmerzen kam es ihr vor, als bewegte sie sich durch zähe Luft. Sie hörte Schritte hinter sich.

»Du musst durchhalten!«, flüsterte sie. *Denk an Sam! Du kommst zurück! Du hast es ihm versprochen!* Die Gedanken an ihren kleinen Bruder trieben sie weiter.

Die dunklen Kellerwände rückten dichter an sie heran, schienen ihr den Weg abschneiden zu wollen. Sie glaubte, einen heißen Atem in ihrem Nacken zu spüren.

»Schneller!«, stieß sie ächzend hervor.

Endlich tauchte eine Treppe auf. Sie hatte die erste Stufe gerade erreicht, als unversehens etwas nach ihren Füßen griff.

Sie kam ins Straucheln und fiel auf die Treppe. *Er hat dich erwischt!*

Mit Erleichterung beobachtete Laura, wie ihr Sohn an seiner Bionade nippte. Allmählich beruhigte er sich. »Danke«, sagte sie.

»Nicht dafür.« Der Dorfwirt befühlte eine Beule an seiner Stirn und schritt über die knarzenden Dielenbretter zur Theke. »Das ist mein Job.«

»Leute vor der Presse retten?«

»Nein, Getränke servieren. Möchten Sie etwas trinken?«

Laura leckte sich die Lippen. Es war eine Ewigkeit her, seit sie etwas Flüssiges zu sich genommen hatte. »Ja, ein Wasser, bitte.«

Er stellte ein Glas Wasser auf den Tisch. Als sie trank, wuchs ihr Durst. Sie leerte das Glas in einem Zug. Lindner ging wieder zur Theke, als behagte ihm ihre Nähe nicht. Nachdenklich schaute er auf einen Zettel, dann zückte er sein Handy. »Paul«, sagte er. »Wo steckst du? Was hast du erfahren? Melde dich doch bitte. Danke.« Seinen Worten folgte unangenehmes Schweigen.

»Alles in Ordnung?«, fragte Laura.

»Ja, ja«, murmelte er, »natürlich. Aber was ist mit Ihnen? Wie geht es Ihnen?«

Laura spürte, wie sich ihre Augen mit Tränen füllten. Aber sie wollte nicht weinen, nicht jetzt, nicht hier. »Ich glaube, wir sollten besser gehen.«

»Vielleicht warten Sie noch eine Weile.« Der Wirt sah zu den Milchglasfenstern, hinter denen die Silhouetten der Reporter zu erkennen waren. »So schnell geben die nicht auf.«

Die Vorstellung, wieder der Meute ausgeliefert zu sein, behagte ihr nicht. Aber ebenso wenig gefiel ihr der Gedanke, Frank anzurufen und um Hilfe zu bitten. Stattdessen blickte sie auf Sam hinab, der in sich gekehrt seine Bionade schlürfte. Er hatte sich endlich etwas entspannt. Sie setzte sich wieder. »Rauchen Sie?«

»Nein, Nichtraucher.«

»Als Kneipenwirt?«

»Ich trinke auch keinen Alkohol. Aber falls Sie Zigaretten möchten, kein Problem. Welche Marke?«

»Marlboro. Aber jede andere tut's auch.«

Er verschwand in den rückwärtigen Korridor, kurz darauf hörte sie einen Automaten klappern. Als Lindner wiederkam, legte er eine Zigarettenschachtel und ein Heftchen Zündhölzer auf den Tisch.

»Ich habe mein Portemonnaie nicht dabei«, sagte Laura.

»Ich schreib's an«, erwiderte er lächelnd, doch schon im nächsten Moment schien ihm sein Scherz unangenehm zu sein. Er eilte zur Stereoanlage, kurz darauf ertönte Rockmusik.

Laura steckte sich eine Zigarette an. »Was ist das?«

»Jefferson Airplane.« Er zeigte ihr eine Hülle. »Kennen Sie die Band?«

»Ich glaube, das haben meine Eltern gehört. Ihre nicht?«

Sein Gesicht bekam einen düsteren Ausdruck, dann stoppte er die Musik und legte eine andere CD ein. Nirvanas *Come As You Are* drang aus den Lautsprechern.

»So war das nicht gemeint«, entschuldigte sich Laura.

Achselzuckend setzte er sich ihr gegenüber. »Nirvana ist mir auch lieber.«

Sie wich seinem Blick aus und betrachtete stattdessen die Bilder an der Wand. Einige zeigten Finkenwerda, wie es vor der Wende ausgesehen hatte. *Nicht viel anders als heute*, dachte Laura. Auf anderen waren Personen zu erkennen, wahrscheinlich frühere Dorfhonoratioren. Auf einem stand ein kleiner Junge in Shorts zwischen zwei Erwachsenen. Laura zeigte auf das Foto im Holzrahmen. »Sie und Ihre Eltern?«

Seine Miene verfinsterte sich erneut. Etwas in Verbindung mit seinen Eltern schien ihm nicht zu behagen. Auf der Suche nach einem unverfänglichen Thema ließ Laura ihren Blick durch den Schankraum schweifen. Sie fand den Wassernapf neben der Theke. »Wo ist denn eigentlich Ihr Hund?«

Lisa wand sich aus der Umklammerung. Die Hände lösten sich von ihren Beinen. *Nein, keine Hände. Das sind nur Klamotten!* Sie bückte sich und bekam Stoff zu fassen. Es war ein Kleid. Sie verscheuchte die Frage, warum es hier lag, und hielt es fest zwischen den Fingern, als sie die Treppe hochrannte.

Das kurze Innehalten hatte ihrem wunden Körper gutgetan. Sie nahm drei Stufen auf einmal. Doch je weiter sie nach oben kam, umso mehr verließen sie wieder die Kräfte. Als die Hälfte hinter ihr lag, bekam sie kaum noch Luft. Ihr Herz pochte. Der Schweiß floss in Strömen über ihre Haut, entzündete die Wunden und brannte wie Feuer. Sie kämpfte sich weiter die Stufen hoch.

Endlich war sie oben angelangt. Vor ihr tat sich ein weiterer finsterer Gang auf. An dessen Ende schimmerte Licht.

Aus dem Stollen unter ihr hallten Schritte. Lisa taumelte der Freiheit entgegen. Sie konnte dunkle Silhouetten von Gestrüpp erkennen, gleich darauf die Umrisse von Bäumen. Dann sah sie das helle Licht des Mondes. Als würde er nur für sie scheinen. Sie lachte und weinte zugleich, als sie ins Freie taumelte. *Du hast es geschafft! Du bist frei!*, flüsterte eine Stimme in ihr.

Wind peitschte ihren nackten Körper. Ihre Beine zitterten, drohten unter ihr nachzugeben. Blut quoll aus den Wunden, die während ihrer Flucht wieder aufgeplatzt waren, und tropfte auf den Waldboden. Sie wollte innehalten. Alles in ihr verlangte danach, sich endlich das Kleid anzuziehen, etwas Schutz und Wärme zu finden. In derselben Sekunde verschluckten die Wolken den Mond.

»Lisa!«, rief eine zornige Stimme, vom Wald dutzendfach zurückgeworfen. Der Wind erfasste Lisas Haare und schleuderte sie nach vorne. Lisa stolperte weiter, einer neuen Finsternis entgegen.

Alex spürte, wie ihn die jähe Wut packte. »Mein Hund, der ist …«, stieß er hervor, dann brach er ab. Er wollte aufspringen und Gizmos Wassernapf forträumen. Doch er rührte sich nicht von der Stelle. Er konnte es nicht. Das wäre, als würde er Gizmo aus seinem Leben verbannen. Der Retriever war ein Teil von ihm gewesen. An manchen Tagen hatte er das Tollen und Kläffen seines Hundes gar nicht mehr wahrgenommen. Gizmo war einfach *da* gewesen.

Sams Mutter zog an ihrer Zigarette und musterte ihn. Auch ihr Sohn sah ihn erwartungsvoll an, aber seine angespannte Haltung verriet, dass dies nicht der Neugier geschuldet war.

»Gizmo ist bei einem Freund«, sagte Alex. Er konnte ihnen jetzt nicht die Wahrheit sagen.

Sam sank erleichtert auf die Bank zurück. Mittlerweile drang aus den Boxen *Something In The Way*, eine ruhige Ballade.

Sam legte die Beine auf die Bank, rollte sich zusammen und schlang die Arme um seine Mutter. Bald fielen ihm die Augen zu. Während Laura Theis ihm durchs Haar strich, wippte sie gedankenverloren mit dem Fuß. Dann zuckte sie plötzlich zusammen, als sei ihr bewusst geworden, wie unpassend ihr Verhalten war.

»Ich kann die Musik auch ausmachen«, bot Alex an.

»Nein, nein, ist schon okay.«

Er zeigte auf Sam. »Ihm scheint es auch zu gefallen.«

Sie zupfte ihrem Sohn eine Strähne aus der Stirn. »Ich denke, das alles ist zu viel für ihn.« Sie holte Luft. Es war ihr anzumerken, wie sehr sie unter den Ereignissen der letzten Tage litt.

Alex wollte ihr etwas Tröstendes sagen. Das Einzige, was ihm einfiel, war: »Sam ist sehr tapfer.«

»Glauben Sie?«

»Ja.«

Nachdenklich betrachtete sie die rote Glut ihrer Zigarette. »Wissen Sie, Herr Lindner …«

»Alex.«

»Bitte?«

Verlegen berührte Alex die Wunde an seiner Stirn. »Alex, das genügt. Wir leben auf dem Dorf, hier duzt sich jeder.«

Sie schüttelte den Kopf und sagte: »Stimmt, so tapfer.«

»Äh, was?«

Laura strich ihrem Sohn erneut über den Kopf. »Sam ist ein tapferer Junge. Ich habe eine Weile gebraucht, um das zu begreifen.« Sie streckte die Hand nach der Marlboro-Schachtel aus. »Ich war mit anderen Dingen beschäftigt. Lauter Alltäglichkeiten: unser Haus, der Unterhalt, Trennung, Schulden …« Sie lachte freudlos auf. »Aber was rede ich? Sie wissen, äh, also, *du* weißt ja, wie es um mich steht. Wir leben in einem Dorf.«

Er schwieg und rieb ein Streichholz an. Sie hielt die Zigarette an die Flamme und zog zweimal fest daran. »Ohne Sam«, sagte sie, »würde ich das alles gar nicht durchstehen. Schon seltsam, oder? Ein kleiner Junge, der mir Kraft gibt.«

»Und *du* gibst *ihm* die Kraft.«

Lauras Stimme nahm einen wehmütigen Klang an. »Ich hoffe.«

»Doch, ganz bestimmt«, versicherte Alex, »davon bin ich überzeugt.«

»Hast *du* Kinder?«

»Nein.«

»Weil du nicht möchtest? Oder … hat es sich noch nicht ergeben?«

Alex schwieg.

»Es tut mir leid, ich wollte dir nicht …«

»Ist schon gut.«

Laura schnippte die Asche in den Becher. Skeptisch sah sie Alex durch die Rauchwolke an.

»Doch, doch«, beteuerte er, »alles in Ordnung. Weißt du, ich mag Kinder, aber es hat sich ... eben wirklich noch nicht ergeben.«

»Höre ich da ein ... schlechtes Gewissen heraus?«

Die Wendung, die ihre Unterhaltung nahm, behagte ihm nicht.

»Engagierst du dich deshalb im Jugendclub?«, fragte Laura.

»Engagieren ist wahrscheinlich zu viel gesagt.«

»Sam ist gerne im Club. Er mag den Betreuer. Ben.«

»Ben Jäger, ja, ein guter Freund von mir.« Alex fuhr hoch. »Da fällt mir ein, dass ich einen wichtigen Anruf vergessen habe. Es ging um, na ja, im weitesten Sinne auch um den Club.«

»Willst du kurz ...?«

»Nein, jetzt ist es sowieso zu spät. Morgen früh.«

Die CD war an ihr Ende gelangt. Alex wollte aufstehen und sie von neuem starten. Doch er blieb sitzen, als er Laura fragen hörte: »Warum geht dir das eigentlich alles so nahe? Das mit der ... *Bestie?*«

Alex hielt die Luft an. *Ich habe eine ... Dummheit gemacht.* Eine kleine Wolke aus Staub und Gizmos Haaren schaute unter dem Tisch hervor. Alex' Herz krampfte sich zusammen. »Warte einen Moment!«

Er ging zur Stereoanlage und tauschte Nirvana gegen die erstbeste CD, die seine Finger auf dem Stapel zu fassen bekamen. Massive Attack. Alex öffnete das Gefrierfach, holte den *Absolut* hervor, füllte zwei Wodka-Gläser zu einem Drittel und stellte sie auf den Tisch.

Laura zog die Stirn in Falten. »Ich dachte, du trinkst keinen Alkohol?«

Als der Wind die Wolkenfelder auseinandertrieb und der Mond erneut zum Vorschein kam, blickte Lisa über die Schulter. Zwischen Bäumen erhob sich ein mit Gras und Büschen überwachsener Hügel – mit einem finsteren Loch, das wie ein Schlund in die Tiefe führte. Ihr Peiniger hatte sie in einen Bunker mitten im Wald gesperrt.

»Wo bin ich?«, flüsterte sie.

Da entdeckte sie vor sich einen steinigen Pfad, der von dem Bunker wegführte. Sie stolperte ihn einige Meter entlang, bevor sie in das schützende Dickicht des Waldes geriet. Kurz darauf waren Mond und Sterne wieder hinter Wolken versteckt, und Dunkelheit umgab Lisa. Es fing an zu regnen, aber wenigstens wurden dadurch die Blutspuren verwischt, die sie hinterließ.

Sie schleppte sich weiter und kam immer wieder ins Straucheln. Nach und nach gewöhnten sich ihre Augen an die Finsternis, doch der Regen raubte ihr die Sicht. Zudem zerrte der eisige Wind an ihr. Immer wieder schnitten ihr Steine in die nackten Fußsohlen, und ihre übrigen Verletzungen brannten so schlimm wie nie zuvor. Jeder neue Schritt kostete sie Kraft, über die sie eigentlich nicht mehr verfügte.

»Bleib bloß nicht stehen«, stöhnte sie, während sie sich vorwärts zwang, tiefer in den Wald hinein.

Laura sah erstaunt, wie der Dorfwirt sein Glas an die Lippen führte und den Wodka hinunterstürzte. Er verzog das Gesicht. »Damals hatte die Bestie bereits fünf junge Mädchen getötet.«

Die grausamen Bilder vom Nachmittag, von dem verstümmelten Leichnam auf der Lichtung, tauchten vor Lauras Augen auf. Sie griff nach ihrem Wasserglas. Es war leer. Den Wodka wollte sie nicht trinken.

»Damals«, fuhr Alex fort, »hatte die SOKO, die ich leitete, bereits unzählige Informationen zusammengetragen, einschließlich Dutzenden von Berichten angeblicher Augenzeugen, die gesehen haben wollten, wie die Mädchen entführt worden waren.« Sein Blick fand ihr leeres Glas. »Willst du noch etwas Wasser?«

Obwohl sich Laura danach verzehrte, um ihren Durst zu löschen, verneinte sie. Sie wollte ihn nicht unterbrechen.

»Keiner dieser Hinweise führte zu etwas«, erklärte er, »ebenso wenig wie die Unmengen von Zeitungsausschnitten, Fernsehberichten oder die Hilfsangebote von Leuten mit übernatürlichen Fähigkeiten – es gab einfach keine Spur zu der Person, die die jungen Frauen entführte und umbrachte.«

Laura hatte eine ungefähre Vorstellung davon, wie er sich gefühlt haben musste. Ähnlich frustriert und verzweifelt war sie seit Tagen.

»Bis es mir gelang, eine Verbindung zwischen den Opfern herzustellen«, hörte sie Alex sagen. »Alle Frauen hatten ihren Peiniger in Clubs kennengelernt. Doch was konnte ich mit diesem Wissen tun?«

»Was hast du getan?«, flüsterte Laura.

»Ich schlug vor, die Bestie mit einem Lockvogel herauszufordern. Der Vorschlag wurde von meinem Dezernatsleiter abgelehnt. Natürlich. Kein Chef würde sich auf so eine Sache einlassen. Wenn es schiefgeht, wenn die Presse davon erfährt – das kann ihn den Kopf kosten.«

Laura wollte nicht glauben, was der Wirt erzählte. Aber nach der Unterredung mit Bauer Schulze war ihr die bittere Wahrheit nur allzu vertraut. Draußen heulte der Wind. Regen prasselte gegen die Fensterscheiben. Sam murmelte im Schlaf und wälzte sich unruhig herum. Sein Kopf rutschte von ihrem Schoß, fiel auf die Bank, aber er schlief weiter. Laura sah Alex an. Sein Gesicht bekam einen gequälten Ausdruck. Plötzlich glaubte sie zu verstehen. »Du hast es trotzdem gemacht.«

»Der Fall hatte mir inzwischen mehr als eine schlaflose Nacht bereitet, ich war verzweifelt, ich hatte Angst, ich konnte nicht anders. Zusammen mit einer Kollegin, die die Rolle des Lockvogels übernahm, observierte ich die Diskotheken der Stadt. Tage und Nächte vergingen, nichts geschah.«

»Gar nichts?«

»Doch, eines Abends bekam ich einen Anruf. Von einer guten Freundin.«

»Tanja«, sagte Laura zaghaft, die sich an das Gespräch vom Vortag erinnerte. »Eine gute Freundin?«

»Unser Verhältnis war, sagen wir, sehr eng.« Er atmete tief durch. »Wir haben auch an ... Kinder gedacht. Aber wir konnten die Beziehung nicht vertiefen. Die ganze Sache hat mich damals sehr mitgenommen, und mir fehlte die Zeit, der Kopf und ... Ach, ich weiß nicht. Es passte einfach nicht.«

»Was hat sie gewollt, als sie dich anrief?«

»Klare Verhältnisse. Sie wollte mit mir reden.«

»Und du hast mit ihr geredet?«

»Ich war erschöpft und verzweifelt, ich wusste nicht mehr ein noch aus, und ich sehnte mich nach jemandem, mit dem ich reden konnte. Verstehst du das?«

»Ja«, sagte Laura, und sie verstand es tatsächlich. Hatte sie vorhin nicht ähnlich empfunden, als sie ihm ihr Herz ausgeschüttet hatte? Sie begegnete seinem Blick und spürte, dass es ihm in diesem Augenblick ähnlich erging: Er war froh, dass er darüber reden konnte.

»Es war der letzte Abend, an dem ich die Überwachung hatte aufrechterhalten wollen«, erzählte er. »Ich hatte keinerlei Hoffnung mehr, dass noch etwas passieren würde. Zu viel Zeit war verstrichen, zu viele Nächte in den Diskotheken nutzlos vertan. Und Tanja, na ja, sie wollte mit mir reden. Ich wollte es doch auch.«

»Also hast du dich mit ihr getroffen.«

»Ich ließ mich auf ein kurzes Treffen mit ihr ein, nur für einen Augenblick und …« Seine Augen glänzten feucht. »Die Bestie schlug zu. Meine Kollegin, die den Lockvogel gab, verschwand. Spurlos. Erst Tage später fand ich ihre Leiche – und die drei weiterer Frauen. Frauen, die seit Tagen und Wochen vermisst wurden.«

»O mein Gott.«

»Die Bestie hatte mich zu den Leichen gelockt. Es war, als wollte sie ihr Spiel mit mir treiben. Als wollte sie mich verhöhnen.«

»Das tut mir …« Laura steckte den Arm nach ihm aus, berührte ihn an der Hand. »… so leid.«

Er hob den Blick. »Der Rest ist schnell erzählt: Ich wurde suspendiert. Ich fing an zu trinken. Tanja hat mich verlassen. Aber das war mir egal. Nein, ich war sogar fest davon überzeugt, dass es die gerechte Strafe war für das, was ich getan hatte. Ich konnte mir nicht verzeihen, dass ich … dass ich die Bestie nicht habe aufhalten können. Dass ich die Schuld am Tod der Frauen trug.«

»Und seitdem …«

»… fehlte von der Bestie jede Spur. Sie hat nie mehr zugeschlagen.«

»Bis jetzt«, sagte Laura leise.

»Bis jetzt«, wiederholte er.

Laura hielt immer noch seine Hand. Sie hielt sich an ihm fest.

»Aber ich werde sie aufhalten«, presste er hervor. »Diesmal werde ich sie stoppen. Ich werde alles daransetzen, dass sie deiner Tochter kein Haar krümmt. Das verspreche ich dir!«

Laura wollte ihm glauben. Ja, er hatte eine Dummheit begangen, einen verhängnisvollen Fehler, und sie konnte seine Verzweiflung und seinen Zorn verstehen. Außerdem hatte er den Mörder schon einmal fast geschnappt. Er streichelte ihre Hand. Sie lehnte ihren Kopf an seine Schulter und ließ sich fallen.

Abrupt fuhr sie hoch. Sie griff nach dem Schnapsglas und kippte den Wodka hinunter. Der Alkohol brannte in ihrer Kehle. »Tut mir leid.«

Er rückte von ihr ab. »Ist schon okay.«

»Ich weiß nicht, was in mich gefahren ist.«

»Kein Problem.«

»Natürlich ist das ein Problem. Meine Tochter ist … ist …« Laura konnte die Tränen nicht mehr zurückhalten. Sie schämte sich. »Man denkt immer, so was passiert nur den anderen … in der Stadt … in Berlin … Man denkt, nicht hier auf dem Lande. Nicht in einem Dorf. Nicht in Finkenwerda. Man denkt …« Sie wischte sich die Tränen von den Wangen. »Ich weiß nicht mehr, was ich denken soll. Meine Gedanken machen mir Angst. Das ist so … so … Kannst du das verstehen?«

Er antwortete nicht.

»Alex?«

Er wirkte geistesabwesend.

»Was hast du?«

Lisa kam kaum voran. Der Regen verwandelte den Waldboden in einen alles verschlingenden Morast. Bei jedem Schritt schmatzte es unter ihren Füßen. Zusammen mit dem Regenprasseln verschluckte es fast sämtliche Geräusche. Sie glaubte das Knacken eines Astes zu hören, irgendwo hinter sich, gar nicht so weit entfernt. Sie lief schneller, auch wenn es ihr so vorkam, als würde sie langsamer werden. Ihr geschundener Körper würde nicht mehr lange gegen die Anstrengungen und die Schmerzen ankommen. Sie würde zusammenbrechen. Regungslos liegen bleiben. Und dann würde das kranke Arschloch sie ein zweites Mal erwischen.

»Sam«, murmelte sie. »Ich komme!«

Im selben Moment spürte sie, wie sich etwas um ihre Füße wand. Noch ehe sie die Hände ausstrecken konnte, krachte sie der Länge nach zu Boden. Schlamm spritzte ihr ins Gesicht. Gestrüpp zerkratzte ihr Stirn und Wangen.

Entkräftet blieb sie liegen. Ihre Glieder sträubten sich gegen jede weitere Bewegung. Der Wind trieb den Regen mit einem triumphierenden Heulen durch den Wald. Wieder knackte Holz, diesmal unmittelbar hinter ihr.

Sie stierte in die Finsternis, konnte aber nichts erkennen außer den dunklen Schemen der Bäume, die sie vor wenigen Sekunden passiert hatte.

»Es war nur ein Reh.« Stöhnend kniete sie sich hin. »Oder ein Wildschwein.«

Sie drehte sich wieder nach vorne – und erschrak über die Gestalt, die mit einem Mal über ihr aufragte und den Arm hob. Trotz ihrer Furcht blieb sie in der Hocke. Niemals hätte sie schnell genug reagieren können, um dem Schlag zu entkommen. Resigniert ließ sie die Arme hängen. Schloss die Augen. Eine Träne mischte sich unter das Regenwasser, das ihre Wangen hinabströmte. Ein Schluchzen löste sich aus ihrer Kehle.

Jetzt hat dieses Dreckschwein dich also doch noch erwischt!, wisperte eine Stimme in ihr.

Die Gedanken tobten durch Alex' Verstand, während der Wind am Holzrahmen der Milchglasfenster rüttelte. »Ich habe mir die falsche Frage gestellt.«

»Welche Frage?«, erkundigte sich Sams Mutter.

»Was hast du gerade gesagt?« Er wartete nicht auf ihre Antwort, sondern erklärte: »Du hast gesagt: Man denkt, nicht hier auf dem Lande. Nicht in einem Dorf. Nicht in Finkenwerda.«

»Ja.« Ihr Gesicht bekam einen verwirrten Ausdruck. »Aber ich verstehe nicht.«

Alex hatte selbst Mühe, das Durcheinander in seinem Schädel zu durchschauen. Während er mit seinen Fingern am Schorf an seiner Stirn kratzte, konzentrierte er sich auf die Musik, *Unfinished Sympathy*, einen langsamen Takt, von dem er hoffte, dass er seine Gedanken in ebenso geordnete Bahnen lenkte. »Was, wenn die Bestie niemals weg gewesen ist?«

Laura zerdrückte die Marlboro-Schachtel zwischen ihren Fingern. Ihr Sohn murmelte im Schlaf, schmiegte sich enger an seine Mutter, als spürte er ihre Nervosität. »Tut mir leid«, sagte sie, »aber ich kapier's immer noch nicht.«

Alex' Gedanken rasten. Was, wenn die Bestie die letzten drei Jahre in anderen Städten weitergemordet hatte? Wenn ihre Opfer aber nie gefunden worden waren? Vor drei Jahren hatte die Bestie die Leichen am Straßenrand entsorgt, *damit* sie entdeckt wurden. Diesmal aber war ihr Opfer im Wald versteckt, obendrein bestattet wie nach einem Ritual. Warum hatte dieser Wahnsinnige das Mädchen diesmal nicht öffentlich zur Schau gestellt? War es heute nur einem Zufall zu verdanken gewesen, dass Silke Schröder im Wald gefunden worden war? Ein Mädchen aus Kleinmachnow. Ausgerechnet im Wald bei Finkenwerda.

Und jetzt war mit Lauras Tochter sogar ein junges Mädchen aus Finkenwerda verschwunden und befand sich offensichtlich in den Fängen der Bestie.

»Nein«, sagte Alex.

»Was, nein?«, fragte Sams Mutter aufgewühlt. »Jetzt red endlich mit mir!«

Mittlerweile war er überzeugt davon, dass das kein Zufall war! Nicht nach allem, was ihm die letzten Tage widerfahren war. Die Bestie war nicht nur zurück. Sie war ihm aufs Land gefolgt. In den Spreewald. Nach Finkenwerda. Die Bestie war hier im Dorf. Und sie spielte wieder mit ihm. *Sieh die Mädchenwiese!*

»Alex?«, drang Lauras Stimme wie aus weiter Entfernung an sein Ohr. »Es hat an der Tür geklingelt.«

»Das wird wohl mein Kumpel sein.« Alex stand auf und öffnete die Tür. Zu seinem Erstaunen stand nicht Paul auf dem Bürgersteig, sondern Lauras Schwager. Polizisten drängten sich an ihm vorbei in die Kneipe. Wegen des Regens klebten ihnen die Haare an der Kopfhaut, ihre Uniformen waren durchnässt. Sie schleppten Feuchtigkeit und Straßendreck in den Flur, aber das war es nicht, was Alex Sorgen bereitete.

Frank Theis hielt ihm ein Schreiben vors Gesicht. »Herr Lindner, ich habe hier einen Durchsuchungsbeschluss für Ihre Wohnung und für Ihre Kneipe.« Er brachte einen zweiten Brief zum Vorschein. »Und das ist ein Haftbefehl. Gegen Sie wird ermittelt wegen des dringenden Tatverdachtes des Mordes, außerdem wegen des Verdachts der Entführung in mindestens einem Fall. Sie sind festgenommen.« Theis winkte zwei Beamte zu sich. »Bringen Sie ihn zum Verhör aufs Revier.«

Kapitel 47

Vermutlich ahnen Sie es schon: Nach der Geburt unseres Sohnes verlor mein Mann endgültig alle Hemmungen. Ich war nicht länger seine Frau, noch weniger die Mutter seines Sohnes. Ich war nichts. Nur ein Spielball seiner sadistischen Launen, die er an mir auslebte.

Ferdinand quälte mich, wann immer es ihn überkam, und es überkam ihn oft, manchmal mehrmals die Woche, abends nach der Arbeit. Er schlug mir nie wieder direkt ins Gesicht, so wie an jenem Tag meiner Heimkunft. Er musste ja auf die Leute im Dorf Rücksicht nehmen.

Doch seine Grausamkeiten wurden unaussprechlicher – und jedes Mal war ich ihm beinahe dankbar, wenn er schließlich seine

Hände um meine Kehle legte. Denn dann dauerte es nicht mehr lange, bis mich Dunkelheit umfing.

Manchmal flehte ich sogar still und heimlich, dass dieses Leid endlich ein Ende haben solle. Ich konnte die Schmerzen nicht mehr ertragen, mir fehlte die Kraft.

Wenn ich dann Stunden später im Keller erwachte, den Schritten im Haus lauschte, der Musik, dem Kindergebrabbel, vor allem dem Kindergebrabbel, dann verwarf ich die Todessehnsucht. Denn wenn nicht ich, wer würde dann meinen Sohn vor diesem Scheusal beschützen können?

Nein, unseren Sohn rührte Ferdinand in all dieser Zeit nicht an, nicht so wie mich. Natürlich schlug er ihn, wenn der Junge nicht spurte. Stellte den Kleinen in die Ecke, wenn er unartig war. Aber was war das im Vergleich zu all dem Leid, das ich zu ertragen hatte?

Wenn meine Qualen der Preis dafür waren, dass mein Sohn ohne wirklich schlimme Blessuren aufwachsen durfte, dann war ich bereit, dieses Leid zu ertragen. Jederzeit.

Natürlich erkannte mein Sohn irgendwann, mit was für einem Ungeheuer er unter einem Dach lebte. Denn mit der Zeit sperrte mein Mann mich auch einfach so in den Keller, damit er seine Ruhe hatte, damit ich nicht auf dumme Gedanken kam oder aus welchen Gründen auch immer. Manchmal musste ich sogar tagsüber in mein Gefängnis. Dann brachte Ferdinand unseren Sohn in den Kindergarten, und erst am Abend sah ich die beiden wieder.

»Papa, warum muss Mami in den Keller?«, fragte mein Sohn eines Abends, nachdem er mit seinem Vater heimgekehrt und ich aus meinem Verlies befreit worden war.

Der Junge war mittlerweile drei Jahre alt, und er saß mit seinem Vater im Wohnzimmer. Ich bereitete in der Küche das

Abendbrot. Auch auf die Gefahr hin, dass das Essen sich verspätete, hielt ich inne. Ich konnte nicht anders.

»Das gehört sich so«, sagte Ferdinand.

»Warum?«

»Weil Mami krank ist, verstehst du?« Ferdinand dämpfte seine Stimme. »Aber, das darfst du niemandem erzählen, auch nicht im Kindergarten, hast du verstanden?«

»Ja.«

»Denn sonst ist deine Mutti für immer weg.«

Ich hielt mich an der Anrichte fest. Mir war schwindelig. Am liebsten wäre ich in die Stube gerannt, hätte den Jungen an mich gerissen und wäre aus dem Haus gestürmt, nur weg, ganz weit weg. Doch ich rührte mich nicht von der Stelle.

Du wirst mir meinen Sohn nicht nehmen, hatte Ferdinand gedroht, *eher bringe ich dich um*. Das glaubte ich ihm aufs Wort. Sie etwa nicht?

Kapitel 48

Laura sah bestürzt dabei zu, wie der Mann, dem sie eben noch ihr Herz ausgeschüttet hatte, von den Kollegen ihres Schwagers zu einem Streifenwagen abgeführt wurde. Hinter der Absperrung, die errichtet worden war, rangen Journalisten um die besten Plätze. Blitzlichter tauchten den nassen Asphalt in gespenstisch zuckendes Licht.

»Frank«, rief Laura, während Sam sich an sie klammerte. »Warum verhaftet ihr … Herrn Lindner?«

»Sag du mir lieber, was du bei ihm zu suchen hattest? Worüber habt ihr gesprochen?«

Sie strich sich das regennasse Haar aus dem Gesicht. Zugleich wünschte sie, sie könnte die Panik, die sie erst vor wenigen Minuten endlich bezwungen glaubte, ebenso leicht wieder fortwischen. »Über seinen Fall … vor drei Jahren … und …«

»Was genau hat er dir gesagt?«

»Ich weiß nicht.« Ihr schwirrte der Kopf. »Nichts, was … was …« Auf der Straße brach ein Tumult aus. Mit Blaulicht schob sich das Einsatzfahrzeug durch die hektische Reportermeute. Laura erhaschte einen kurzen Blick in den Fond und auf Alex' blasses Gesicht. »Ist er …« Sie brachte die Worte nicht über die Lippen. »Hat er … hat er Lisa …«

»Dazu kann ich im Augenblick nichts sagen.«

»Kannst du nicht? Oder darfst du nicht? Hat dir dieser Schulze wieder den Mund verboten?«

»Laura, das ist lächerlich.«

»Dann sag mir, was das alles soll. Hat Lindner Lisa … und diese Mädchen … Hat er sie entführt?«

»Es gibt einiges, was den Verdacht erhärtet.«

Entsetzen überkam Laura so abrupt, dass sie sich an der Häuserwand abstützen musste. *Ich werde alles daransetzen, dass sie deiner Tochter kein Haar krümmt. Das verspreche ich dir!*, hallte Alex' Stimme durch ihren Verstand. Sie hatte Alex vertraut und ihre Hoffnung in ihn gesetzt. Jetzt war er festgenommen. Wegen Mordes. Wegen des Verdachts der Entführung.

»Und wo ist Lisa? Weißt du, wo sie ist?«

»Wir werden sie finden, rechtzeitig, da bin ich mir sicher. Und jetzt komm. Ich bring' euch heim.« Weil sie nicht sofort reagierte, schob Frank sie und Sam zu einem zweiten Polizeifahrzeug. Obwohl es nur wenige hundert Meter bis zum Grundstück waren, fuhr er sie nach Hause. »Ich habe zwei meiner Beamten vor deiner Tür postiert, das sollte die Journalisten auf Abstand halten.«

Laura fühlte sich wie in einem Alptraum, der immer furchterregender wurde, ohne dass sie etwas dagegen ausrichten konnte. Das war wahrscheinlich das Schlimmste von allem – dieses lähmende Gefühl der Machtlosigkeit.

»Bleib bitte zu Hause«, sagte Frank, nachdem er sie in ihr Haus begleitet hatte. »Kümmere dich um Sam. Ich schicke Renate zu dir rüber. Sie wird dir helfen. Und sobald ich etwas weiß, melde ich mich.«

»Mama?« Sam stand auf der Treppe. Er war klitschnass.

Sie half ihm beim Entkleiden und rubbelte mit einem Handtuch seine Haare trocken. Nachdem er seinen Schlafanzug angezogen hatte, brachte er einen Teddybären aus seinem Rucksack zum Vorschein.

»Das ist doch Mr Zett«, rief Laura erstaunt.

Ihr Sohn zuckte zusammen.

»Woher hast du ihn?«

»In Lisas Zimmer gefunden.«

»Wie lange hast du ihn schon?«

»Seit gestern. Vorgestern. Ich weiß nicht.«

»Den hätte Lisa niemals zurückgelassen, wenn sie abgehauen wäre. Da bin ich mir sicher.«

»Ja«, sagte Sam.

»Du hättest ihn mir zeigen müssen. Sam, das wäre wichtig gewesen!«

Er starrte sie an.

»Ist da noch etwas, was du gefunden hast? Oder weißt?«

Seine Augen flackerten.

»Überleg genau!«

Er schüttelte den Kopf.

»Egal was, Sam ...«

Sein Kopfschütteln wurde zaghafter.

»Versuch dich bitte zu erinnern.«

Er bewegte sich nicht.

»Sam, verflixt noch mal, es ist wirklich wichtig!«

Er drehte das Gesicht von ihr weg. Laura fluchte über sich selbst. Ihn anzuschreien machte die Sache nicht besser. Sie fühlte sich nur schlechter. Denn sie selbst war es, die sich hatte täuschen lassen. Von Alex Lindner! Verzweiflung trieb ihr die Tränen in die Augen. Sie wollte Sam in den Arm nehmen, doch er drehte sich von ihr weg.

»Es tut mir leid«, sagte sie leise.

Er raffte die Decke über seinen Kopf. Regen trommelte gegen die Fensterscheibe, ein Geräusch wie von kleinen Fingern, die gegen das Glas klopften, die um Hilfe flehten. Laura fröstelte.

Lisa krümmte sich am Waldboden. Der Wind trieb heulend den Regen über sie hinweg. Ansonsten geschah nichts. Sogar der Schmerz, den der Schlag hätte hinterlassen müssen, verklang so schnell, wie er gekommen war. Verwundert öffnete sie die Augen. Im gleichen Moment zuckte ein Blitz über den Himmel und erhellte einen Baum, der sich mit knochigen Ästen dem Sturm beugte. Es war nur ein Ast, der sie erwischt hatte. Lisa lachte und rieb sich den Matsch aus dem Gesicht. Dabei stellte sie fest, dass ihre Finger noch immer das Kleid umklammert hielten. Sie streifte es sich über den Kopf. Es war ihr zwei Nummern zu groß, und es half kaum gegen die Kälte, trotzdem war es besser, als nackt zu sein. Mit den Händen rubbelte sie ihre Arme und Beine warm. Sie war müde. Am Ende.

Denk an Sam!, befahl sie sich in Gedanken.

»Du bist stark«, schrie sie gegen den Sturm an. Hinter sich hörte sie ein Knirschen.

»Da ist niemand«, flüsterte sie. Es knackte im Unterholz. Sie quälte sich weiter. Der Wind peitschte auf sie ein. Das nasse Kleid klebte ihr am schlotternden Leib, während sie sich durch den Regen schleppte. Immer wieder musste sie innehalten, weil ihr Körper zu schwach war.

Plötzlich lichteten sich die Bäume und Sträucher, und der Boden wurde fester. Fast gleichzeitig ließ der Regen nach, und durch eine Lücke in der Wolkendecke traten Mond und Sterne hervor. Vor ihr breitete sich eine Lichtung aus. Am liebsten hätte sie sich auf die Knie fallen lassen.

Auf der gegenüberliegenden Seite führte ein schmaler Pfad von der Lichtung weg in den Wald. Ein Pfad bedeutete, dass dort Menschen entlanggegangen waren. Sie hoffte, dass der Bunker noch hinter ihr lag und sie nicht, ohne es zu bemerken, im Kreis gelaufen war. Sie humpelte auf den Pfad zu und hatte das freie Waldstück zur Hälfte überquert, als ihr im schimmernden Mondlicht eine kleine Erhebung auffiel. Etwas ließ sie innehalten.

»Geh weiter!«, flüsterte sie. Doch statt ihren Worten Folge zu leisten, tat sie einen Schritt auf den Hügel zu.

Alex hatte keine Ahnung, wie lange er auf dem ungemütlichen Schemel saß, ohne dass sich jemand blicken ließ. Man hatte ihm Uhr, Handy und Gürtel abgenommen. Irgendwann öffnete sich die Tür zum Vernehmungszimmer des Kriminalkommissariats Berlin-Mitte. Theis kam herein. Alex sprang auf.

»Hinsetzen«, polterte der Polizist.

»Nicht bevor Sie mir erklären, was das alles soll.«

»Ich sagte: Setzen Sie sich hin!«

Alex nahm wieder auf dem Stuhl Platz. »Also?«

»Das frage ich Sie.« Theis blickte ihn streng an. »Wo ist Lisa?«

»Verdammt!« Alex sprang wieder auf. »Das ist doch ...«

»Hinsetzen, aber sofort!«

Alex dachte nicht im Traum daran. »Während Sie hier mit mir Ihre Zeit verschwenden, wird dieser Wahnsinnige Ihre Nichte ...«

Theis' Hand krachte auf den Tisch. *»Wo – ist – Lisa?«*

»Woher soll ich das wissen? Ich weiß nur, dass die Bestie in Finkenwerda ist und …«

»Ja!« Der Polizist funkelte ihn an. »Deshalb sind *Sie* ja hier.«

Stöhnend sank Alex auf den Schemel. Das Vernehmungszimmer war fensterlos und winzig. Von den Ermittlern wurde es *Kombüse* genannt, weil sie ihre Verdächtigen hier weichkochten. Alex wusste das, weil er bis vor drei Jahren selbst Verbrecher mit der Trostlosigkeit eines solchen Raumes konfrontiert hatte. Aber er konnte nicht fassen, dass Theis dachte, auch er würde unter diesen Umständen einknicken. »Glauben Sie tatsächlich, ich hätte was mit der Entführung Ihrer Nichte und dem Mord an …«

»Es geht nicht ums Glauben.« Theis schüttelte den Kopf, während er sich auf der gegenüberliegenden Seite des Tischs niederließ. »Es geht um das, was uns die Spuren sagen.«

»Spuren?«

»Zum Beispiel Spuren am Körper der Leiche im Wald, die zweifelsfrei Ihnen zugeordnet werden können.«

»Ich bin Silke Schröder niemals begegnet.«

Der Polizist reagierte mit einem mitleidigen Lächeln. Bevor er etwas erwidern konnte, wurde ein Schloss entriegelt, und ein Mann in Jeans und Lederjacke steckte den Kopf in den Raum.

»Ah, Kollege Kalkbrenner«, begrüßte ihn Theis.

Alex konnte sich an Paul Kalkbrenner erinnern: Er hatte vor Jahren mit ihm gemeinsam in einem Mordfall ermittelt. Kalkbrenner reichte Theis einen schmalen Aktenordner und musterte Alex kurz, bevor er den Raum ohne ein weiteres Wort verließ.

»Wo waren wir stehengeblieben?«, fragte Theis.

»Ich sagte, ich habe Silke Schröder niemals kennengelernt.«

»Ja, richtig.« Der Polizist nickte andächtig, während er die Unterlagen in dem Hefter studierte. »Es gibt da nur ein Problem: Bei der Toten im Wald handelt es sich nicht um Silke Schröder. Ihr Name ist Christina Schmitz.«

»Ich kenne auch keine Christina Schmitz.«

»Aber eine Karen Brandner, oder?«

»Karen …« Alex verschluckte sich. »… Brandner?«

»Wir haben vor wenigen Stunden eine zweite Leiche gefunden …«

»O mein Gott!«

»… auf einer anderen Lichtung, nicht weit entfernt, aber ebenso … *bestattet.* Es ist Karen Brandner. Bei *ihr* waren Sie nicht so sorgfältig. An *ihr* haben wir die Spuren entdeckt, die Ihnen zugeordnet werden können.«

»Das ist …«

»Und es gibt Zeugen, die gesehen haben, wie Sie einen Tag vor ihrem Tod eine handgreifliche Auseinandersetzung mit Karen Brandner hatten. Das hatten Sie doch, oder wollen Sie das auch bestreiten?«

Alex blieb die Antwort schuldig.

Theis schien nichts anderes erwartet zu haben. Er klappte den Hefter auf, in dem neben mehreren Zetteln auch ein kleiner Beweismittelbeutel lag. »Außerdem haben wir bei der Durchsuchung Ihrer Kneipe in einer Schublade diese Kette gefunden.« Theis hielt die Plastiktüte hoch. »Die Kette gehörte meiner Nichte. Lisa.«

»Die Kette habe ich in meinem Garten gefunden«, entgegnete Alex. »Einer der Teenager muss sie verloren haben. Die, die in meinen Gurkenstauden rumgetrampelt sind. Vorgestern.«

Der Polizist legte den Anhänger zurück in die Mappe. »Auf mich machte ihr Garten einen aufgeräumten Eindruck – bis auf den toten Hund, den wir im Schuppen gefunden haben. Sieht wirklich übel aus.«

Unwillkürlich griff Alex sich an die Stirn und befühlte die Beule. »Das mit meinem Hund, das ist heute Mittag passiert, das wollte ich Ihnen erklären, vorhin im Wald. Erinnern Sie sich?«

»Nein.«

»Fragen Sie Paul. Paul Radkowski.«

»Ach, diesen Reporter?«

»Mit ihm habe ich gestern den Garten in Ordnung gebracht. Und er war auch dabei, als ich die Kette ...« Alex zuckte zusammen, als er den Grind von der Wunde zog. »Nein, nein, Herr Radkowski hat sie gefunden und ...«

»Es tut mir leid.« Theis entnahm dem Ordner einen Zettel. »Es befinden sich *nur* Ihre Fingerabdrücke auf dem Anhänger.«

»Dann fragen Sie Herrn Radkowski, er wird es bestätigen können.« Alex blickte auf seine Finger, an deren Spitzen etwas Blut klebte. Er wischte es an der Hose ab. »Und er wird Ihnen auch von der Auseinandersetzung mit Karen erzählen. Er war dabei, er hat ...«

»Aha«, unterbrach ihn der Polizist. »Also war immer Herr Radkowski dabei.«

»Wenn ich es Ihnen doch ...« Alex hielt inne. Plötzlich zog sich ihm der Magen zusammen. »Sprechen Sie mit ihm!«, presste er hervor.

»Geben Sie mir seine Telefonnummer.« Alex tat, wonach Theis verlangte, woraufhin dieser die Kombüse verließ. Nach weniger als fünf Minuten saß er wieder Alex gegenüber. »Tut mir leid, aber Herr Radkowski ist nicht zu erreichen.«

»Versuchen Sie es noch einmal.«

»Meine Kollegen bleiben dran. Aber ...«

»Kommen Sie, Theis«, platzte es aus Alex heraus, »das alles reicht nicht aus, um ...«

»Das alles sind verdammt gute Indizien, die den Richter überzeugt haben.« Theis wedelte mit einem zerknitterten Haftbefehl. »Und angesichts der Vorfälle vor drei Jahren ...«

»Sie wissen ganz genau, was damals passiert ist!«

Der Polizist legte den Haftbefehl auf die Mappe und strich

ihn mit der Hand glatt. »Nun, ich weiß inzwischen, dass es bei der Entführung Ihrer Kollegin, Ihrem Lockvogel, nicht einen einzigen Hinweis auf eine andere Person am Tatort gab. Nur Spuren, die eindeutig belegen, dass Sie damals vor Ort waren – und auch nur *Sie* am Fundort der Leiche.«

»Worauf wollen Sie hinaus?«

»Auf die Frage, wer tatsächlich für den Tod Ihrer Kollegin verantwortlich ist.« Theis schob den Haftbefehl in den Ordner. »Und vor allem wer das Leben der Mädchen auf dem Gewissen hat.«

Alex starrte den Beamten ungläubig an. Im nächsten Augenblick klopfte es an der Tür. Das Schloss wurde entriegelt, und ein Polizist schaute herein. Er schüttelte den Kopf.

»Tja«, sagte Theis, »Ihr Freund ist nicht zu erreichen.«

Alex fluchte.

»Es gibt also niemanden, der Ihre Aussagen bestätigt.« Der Polizist lehnte sich zurück und überkreuzte die Arme. »Aber das verwundert mich nicht.«

Ein jäher Gedanke stieg in Alex auf. *Du wirst dich wundern.*

»Die Mordserie vor drei Jahren – wir werden den Fall noch einmal aufrollen«, fuhr Theis fort. »Mit dem Wissen von heute ergibt vieles von dem, was damals geschehen ist, endlich einen Sinn.«

»Ja, verdammt, natürlich, weil es einen Sinn ergeben soll.« Alex hämmerte die Faust auf den Tisch. »Sehen Sie das denn nicht? Es ist doch offensichtlich: Die Bestie treibt ihr Spiel mit mir, mit Ihnen, mit uns. Und Sie gehen ihr auf den Leim.«

»Ich gehe *Ihnen* nicht mehr auf den Leim«, erwiderte der Polizist ungerührt. »Ich hab' Ihr Spiel durchschaut. Sagen Sie mir, erregt es Sie, den Eltern der entführten Mädchen gegenüberzusitzen? Vor drei Jahren als Polizist? Und jetzt als ach so besorgter Nachbar, als der Sie sich bei meiner Schwägerin eingeschleimt haben? Oder bei den Eltern von Silke Schröder? Während Sie die Mädchen leiden lassen. Oder längst getötet haben. So ist es doch, oder?«

»Das ist lachhaft«, antwortete Alex. Genauso absurd wie der Gedanke, dass –

Also war immer Herr Radkowski dabei, hallte Frank Theis' Stimme durch Alex' Verstand.

Theis musterte ihn. »Packen Sie endlich aus: Wo ist Lisa?«

Alex schüttelte den Kopf.

»*Wo*, verdammt noch mal!«

Alex sah hilflos zu dem Polizisten auf. Dieser sprang auf, durchquerte die Kombüse und klopfte gegen die Tür. Augenblicklich traten zwei uniformierte Beamte ein.

»Schaffen Sie ihn mir aus den Augen, aber ganz schnell!«

Lisa kniff die Lider zusammen. Aber das, was vor ihr lag, war keine Täuschung, dem ihr erschöpfter Verstand im Mondlicht erlegen war. Die Tannenzweige auf dem Erdhügel vor ihr waren nicht natürlich gewachsen. Jemand hatte sie liebevoll aufeinandergeschichtet. Es wirkte wie ein – *Grab*.

Lisa schnürte es das Herz zusammen. Ein Windstoß hob einige der Äste empor. Ein bleicher Armstumpf schimmerte im Mondlicht, und ein Stück tiefer ein Fuß mit kleinen Zehen.

Im Wald knackte es. Als schliche sich jemand an Lisa heran. Sie stolperte los, dem Pfad entgegen, blindlings in die Dunkelheit des Waldes.

Bäume streckten ihre Äste wie Finger nach ihr aus. Büsche griffen gierig nach ihren Füßen, wollten sie zu Boden zerren. Lisa wankte darüber hinweg. Behielt das Gleichgewicht. Stolperte erneut. Und wieder. Immer weiter. Vorwärts. Nur weg. *Wo, verdammt noch mal, bin ich hier?*, dachte sie verzweifelt.

Nur beiläufig bekam sie mit, wie sie vom Pfad abkam. Es

spielte sowieso keine Rolle mehr. Jedes Glied ihres Körpers brannte vor Erschöpfung und Schmerz. Sie war am Ende. Vor einem Stapel gefällter Bäume sank sie zu Boden. Einige der Baumstämme waren hohl. Sie schleppte sich in einen der Hohlräume und zog die Beine an den Körper. Bibbernd schlugen ihre Zähne aufeinander. Sie würde erfrieren. Sie würde sterben – so wie Silke und Christina.

Aber du bist ihm entkommen!, schoss es ihr durch den Sinn.

Es war nur ein schwacher Trost. Lisa schloss die Augen. Sie wollte schlafen. Nur noch schlafen.

Kapitel 49

Es gab nur selten Momente, in denen ich meine Angst und den Wahnsinn vergaß. Meist fand ich Frieden draußen im Garten, bei den Tieren, zusammen mit meinem Sohn. Manchmal erzählte ich ihm von früher, von meinem Vater, meiner Mutter, ihrem Pflaumen-Prasselkuchen, dem Picknick mit meiner Freundin Regina im Wald. Er lauschte meinen Worten mit großen Augen, als erzählte ich ihm von einer fremden Welt. In gewisser Weise war sie das ja sogar.

Währenddessen verfolgte Ferdinand in der Stube die *Aktuelle Kamera*, die keinen Zweifel daran ließ, dass unser Land einem Wandel unterworfen war. Uns erreichten diese Veränderungen nicht.

Ich suchte Zuflucht bei den Hühnern und bei Eduard, meinem Kater. Eduard, der durch unseren Garten und die Beete tigerte, sich schnurrend an mein Bein schmiegte. Wann hatte man mich das letzte Mal so liebevoll berührt? Meine Eltern waren es gewesen, meine Mutter und mein Vater. So viel Zeit war seither vergangen. So viele Qualen. An manchen Tagen kam es mir so vor, als spürte Eduard all mein Leiden und schliche nur deshalb zu mir, um mir etwas Trost zu spenden.

Häufig erwartete er mich bereits, wenn ich nach draußen ging. Nur selten war er noch auf der Pirsch. Dann sagte ich leise seinen Namen, und meist trippelte er gleich darauf mauzend um die Ecke.

Auch an jenem Nachmittag, als ich die Hühner füttern wollte, rief ich nach ihm. Diesmal kam er nicht. Ich versuchte es noch einmal, doch er ließ sich nicht blicken. Das geschah gelegentlich, weshalb ich mir nichts dabei dachte. Auch nicht, als Ferdinand nach unserem Sohn rief: »Komm!«

»Gleich«, antwortete mein Junge, »ich helfe Mama mit den Hühnern.«

»Ich sagte: Komm!«

Folgsam trottete mein Sohn ins Haus. Inzwischen war er zehn und ein stolzer Pionier, so wie ich einst, in einer anderen Zeit. Ich kletterte über den Zaun, verstreute das Futter im Gehege und suchte mir eines der Viecher aus. Nachdem ich es geschlachtet und gerupft hatte, ging ich in die Küche. Als ich gerade das Kartoffelwasser abgoss, drang aus der Stube ein Schrei. Beunruhigt rannte ich nach nebenan. »Was ist …«

Mein Sohn starrte auf ein strampelndes Etwas zwischen Ferdinands Händen. »Siehst du«, sagte mein Mann, »es ist ganz einfach.«

Ferdinand machte eine schnelle Bewegung. Knochen knackten. Eduards Körper erschlaffte. Mein Mann warf den leblosen Kater in die Arme meines Sohnes. Doch der Junge schreckte zurück, und das tote Tier plumpste auf den Boden. Wie benommen starrte ich auf den Leichnam. Nur langsam fand ich meine Sprache zurück. »Warum hast du das gemacht?«

»Sei still.«

»Warum hast du …«

»Ich sagte, sei still.« Ferdinand ging zu unserem Sohn. »Heb den Kater auf und begrab ihn im Keller!«

Der Junge schüttelte verängstigt den Kopf.

»Ich sagte, du sollst ihn …«

»Ferdinand«, unterbrach ich ihn und stellte den Kochtopf, den ich immer noch in den Händen hielt, auf den Fenstersims. »Lass ihn in Ruhe. Ich kann das machen.«

»Nein, der Junge wird das tun.«

»Bitte, lass ihn, ich werde …«

Ferdinand riss die Faust nach oben, und ich verstummte.

»Geh auf dein Zimmer«, wies er meinen Sohn an.

Der Junge drehte sich um, und als sein Blick die Katze fand, sah ich, wie Tränen in seinen Augen schimmerten. Wortlos ging er die Stufen hinauf, kurz darauf hörte ich, wie er die Tür hinter sich zumachte.

Ferdinand baute sich vor mir auf. »Und jetzt zu dir!«

Ich senkte den Blick.

»Was fällt dir ein, mir vor dem Jungen zu widersprechen?«

»Es tut mir leid«, wisperte ich, »aber ich wollte …«

Mit voller Wucht grub sich seine Faust in meinen Magen. Ich fiel um wie ein nasser Sack. Als ich mich wieder aufrappelte, hob mein Mann zum zweiten Mal die Hand.

»Ferdinand!« Ich spuckte Schleim. »Der Junge!«

Mein Sohn stand in der Tür. Tränen strömten ihm über die Wangen.

»Vielleicht ist es sogar besser so«, hörte ich Ferdinand sagen. »Es wird langsam Zeit, dass er lernt …«

»Ferdinand, bitte«, stöhnte ich.

Seine Faust krachte mir erneut in den Bauch. Ich übergab mich auf die Dielen.

»Setz dich auf die Couch«, wies Ferdinand den Jungen an.

Dieser stand wie angewurzelt da, starr vor Angst. Ferdinand krallte sich in meine Haare und riss meinen Kopf hoch. »Ich sagte, auf die Couch!«

»Ferdinand, nein«, wimmerte ich.

Er bog mir die Arme auf den Rücken und band mich an die Heizung. Mein Sohn heulte.

»Heul nicht«, schrie ihn Ferdinand an. Der Junge senkte den Kopf. »Ich sagte, hör auf zu flennen. Du bist mein Sohn. Sieh her! Sieh her!«

Langsam hob der Kleine den Blick. Ferdinand drehte sich zu mir um. In seinen Händen hielt er den Kochtopf mit dem heißen Kartoffelwasser.

Hinterher warf er meinen verbrannten und mit blutigen Platzwunden übersäten Leib hinab in den Keller. Dort lag ich in der Kammer, halb besinnungslos vor Schmerzen, noch mehr aber vor Scham und Schuld, denn wenn ich eines in dieser Sekunde begriff, dann mein Versagen. Ich hatte meinen Sohn nicht vor dem Irrsinn bewahrt. Ich konnte ihn nicht beschützen. Was war ich für eine Mutter? Wozu taugte ich überhaupt? Ich schrie mir die Seele aus dem Leib. Als mir die Luft ausging, drang eine ängstliche Stimme an mein Ohr. »Hallo? Hallo? Wer ist da?«

Kapitel 50

Irgendwann musste Alex eingeschlafen sein, denn er erschrak, als die Zellentür mit einem Quietschen geöffnet wurde. Einen der beiden Beamten, die ihn einen Gang entlangführten, erkannte er. »Hallo, Jakob.«

Doch dieser gab vor, ihn nicht zu kennen. Ohne Alex anzusehen, murmelte er: »Ihr Anwalt ist da.«

Sie gelangten in einen Besucherraum. Jakob postierte sich vor der Tür. Hinter den vergitterten Fenstern wich gerade die Nacht vor der Sonne zurück. Ein neuer Tag brach an, aber sicherlich kein guter.

An einem schmalen Tisch in der Mitte des Zimmers saß Norman. Mit seinem Anzug, dem gebräunten Gesicht und den blondierten Haaren wirkte er so fehl am Platz, wie Alex sich fühlte.

»Kann ich was zu trinken haben?«, bat Alex. »Einen Kaffee?«

Norman hob den Blick zu dem Wachposten. Jakob schüttelte den Kopf. Alex' Gelenke knackten, als er seinem Freund gegenüber Platz nahm. »Die glauben, ich bin die Bestie.«

»Ich weiß.«

Normalerweise mochte Alex Normans nüchterne Analysen, aber jetzt hätte er sich etwas mehr Mitgefühl von ihm gewünscht. »Das ist alles, was dir dazu einfällt?«

»Was erwartest du?«

»Dass du mich hier rausholst.«

»Dazu solltest du dir einen richtigen Anwalt nehmen.«

»*Du* bist Anwalt.«

»Für Familienrecht. Bei dir geht es um mehrfachen Mord.«

»Verdammt noch mal, ich habe keinen einzigen begangen.« Alex holte tief Luft, um seinen Zorn zu zügeln. »Weißt du, wo Paul ist?«

»Nee.« Norman schnaubte. »Aber ich glaube, das sollte deine geringste Sorge sein.«

»Eben nicht.«

Norman runzelte die Stirn.

»Es gibt da einige Sachen«, begann Alex.

»Sachen?«

»Vorfälle.«

»Vorfälle?« Norman beugte sich vor. »Red Klartext!«

»Du musst Paul für mich überprüfen.«

»Moment!« Norman griff über den Tisch nach Alex' Arm. »Versuchst du mir zu erklären, dass Paul was mit den Morden zu tun hat?«

Sam musste aufs Klo, schon seit über einer Stunde. Seit er in seinem Bett aufgewacht war. Doch er wollte seiner Mutter nicht über den Weg laufen, nicht nachdem sie ihn am Abend zuvor wieder angeschnauzt hatte. Später hatte sie noch einige Male den Kopf zur Tür hereingesteckt, auf sein Bett geblickt, ohne ein Wort zu sagen. Er hatte sich nicht bewegt, die Augen geschlossen gehalten, sich nicht anmerken lassen, dass auch er nicht schlafen konnte.

Alles wird gut, hatte sie gesagt.

Zähneknirschend entnahm er seinem Regal einen Comic. Bart Simpson lachte ihn vom Titelbild an. Sam fing an zu lesen, doch schon auf der zweiten Seite hielt er den Druck auf seine Blase nicht mehr aus, und er schlich sich ins Badezimmer. Das Haus war erfüllt von Stille. Als er Lisas Zimmer passierte, fiel Flurlicht in einem schmalen Streifen auf das Bett. Seine Mutter lag schlafend darauf, die Decke zerknüllt unter sich. Im Arm hielt sie Mr Zett. *Du hättest ihn mir zeigen müssen*, hatte sie ihm vorgeworfen. Das hatte er versucht. *Sam, das wäre wichtig gewesen!* Niemand hatte ihm zugehört. Sam setzte sich auf die Kloschüssel und entleerte seine Blase.

Schon wieder hatte seine Mutter so geklungen, als trüge alleine er die Schuld daran, dass Lisa verschwunden war. Dabei hatte Sams Onkel den Schuldigen längst gefunden.

Sam betätigte die Spülung und kehrte zurück in sein Zimmer. Er war wütend auf seine Mutter. *Gar nichts wird gut!*, wisperte eine Stimme in Sam. Und Lisa war immer noch nicht heimgekehrt.

Sam schob die Lamellen seines Fensterrollos einige Zentimeter auseinander und linste auf die Straße. Er hatte keine Lust, hier herumzuliegen, darauf zu warten, dass seine Mutter irgendwann erwachte, wieder gestresst durch das Haus liefe und mit ihm schimpfte. Am liebsten wäre er in den Club gegangen. Aber der Betreuer war bei einem Seminar.

Sam beschloss, sein Versteck im Wald aufzusuchen. Er ahnte, was seine Mutter davon halten würde, wenn er sich zur Uferlichtung aufmachte. Aber dort hatte er wenigstens seine Ruhe. Außerdem hatte sein Onkel den schlimmen Mann verhaftet.

Sachte schloss er die Jalousie wieder, dann häufte er seine Anziehsachen zu einer schlafenden Gestalt unter der Decke auf. Bart Simpsons Grinsen schien noch breiter zu werden. Als wollte er ihn ermuntern.

Sam stopfte ein paar Comic-Hefte in seinen Rucksack, kleidete sich an und stieg die Treppe hinab zur Haustür. Mit einem leisen Klicken fiel sie hinter ihm ins Schloss.

Alex stieß die Hand seines Freundes von sich. »Sie haben Spuren gefunden, Spuren, die mich in Verbindung mit der getöteten Karen Brandner bringen.«

»Ja«, erwiderte Norman, »natürlich, sonst säßest du ja nicht hier. Aber was soll das mit Paul zu tun haben?«

»Ich hatte eine Auseinandersetzung mit Karen Brandner. Einen Abend vor ihrem Tod.«

»Ja, richtig, du. Aber nicht Paul …«

»Er war dabei«, unterbrach Alex ihn. »Er war der Einzige, der den Streit mitbekommen hat. Kurz danach ist er heimgefahren. Er muss das Mädchen unterwegs getroffen und entführt haben.«

Norman lachte freudlos. »*Das* ist alles?«

»Nein, Paul hat auch die Kette entdeckt, die der entführten Lisa Theis gehört. Die man bei der Hausdurchsuchung in meiner

Schublade gefunden hat. Sie lag in meinem Garten, den wir vorgestern Morgen in Ordnung gebracht haben.«

»Und jetzt glaubst du, Paul war das mit deinem Garten?«

»Was weiß ich. Ja, wahrscheinlich. Ist auch egal. Es geht um die Kette. Paul hat sie gefunden.«

»Wenn es stimmt, was du sagst, müssten dann nicht auch Pauls Spuren an der Kette sein?«

»Das ist es ja – das sind sie nicht. Er trug Handschuhe, als er die Kette fand.«

Norman stand auf und trat ans Fenster. Er rieb sich das Kinn, blickte nach draußen in den erwachenden Tag.

»Verstehst du denn nicht?«, fragte Alex.

Sein Freund drehte sich um. »Nein.«

»Es ist immer Paul. Paul war immer dabei.«

»Aber das heißt noch lange nicht …«

»Und Paul *hasst* Frauen.«

Einige Sekunden verstrichen, in denen Norman über die Ausführungen nachzudenken schien. Seine Miene verfinsterte sich. »Weißt du, wie das für mich klingt?«

»Ja, ich kann das selbst nicht glauben«, antwortete Alex, »aber … Du musst mir helfen. Du musst etwas für mich herausfinden. Vielleicht irre ich mich, aber vielleicht auch nicht. Fest steht – es werden weitere Morde geschehen. Lisa ist noch verschwunden. Und Silke Schröders Leiche hat man auch noch nicht gefunden.«

Norman stieß sich von der Fensterbank ab, durchschritt den Raum und setzte sich wieder an den Tisch. »Also, willst du mir jetzt nicht endlich erzählen, was *wirklich* passiert ist? Und diesmal bitte die Wahrheit!«

Alex ließ die Schultern hängen. »Jakob, jetzt brauch' ich wirklich einen Kaffee.«

Der Uniformierte schüttelte den Kopf.

»Jetzt holen Sie ihm schon seinen verdammten Kaffee«, blaffte Norman, »und mir gleich einen dazu.«

Der Beamte schien mit sich zu ringen.

»Herrgott, wo liegt das Problem?«

Jakob stand auf und eilte in den Flur zum Kaffeeautomaten. Die Tür hatte er nicht hinter sich geschlossen. Norman bückte sich zu seiner Aktentasche unter dem Tisch. »Pass auf, das Einzige, was ich für dich im Augenblick tun kann, ist, dir einen ordentlichen Anwalt zu besorgen.«

Nur noch wenige Zentimeter fehlten, bis die Tür wieder ins Schloss fallen würde. Alex reagierte sofort.

»Alex?«, rief Norman.

Doch Alex war schon durch den schmalen Spalt geschlüpft.

»Alex!«, kam Jakobs Stimme vom Kaffeeautomaten.

Alex rannte den Gang entlang und bog in den nächstbesten Flur ein, der zum rückwärtigen Treppenhaus führte – der vorgeschriebene Fluchtweg bei Brandgefahr. Alex stieß die schwere Metalltür auf, nahm mehrere Stufen auf einmal. Als er in die zweite Etage gelangte, flog über ihm die Tür auf.

»Alex!«, brüllte Jakob.

Alex beschleunigte seine Schritte. Noch ein Stockwerk. Sein Herz raste. Die letzte Etage. Keuchend stolperte er zum Hinterausgang. Als er auf die Straße stürzte, schlug ihm kalter Wind ins Gesicht. Er hechtete über die Karl-Marx-Allee auf den Alexanderplatz, kämpfte sich durch das dichte Gewimmel der Pendler und Touristen und verschwand im Bahnhof.

Die Sonnenstrahlen, mit denen der neue Tag erwachte, kitzelten sie in der Nase. Es war das einzige Gefühl, das sie verspürte. Sie fror nicht, hatte keine Schmerzen und kam sich seltsam schwerelos vor. Als wäre ihr Körper von allen Qualen befreit. *Du bist tot!*, dachte Lisa entsetzt und erleichtert zugleich.

Sie vernahm ein Rascheln neben sich, nicht weit von dem Baumstamm entfernt, in dessen hohlem Innern sie kauerte. Sie öffnete die Augen. Die Regenwolken waren fortgezogen, der Himmel hatte sich aufgeklärt. In schlanken Streifen fiel das Sonnenlicht durch das Laubdach des Waldes, brachte das feuchte Moos zum Glitzern. Erneut knisterte es.

Lisa drehte sich zur Seite und sah sich zwei Augen gegenüber. Neugierig neigte der Fuchs seinen Schädel. Seine Nasenspitze zuckte. Nachdem er sich überzeugt hatte, dass von Lisa keine Gefahr ausging, schlich er näher. Sonnenstrahlen trafen sein nasses Fell. Die Tropfen funkelten wie Diamanten. Als er sich die Lefzen leckte, sah es aus, als lächelte er sie an. Nicht böse und gemein. Es war ein freundliches Lächeln. Oder eine Ermunterung. Glück durchströmte Lisa. Vielleicht war das ja ein Zeichen.

Mach dir nichts vor, wisperte eine gehässige Stimme in ihr, *du redest dir nur was ein!* Trotzdem war es angenehm zu glauben, dass der Fuchs ihr mit seinem Erscheinen neuen Mut zusprechen wollte.

»Du hast überlebt!«, flüsterte Lisa, aber ihre Stimme kam ihr fremd vor. So eigenartig wie die Stimmen, die der Wind unerwartet an ihr Ohr wehte. Der magische Moment zerplatzte wie eine Seifenblase.

Alex stieg in die erstbeste S-Bahn, die am Bahnhof Alexanderplatz hielt, und fuhr drei oder vier Stationen, bevor ihm bewusst wurde, dass er keinen Fahrschein besaß, nicht einmal Geld, um ein Ticket zu erwerben. An der nächsten Haltestelle stieg er wieder aus. *Ostkreuz*. Er blieb stehen und fragte sich: *Was hast du getan?*

Er war aus dem Polizeipräsidium abgehauen, blindlings losgestürmt, bloß weg. In sein Haus in Finkenwerda konnte er nicht. Dort würde die Polizei zuallererst nach ihm suchen. Ein Geschäftsmann mit Aktentasche rempelte ihn an. Eine Mutter beruhigte ihr schreiendes Baby. Ein Stück weiter liefen zwei Security-Beamte. Wie von selbst setzten sich Alex' Beine in Bewegung. Die Polizei würde schon bald die U- und S-Bahnhöfe nach ihm absuchen. Und wenn erst die Fahndung nach ihm ausgeschrieben war, durfte er sich in Reichweite der Bahnhöfe nicht mehr blicken lassen.

Er benötigte einen Plan. Er brauchte Ruhe, einen klaren Kopf und Hilfe. Sofort dachte er an Norman. Doch ob dieser ihm Glauben schenkte, war fraglich. Außerdem war damit zu rechnen, dass die Polizei ihn als seinen Anwalt überwachte. Es blieb nur Ben, der allerdings auf Fortbildung war. Alex wusste nicht, wie er ihn verständigen sollte. Er verfügte über kein Handy, nicht einmal über Kleingeld zum Telefonieren.

Alex hörte Stimmen, direkt neben sich, und wirbelte herum. Ein Tross Nordic Walker zog an ihm vorüber, die Gehstöcke zerhackten die Wiese und alles, was ihnen nicht schnell genug auswich.

Alex hatte inzwischen den Treptower Park erreicht. Ein einsamer Jogger lief am Spazierpfad unter den Platanen seine Runden, zwei Hundehalter schleuderten Bälle, denen ihre Vierbeiner hinterherhetzten. Der Anblick der tollenden Hunde weckte Erinnerungen. Alex eilte weiter.

An einer Kreuzung wartete er, bis sich zwischen den Autos eine Lücke ergab. Er hatte die Bulgarische Straße zur Hälfte überquert, als ihm klar wurde, was sein nächstes Ziel war. Unbewusst war er in die richtige Richtung gelaufen. *Nach Köpenick.*

Der Fuchs machte einen erschrockenen Satz und sprang zwischen Sträuchern davon. Im selben Atemzug kehrten Lisas Schmerzen zurück. Stöhnend robbte sie aus dem hohlen Baumstamm und richtete sich auf.

»Das schaff' ich nicht!«, krächzte sie. Es dauerte eine Weile, bis sie aufrecht stand. Immer wieder gaben die Beine unter ihr nach.

»Ich kann nicht mehr«, stöhnte sie, während sich die Stimmen entfernten.

Lisa wollte rufen, doch sie brachte nur ein Keuchen hervor. Sie biss die Zähne aufeinander, setzte einen Fuß nach vorne. Ihre Beine waren schwer wie Blei.

Sie machte noch einen Schritt und scheuchte einige Vögel auf. Lisa erschrak. Ihr Herz pochte immer lauter. Sie kämpfte sich weiter vorwärts, bis sich plötzlich ein kleines Häuschen in ihr Blickfeld schob. Noch eines. Und noch eines. Nur Personen konnte sie keine entdecken. Nicht eine Menschenseele. Aber sie hatte doch gerade Stimmen gehört.

Jemand sprach. Lisa blieb stehen. Es war die Stimme ihres Peinigers, die sie niemals vergessen würde. Sie hörte seine Schritte. Sie presste die Hand auf den Mund. Er lachte. Ein freundliches Lachen. Ihm antwortete das Kichern einer Frau. Lisa wusste nicht, woher sie die Kraft nahm, doch sie schleppte sich weiter. Sie strauchelte, weil ihre Beine sie nicht mehr tragen wollten. Im nächsten Moment fiel sie zu Boden. Gleichzeitig trübte sich ihr Blick. Sie sah noch einen Schatten, der sich auf sie zubewegte, dann wurde sie wieder bewusstlos.

Kapitel 51

Klar und deutlich hörte ich die Stimme in dem Keller, dennoch wollte mein Verstand sie nicht akzeptieren.

»Hallo?«

Sie gehörte einer jungen Frau. Ich robbte näher zur Tür. Der Gestank von Exkrementen und nackter Angst schlug mir entgegen. Eine Gänsehaut überzog meinen Körper. Ich wagte kaum zu atmen. Hatte der Schrecken denn gar kein Ende? »Wer sind Sie?«

»O mein Gott!« Das Mädchen weinte bitterlich los. »Mein Gott!«

»Es ist alles in Ordnung«, sagte ich, aber das war gelogen. Nichts war in Ordnung. »Wie ist Ihr Name?«

»Margrit«, sagte sie mit erstickter Stimme.

»Margrit, wie …?« Ich hielt inne. Wollte ich die Antwort überhaupt wissen? »Wie lange sind Sie schon hier?«

»Ich weiß nicht.« Sie schluchzte. »Einen Tag vielleicht. Oder zwei. Ich weiß es nicht.«

»Was ist passiert?«

»Er … er … hat …«

»Wer?«

»Sein Name … ist … Ferdinand!«

Obwohl es mich nicht überraschte, traf mich der Klang seines Namens wie einer seiner Fausthiebe. Ich spuckte Galle auf den Lehmboden.

»Er hat mich zum Essen eingeladen«, wimmerte Margrit, »und dann …«

»Woher kennen Sie ihn?«

»Aus Berlin. *Café Moskau*.«

Ich konnte mich nicht daran erinnern, wann mich Ferdinand das letzte Mal ausgeführt hatte. Es mussten Jahre vergangen sein. Oder Jahrzehnte. Aber mein Mann war regelmäßig in Berlin gewesen, jeden Tag in der Arbeit – und wahrscheinlich nicht nur dort, nicht nur alleine. Mit anderen Frauen? Es war mir egal. Ich hasste ihn.

»Er war älter als ich, aber er war nett«, sagte Margrit, »aber dann …«

»Ja, ich weiß«, unterbrach ich sie. Ich hatte genug erfahren, mehr, als mir lieb war, mehr wollte ich nicht hören. Ich hätte ohnehin nichts daran ändern können. Ich konnte ja nicht einmal meinen eigenen Sohn beschützen.

Der Gedanke an mein Kind schnürte mir die Kehle zu. Mein Sohn, der auf dem Sofa kauerte, die Augen vor Entsetzen weit aufgerissen, sein Vater, der auf mich eindrosch, mich schändete, mich würgte. Ich begann zu zittern. Tränen tropften auf meinen nackten Leib.

»Und wer sind Sie?«, fragte Margrit.

»Seine Ehefrau. Berta.«

»Hat er Sie auch …« Sie brach ab.

»Ja«, bestätigte ich das Offensichtliche, »er hat mich auch eingesperrt.«

»O mein Gott«, rief sie panisch aus. »Was hat er vor? Was wird er tun?«

»Ich weiß es nicht.«

»Glauben Sie, er wird uns …« Schritte hallten durch den Keller. Ich richtete mich auf, obwohl ich bei jeder Bewegung mit meinem eigenen Körper kämpfte. Eine Tür wurde entriegelt. Nicht meine. Margrit begann zu schreien. Immer lauter. Irgendwann hielt ich es nicht mehr aus.

»Ferdinand!« Ich hämmerte gegen die Tür. »Ferdinand!«

Margrits Gebrüll war die Antwort. Und dazu Musik. So laut wie noch nie.

Ich finde nicht Geschmack an alledem, sang die Stimme einer Frau. *Als kleines Kind schon hörte ich mit Beben: Nur wer im Wohlstand lebt, lebt angenehm.*

Ihr Wohlklang wollte nicht zu dem Geschrei passen, das durch den Keller gellte. Schreckliche Schreie, die mir durch Mark und Bein gingen. Ich presste die Hände auf meine Ohren – vergeblich. Ich beschwor Erinnerungen herauf, so wie ich es gelernt hatte, damals, als mein Onkel über mich hergefallen war, dachte an den Sommer und die warmen Strahlen der Sonne und meinen lachenden Vater auf der Terrasse. Aber dann dachte ich an meinen Sohn, und ich schämte mich, weil es das Einzige war, was ich konnte – flüchten. Noch mehr Tränen rannen meine Wangen hinab.

Irgendwann setzte die Musik aus. Ich lauschte in die Stille und wünschte mir zugleich, der Lärm würde zurückkehren. Lärm war ein Zeichen von Leben. Die Stille dagegen war unerträglich.

Eine Weile geschah nichts. Plötzlich öffnete sich die Tür. Ferdinand trat auf mich zu. Ich duckte mich vor seinem Hieb. Doch er zerrte mich hinaus aus meinem Gefängnis und trieb mich nackt und blutig, wie ich war, hinüber zu dem anderen Kellerraum. Alles in mir sträubte sich weiterzugehen. Ich wollte nicht in den Verschlag. Ich wollte nur noch zu meinem Sohn. Doch Ferdinand stieß mich unerbittlich voran. Leise Musik drang aus der Kammer.

Ja, renn nur nach dem Glück, kam es aus den Lautsprechern, *doch renne nicht zu sehr. Denn alle rennen nach dem Glück. Das Glück rennt hinterher.*

Ich taumelte in den Raum. Nur das fahle Licht einer Glühbirne erhellte den Verschlag. Dennoch genügte ein kurzer Blick. Ich erbrach mich auf meine Füße.

Kapitel 52

Laura erwachte durch das Klicken einer Tür. Sie streckte ihre Hand im Halbdunkel aus, fand auf dem Nachtschränkchen aber keinen Lichtschalter, sondern nur ein Glätteisen. Sie war verwirrt, bis ihre Augen sich an das Zwielicht gewöhnten. Sie lag in

Lisas Zimmer, in deren Bett, auf ihrem weichen Kissen. Ein haariger Schädel starrte sie aus Knopfaugen an.

Sie schob Mr Zett von sich und wollte aufstehen, doch es kroch lediglich ein Kribbeln durch ihre Schenkel. Ihre Beine waren eingeschlafen, weil sie die ganze Nacht seltsam verdreht in dem Bett ihrer Tochter gelegen hatte. Sie versuchte sich zu erinnern, wie sie hierhergekommen war. Mehrmals war sie am Abend zuvor an Sams Bett getreten, eine Entschuldigung auf den Lippen, aber er hatte geschlafen, und sie hatte ihn nicht wecken wollen. Irgendwann war sie in Lisas Zimmer gelandet, ohne recht zu wissen, was sie hier wollte.

Jetzt dämmerte es ihr. Sie hatte den quälenden Bildern entfliehen wollen. Und ihrer Wut.

Sie hörte Schritte im Flur. »Sam?«

»Nein, ich bin's, Renate.« Ihre Schwägerin schob die Tür auf. »Sam schläft noch. Ich hab' gerade nach ihm gesehen.«

Geblendet vom Dielenlicht, vergrub Laura ihr Gesicht im warmen Kissen. Die Bettwäsche roch nach Lisa. »Was ist mit ...« Ihr Mund war trocken, auf ihrer Zunge hatte sie einen schalen Geschmack. »Wo ist Frank?«

Renate schwieg beklommen. »Ich weiß nicht.«

Laura zog die Beine an den Körper und legte die Arme um die Knie.

»Du solltest etwas frühstücken«, sagte ihre Schwägerin. »Ich habe Brötchen mitgebracht.«

Wie kann sie bloß ans Essen denken?, fragte Laura sich.

»Ich habe außerdem Tee aufgesetzt, der wird dich beruhigen.«

Es gibt keinen Grund, sich zu beruhigen, dachte Laura.

Ihre Schwägerin zog die Jalousie hoch und öffnete das Fenster.

»Nein!«, rief Laura.

Renate schloss das Fenster wieder. »Ich dachte, ein bisschen frische Luft ...«

»Nein!« Laura reckte die Nase empor, erschnupperte den Geruch, der im Zimmer hing – Lisas Geruch. Sie betrachtete Mr Zett, die Fotos an der Wand, die Bücher neben dem Bett, CDs, Lisas Kleider, die Stiefel.

Unvermittelt ging ihr ein Lied durch den Kopf. *I want you to make me feel, like I'm the only girl in the world.* Sie drückte ihr Gesicht in das Kissen, lag eine ganze Weile still.

Als sie wieder aufschaute, stand ihr Schwager im Zimmer. Sie hatte ihn nicht kommen hören.

Franks Miene war unergründlich und zugleich erschreckend vielsagend. Als er auf sie zutrat, schloss sie die Augen und kroch unter die Decke. »Ich möchte es nicht hören.«

Er war unerbittlich. »Man hat Lisa gefunden.« Seine weiteren Worte erreichten sie nur mit Verzögerung. »Zwei Spaziergänger haben sie im Wald bei Brudow entdeckt. Sie wurde ins Sana-Klinikum nach Lichtenberg gebracht.«

Es dauerte einige Sekunden, bis sie begriff. »Sie lebt?«

»Ja.«

Lauras Lippen bebten. Sie biss in ihre Faust. Dann sprang sie aus dem Bett und stürmte die Treppe hinunter. Auf halbem Weg blieb sie stehen. »Sam!«

»Geh nur«, sagte Renate, »ich weck' ihn, und wir kommen nach.«

Laura stürmte nach draußen. Die Reporter, die sie mit Fragen bombardierten, kümmerten sie nicht. Sie hörte nur Frank, der ihr folgte. »Wir nehmen den Streifenwagen. Damit sind wir schneller.«

Alex schaute die Straße einmal rauf und runter, konnte aber niemanden ausmachen, der nach Polizei aussah. Er blickte hinauf zum Fenster in der zweiten Etage des Köpenicker Altbaus, dessen gründerzeitliche Fassade eingepfercht war zwischen einem grauen Neubau auf der einen und einem geschlossenen *Schlecker* auf der anderen Seite. Er konnte nichts erkennen.

Eine Straßenbahn rumpelte vorbei, erschütterte den Bürgersteig. Es begann zu nieseln, in kürzester Zeit überzog die Feuchtigkeit Alex' Hemd wie ein feines Netz.

»Darf ich mal?«, bat eine junge Frau.

Alex trat beiseite, und sie schloss die Haustür auf. Kurzentschlossen folgte er ihr in den Flur. Er passierte die rostigen Briefkästen, die an der Wand lehnenden Fahrräder, zwei Kinderbuggys, einen Stapel Papiermüll und eine Werkzeugkiste. Von der Decke bröckelte Putz.

Das Gebäude, das zu Zeiten seiner Entstehung, Ende des 19. Jahrhunderts, seinen Besitzern einen herrschaftlichen Wohnsitz geboten hatte, war vernachlässigt worden. Hinzu kam, dass alle paar Minuten eine Straßenbahn vorbeiratterte. Paul hatte das alles nicht gestört. Die Miete war günstig, ein unschlagbares Argument nach seiner kostspieligen Scheidung.

Alex blickte im Treppenhaus nach oben. Die junge Frau war in die Wohnung in der ersten Etage verschwunden. Irgendwo im Haus hämmerte es. Alex folgte der Treppe ins zweite Stockwerk. Er begegnete niemandem. Das Klopfen setzte aus. Kurz darauf erreichte Alex die Tür zu Pauls Wohnung und streckte die Hand nach der Klingel aus.

Das Hämmern setzte wieder ein. Alex zögerte. Dann holte er aus und wuchtete den Absatz seines Schuhs gegen das Türschloss. Nichts passierte. Er trat ein zweites Mal zu. Vergeblich. Er konzentrierte sich, legte seine ganze Kraft in den nächsten Tritt. Ein lauter Knall, dann sprang die Tür auf.

Das erste Zimmer, das von dem winzigen Flur abging, war die Küche. Reste von Pizzaschachteln stapelten sich unter dem Tisch, in der Anrichte standen leere Bierflaschen. Im Schlafzimmer befanden sich ein billiges Bett, ein rissiger Spiegelschrank und verstaubte Nippsachen auf dem Nachttischchen. Zerlesene Taschenbücher lugten unter dem Bett hervor.

Die Wohnung hatte nichts mit dem Profil der Bestie zu tun. Es war vielmehr die typische Wohnung eines Junggesellen – oder eines geschiedenen Mittdreißigers, der Mühe hatte, sein eigenes Leben halbwegs auf die Reihe zu bekommen.

Alex ging am Badezimmer vorbei, aus dem der beißende Gestank von Urin und Klostein in den Flur wehte. Als er die Tür zum Wohnzimmer öffnete, beschleunigte sich sein Herzschlag.

An die Wände waren Dutzende Zeitungsartikel geheftet. *Neuer Mord der Straßenbestie!* Einige waren mehrfach übereinandergeklebt. *Schon fünf tote Mädchen! Wer stoppt die Bestie?* Manche Schlagzeilen waren farbig markiert. *Die Bestie hat wieder zugeschlagen! Polizei tappt im Dunkeln!* Eine Chronik der grauenhaften Morde.

Aus dem Treppenhaus erklangen dumpfe Schritte. Sie erstarben in der zweiten Etage. Direkt vor der Wohnungstür.

Der Anruf erreichte Laura fünf Minuten nachdem sie das Haus verlassen hatte. Ihr Schwager steuerte das Einsatzfahrzeug mit Blaulicht nach Lichtenberg.

»Sam ist nicht da«, teilte ihnen Renate mit.

»Wie? Er ist nicht da?«, rief Laura aus. »Er war doch vorhin noch in seinem Zimmer.«

»Nein, war er nicht.« Renate hatte in Sams dunklem Zimmer nur einen Haufen Kleidung vorgefunden, die von ihm sorgfältig unter der Bettdecke drapiert worden war.

»Sag, dass das nicht wahr ist!«, zischte Laura.

»Bestimmt ist er in den Wald«, sagte ihre Schwägerin beschwichtigend. »Wo er immer hingeht, wenn's ihm zu viel wird.«

»In den Wald?« Noch wenige Minuten zuvor hatte Laura grenzenlose Erleichterung verspürt, jetzt verpuffte jeder Hauch von

Gelassenheit. »Glaubst du vielleicht, es ist eine gute Idee, dass er sich jetzt im Wald herumtreibt?«

Renate antwortete nicht.

»Wahrscheinlich ist er gar nicht im Wald«, sagte Frank. Dann bremste er und steuerte den Wagen auf die Autoschlange zu, die sich vor einer Ampel bildete. »Bestimmt ist er nur in den Jugendclub gegangen, dort verbringt er doch auch gerne seine Zeit.« Er nahm Laura das Telefon aus der Hand. »Wir fahren weiter ins Krankenhaus, zu Lisa«, erklärte er seiner Frau. »Geh du rüber in den Club. Und wenn Sam dort nicht ist, geh in den Wald. Aber geh nicht allein!« Er legte auf und reichte Laura ihr Handy. »Mach dir keine Sorgen, Renate wird ihn finden.«

»Das sagt sich so leicht«, murmelte Laura. Aber dann redete sie sich ein, dass ihr Schwager vermutlich recht hatte. Sam war nur in den Jugendclub gegangen, wo er mit den anderen Kindern gerne seine Zeit verbrachte. Als das Klinikum in Sicht kam, spürte sie, wie sie sich wieder beruhigte.

Frank bremste den Wagen. Kaum dass der in zweiter Reihe zum Stehen gekommen war, stürzte Laura hinaus und an den wartenden Taxis vorbei. Im Krankenhaus rannte sie weiter, wich oft erst im letzten Moment Patienten in Rollstühlen und gestressten Pflegern aus, die ihren Weg kreuzten. Sie lief in die Lobby, sah sich nach Hinweisschildern um, fand, was sie suchte, und rannte den entsprechenden Flur entlang zur Intensivstation. Als sie die Durchgangsschleuse erreichte, sprang ein Polizist von einem Stuhl auf und stellte sich ihr in den Weg.

»Ich will zu meiner Tochter!«

»Sorry, aber …«

»Ist schon gut«, beruhigte ihn Frank, als er aus dem Treppenhaus kam. Zu Laura sagte er: »Keine Sorge, er ist zu Lisas Schutz da. Er passt auf, dass kein Unbefugter Zutritt zur Intensivstation bekommt.«

»Du meinst …«

»Sicher ist sicher.« Er wies auf einen Arzt, der sich ihnen näherte.

Laura stürzte auf ihn zu. »Ich bin Lisas Mutter. Wie geht es ihr?«

»Wie erwartet.«

»Was soll das heißen?«

Der Doktor kratzte sich seinen grauen Vollbart. Auf einem kleinen Schild an seinem Kittelrevers prangte sein Name: Dr. M. Liss. »Ihre Tochter scheint stundenlang bei dem Sturm letzte Nacht durch den Wald geirrt zu sein. Angesichts ihrer Verletzungen und Wunden muss sie das enorm viel Kraft gekostet haben …«

Verletzungen? Wunden? Laura schauderte. *Aber Lisa lebt! Sie lebt!* »Was … was … ist mit ihr passiert?«

»So genau können wir das noch nicht sagen.«

»Kann ich … kann ich sie sehen?«

»Ja, aber nur kurz.«

Frank stellte sich vor und fragte: »Kann sie reden?«

Dr. Liss nickte.

»Hörsinn und Sprachvermögen scheinen normal zu funktionieren, und sie reagiert auf visuelle Reize, aber ihre Herzfrequenz schwankt.«

»Also kann sie mir einige Fragen beantworten.«

»Ich fürchte, nein.« Der Arzt schüttelte bedauernd den Kopf. »Ihr fehlt die Kraft für diese Anstrengung. Außerdem kann sie sich nicht an alles erinnern, was passiert ist.«

»Eine Amnesie?«

»Manchmal verdrängt das Bewusstsein gewisse Dinge … zum Schutz. Sie ist traumatisiert. Weshalb wir ihr vor wenigen Minuten auch Beruhigungsmittel verabreicht haben. Sie braucht unbedingt Ruhe.«

»Trotzdem …«

Aus Dr. Liss' Vollbart drang unwilliges Grummeln.

»Es ist wichtig«, beharrte Frank.

»Na gut, aber bitte nur kurz.« Der Arzt wartete, bis sie sich Schutzkleidung übergestreift hatten. Danach schritt er voran durch die Sicherheitsschleuse, dem zweiten Raum auf der linken Seite entgegen. Eine ganze Armee von Instrumenten surrte in dem Zimmer vor sich hin, die Überwachungsmonitore zeigten Blutdruck, Temperatur und einen gleichförmig grünen Zickzackstreifen – Lisas Herzstromkurve.

Sie lag unter einem weißen Federbett, ihre Augen waren geschlossen. Doch als Laura vor das Bett trat, öffnete ihre Tochter die Augen, und ein schwaches Lächeln glitt über ihr Gesicht. Lauras Herz floss über vor Glück.

Alex duckte sich, als er eine Stimme hörte. »Hey, Mann, was ist denn das für eine Scheiße?«

Blind vor Wut, wollte Alex in den Flur laufen. Es kostete ihn Überwindung, aber er verbarg sich hinter der Wohnzimmertür. Durch den Spalt zwischen Wand und Tür sah er seinen Freund, der über das zerstörte Schloss schimpfte. Paul stellte seinen Rucksack auf die Kommode, warf einen Blick in die Küche und ins Schlafzimmer. Vor dem Wohnzimmer blieb er stehen. »Alex, bist du das?«

Alex trat hervor. Erleichtert stieß sein Freund Luft aus. »Hab' ich es mir doch ...«

Alex packte ihn am Kragen und schleuderte ihn quer über den Wohnzimmertisch aufs Sofa.

»Hey, Mann«, jaulte Paul, »beruhig dich, ich weiß, was los ist, Norman hat mich ...«

Alex donnerte ihm die Faust so hart ins Gesicht, dass Paul zur Seite kippte. Stöhnend richtete dieser sich wieder auf und rieb sich das Kinn. »Verdammt, Alex, das ist doch ...«

Diesmal krachte ihm die Faust auf die Nase. Paul gab ein

ersticktes Gurgeln von sich. Dann sagte er: »Du denkst doch nicht wirklich, ich hätte … ich …«

Alex hob die Faust. Sein Freund zuckte zusammen und robbte übers Sofa in Sicherheit, wobei er das Polster mit seinem Blut verschmierte. »Wenn du mich diesmal ausreden lässt …« Vorsichtig blickte er zu Alex auf. »… dann erkläre ich dir alles.«

»Erklär mir *das* da!« Alex zeigte zur bizarr tapezierten Wand.

»Das ist …« Sein Freund wischte sich das Blut von der Nase. »… Recherche, die ich …«

»Und was ist mit Lisas Kette? Die du in meinem Garten ach so rein zufällig gefunden hast?«

»Woher soll ich denn wissen, woher die …«

»Und der Streit zwischen mir und Karen Brandner? Passte der auch zufällig in deinen Plan?«

»Verdammt, ich hab' keinen Plan.«

»Hast du es getan?«

Paul schniefte, dabei spritzte noch mehr Blut aus seinen Nasenlöchern. »Hast *du* es getan?«

Alex fletschte die Zähne.

»Gut, ich nämlich auch nicht. Aber … ich weiß, wer dir weiterhelfen kann.«

»Wenn das wieder eines deiner …«

»Hör mir einfach zu!« Paul zog Blut und Schleim seine Nase hoch, sammelte das übel schmeckende Gemisch im Mund und schluckte es hinunter. »Gestern Abend, als ich in deiner Kneipe war, hat einer deiner Barhocker, ich glaube, es war Krause, eine Bemerkung fallen lassen.« Paul machte eine Pause und sah Alex an.

»Und?«

»Er meinte, dieses tote Mädchen im Wald ist eine schlimme Sache. So wie damals.«

»Damals?«

»Erst dachte ich, er meint die toten Mädchen vor drei Jahren, in Berlin, du weißt schon ... Aber darauf angesprochen, hat er verneint und erklärt, dass die Sache viel länger her wäre. Das hat mich stutzig gemacht. Ich bohrte nach, aber mehr wollte Krause nicht sagen. Plötzlich hatte er es eilig, nach Hause zu kommen, als hätte er schon viel zu viel verraten.« Paul wischte sich mit dem Hemdärmel die schniefende Nase. »Na, du weißt ja, wie die Dörfler sind, klatschen und tratschen, was das Zeug hält. Aber sobald es ans Eingemachte geht, sagen sie keinen Ton mehr. Trotzdem hab' ich nicht lockergelassen, und kurz bevor Krause das Weite suchen konnte, meinte er dann, ich soll doch den Schulze ...«

»Bauer Schulze?«

»Ja, den soll ich fragen. Der wüsste genau, was vor zwanzig Jahren vorgefallen ist.«

Kapitel 53

Ich würgte, während ich mir das Erbrochene von den Lippen wischte. Widerstrebend fand mein Blick zurück in den Kellerraum. Auf dem steinigen Boden lag regungslos die fremde Frau. Es konnte niemand anderes sein. *Margrit!*

Ihr Kleid war bis zur Taille hochgeschoben, ihr nackter Körper mit unzähligen klaffenden Wunden übersät. Die Wände und die Decke waren über und über mit Blut bespritzt, und die Blutstropfen, die an den Wänden hinabgelaufen waren, hatten glänzende Spuren auf der Mauer hinterlassen. Ihr Mund war zu einem letzten Schrei weit aufgerissen. Ihre starren Augen blickten auf meinen Sohn.

Er kauerte neben der verstümmelten Leiche, seine Kleidung

war voller Blut. Seine Hände, seine Arme, sein Gesicht waren mit geronnenem Blut verklebt. Sein Blick war leer, weit weg, nicht mehr in dieser Welt. Ich wollte auf ihn zugehen, ihn in den Arm nehmen, ihn festhalten, nicht mehr loslassen.

Ferdinand hielt mich zurück. »Er ist *mein* Sohn!«

Verständnislos drehte ich mich zu ihm um. Was war er bloß für ein Monster?

Denn wovon lebt der Mensch?, klang leise Musik aus den Lautsprechern. *Indem er stündlich den Menschen peinigt, auszieht, anfällt, abwürgt und frisst.*

»Warum?«, stammelte ich. »Warum?« Aber glauben Sie wirklich, er hätte mir eine Antwort gegeben?

Zu seinem Sohn sagte er: »Verscharr sie!«

Der Junge rührte sich nicht.

»Ich mach' das«, sagte ich.

»*Er* wird das machen!«, befahl mein Mann. Doch sein Sohn war kaum dazu in der Lage. Also musste ich ihm helfen. Wir hoben ein Loch im Lehmboden des Kellers aus und vergruben die Leiche. Als wir fertig waren, tätschelte Ferdinand seinem Sohn die Wange. »Das hast du gut gemacht. Ich bin stolz auf dich.«

Nur dadurch lebt der Mensch, sang die Stimme aus den Lautsprechern, *dass er so gründlich vergessen kann, dass er ein Mensch doch ist.*

Anschließend musste ich den Keller reinigen. Es dauerte drei Stunden, bis ich davon überzeugt war, jeden Blutfleck und jeden Knochensplitter entfernt zu haben.

»Gut«, sagte Ferdinand. »Und jetzt essen wir zu Abend.«

Mir drehte sich der Magen um, aber ich erbrach nur bittere Galle. Auch meinem Sohn stand der Schock noch immer ins bleiche Gesicht geschrieben. Ich nahm ihn an die Hand, setzte ihn in der Küche auf einen Stuhl und wusch ihn mit einem Schwamm, den ich in eine Schüssel Wasser tauchte.

Während ich die Pfanne erhitzte, tönte aus der Stube der Fernseher. Zwischen den Nachrichten, die über den seltsam fernen Wandel unseres Landes berichteten, verlas der Sprecher einen dringenden Hinweis. Eine junge Frau mit dem Namen Margrit Grote sei vor zwei Tagen von ihren Eltern in Berlin als vermisst gemeldet worden. Im selben Moment erlosch das TV-Gerät. Ferdinand schritt durch das Wohnzimmer. Ich bewegte mich nicht. Dann lief wieder Musik.

Ich drehte mich zu meinem Sohn um. Wie eine seelenlose Hülle saß er auf dem Stuhl. Ich ging vor ihm in die Hocke. »Mein Liebling.«

Er reagierte nicht.

»Du darfst niemandem davon erzählen.«

Er starrte zu Boden.

Als ich ihn schließlich an den Schultern packte, begann er zu strampeln.

»Hast du verstanden?« Ich hielt ihn fest.

Er zappelte wie ein Irrer.

Ich schlug ihm ins Gesicht. »Hör auf!«

Augenblicklich saß er still.

»Hast du mich verstanden?«, zischte ich.

Er starrte mich an. Langsam nickte er.

»Gut«, sagte ich und sah, wie Entsetzen und Abscheu sein Gesicht erfüllten. In dieser Sekunde wurde mir bewusst, was ich gerade getan und gesagt hatte. Hass überkam mich, am allermeisten Hass auf mich selbst. Was war ich bloß für eine Mutter?

Ihr Herren bildet euch nur da nichts ein, spielte die Musik in der Stube. *Der Mensch lebt nur von Missetat allein.*

Ich stand auf und ging zum Herd. *Nein*, dachte ich, *der Schrecken wird niemals ein Ende haben.*

Kapitel 54

Irgendwie war Alex nicht einmal überrascht, als er seinen Freund den Namen nennen hörte. Bauer Schulze. Mit einem Mal bekam die seltsame Unterredung in Schulzes Touareg eine neue Bedeutung. *Du willst dem Dorf doch nicht schaden, oder?* Wer sagte, dass es dem Landwirt tatsächlich ums Dorf ging? Vielleicht war sein Bestreben viel eigennütziger. Mit einem Kopfnicken forderte Alex Paul zum Weiterreden auf.

»Nicht viel später hab' ich die Kneipe dichtgemacht«, erzählte dieser. »War sowieso nicht viel los. Danach habe ich dir den Zettel geschrieben, hast du ihn gelesen? Ich rief mir ein Taxi und ließ mich zu Schulze rausfahren. Er hat mir die Tür vor der Nase zugeknallt.«

»Und?«

»Ich habe nachgeforscht«, fuhr Paul fort, »und Himmel und Hölle in Bewegung gesetzt, um in das Archiv der *Berliner Zeitung* zu gelangen. Ein alter Kollege ließ mich rein. Das hat mich ein halbes Vermögen gekostet – und die halbe Nacht, nur damit du es weißt. *Deswegen* haben mich die Anrufe der Polizei erst heute Morgen erreicht. Ansonsten wäre ich schon längst bei dir gewesen.«

»Wieso bist du dann hier und nicht auf dem Revier?«

»Ich sagte dir doch, Norman hat mich vorhin angerufen und mir erzählt, dass du das Weite gesucht hast.« Paul konnte sich ein Lächeln nicht verkneifen. »Was soll ich also dort?«

»Deine Aussage machen. Meine Unschuld bestätigen.«

»Genau das habe ich vor. Darf ich?« Paul erhob sich ein wenig. »Ich brauche meinen Rucksack.«

Alex ließ ihn gewähren. Sein Freund ging in das benachbarte Badezimmer und schnäuzte in ein paar Lagen Klopapier. Anschließend spülte er den blutigen Klumpen die Toilette hinunter. Auf dem Weg zurück ins Wohnzimmer kramte er in seinem Rucksack. »Hier. *Das* habe ich gefunden.«

Er drückte Alex einen Zeitungsartikel in die Hand. Die Kopie einer vergilbten Seite. Das Foto, mit dem der Artikel bebildert war, zeigte ein hübsches Mädchen, schlank, schwarzhaarig. Die Bildunterschrift verriet, dass ihr Name Margrit Grote war, sechzehn Jahre alt, aus Berlin. Datiert war der Bericht auf den 28. Oktober 1989.

Alex überflog den Text. Demnach war Margrit von einem Tag auf den anderen verschwunden. Angeblich, so hieß es, sei sie von zu Hause ausgerissen. Die Eltern hatten das nicht glauben wollen und sich an die Zeitung gewandt.

»Klingt alles ziemlich bekannt«, bemerkte Paul.

Alex hob den Kopf. »Weißt du, wie viele Mädchen jedes Jahr in Deutschland verschwinden? Wo ist die Parallele zu den jetzigen Fällen?«

Paul reichte ihm einen weiteren alten Zeitungsbericht. Dieser war zwei Wochen später erschienen, am 14. November 1989. Er bestand nur aus wenigen Zeilen, die sich folgendermaßen zusammenfassen ließen: Margrit G. tot in Finkenwerda gefunden.

»Mehr habe ich im Archiv nicht dazu entdecken können.« Paul hielt sich ächzend die geschwollene Nase. »Aber ich denke, du weißt, wer uns etwas dazu sagen kann.«

»Und wie kommen wir dorthin?«

»Mit meinem Peugeot, den ich vorhin geholt habe«, erklärte Paul und wandte sich zur eingetretenen Wohnungstür.

Laura hielt die Hand ihrer Tochter, sie wollte sie gar nicht mehr loslassen. Sie würde hier sitzen bleiben und so lange warten, bis sie Lisa wieder in den Arm nehmen, aus dem Krankenhaus begleiten und nach Hause und zurück zu Sam fahren konnte.

Lisa entwich ein langes Seufzen, als hätte sie den Gedanken ihrer Mutter gespürt. Im nächsten Moment fielen ihr die Lider zu, ihr Lächeln erstarb, und ihr Kopf kippte zur Seite. Laura erschrak. Doch die Apparate, an die Lisa angeschlossen war, fiepten und piepten normal weiter wie bisher. Auch Dr. Liss blieb unbewegt im Türrahmen, hielt die Arme über Kreuz, die Finger seiner rechten Hand im grauen Bart vergraben.

Laura entspannte sich. Ihr Blick fand zurück zum fahlen Gesicht ihrer Tochter. Lisa hatte wieder die Augen geöffnet.

»Es tut mir so leid«, flüsterte Laura, »alles tut mir so leid.«

Lisa wollte den Kopf vom Kissen heben, doch ihr fehlte die Kraft.

»Alles wird wieder gut, hörst du? Ich werde bei dir sein. Immer. Das verspreche ich dir.« Laura war sich nicht sicher, aber sie glaubte, ein Zucken unter ihren Fingern zu spüren – Lisas Hand, die auf ihre Worte reagierte. Ein warmes Gefühl durchströmte sie erneut. »Dein Onkel ist auch da. Sieh nur.«

Frank trat einen Schritt vor. Er lächelte. »Lisa, ich bin so froh, dich zu sehen. Du brauchst keine Angst mehr zu haben. Wir kümmern uns um dich. Du bist jetzt in Sicherheit, verstehst du?«

Lisa zuckte erneut.

»Sie hört dich!« Lauras Herz klopfte aufgeregt.

»Lisa, ich möchte dir einige Fragen stellen«, sagte ihr Schwager, »wenn du das nicht willst, kann ich das verstehen, aber …« Er rieb sich die Augenbraue. »… es ist wirklich wichtig.«

Er sah Laura fragend an. Sie schüttelte den Kopf. Frank beugte sich etwas vor, senkte seine Stimme. »Weißt du, wer dir das angetan hat?«

Lisas Mund verzog sich und erstarrte. Sie bemühte sich zu sprechen, aber über ihre aufgesprungenen Lippen kam nur ein undeutliches Krächzen. Gleich darauf noch ein zweites, gemurmeltes Wort. »Nina.«

»Nina?«, echote Frank. »Hat er sie auch entführt?«

Lisas Brustkorb hob und senkte sich ruckartig.

»Weißt du ...«

»Es ist besser, Sie hören auf!« Dr. Liss trat an Lisas Bett.

»... wo er sie gefangen hält?«

»Sie sollten jetzt das Zimmer verlassen«, mahnte der Arzt.

Doch Frank dachte nicht daran. »Lisa? Wo hält er sie gefangen?«

»Im Bunker«, murmelte Lisa.

»Gehen Sie jetzt!«, verlangte Dr. Liss.

»Im Bunker?«, fragte Frank.

Lisas Augen weiteten sich. Im selben Moment spielten die Instrumente verrückt.

Sam schaute auf, als plötzlich etwas platschte. Vor ihm tauchte ein Vogel in den Kanal. Sein breites Hinterteil ragte steil aus dem Wasser. Fasziniert beobachtete Sam das Gefieder, bevor der Kopf wieder auftauchte, mit einem zappelnden Fisch im riesigen Schnabel.

Es war ein Kormoran. Zum ersten Mal sah Sam den Vogel leibhaftig, und er war noch größer, als er ihn sich nach den Erzählungen seines Biologielehrers immer vorgestellt hatte. Ohne den Fisch aus dem Schnabel zu verlieren, breitete der Kormoran seine Flügel aus, schwang sich auf und schüttelte sich. Wasser spritzte in alle Himmelsrichtungen, tropfte auch auf Sam und sein Comic-Heft, aber das war Sam gleichgültig.

Atemlos verfolgte er, wie der Vogel sich aus dem Wasser erhob, während Wellen ans Ufer schwappten. Er schwebte über den Kanal hinweg und ließ sich auf einem Ast nieder. Dort schlang er den Fisch herunter, während er seinen langen Hals zum Himmel reckte.

Plötzlich scheuchte knackendes Unterholz ihn auf. Sam fuhr

herum. Aber er konnte nichts erkennen im Dickicht, das die Lichtung umgab. Abgesehen von Vogelgezwitscher war nun auch nichts mehr zu hören. Er entspannte sich. Als er wieder zum Kormoran schaute, war dieser verschwunden.

Enttäuscht sah Sam auf die Uhr. Es war kurz vor Mittag. Schon wieder war die Zeit wie im Flug vergangen. Inzwischen dürfte seine Mutter wach geworden sein und gemerkt haben, dass er nicht mehr in seinem Zimmer war. Doch wäre er nicht im Wald gewesen, hätte er niemals den Kormoran gesehen.

Er sah blinzelnd ins Wasser, auf dessen sanften Wellen sich die Sonne spiegelte. Er wollte sein Comic-Heft in den Rucksack packen, als es erneut im Gehölz knackte. Sam erhob sich mit einem mulmigen Gefühl. Er schulterte den Rucksack und pirschte sich an den Rand der Lichtung. Im Dickicht der Bäume konnte er nichts erkennen. Plötzlich hatte er es eilig, heimzulaufen. Schon wieder knackte es. Jetzt ganz nah. Aus dem Augenwinkel nahm er eine Bewegung wahr. Sam wollte losrennen. In diesem Moment erkannte er den Mann, der durch den Wald schlich.

»Oh«, rief er überrascht. »Du?«

»Lisa!«, rief Laura entsetzt, obwohl sie wusste, dass ihre Tochter sie nicht hörte, nicht bei dem Lärm, der in dem Krankenzimmer herrschte. Sie ergriff Lisas Hand und erschrak. Lisas Finger waren kalt. Eiskalt.

Dr. Liss schob sie barsch vom Bett weg. »Gehen Sie zur Seite!«

»Was ist mit ihr? Was, verdammt noch mal, ist mit ihr?«

»Verlassen Sie bitte das Zimmer!«

Doch Laura wollte nicht gehen. Sie wollte bei Lisa sein und ihr helfen. Zwei Krankenschwestern eilten mit wehenden Kitteln um die Ecke. Eine der beiden stellte den Alarm ab. In der plötzlichen Stille klang das monotone Pfeifen der Herzstromkurve umso schrecklicher. Die Beine gaben unter Laura nach.

Frank nahm sie in den Arm und bugsierte sie sanft, aber bestimmt aus dem Zimmer. Doch Laura konnte ihre Tochter nicht im Stich lassen.

»Nein!«, schrie sie.

Franks Griff wurde stärker. »Laura, bitte, komm. Alles wird wieder gut.« Er packte sie grob an der Schulter und schleifte sie aus dem Zimmer.

»Beatmung«, hörte Laura den Doktor sagen. Dann fiel die Tür zu.

Laura hatte keine Ahnung, wie lange sie im Wartebereich auf und ab tigerte. Minuten? Stunden? Endlich kam Dr. Liss. Laura schaute auf die Uhr. Es waren nur fünf Minuten vergangen.

»Für den Moment ist Lisa stabil«, sagte der Arzt. »Die kommende Nacht wird ausschlaggebend sein.«

»Stabil?«, echote Laura.

Dr. Liss nickte. »Sie lebt.«

Alle Anspannung fiel von ihr ab, und sie sank in die Arme ihres Schwagers. Nachdem ihr Puls sich wieder normalisiert hatte, ließ sie sich glücklich auf einen der Schalensitze fallen. Sie schniefte und schnäuzte sich die Nase. Eine Pflegerin schaute nach ihr und bot ihr einen Tee an. Irgendetwas. Laura lehnte ab. Sie fühlte sich ruhig. So ruhig wie schon lange nicht mehr. Nur beiläufig bekam sie mit, wie Frank sein Handy einschaltete. Kurz darauf trafen mehrere Kurznachrichten ein. Er überflog sie und wählte dann eine Nummer.

»Das war Renate«, sagte er schließlich, »sie hat Sam noch immer nicht gefunden.«

Kapitel 55

Während die Welt um uns herum zusammenbrach, ging mein Leben weiter wie bisher. In Berlin fiel die Mauer, die ganze Stadt befand sich im Ausnahmezustand. Alle sprachen von der Wende, niemand von dem jungen Mädchen, das von seinen Eltern vermisst wurde. Es zerriss mir das Herz, aber selbst ich wagte nicht, mich daran zu erinnern. Ich verdrängte, was geschehen war, für mich, für meinen Sohn und für alles, was –

Aber das Mädchen wurde dann doch gefunden. Zwei Wochen später, es war der November des Jahres 1989, klopfte die Polizei an unsere Tür.

Ferdinand bat die Beamten freundlich ins Haus. Er trug mir auf, ihnen Kaffee zuzubereiten. Die Männer erklärten, inmitten des chaotischen Trubels in Berlin habe die Nachricht der verschwundenen Margrit dann doch das Ohr eines Zeugen erreicht. Dieser habe Ferdinand mit dem Mädchen im *Café Moskau* gesehen. Mehrere Male sogar.

Die Männer sahen sich in unserer Stube um, danach im Garten und irgendwann auch im Keller. Die Spuren waren nicht zu übersehen. Schon wenige Stunden später gruben sie dort unten Margrits Leichnam aus, oder das, was von ihr noch übriggeblieben war.

Da warteten bereits die Männer in dunklen Anzügen vor unserem Haus. Fragen Sie mich nicht, wer oder was sie waren, Polizisten, Beamte, so etwas in der Art, aber einige glaubte ich zu erkennen. Ich hatte ihre Gesichter auf meiner Hochzeit gesehen. Ferdinand war Wirtschaftskaufmann, und diese Männer –

Wenn sie seine Kollegen waren, was war dann mein Mann? Wer war er gewesen? Die Erkenntnis war so einfach wie bitter: Ich kannte ihn nicht. Ich hatte ihn nie gekannt.

Sie führten ihn zu einem Auto, das inmitten eines blinkenden

Wagenkorsos vor unserem Grundstück parkte. Das ganze Dorf stand dahinter versammelt. Die Leute reckten die Köpfe, ihre Augen waren weit aufgerissen, als die Leiche des Mädchens aus dem Haus getragen wurde.

Ferdinand folgte den Männern ohne Widerstand. Nur einmal hielt er kurz inne und drehte sich zu mir um. Sofort packten ihn die Männer an den Armen.

»Nur dadurch«, sagte Ferdinand lächelnd, »nur dadurch lebt der Mensch.«

Ich wusste nicht, was er damit meinte. Und ich sage es Ihnen ganz ehrlich: Ich wollte es gar nicht wissen. Ich will es bis heute nicht wissen.

Die Männer schoben Ferdinand weiter zu dem Auto, und er nahm auf der Rückbank Platz. Die Tür schlug zu. Dies war das Letzte, was ich von meinem Mann sah. Erleichterung verspürte ich nicht.

Ich musste Tage unzähliger Befragungen über mich ergehen lassen. Danach rieten die Behörden mir zu einer Therapie. Zu diesem Zeitpunkt befand sich mein Sohn längst in einem Heim. Ich hätte ihn dort besuchen dürfen, niemand hätte mich daran gehindert. Aber ich konnte nicht. Scham und Schuld lasteten wie schwere Gewichte auf mir und erschwerten jeden Schritt auf meinen Sohn zu. Wie hätte ich ihm gegenübertreten sollen? Was zu ihm sagen?

Ich hatte ihn nicht beschützt. Ich war ihm eine schlechte Mutter gewesen. Ich war *nichts.*

Von Ferdinand war ich befreit, doch von meinem Sohn fühlte ich mich weiterhin entrissen, und mein Leben war ein einziger Scherbenhaufen. Aber damit war die Geschichte noch nicht zu Ende. Verstehen Sie das denn nicht? Es gibt kein Ende. *Noch nicht.*

Sie wollen wissen, ob ich meinen Sohn jemals wiedergesehen habe?

Kapitel 56

Alex duckte sich tief in den Beifahrersitz, als kurz vor Finkenwerda ein Polizeifahrzeug mit Blaulicht an ihnen vorüberraste. Gleich danach bog Paul durch ein offenes Viehgatter auf einen Feldweg. Schotter hämmerte gegen den Unterboden. Nach einer Kurve, die durch ein kleines Wäldchen führte, mündete der Pfad abrupt im Innenhof eines alten Backsteinhauses. Das Gehöft, das im Verlauf der Jahrzehnte nach allen Seiten um eine Vielzahl moderner Scheunen und Ställe erweitert worden war, wirkte wie ein feudales Gutshaus.

Lukas trat aus dem Gebäude. Sein Gesicht war grimmig wie bei ihrem ersten Aufeinandertreffen, doch nun, da sein Vater nicht in Reichweite war, schien es, als wollte er gleich auf Alex losgehen.

»Lukas!« Aus einer der Scheunen stiefelte Ruprecht Schulze heran, ganz in eine grüne Jägerskluft gehüllt. Ihm fehlte nur noch die langläufige Flinte, die er sich mit dem Schulterriemen überwerfen konnte. Sein teigiges Gesicht bekam einen erstaunten Ausdruck. »Ich dachte, du bist …«

»Verhaftet?« Alex leckte sich die Lippen. »Wolltest du *das* sagen?«

Der Bauer bleckte die Zähne. »Man hört so einiges.«

»Aber von manchem schweigt ihr dann doch lieber.«

Schulzes Grinsen erlosch. Sein Blick wanderte von Alex zu Paul. »Ich habe keine Ahnung, wovon du sprichst.«

»Tatsächlich nicht?« Alex trat einen Schritt auf den Landwirt zu.

Bevor sein Sohn ihm zur Seite eilen konnte, drehte Schulze sich um. »Lukas, ich glaube, es ist besser, wir rufen die Polizei. Mir ist nicht wohl bei dem Gedanken, ein entflohener Mörder …«

»Mach dich nicht lächerlich«, sagte Alex lachend. »Du weißt ganz genau, dass ich mit den Morden nichts zu tun habe und …«

»Die Polizei scheint da anderer Meinung zu sein.«

»… mit dem Mord an Margrit Grote noch viel weniger.«

Eine lange Pause entstand, in der nur die Schweine in der Scheune grunzten. Über die Straße fuhr ein Auto, dessen Keilriemen quietschte. Irgendwo im Haus bellte ein Hund.

»Weißt du«, sagte Schulze schließlich seufzend, »ich will die alte Geschichte nicht wieder hochkochen.«

»Die kommt so oder so hoch.«

»Diese Sache gestern war schlimm genug!«

Alex ballte die Fäuste. »Ja, ich weiß, bloß keine Unruhe im Dorf. Aber dir ist schon klar, dass es womöglich einen Zusammenhang zwischen beidem gibt, oder?«

Der Bauer presste seine Lippen aufeinander. Das war Antwort genug.

»Du weißt es also schon die ganze Zeit«, knurrte Alex, »und du hast nichts gesagt.«

Schulzes Mund war nur eine schmale Linie.

»Wenn es noch ein totes Mädchen gibt, nämlich Lisa Theis, dann trägst du die Schuld daran, das ist dir klar, oder?«

»Was willst du?«, fragte Schulze.

»Man hat das tote Mädchen damals hier im Dorf gefunden!«

»Ja«, brachte Schulze hervor. Dann fügte er schnell hinzu: »Aber ihr Mörder war keiner von uns. Nur ein Zugezogener.«

»Und das macht ihren Tod besser?«

Der Landwirt reagierte nicht.

»Wer war ihr Mörder?«, wollte Paul wissen.

Schulze winkte mit seiner Hand ab. »Was spielt das für eine Rolle? Man hat ihn abgeholt, wahrscheinlich weggesperrt.«

»Wahrscheinlich?«

Erneut ließ der Bauer sich Zeit mit seiner Antwort.

»Jetzt red schon!«, drängte Alex.

»Es gab einige Gerüchte. Aber keiner wusste was Genaues. Angeblich war er ein hohes Tier. Parteibonze. Stasi. So was in der Art.«

»Weswegen man über den Mord an dem Mädchen auch nichts weiter in den Medien gelesen hat, außer einer knappen Meldung«, mutmaßte Paul. »Er wurde unter den Teppich gekehrt. Tauchte niemals in irgendwelchen Akten auf.«

»Und nach der Wende geriet er in Vergessenheit.«

»Du meinst wohl eher, ihr *wolltet* es vergessen«, korrigierte Alex.

Schulzes Kiefer mahlten so heftig, dass sein Doppelkinn schwabbelte. »Nein, wir hatten andere Sorgen, du weißt das, es war nicht leicht für uns nach der Wende. Außerdem haben wir ihn nie wiedergesehen. Und seine Frau, sie hat ...«

»Seine Frau?«, fragte Alex verblüfft.

»Ja, doch, er war verheiratet. Hatte sogar einen Sohn. Aber der kam ins Heim.«

»Ins Heim?« Alex liefen eisige Schauer über den Rücken. »In welches Heim?«

»Was weiß ich. Der Junge war einfach weg. Viel hatte man sowieso nicht von ihm gesehen. Es war, als wäre ...«

»Wer war die Frau?«, unterbrach Alex ihn. *»Wer?«*

»Was glaubst du denn?« Schulze schnaufte schwer. »Die alte Kirchberger.«

Laura kam es vor, als würden ihre Gefühle Achterbahn fahren. »Du musst Sam suchen lassen!«

»Wie stellst du dir das vor?«, fragte ihr Schwager.

»Ganz einfach: Ihr sucht doch auch nach diesen zwei anderen Mädchen, dieser ...« Sie überlegte, aber der Name wollte ihr nicht einfallen.

»Nina«, sagte ihr Schwager, »und Silke, ja, ich habe gerade die Suche nach ihnen veranlasst. Aber wenn wir vom Fundort der Leiche ausgehen und von dem Ort, an dem Lisa aufgefunden wurde, nämlich in Brudow, umfasst das Gebiet, das wir durchkämmen müssen, den halben Spreewald. Dieser Bunker, in dem das Mädchen gefangen gehalten wird, könnte überall und nirgendwo sein.«

»Es kann doch nicht so schwer sein, einen Bunker zu finden!«

»Hast du eine Ahnung, wie viele Bunker hier existieren?« Frank schnaubte. »Hunderte alter Tunnel und Gewölbe aus sechzig Jahren DDR und Nationalsozialismus. Über viele von ihnen liegen nicht einmal mehr Karten vor. Genau aus diesem Grund habe ich keinen Mann mehr frei, der nach einem Jungen sucht, der sich zum Spielen in den Wald verdrückt.«

»Glaubst du, ihm ist nach allem zum Spielen zumute?« Laura musste an den vorigen Abend denken und daran, wie sie ihren Sohn bedrängt und angeschrien hatte. Sie würde diese Angst, diese Qual nicht noch einmal durchstehen können. Das Quietschen von Gummisandalen hallte durch den Krankenhausflur.

»Was ist mit … Alex … Lindner?«, flüsterte Laura. »Hat er nicht …?«

»Und *der* ist das nächste Problem.« Verärgert hieb Frank seine Faust in die flache Hand. »Er ist abgehauen.«

»Abgehauen? Warum?«

»Warum flieht jemand? Weil er ein schlechtes Gewissen hat. Weil er schuldig ist. Weil er seiner Strafe entgehen möchte. Hab' ich was vergessen?« Frank zückte sein Handy. »Ich rufe Renate an. Sie soll weiter nach Sam Ausschau halten. Wenn sie ihn in, sagen wir, ein oder zwei Stunden nicht gefunden hat, dann … dann … Ach, ich weiß auch nicht.« Er nahm sein Handy zur Hand.

Unterdessen kam eine Krankenpflegerin mit feuerroten Haaren um die Ecke. Sie blieb vor Laura stehen, die plötzlich Pudding in den Beinen hatte. »Ist was mit Lisa?«

Die junge Frau lächelte. »Nein, Ihrer Tochter geht es gut. Aber da ist ein Anruf für Sie. Wollen Sie mir bitte folgen?«

Ohne auf Lauras Antwort zu warten, ging sie wieder los. Während Frank einige Schritte entfernt mit angestrengter Miene telefonierte, hastete Laura der Schwester hinterher. »Ist es Sam?«

»Wenn Sam Ihr Bruder ist.«

»Nein, mein Sohn.«

»Ach so.« Die Pflegerin blieb stehen und wies mit der Hand in einen Raum, dem Anschein nach das Schwesternzimmer. Auf dem Tisch lag ein Telefonhörer. »Nein, Ihr Bruder möchte Sie sprechen.«

Ich habe keinen Bruder, schoss es Laura durch den Kopf. Mit Befremden führte sie den Hörer an ihr Ohr. »Hallo?«

Kapitel 57

Die ersten Monate klopften immer wieder Nachbarn an meine Tür. Einige Male stand Regina davor. Einmal meine Tante. Sie hatte die Bäckerei bereits vor ein paar Jahren schließen müssen. Mein Onkel war tot, so viel hatte ich mitbekommen. Nach einem halben Jahr hörten die Besuche auf. Die Leute ließen mich in Frieden, und ich machte einen Bogen um sie. Ich spürte ihre Blicke, wann immer ich ihnen im Dorf begegnete. War es nur Mitleid? Oder kannten sie die Wahrheit? Die ganze Wahrheit über Ferdinand? Und über meinen Sohn? Das, was er getan hatte? *Hatte tun müssen!* Ich konnte den Gedanken nicht ertragen, dass jeder Bescheid wusste.

Wenn ich das Haus verließ, dann tat ich dies in den späten Abendstunden, wenn die Dunkelheit sich über das Dorf legte und ich mir sicher war, dass niemand mir begegnete. Niemand, der mir Fragen stellte. Oder mir die Antworten gleich ansah. In der Hoffnung, dass irgendwann alles in Vergessenheit geraten würde. Vielleicht, dachte ich, würde auch ich all das Leid vergessen und dann meinen Sohn wieder in die Arme schließen können.

Anfangs sagte ich mir, er würde sich bei mir melden, wenn der rechte Zeitpunkt dafür gekommen war. Sobald er mich sehen wollte. Falls er mir vergeben hatte. Falls er mir vergeben *konnte.* Ich wollte ihn nicht bedrängen. Aber er kam nicht.

Ich glaube, er hat mir niemals vergeben.

Später erfuhr ich, dass er in einer Pflegefamilie lebte, irgendwo in Berlin. Er hatte einen neuen Namen angenommen, den Namen seiner Pflegefamilie natürlich. Ich sagte mir, dass das bestimmt gut für ihn war. Dass er dort besser aufgehoben war. Ich war ihm nie eine Mutter gewesen.

Fortan blieb ich alleine.

Der Tod der jungen Margrit ist heute nur noch ein kleiner, dunkler Fleck in der Geschichte unseres Ortes. Kaum jemand im Dorf erinnert sich an die Ereignisse vor zwanzig Jahren, oder es will sich niemand daran erinnern. Es ist, als hätte man das Wissen um meinen Mann einfach aus dem Gedächtnis aller ausradiert, so wie damals die Männer in ihren schwarzen Anzügen Ferdinand aus dem Haus geschafft hatten. Anschließend war er einfach weg. Manchmal glaube ich, ich bin die Einzige, die sich noch an ihn erinnert.

Mich wirst du niemals vergessen, hat mein Mann mir damals gesagt, irgendwann in den letzten Monaten unserer Ehe, wann genau, weiß ich nicht mehr. *Mich wirst du niemals vergessen, dafür habe ich gesorgt.*

Ja, das hat er, das dürfen Sie mir glauben.

Erst kürzlich hörte ich wieder seine Musik.

Ihr Herrn, urteilt jetzt selbst: Ist das ein Leben?, klang es von irgendwo aus dem Dorf. *Ich finde nicht Geschmack an alledem.*

Sofort kehrte die Erinnerung zurück und mit ihr die Scham und die Schuld und das Wissen, verstehen Sie, Herr … Entschuldigen Sie, über allem habe ich jetzt Ihre Namen vergessen. Sie sind … Herr Radkowski, ja. Und Sie? Ja, Herr Lindner, jetzt fällt es mir wieder ein. Ihnen gehört die *Elster*. Ich habe Sie einige Male vor der Kneipe gesehen, mit Ihrem Hund, wenn Sie abends eine letzte Runde drehen, so wie ich in der Dunkelheit.

Gestern, Herr Lindner, gestern habe ich Sie auch gesehen, gemeinsam mit Frau Theis. Habe ich Ihnen gesagt, dass ich auch die Tochter von Frau Theis kenne? Ich bin ihr begegnet, erst kürzlich im Dorf, wenige Stunden bevor sie verschwand. Es tut mir leid, was ihr widerfahren ist. Und ich bereue, dass ich es nicht verhindern konnte.

Wie bitte? Wieso es überhaupt geschehen musste? Können Sie sich das denn nicht denken?

Ich habe seine Musik gehört. Er ist zurück. Ich habe ihn sogar im Dorf gesehen. Es fängt von vorne an. Und diesmal ist es noch viel schlimmer. Verstehen Sie?

Es ist nicht zu Ende.

Kapitel 58

Alex ließ die Worte der Kirchberger in sich nachklingen. Nur beiläufig bekam er mit, wie sie sich aus dem Sessel stemmte und ihren gebrechlichen Körper in die Küche schleppte. Er hörte

Wasser in ein Glas plätschern, dann schweres Schlucken. Ohne Pause hatte sie gesprochen, fast zweieinhalb Stunden lang.

Sie kam zu ihnen zurück in die Stube und ließ sich wieder in den Sessel fallen. Staub wirbelte auf. Paul hüstelte. Alex wedelte mit der Hand, wie um jeden Zweifel fortzuwischen.

Seine Skepsis war groß gewesen, als er mit Paul den Hof von Bauer Schulze verlassen hatte. Gab es tatsächlich einen Zusammenhang zwischen den schrecklichen Mädchenmorden der Bestie und der buckligen Greisin, die seit Jahren zurückgezogen lebte und nur spätabends durch das Dorf geisterte?

Die alte Hexe, hu-hu-hu!

Alex betrachtete die kleine Gestalt. Jede ihrer Bewegungen grub den Schmerz noch tiefer in ihr Gesicht. Vielleicht war es aber auch nur die Erinnerung, die an ihr nagte – bei jedem Schritt, den sie in diesem Schreckenshaus tat. Die Dunkelheit schien die Scheußlichkeiten der Vergangenheit auf ewig zwischen den Mauern zu konservieren.

Durch die zugewachsenen Fenster fiel kaum Licht. Eine schwache Glühbirne erhellte den Raum nur mäßig. Trotzdem war das Blumenmuster des Bezugsstoffs der Polstermöbel zu erkennen, das sich in den geschlossenen Vorhängen wiederholte. Staub bedeckte zentimeterhoch die Schränke. Der Teppich war dreckig und stellenweise löchrig. Es musste Jahre her sein, dass er das letzte Mal gesäubert worden war.

Es dauerte drei Stunden, bis ich davon überzeugt war, jeden Blutfleck und jeden Knochensplitter entfernt zu haben.

Auch jetzt, Stunden nach ihrer Ankunft, konnte sich Alex' Nase nicht an den Gestank gewöhnen, mit dem die Kirchberger und ihr Haus sie empfangen hatten. Es war der Geruch von Alter und Krankheit. Verwesung. Und Tod! Wie hatte sie bloß in diesem Haus weiterleben können? Das ihr jeden Tag aufs Neue die Gewalt und den erlittenen Schmerz vor Augen hielt. Und den Verlust!

Nachdem sie Zeugnis über ihr Leben abgelegt hatte, war Alex den Antworten auf all seine Fragen so dicht auf der Spur wie noch nie. *Wer ist die Bestie? Und wer treibt sein Spiel mit dir?*

Die Kirchberger war in ihrem Sessel zusammengesunken. Durch schmale Schlitze ihrer Augenlider musterte sie die beiden Männer. *Er fängt von vorne an. Und diesmal ist es noch viel schlimmer. Verstehen Sie?*

»Ferdinand ist zurück?«, fragte Paul.

Sie fuhr erschrocken hoch. »Nein, um Gottes willen.«

»Ihr Sohn?«, fragte Alex.

Diesmal begnügte sie sich mit einem schwachen Kopfnicken.

Alex verstand. »*Sie* haben die Leichen der Mädchen im Wald zugedeckt, richtig? Die Mädchen geradezu bestattet?«

»Ich musste es tun.« Trotzig reckte sie ihren Hals. »Ich musste ihn doch beschützen, wenigstens jetzt.«

»Wer ist Ihr Sohn?«

»Nein, ich muss ihn beschützen.«

»Er hat ein weiteres Mädchen entführt. Er wird wieder töten.«

Sie schüttelte heftig den Kopf. »Ich muss ...«

»Sie dürfen das nicht zulassen. Nicht noch einmal.« Alex streckte die Hand nach ihrem Arm aus, er war knochig und kalt. »Wie ist sein Name?«

Sie rückte von ihm ab.

»Wie?«

»Sie wissen es.« Ihre Stimme war nur noch ein Flüstern. »Ich habe Sie mit ihm gesehen.«

Alex wechselte einen Blick mit Paul. *Er hatte einen neuen Namen angenommen.* »Bitte, sagen Sie, wie ist sein Name?«

Ihre nächsten Worte waren kaum zu verstehen. Erst glaubte Alex, sich verhört zu haben. Dann formten sich die Laute, die aus ihrem Mund kamen, zu einem Namen. Aber Alex weigerte sich zu begreifen.

»Wie ist sein Name?«, wiederholte er. »Frau Kirchberger, nur so können Sie Ihren Sohn beschützen.«

Tränen rannen über ihr Gesicht. »Berthold ... Berthold ... Aber ich weiß, er hasst diesen Namen. Er nennt sich jetzt ...«

»Ben«, sagte Sam erstaunt. »Was machst du hier im Wald?«

Der Betreuer wirkte ebenso überrascht, Sam zu sehen. »Das Gleiche wollte ich dich auch gerade fragen.«

Sam presste die Lippen aufeinander. Er zeigte zum Ufer, das hinter ihm noch zu erkennen war. »Ich bin oft hier.«

Ben lächelte. »Ehrlich?«

Sam nickte. »Ist mein Lieblingsplatz.«

Der Betreuer folgte ihm durch das Unterholz zu der Lichtung. Das Glitzern auf der Wasseroberfläche war verschwunden. Wolken schoben sich vor die Sonne, verdunkelten den Himmel.

»Und was machst du hier?«, erkundigte sich Ben.

»Spielen.« Sam öffnete seinen Rucksack und holte das Simpson-Heft hervor. »Oder Comics lesen.«

»Ganz alleine?«

»Hier hab' ich meine Ruhe«, flüsterte Sam. »Keiner, der mit mir schimpft.«

Für eine Weile schwiegen sie und lauschten den Geräuschen im Wald – fröhliches Zirpen, ab und zu ein Platschen im Wasser.

»Stimmt«, sagte Ben, »es ist schön hier.«

Sam schwieg.

»Ist es immer noch nicht besser geworden daheim?«, fragte Ben.

Sam wurde traurig. Er wollte Ben erzählen, was alles vorgefallen war, aber er sagte nur: »Lisa ist immer noch nicht da.«

»Aber man hat doch ihren Entführer gefunden, oder?«

»Ja, ich war dabei.«

»Wie? Du warst dabei?«

Plötzlich platzte alles aus Sam heraus. Er berichtete von seinen Erlebnissen in den letzten Tagen, von seinem Trip nach Brudow, der Begegnung mit der alten Kirchberger, seinem schrecklichen Fund im Wald und den Ereignissen am vorigen Abend in der Kneipe. Während er sprach, fühlte er sich zunehmend erleichtert, nicht nur, weil eine schwere Last von ihm abfiel, sondern auch, weil ihm endlich jemand zuhörte, ohne ihn zu unterbrechen, zu belächeln, zu verspotten. Er hätte schon viel früher mit Ben reden müssen. Ben war sein Freund.

»Ich hab' mir doch nur Sorgen um Lisa gemacht«, schloss er seine Ausführungen. »Daran ist doch nichts Schlimmes, das hast du gesagt.«

Ben nickte zustimmend, klaubte einen Stein aus dem Sand und schmiss ihn in einem Bogen übers Wasser. »Aber jetzt brauchst du dir ja keine Sorgen mehr zu machen. Sie haben den Übeltäter gefunden. Und bestimmt kommt deine Schwester bald wieder heim.«

»Glaubst du?«

»Aber natürlich, und dann sitzt ihr zusammen und lacht über alles. Du wirst ihr deine neuen Comic-Hefte zeigen, sie dir stolz ihr neues Kleid. Oder ihr Piercing. Deine Mutter wird sich freuen, alles wird wieder gut. Glaub mir.«

Sam wollte ihm gerne glauben. Die Wolken schoben sich beiseite, und die Sonne brachte das Wasser zum Leuchten. Für einen Moment gab Sam sich sogar der Hoffnung hin, auch sein Vater könnte wieder zurück nach Hause kommen.

Ein anderer Gedanke kam ihm in den Sinn. Er sah zu Ben auf. Dessen Jackenkragen war verrutscht und entblößte blutigen Schorf am Hals. »Ben, woher weißt du davon?«

»Wovon?«

»Lisas Piercing.«

»Na, Lisa war doch im Club.«

Eine Wolke schob sich vor die Sonne und tauchte das Waldstück ins Dunkel. Das Funkeln im Wasser erlosch. Sam überlegte, dann sagte er: »Aber du hast gesagt, du hast Lisa schon lange nicht mehr gesehen.«

»Ja, doch, aber …«

»Sie hat das Piercing erst vorige Woche machen lassen.«

Bens Lächeln erstarb. Ein Windstoß fegte seine Haare beiseite. An seiner Schläfe schimmerte eine Beule dunkelrot. Plötzlich war es Sam kalt.

»Ben?«, fragte er.

Dieser erhob sich seufzend. »Du hättest auf deine Mutter hören sollen. Oder deinen Onkel. Du hättest nicht alleine in den Wald gehen sollen.«

»Ben? Ben Jäger?«, ächzte Alex. Auch Paul stand der Schrecken ins Gesicht geschrieben. »Sie sagen, Ben … unser Ben … Ben ist *Ihr* Sohn?«

»Er ist es«, beharrte die Kirchberger, während Tränen ihre Wangen herabströmten.

Alex schüttelte den Kopf.

»Sie … müssen sich irren«, sagte Paul. »Es sind mehr als … zwanzig Jahre vergangen. Wie wollen Sie sich da sicher sein?«

»Glauben Sie, eine Mutter erkennt ihren Sohn nicht?« Mit einer Wendigkeit, die ihrem alten Körper nicht zuzutrauen war, stemmte sie sich empört aus dem Sessel. Sie stolperte in die Küche.

Alex wollte ihr hinterher, doch der Klingelton von Pauls Handy ließ ihn innehalten. Sein Freund sah aufs blinkende Display. »Das ist Norman.« Er nahm das Gespräch entgegen, lauschte einige Sekunden. »Sie haben Lisa gefunden. Sie lebt.«

Sofort griff Alex nach dem Telefon. »Norman, hat sie was über den Täter sagen können?«

»Herrgott, Alex«, drang Normans verärgerte Stimme aus dem Hörer, »bist du das? Hast du den Verstand verloren? Hast du eine Ahnung, wie das jetzt …«

»Ja, hab' ich«, murrte Alex. »Sag mir lieber, was Lisa über den Täter gesagt hat!«

»Soweit ich das mitbekommen habe, nichts, was dich entlastet. Du giltst nach wie vor als der Hauptverdächtige.«

»Und wo ist …« Alex zögerte, weil die Kirchberger in die Stube kam. Ihrer Lunge entwich ein Pfeifen, als sie sich erneut in den Sessel fallen ließ. »Wo ist Ben?«

»Das weißt du doch, bei seinem Seminar.«

»Kannst du das überprüfen?«

Norman brach in Lachen aus. »Na klar, und morgen bin ich es, den du verdächtigst, oder wie?« Er wurde wieder ernst. »Ich kann *dir* nur raten, komm zurück, und dann …«

»Dann was?« Alex kappte die Verbindung und sah Paul an. »Hat er dir gesagt, wo Lisa ist?«

»Im Sana-Klinikum Lichtenberg. Warum?«

Alex rief die Telefonauskunft an und ließ sich mit der Zentrale des Sana-Klinikums verbinden. Es dauerte eine Weile, bis er mit einer Krankenschwester sprach, die über Lisa Theis Bescheid wusste.

»Geben Sie mir bitte die Mutter, Laura Theis«, bat er. »Es ist dringend.«

»Wer ist denn da?«

»Ihr Bruder!«, log Alex.

Es klickte, dann hörte Alex leise Warteschleifenmusik. Minuten vergingen, bis Lauras zaghafte Stimme erklang. »Hallo?«

Sam hing in Bens Armen, ohne dass er sich daraus befreien konnte. Der Betreuer schleppte ihn durch den Wald. Sam begann zu strampeln.

»Hör auf damit«, zischte Ben.

Sam zappelte weiter.

»Willst du wie deine Schwester enden?«

Augenblicklich hielt Sam inne. »Wo ist Lisa?«

»Halt den Mund!«

»Was hast du …?« Er rang nach Atem, als Ben den Druck auf seine Brust erhöhte. Die Welt verschwamm vor Sams Augen. Er hatte keine Ahnung, wohin sie liefen. Auch nicht, wie lange Ben ihn schon mit sich schleifte. Die Gegend war ihm nicht mehr vertraut. Es musste tief im Spreewald sein. Sam schlotterte vor Angst. Tränen trübten seinen Blick.

Irgendwann erreichten sie eine Anhöhe. Ein finsteres Loch öffnete sich in deren Mitte, wie ein Zugang zu einer Höhle. Ben ging darauf zu. Dann umfing sie Dunkelheit. Und Stille. Nein, nicht ganz. Da war ein Geräusch. Weit entfernt.

Sie stiegen Stufen hinab. Je tiefer sie kamen, umso klarer hörte Sam das Geräusch. Es war ein Wimmern. Eine Lampe flammte auf. Vor Sams Augen tauchte ein langes Kellergewölbe auf – und Gittertüren. Wie die von Gefängniszellen.

Ben zückte einen Schlüssel und entriegelte eine der Türen. Er warf Sam in den Raum. Es gab keine Fenster. Nur eine karge Deckenleuchte. Die Gittertür krachte zurück ins Schloss.

»Wir sehen uns später wieder«, sagte Ben. »Vorher muss ich noch etwas zu Ende bringen.« Dann verschwand er, und die Lichter gingen aus.

Ein leises Schluchzen drang durch die Dunkelheit des Bunkers. Sam brauchte eine Weile, bis er begriff, dass nicht nur er es war, der heulte. Er tastete sich vor bis zur Zellentür und klammerte sich an die Gitterstreben. »Lisa?«

»Lisa ist nicht da, sie ist weg.« Ein Schluchzen folgte den geflüsterten Worten.

»Du verdammter Psychopath!« Noch ehe er ein Wort gesprochen hatte, wusste Laura plötzlich, wer sie an den Apparat gelockt hatte. Mit dieser Gewissheit entluden sich schlagartig ihre ganze Verzweiflung und Wut. »Du feiges, krankes Arschloch!« Die Krankenschwester, die auf der Türschwelle wartete, starrte sie entgeistert an. Laura kümmerte es nicht. »Hast du mich verstanden?«

»Glaubst du wirklich, ich wäre fähig dazu?«, fragte Alex Lindner mit besänftigender Stimme.

Aber Laura wollte sich nicht beruhigen. Es fühlte sich viel zu gut an, dem Zorn endlich freien Lauf zu lassen.

»Frank wird dich erwischen. Und er …«

»Er hat den Falschen im Visier«, schnitt er ihr das Wort ab. »Auch Polizisten können sich irren. Oder …« Er räusperte sich. Laura wünschte, er würde an seiner Spucke ersticken. »… einen Fehler machen.«

»Mein Fehler ist es, dass ich dir vertraut habe!«

»Laura, bitte … du musst mir glauben, ich habe mit den toten Mädchen nichts zu tun.«

»Was willst du?«, spie sie hervor. »Mich weiter quälen? Hat dir nicht gereicht, was du meiner Tochter angetan hast?«

»Sie ist gerettet, oder? Ich hab' davon erfahren. Geht es ihr gut?«

»Als wenn du das nicht wüsstest!«

»Wenn ich es wüsste, würde ich danach fragen?«

Sie schwieg, noch immer schockiert. Sie durfte sich von ihm nicht einlullen lassen, so wie er seine Opfer um den Finger wickelte. Er war die Bestie. Er war an allem schuld. Er war es, der ihre Tochter entführt, gefoltert und so übel zugerichtet hatte. Der Lisa um ein Haar –

»Ich muss wissen, was sie dir erzählt hat«, sagte er.

»Du möchtest wissen, ob Lisa der Polizei von Nina erzählt hat?«

»Wer verdammt noch mal ist Nina?«

Laura hörte sich selbst kichern. Die Krankenschwester kam besorgt einen Schritt näher. »Wir wissen, dass du sie in deinem Bunker …«

»Bunker? Laura, was für ein … Autsch, verdammt!« Er fluchte.

Laura lachte. »Früher oder später wird die Polizei dich dort finden … und ich wünschte mir, dann würdest du …«

»Ich wünschte, du würdest mir endlich zuhören.« Alle Ruhe war aus seiner Stimme gewichen. Jetzt schrie er fast vor Aufregung. »Wo ist dein Schwager? Ist er in der Nähe?«

»Er ist dir auf der Spur!«

»Laura, verdammt, sag deinem Schwager, er soll mich anrufen. Ich habe ihm etwas Wichtiges zu erzählen. Hast du was zu schreiben?«

Sie schwieg verwirrt.

»Laura, hast du mich verstanden?«

Er diktierte ihr eine Handynummer. Laura hielt nach einem Notizblock Ausschau und riss einen Zettel ab. Die Krankenschwester reichte ihr einen Kugelschreiber. Laura klemmte das Telefon zwischen Schulter und Ohr und notierte die Zahlen.

»Hast du es?«, fragte Alex.

»Ja, aber …«

Er hatte bereits aufgelegt.

»Verdammt, warum schlägst du mich?«, rief Alex. »Ich versuche herauszufinden, wo …«

»Hey, Mann.« Sein Freund verpasste ihm erneut einen Schlag gegen die Schulter. »Hast du gerade Bunker gesagt?«

»Ja, und offenbar gibt es dort ein weiteres entführtes Mädchen.«

»Scheiße, ja, aber der Bunker …«

»Vergiss den Bunker. Hast du eine Ahnung, wie viele Bunker es hier in der Gegend gibt? Die Suche würde ewig dauern.«

»Nein, wird sie nicht!« Paul musterte ihn wie ein begriffsstutziges Kind, das eins und eins nicht zusammenzählen konnte. »Weißt du denn nicht mehr? Unsere Butze? Die Raucherhöhle? Der alte Bunker draußen im Wald?«

Kapitel 59

Laura konnte ihren Blick nicht von der Nummer lösen, die sie mit krakeliger Schrift auf dem Zettel notiert hatte.

»Alles in Ordnung?«, erkundigte sich die Krankenschwester.

Fast hätte Laura wieder gelacht. Wütend grabschte sie nach dem Zettel, sie wollte ihn in kleine Stücke zerfetzen und in den Mülleimer neben dem Tisch schleudern. *Soll er doch verrecken!* Es konnte gar nicht anders sein, es war ein verrücktes Spiel, das dieses Monster mit ihr trieb. Sie hatte genug davon. Sie wollte zurück zu Lisa, zu Sam, zu ihrer kleinen Familie und dafür sorgen, dass sich alles endlich zum Guten wendete, so wie sie es ihren Kindern versprochen hatte. *Aber was, wenn er recht hat?*

Die Stimme war so laut in ihrem Kopf, dass Laura sich erschrocken nach der Pflegerin umschaute. Diese stand neben dem Tisch im Schwesternzimmer und musterte sie.

Laura, verdammt, sag deinem Schwager, er soll mich anrufen. Lindner hatte aufgeregt geklungen, beinahe panisch. Sprach so ein Killer, der sein perfides Spielchen trieb? Was, wenn er tatsächlich etwas Wichtiges zu erzählen hatte? Wenn, wie er behauptete, nicht er der Mörder war, sondern ein anderer? Der weiter sein Unwesen trieb?

Laura ergriff den Zettel. Jetzt hatte sie es eilig, zurück in den Wartebereich zu gelangen. Zu ihrer Überraschung war Rolf eingetroffen. Sie nickte ihm kurz zu, dann reichte sie ihrem Schwager den Zettel.

»Was ist das?«, fragte er.

»Eine Telefonnummer. Er möchte, dass du ihn anrufst.«

»Wer?«

»Alex …« Lauras Hand zitterte. »… Lindner.«

»Was?«, rief Frank aus. Seine Stimme hallte durch das ganze Krankenhaus.

»Wer soll das sein?«, erkundigte sich Lauras Mann.

Frank starrte sie fassungslos an. »Warum ruft er dich an? Was hat er gewollt?« Er zupfte aufgeregt an seinen Augenbrauen. »Und warum hast du mir nicht Bescheid gegeben?«

»Wer soll hier wen anrufen?«, fragte Rolf.

Dr. Liss trat aus der Schleuse zur Intensivstation, dabei lief er so schnell, dass Laura es mit der Angst bekam. Eilig drückte sie ihrem Schwager den Zettel in die Hand. »Du sollst ihn anrufen. Es ist wichtig, sagt er.«

»Es ist wichtig?« Ihr Schwager brach in schallendes Gelächter aus. Es klang allerdings nur wenig erheitert. »Dieser verdammte Scheißkerl. Was glaubt er, was …«

»Wer? Was?« Rolf verlor die Geduld. »Kann mir endlich einer sagen, was hier vor sich geht?«

»Später!« Franks Finger schlossen sich um den Zettel. Dann stürmte er davon.

»Willst du ihn nicht anrufen?«, rief Laura.

»Anrufen?« Diesmal schien er sich tatsächlich zu amüsieren. »Klar doch, aber vorher lass' ich sein Handy orten.«

Rolf baute sich vor Laura auf. »Was ist hier los?«

Sie drehte sich zu Dr. Liss um. »Wie geht es Lisa?«

»Sie ist stabil.«

»Was heißt das?«

»Im Moment erholt sich ihr Körper.« Nach einer kurzen Pause fügte er hinzu: »Das vorhin, das war einfach zu viel für Ihre Tochter.«

»Kann ich zu ihr?«, fragte Laura.

Rolf nickte energisch. »Ja, ich will sie sehen!«

»Das geht nicht«, entgegnete der Arzt. »Im Augenblick wird sie noch einigen Untersuchungen unterzogen. Sobald die abgeschlossen sind, gebe ich Ihnen Bescheid. Doch ich warne Sie: Keine weitere Aufregung. Ihre Tochter braucht ab sofort Ruhe. *Unbedingt Ruhe.*«

Er lächelte kurz. Dann machte er kehrt und eilte durch die Schleuse zurück zur Intensivstation. *Sie ist stabil.* Laura hatte das Gefühl, eine Zentnerlast fiele von ihr ab.

»Habe ich das gerade richtig verstanden?«, fragte jemand hinter ihr. »Ihre Tochter ist wieder auf dem Weg der Besserung?«

Laura drehte sich um. »Herr Jäger?«

Vom Haus der alten Kirchberger bis in den Wald waren es nur wenige Meter. Als schwieriger erwies sich die Suche nach dem Bunker.

»Hey, Mann«, murrte Paul verzweifelt, während sie durch das Unterholz irrten, »hast du eine Ahnung, wie viele Jahre vergangen sind?«

»Trotzdem müssen wir ihn finden«, rief Alex, der einige Meter vorausrannte.

»Glaubst du denn wirklich …?«

»Was glaubst denn *du*?«

»Immerhin ist es Ben«, stöhnte Paul, »er ist unser Freund.«

Alex blieb stehen. »Aber mir habt ihr die Morde zugetraut?«

Er wartete nicht auf die Antwort, sondern setzte sich wieder in Bewegung. Grimmig hielt er die Taschenlampe umschlossen, die sie aus Pauls Wagen mitgenommen hatten. Wiederholt schlug er damit Äste beiseite, die ihm ins Gesicht klatschten. Immer wieder versank er im Schlamm. Oder stolperte über Wurzeln, die sich unter Laub und Moos verbargen. Paul schloss zu ihm auf. »Kannst du dich an den Joint erinnern? Den wir damals in der Butze geraucht haben.«

»Natürlich, darüber haben wir doch die Tage erst geredet.« Alex blickte zum Himmel hinauf. Die Sonne verschwand hinter einem Schwall Wolken. »Wir müssen dort entlang.«

»Bist du sicher?«

»Nein.« Alex stürmte Richtung Süden.

Paul keuchte dicht hinter ihm. »Und weißt du, wie wütend Ben damals war?«

»Ja.«

»Ich glaube, es war das erste Mal, dass wir uns bei dir in Finkenwerda getroffen haben.«

»Kann sein. Weiß nicht. Beeil dich lieber.«

Paul rang nach Atem. »Doch, das war es. Das erste Mal im Dorf. Und jetzt …«

»Vorsicht!« Alex duckte sich, um einem vorstehenden Ast auszuweichen.

Paul krachte dagegen. Er heulte auf, als das Holz gegen seine wunde Nase donnerte. Er hielt sich die Hand vors Gesicht, während er versuchte, mit Alex Schritt zu halten. »Ich glaube nicht, dass wir richtig sind.«

Alex hetzte weiter. Ein Specht klopfte, eine Eule schien sie mit ihrem Ruf zu verspotten.

»Damals haben wir dem Trip die Schuld für Bens Verhalten gegeben«, sagte Paul.

»Ein schlechter Trip.«

»Für Ben muss das ein verdammt mieser Trip gewesen sein – ein Trip zurück in die Vergangenheit.«

Alex hielt Ausschau nach vertrauten Merkmalen. »Ich glaube, wir sind falsch.«

»Hey, Mann, das versuch' ich dir schon die ganze ...«

»Nein, warte!«, rief Alex und eilte auf etwas zu, das zwischen Steinen und Ästen versteckt lag. »Was ist das?«

»Ein Stofffetzen. Von einem Kleid.«

Alex lief sofort weiter. Stöhnend folgte ihm Paul. Doch je tiefer sie in den Wald vordrangen, umso weniger Hoffnung hatten sie. Es waren tatsächlich viel zu viele Jahre vergangen, als dass sie sich noch an den alten Weg hätten erinnern können. Ein Baum sah aus wie der nächste und irgendwie auch wieder nicht. Es war, als irrten sie durch eine völlig fremde Welt. Sie würden den Bunker niemals wiederfinden.

»Hier!«, drang plötzlich Pauls Stimme aufgeregt durch den Wald. »Hier ist es!«

Laura blickte in das besorgte Gesicht des Clubbetreuers. »Herr Jäger«, wiederholte sie, weil ihr nichts anderes einfiel.

»Ich wollte hören, wie es Ihrer Tochter geht«, sagte er.

»Das ist nett von Ihnen.«

»Die Kinder im Club haben viel darüber gesprochen, und sie machen sich große Sorgen.« Jäger stieß einen erleichterten Seufzer aus. »Aber wenn es Lisa jetzt wieder bessergeht, kann ich sie beruhigen. Es wird sie freuen, das zu hören.«

»Ja«, sagte Laura und hielt Ausschau nach ihrem Mann. Rolf stand ein paar Meter entfernt. Er telefonierte. Sein Bruder trat aus dem Treppenhaus in den Krankenhausflur und eilte auf sie zu.

»Bist du dir sicher, dass es die richtige Nummer ist?«, fragte er wütend. »Ich kann ihn nicht erreichen, nicht einmal orten.«

»Sie sind sicherlich Lisas Onkel«, sagte Jäger. »Ich bin ...«

»Ich weiß, wer Sie sind«, fiel Frank ihm ins Wort. »Ihnen gehört der Jugendclub ...«

»Gehören ist etwas übertrieben.« Der Betreuer lächelte freundlich. »Ich betreibe ihn nur. Aber Lisa und Sam sind gerne dort. Ihr Neffe kommt immer gerne vorbei. Er ist etwas still, aber ansonsten ein aufgeweckter Junge. Ihre Nichte war zuletzt nur noch selten da.« Er hielt kurz inne. »Es ist unvorstellbar, was ihr widerfahren ist. Es tut mir wirklich leid.«

»Ja, ja«, erwiderte Frank unwirsch. Dann hob er plötzlich seine Augenbrauen. »Moment mal, Ihr Freund, das ist doch … Alex Lindner, richtig?«

»Oh«, entfuhr es Jäger. »Ja, ich hab' davon erfahren. Aber beim besten Willen, ich kann mir das nicht vorstellen. Alex ein Mörder? Das ist …«

»Es wäre besser, wenn er selbst mit mir redet«, unterbrach Lauras Schwager ihn erneut. »Haben Sie eine Ahnung, wo er steckt?«

»Nein.« Der Betreuer schüttelte den Kopf. »Es tut mir leid, ich habe seit Tagen nichts mehr von ihm gehört. Aber noch einmal …« Mit einem Blick auf Laura dämpfte er seine Stimme. »Diese grässlichen Dinge, nein, ich bin überzeugt, damit hat er …«

»… uns alle getäuscht«, brummte Frank und eilte wieder davon.

Jäger schüttelte den Kopf. »Ich bin überzeugt, er findet den wahren Mörder.«

»Ich hoffe«, murmelte Laura. »Ich hoffe, dass …« Der Rest ihres Satzes ging im Lärm der Sirenen unter.

Alex folgte dem Fingerzeig seines Freundes. Paul rannte auf einen Hügel zwischen Bäumen zu. Die dunkle Öffnung war von Büschen halb verdeckt, aus der Ferne kaum zu erkennen. Als sie jedoch davorstanden, war sie nicht mehr zu übersehen, ebenso wenig wie der Gang, der in eine völlige Schwärze führte. Alex trat ohne Zögern hinein. »Du wartest hier.«

Paul hielt ihn zurück. »Hey, Mann, du gehst auf keinen Fall alleine da rein.«

Alex stieß ihn zurück. »Einer von uns muss den Eingang im Auge behalten. Oder glaubst du, ich möchte eine unliebsame Überraschung von hinten erleben?«

Paul grummelte, blieb aber stehen. Alex schaltete die Taschenlampe an und tastete sich in den Tunnel vor, bis er im zuckenden Lichterkranz einen Treppenabsatz erspähte. Er konnte sich an die brüchigen Stufen erinnern, die er als Teenager zusammen mit seinen Freunden hinabgestiegen war, wann immer sie sich mittags nach der Schule in Finkenwerda verabredet hatten. Stundenlang hatten sie sich in den Bunkerräumen herumgetrieben, geraucht, getrunken und …

Er richtete die Taschenlampe in die Tiefe. Von grauen und gelben Flecken übersät, von einem Netz haarfeiner Risse durchzogen, sahen die verputzten Wände aus, als wären sie viel älter als die Bäume, die im Wald über ihnen wuchsen.

Nervös drehte Alex sich noch einmal um. Im Schemen des Ausgangs, schwach erleuchtet vom Tageslicht, erkannte er Pauls Silhouette. Alex holte tief Luft, dann setzte er einen Fuß auf die erste Stufe.

Kapitel 60

Alex leuchtete hinab, aber das Licht der Taschenlampe reichte nicht bis zum Boden. Nur wenige Stufen wurden von dem bescheidenen Lampenstrahl erhellt, bevor dieser in der Düsternis entschwand. Alex ging die Treppe hinab. Seine Hände schwitzten. Er nahm die Taschenlampe von einer Hand in die andere und wischte sich die Handflächen an der Hose ab. Der Geruch eines Parfüms kam ihm in die Nase. Er holte Luft. Plötzlich roch er noch etwas anderes, das Aroma von Schimmel und – Verwesung.

Er sah nach unten und betrachtete die Stufen, die sich im zitternden Licht der Taschenlampe vor und zurück bewegten. Er beugte sich ein wenig nach vorne. Die Stufen mündeten in einen Absatz. Ein Gang führte geradewegs in die Erde hinein. Er folgte dem schmalen Stollen, bis er rechts von sich die erste Kammer bemerkte. Hier war der schimmelige Geruch stärker. Er ähnelte dem durchdringenden Geruch verfaulender Pflanzen. Der Gestank erinnerte Alex an seine Jugend, als er genau diesen Geruch schon einmal wahrgenommen hatte. *Unsere Butze. Die Raucherhöhle.*

Es war unnatürlich still, abgesehen von Alex' keuchendem Atem. Aber er bildete sich ein, er würde noch etwas anderes hören. Er blieb regungslos stehen, lauschte. Ein schwaches Stöhnen drang an sein Ohr. Ein Schluchzen. Aber sicher war er nicht. Er richtete die Taschenlampe nach vorn, direkt auf eine Gittertür. *Die hat es früher hier noch nicht gegeben!*, schoss es ihm durch den Kopf. Dahinter kam ein blasses Gesicht zum Vorschein.

»Sam!« Alex stürzte auf den Jungen zu. »Sam, was machst du denn hier?«

Der Junge brach in Tränen aus. »Ich habe Lisa … gesucht.« Seine Worte wurden von Schluchzern erstickt. »Und dann war da Ben.«

»Ist er hier?«

»Hallo?«, erklang es aus der Dunkelheit. Alex leuchtete in die Richtung, aus der die Stimme kam. In einer zweiten Zelle kauerte ein nacktes Mädchen mit einem Sack über dem Kopf. Unbändiger Zorn stieg in Alex auf. »Wo ist Ben?«

»Er ist weg«, schluchzte Sam. »Er … er wollte noch etwas … erledigen. Etwas Wichtiges.«

Alex betrachtete die Zellentür. Ohne geeignetes Werkzeug würde er das schwere Schloss nicht öffnen können. »Sam, ich komme wieder.«

Der Junge schrie ihm hinterher. Das Mädchen weinte hemmungslos. Alex rannte den Weg zurück, stürzte die Stufen hoch, stolperte den Gang entlang und taumelte ins Freie. »Dein Handy. Schnell!«

»Wieso?«, rief Paul. »Was ist?«

»Ruf die Polizei. Sofort!«

Auf der Intensivstation brach das Chaos aus. Krankenschwestern stürmten heran, ein Doktor hetzte mit wehendem Kittel hinterher. Der Polizist, der neben der Schleuse saß, hatte Mühe, in dem Gewusel der Ärzte und Pfleger den Überblick zu bewahren. Augenblicklich spürte Laura ein Gefühl der Beklemmung.

»Ist was mit meiner Tochter?«, fragte sie eine Krankenschwester. Ohne ein Wort rannte diese an ihr vorbei.

»Was ist mit meiner Tochter?«, schrie sie einer anderen Pflegerin zu. Doch auch diese hatte kein Auge für Laura.

Wieder öffnete sich die Schleuse. Lauras Blick hetzte panisch in den Flur. Schwestern und Ärzte rannten kreuz und quer. Dann verschloss sich die Schleusentür.

»Vorsichtig«, rief eine Stimme hinter ihr. Ein Arzt eilte auf sie zu.

Sie verstellte ihm den Weg. »Ist was mit meiner Tochter?«

»Ihrer Tochter?«

»Lisa. Lisa Theis.«

»Nein«, der Doktor eilte weiter, »ein kleiner Junge wurde bei einem Autounfall angefahren.« Die Schleuse öffnete sich, und Laura sah, wie ein schluchzendes Pärchen von einer Pflegerin zum Ausgang geführt wurde.

Die leidenden Eltern zu sehen, war Laura unerträglich. Die

Alarmsirenen, die unentwegt heulten, waren kaum zum Aushalten. Sie wandte sich ab. Am Fenster stand ihr Mann, die Hände tief in den Hosentaschen vergraben.

»Es ist nicht Lisa«, sagte er.

Laura nickte und beruhigte sich wieder. In diesem Moment ging die Glastür zum Treppenhaus auf. Ihr Schwager stolperte in den Krankenhausflur, ein Handy am Ohr. »Wo ist er? Ist er hier?«

Der ängstliche Ausdruck in seinem Gesicht ließ Laura erneut in Panik ausbrechen. »Wer?«

»Ben. Ben Jäger!«

Laura drehte sich um. Der Betreuer war verschwunden.

Wieder der schrille Ton in Lisas Ohren. Eine Musik, die Erinnerungen weckte. Schreckliche Erinnerungen. Erschrocken schlug sie die Augen auf, doch da war nur ein graues Nichts.

Sie versuchte sich zu bewegen. Was immer unter ihr lag, schaukelte sanft. Unter ihren Armen spürte sie etwas Weiches, auch unter ihren Beinen und ihrem Kopf. Ein Bettlaken. Jetzt stellte sie erleichtert fest, dass es keine Musik war, die sich in ihren Schädel bohrte, sondern das Gefiepe einer … Alarmsirene. Wie die in einem Krankenhaus.

Bilder stiegen in ihr auf, verschwommen nur. Ihre Mutter. *Alles wird gut.* Ihr Onkel, der ihr Fragen stellte. Es fiel ihr schwer, sich zu entsinnen. Woran sie sich allerdings sehr gut erinnern konnte, waren die Schmerzen, die sie erlitten hatte, auch wenn sie jetzt nur wenig davon spürte. Sie war befreit von allem. Fast körperlos. Wenn nur nicht dieses Pfeifen wäre. *Aber es ist immer noch besser als die Musik.*

Sie nahm eine Bewegung neben sich wahr. Lisa blinzelte. Es war kein Arzt.

»Ich bin bei dir«, sagte er lächelnd. »Wie ich es dir versprochen habe.«

Lisa wollte aufstehen, aber ihre Arme und Beine reagierten nicht. Sie wollte schreien. Doch sie brachte keinen Ton über die Lippen. Sie konnte nur daliegen, ihm schwach und hilflos zusehen. Und das Gejaule des Alarms war die Musik dazu.

Er streichelte ihre Wange. »Niemand geht fort von mir.«

Er hielt eine Spritze in der Hand. Beugte sich vor und führte die Nadel an ihren Arm. Von irgendwo drangen laute Stimmen durch den schrillenden Ton.

»Diesmal wird es ganz schnell gehen«, flüsterte er.

Jemand rief. »Wo ist er? Ist er hier?«

Die Stimme von Onkel Frank!

Und ihre Mutter. *»Lisa!«*

Die Tür zum Krankenzimmer wurde aufgestoßen. Männer stürzten in den Raum. Lisa sah ihren Onkel. Polizisten in Uniform. Sie zerrten ihren Peiniger von ihr fort. Dann schob sich das Gesicht ihrer Mutter ins Licht. Sie lächelte. Tränen rannen über ihre Wangen.

»Mama ...«, hörte Lisa sich sagen. Trotz der Anstrengung, die ihr das Sprechen bereitete, glitt ein schwaches Lächeln auch über ihre Lippen. »Ich ... bin zurück.«

Epilog

Alex blieb vor der Tür zur Kombüse stehen. Es waren erst wenige Tage vergangen, seit man ihn in das Vernehmungszimmer verfrachtet und des mehrfachen Mordes beschuldigt hatte. Heute war er freiwillig aufs Präsidium gekommen. Trotzdem krampfte sich sein Magen zusammen. »Er will nicht reden?«

»Nein, nicht mit mir«, erklärte Theis, der hinter ihm wartete. »Er verlangt ein Gespräch mit Ihnen. Aber … Sie müssen das nicht tun.« Er ließ einige Sekunden verstreichen. »Die Aussagen der beiden Frauen, von Nina und meiner Nichte, außerdem die Spuren, die die Kriminaltechniker sowohl in dem Bunker als auch bei ihm zu Hause sichergestellt haben, reichen der Staatsanwaltschaft für eine Anklage.«

Alex drehte sich zu ihm um. »Ich glaube, ich möchte mit ihm reden.«

Theis lächelte gequält. Er hielt eine dünne Akte hoch. »Vielleicht sollten Sie die hier vorher lesen.«

»Was ist das?«

»Das haben wir in seiner Wohnung gefunden.«

Alex starrte den Hefter an. Das ungute Gefühl in seinem Magen nahm zu. Dann griff er nach der Akte und wandte sich der Tür zu. Theis gab zwei Beamten, die zu beiden Seiten postiert waren, ein Zeichen, worauf sie die Tür öffneten. Mit einem leisen Klick fiel sie hinter Alex zurück ins Schloss.

Ben saß aufrecht an dem zerschrammten Holztisch. Er trug Handschellen.

»Alex, schön dich zu sehen. Bist du wieder im Dienst?«

»Nein, das hier ist nur ein Besuch, den man mir zugesteht.«

»Ein Besuch unter Freunden«, sagte Ben lächelnd.

Alex wunderte sich, wie ruhig und besonnen Ben wirkte. *Aber was hast du erwartet?*, fragte er sich. *Einen wild grinsenden Verrückten, der Gehässigkeiten ausstieß und die ganze Welt bedrohte?* Die wenigsten Killer entsprachen diesem Klischee. Sie waren meist intelligente Männer, die verbargen, wie es in ihrem Innern um sie bestellt war. Alex legte die Akte auf den Tisch.

Ben lächelte noch immer. »Ihr habt sie gefunden?«

»Wie bist du daran gekommen?«

»Wie gesagt, ich kenn' mich damit aus. Hast du sie gelesen?«

»Nein«, erwiderte Alex.

»Keine Ahnung, was drinsteht?«

»Sag du es mir!«

Ben lehnte sich zurück. »Mein Vater, Ferdinand Kirchberger, wurde damals aus Finkenwerda fortgeschafft. Man hat ihm kurz vor der Wende eine neue Identität gegeben. Als Arthur Steinmann lebte er einfach so weiter. Ich habe ihn trotzdem ausfindig gemacht.«

»Hat *er* den Brief an mich geschrieben?«

»Ich hab' ihm den Brief diktiert, kurz bevor ich ihn umgebracht habe. Seine Leiche treibt jetzt in einem der Kanäle im Spreewald.«

»Du hast ihn getötet?«

»Er war mein Vater und in vielen Dingen mein Lehrer. Trotzdem war er ein Niemand. Er hat Fehler begangen, die ihm zum Verhängnis wurden. Er verdiente es nicht weiterzuleben.«

Und was ist mit dir?, wollte Alex fragen. *Du hast auch Fehler gemacht! Du hast dich auch erwischen lassen!* Aber er zögerte. Eine ganz andere Frage brannte ihm auf der Seele. »Und warum? Was sollte das alles?«

Ben lächelte wieder. »Hättest du die Akte gelesen, wüsstest du es.«

Alex schwieg.

Ben nickte, als hätte er nichts anderes erwartet. Die Kette rasselte, als er der Akte einen Stoß verpasste. Sie glitt über den Tisch bis an den Rand. »Willst du nicht jetzt einen Blick hineinwerfen?«

Alex betrachtete den Hefter, als würde er sich an ihm verbrennen, wenn er ihn in die Hände nahm.

»Du weißt, was drinsteht, richtig?«, fragte Ben.

Alex spürte Übelkeit in sich aufsteigen. *Aber mein Mann war regelmäßig in Berlin gewesen, jeden Tag in der Arbeit – und wahrscheinlich nicht nur dort, nicht nur alleine. Mit anderen Frauen?*, hallte die Stimme der alten Kirchberger durch seinen Verstand.

Plötzlich grinste Ben. »Ferdinand Kirchberger war auch *dein* Vater. Und ich bin dein Stiefbruder.« Zum ersten Mal bekam Bens Gesicht einen gehässigen Ausdruck. »Nur dass du Glück mit deiner Mutter hattest. Oder Pech. Sieh es, wie du willst. Zumindest hat sie dich schon wenige Monate nach der Geburt zur Adoption freigegeben. Du hast nicht mehr viel von deinem Vater, unserem Vater, gehabt.«

»Und deshalb dieses … dieses ganze *Spiel*? Deshalb hast *du* Gizmo umgebracht?« Ein weiterer Gedanke kam Alex in den Sinn, und er fragte sich, warum er nicht früher darauf gekommen war. »Und das vor drei Jahren …«

Ben lehnte sich zurück. »Ich habe mich schon die ganze Zeit gefragt, wann du es endlich begreifst.«

»Das war keine dumme Unachtsamkeit von mir.«

»Nein!« Ben lachte. »Das war ich.«

»*Du* hast Tanja dazu gedrängt, sich mit mir zu treffen.«

»Ich habe ihr lediglich gesagt, sie soll endlich reinen Tisch machen. So könne das mit euch nicht weitergehen. Das war nur ein guter Rat eines Sozialpädagogen …« Ben zwinkerte. »… und hey, sie hat auf mich gehört. Sie hat dich so lange bekniet, bis du dich mit ihr getroffen hast – und deine Kollegin aus den Augen gelassen.«

»Es muss eine große Genugtuung für dich gewesen sein …«

»Wer redet hier von Genugtuung?«

»… als man mich suspendiert hat. Ich anfing zu saufen. Tanja mich verlassen hat. Und als es mir jetzt endlich besserging …«

»… war es mir eine noch größere *Freude*, die Bestie wieder auf die Pirsch zu schicken.« Er richtete sich auf, als hätte er etwas Wichtiges vergessen. »Nein, nein, damit wir uns nicht falsch verstehen: Ich habe in all den Jahren nicht darauf verzichtet, auf meine jungen Mädchen, ihre bedingungslose Liebe, ihre zarten Körper, ihre Schreie.« Er schloss die Augen und begann zu summen. »Denn weißt du, Alex, nur dadurch lebt der Mensch.« Ein Lächeln glitt über sein Gesicht. »Aber es im Stillen zu genießen, das war nicht das Gleiche, verstehst du? So ganz ohne deine Anteilnahme. Ohne mein Spiel mit dir. Meinem Bruder.« Er öffnete die Augen. »Hat dir mein Spiel gefallen?«

Wortlos wandte Alex sich ab. Bevor er die Tür erreichte, drehte er sich noch einmal um. Er wusste nicht, was er erwartete. Vielleicht eine Entschuldigung. Oder eine Rechtfertigung. Aber eigentlich hatte er genug gehört. *Hat dir mein Spiel gefallen?*

Ben saß zurückgelehnt auf seinem Stuhl, die Augen geschlossen. »Nur dadurch lebt der Mensch«, sang er leise. »Dass er so gründlich vergessen kann, dass er ein Mensch doch ist.« Er grinste, als wäre damit alles gesagt, was es zu sagen gab.

Alex klopfte. Das Schloss wurde entriegelt, die Tür geöffnet. Er trat zurück in die Freiheit. *Vielleicht hast du dich geirrt.* Vielleicht waren manche Mörder doch nur wild grinsende Verrückte, auch wenn man es nicht auf den ersten Blick erkannte.

Danksagung

Dieser Roman wäre niemals möglich gewesen ohne die Unterstützung und das Vertrauen dieser Menschen: Antje, Thea, Heinz, Nicole, Heiko, Steffi, Anke, Celina. Danke, dass ihr für mich da seid. Ich liebe euch!

Ein ebenso großer Dank gebührt Franka Zastrow, meiner Agentin, die zu jeder Zeit fest an mich geglaubt und mir den Rücken gestärkt hat.

Bei der Entstehung von »Die Mädchenwiese« waren mir viele Menschen behilflich. Auch ihnen schulde ich großen Dank:

Hannes Windisch, der ungezählte Stunden, Tage, ja Wochen mit mir diskutierte und dafür sorgte, dass die Geschichte so geworden ist, wie sie jetzt vorliegt.

Mark Benecke, Kriminologe, der mich in Sachen Verbrechen und Todesarten beriet.

Peter Veckenstedt, Kriminalkommissar a. D., der dafür sorgte, dass ich auf dem rechten Pfad der Kriminalistik blieb.

Stephanie Klee, Regine Wosnitza, Sandra Kühn, von mir hochgeschätzte Leserinnen, deren ehrliche Meinung zu meinen Romanen mir sehr wichtig ist.

Nina George, einer meiner liebsten Kolleginnen, die überwältigende Worte für »Die Mädchenwiese« fand. Und natürlich auch ihrem wunderbaren Mann Jens.

Ein ganz großer Dank geht auch an Ann-Kathrin Schwarz, die diesen Roman beim Ullstein Verlag überhaupt erst möglich gemacht hat. Ich danke dem Team beim Ullstein Verlag, Maria

Dürig, Marion Vazquez, Petra Förster, Marion Seelig und Rosa Lehmann, für ihr Vertrauen und ihren besonderen Einsatz für »Die Mädchenwiese«.

Martin Krist, im Juni 2012